U0730939

幼儿文学教程

理解·赏析·写作·应用

主　编　郑　伟　杜传坤

编　者（排名不分先后）

郑　伟　杜传坤

袭祥荣　王文卉　苗　松

复旦大学出版社

内容提要

《幼儿文学教程——理解·赏析·写作·应用》对照学前教育专业毕业生核心能力素质要求，从知识理解、能力生成、实践训练入手，培养学生必备的幼儿文学专业素养。本书在童年观念阐释、文学素养培养、教学能力训练上提出了新的观点与训练方式，构建了知识理解、文本解读、文体写作、教育应用四维一体的幼儿文学教科书体系。

全书共十一章。第一章"走进幼儿文学"、第二章"理解幼儿文学"，从文学与教育现象出发，理解幼儿文学的丰富内涵，介绍幼儿文学的呈现形态、接受方式和内涵理解。第三至九章，介绍儿歌、幼儿诗、童话、幼儿生活故事、幼儿散文、幼儿戏剧的文体知识，通过大量优秀文本的赏析，达成对文体艺术特征及赏析路径与方法的规律性认知，各章附有幼儿园各文体教学案例分析。第十章"文体写作工坊"，提供幼儿文学五种常见文体的写作训练。第十一章"幼儿文学教育应用"，介绍幼儿园文学活动的设计与实施的原理、环节与方法。

本书每章设置了"新课导入""问题讨论""研习任务"等模块，供师生展开思想对话与实践训练。书中还配备了100多个数字资源，以图文资料、音频、视频的形式，拓展课程"教"与"学"的空间，使用者可以扫码查看。另外，本书还有配套课件等资源，可以登录复旦社云平台www.fudanyun.cn下载使用。

复旦社云平台
数字化教学支持说明

为提高教学服务水平，促进课程立体化建设，复旦大学出版社学前教育分社建设了"复旦社云平台"，为师生提供丰富的课程配套资源，可通过"电脑端"和"手机端"查看、获取。

【电脑端】

电脑端资源包括 PPT 课件、电子教案、习题答案、课程大纲、音频、视频等内容。可登录"复旦社云平台"（www.fudanyun.cn）浏览、下载。

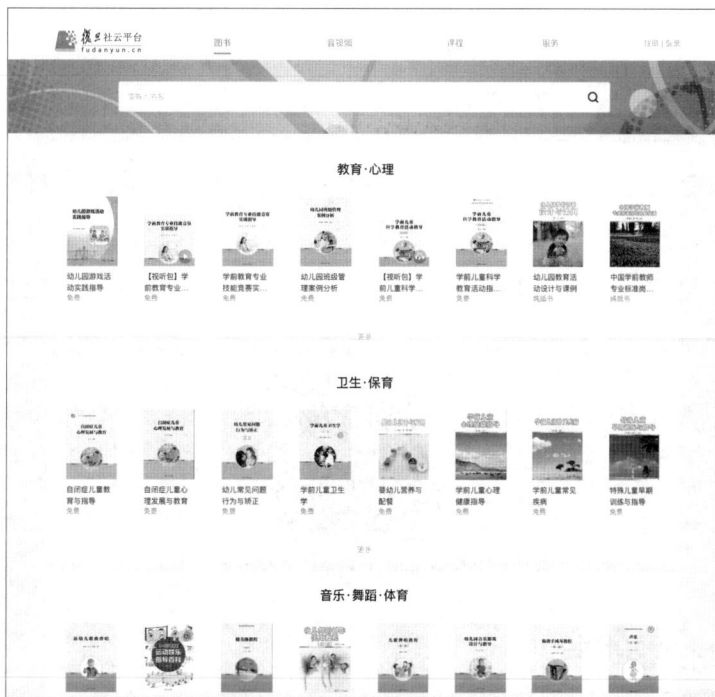

Step 1　登录网站"复旦社云平台"（www.fudanyun.cn），点击右上角"登录／注册"，使用手机号注册。

Step 2　在"搜索"栏输入相关书名，找到该书，点击进入。

Step 3　点击【配套资源】中的"下载"（首次使用需输入教师信息），即可下载。音频、视频内容可通过搜索该书【视听包】在线浏览。

📱 【手机端】

PPT 课件、音视频、阅读材料：用微信扫描书中二维码即可浏览。

扫码浏览 ➡️

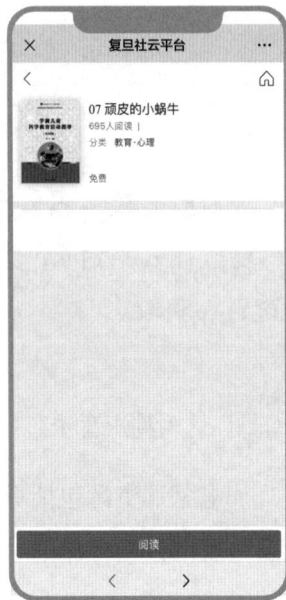

📖 【更多相关资源】

更多资源，如专家文章、活动设计案例、绘本阅读、环境创设、图书信息等，可关注"幼师宝"微信公众号，搜索、查阅。

平台技术支持热线：029-68518879。

"幼师宝"微信公众号

✏️ 【本书配套资源说明】

1. 刮开书后封底二维码的遮盖涂层。

2. 使用手机微信扫描二维码，根据提示注册登录后，完成本书配套在线资源激活。

3. 本书配套的资源可以在手机端使用，也可以在电脑端用刮码激活时绑定的手机号登录使用。

4. 如您的身份是教师，需要对学生使用本书的配套资料情况进行后台数据查看、监督学生学习情况，我们提供配套教师端服务，有需要的老师请登录复旦社云平台（官方网址：www.fudanyun.cn），进入"教师监控端申请入口"提交相关资料后申请开通。

◆　前　言　◆

　　新时代学前教育的高质量发展对幼儿文学的课程教学提出了更高要求,幼儿文学是高校学前教育专业的必修课程,为课程服务的教科书建设理应有更高的目标追求。本书以《幼儿园教育指导纲要》《3～6岁儿童学习与发展指南》《幼儿园教师专业标准》等学前教育政策文件为指导,彰显"学生中心、产出导向"之理念,体现"一践行、三学会"之要求,凸显"实践引领、产教融合"的人才培养导向,力求在童年观念阐释、文学素养培养、教学能力训练上有新的突破,构建知识理解、文本解读、文体写作、教育应用四维一体的幼儿文学教科书体系,本书的逻辑架构有以下四个特点。

　　第一,从文学与教育现象出发,引导学习者走向对知识原理的深入、多元理解

　　本书的开篇"走进幼儿文学",并非简单地给定幼儿文学的定义,而是引导学习者关注个体的文学经验和各类媒体信息,形成对幼儿文学的感性认知,为进入专业课程学习累积积极的情感态度。在阐述什么是幼儿文学的过程中,对儿童阅读、童书出版等现象展开剖析,从幼儿性、文学性、文化性三个维度深入阐明幼儿文学的丰富内涵。各章的"新课导入"也是基于与章节内容相关的文学现象,引导学习者对这些现象做出自己的思考。各章节在阐释知识原理的过程中,也注重联系文学与教育现象,帮助学习者通过感性思维与理性思维的融通,深化对文学知识与教育原理的认知。

　　第二,通过多视角的文本赏析,促进学习者生成鉴别优质文学资源的能力

　　培养幼儿园教师的文学欣赏能力,是幼儿文学课程的核心目标之一,也是幼儿园文学活动得以高质量开展的重要保证。本书介绍了七种幼儿文学文体,在阐释文体艺术特征过程中,赏析了大量优质文本,注重体现赏析的层次性与多维性,并设置"文体赏析导引"专节,对文体赏析的路径与方法展开讨论,力求帮助学习者形成文体赏析的规律性认知,使其在工作中能够将更多优质幼儿文学资源引入幼儿园文学活动。在讨论幼儿文学的教育应用时,对列举的文本则从文学性和教育性的双重视角上进行分析。

　　第三,提供实用的创意写作训练,提升学习者的文学审美创造力

　　写作幼儿文学作品是幼儿园教师的一项专业技能,也是提升学习者文学审美创造力的有效途径。本书设置"创意写作工坊"专章,引入创意写作理念,打破以文本示范为中心的静态训练模式,从调适习作者的写作心态入手,展现可能干扰写作行为的现象并剖析其成因,助力写作精神动力的生成。本章中的各文体写作路径导引,通过引用作家创作案例、比照文本与幼儿心理的关联、剖析文本创作得失等,为习作者提供了实用可行的写作参照,以及具有操作性的写作技巧,包括:素材收集与转化、写作思维建构、文本情境创设、角色关系确立、细节刻画方法等。本章选取了五种文体的写作初稿、修改稿进行比较分析,梳理文本生成过程习作者的思路调整脉络,解读内容增删与文字改动对文本整体品质的影响。

　　第四,经由教学实践训练,帮助学习者掌握开展幼儿园文学活动的技能

　　幼儿文学课程兼具文学性与教育性,在理解幼儿文学知识原理,赏析与写作文学文本的基础上,使学习者具备设计与实施幼儿园文学活动的能力,也是该课程重要的教学目标。本书在文体各章节中设置"文体教学例析"模块,选取幼儿园文学活动案例,说明文本选择理由,呈现活动设计思路与环节,对案例设计原理做具体分析,并设专章"幼儿文学的教育应用"介绍幼儿园文学活动设计的过程、方法,讨论活动实施中的环境创设、组织形式,结合具体文本与教学案例,帮助学习者掌握开展文学活动的技能,引导学习者将文学审美与幼儿的认知发展、情感培育、道德养成等教育目标加以有机结合,为从事幼儿园文学活动教学奠定良好基础。

教科书不仅要追求知识架构的完整性与内在逻辑的严谨性,还要为课程的"教"与"学"提供可资利用的拓展性资源,为师生的思想互动、学生的自主探索与实践应用开拓空间,本书在这一方面体现了如下特点。

第一,为"教"与"学"提供丰富多样的数字资源

本书配了100多个数字资源,内容包括:针对某一知识点的微课与微讲座视频、针对某一知识点的问题探讨、文学作品朗读音频、戏剧表演视频、儿童文学重要奖项获奖名录等。注重建立数字资源与教科书正文之间的内在逻辑关联,不少数字资源是针对某一问题在另一层次或视角上展开的讨论,为"教"与"学"预留了可供选择的探讨空间。图文结合、音频、视频等多形态呈现方式,增强了数字资源的可接受性。

第二,为教学过程拓展具有启发性的互动空间

教科书是教师教学的依据,是学生自主学习的资源,同时也是师生展开思想互动的重要场域,本书共设置了40多个讨论话题,分布于各章节知识阐释与能力训练的展开过程之中,讨论话题涉及面广、形式多样,有的话题引导学生结合个人阅读经验及现实观察发表对相关现象、作品、知识的看法;有的话题要求学生在比较相关作品或现象的基础上展开讨论;有的话题则要求学生联系前置章节所学内容展开思考并发表自己的见解。富有启发性的问题可以激发学生的思维活力,便于教师组织课堂或课后讨论。话题讨论也贯通了教科书各部分知识的逻辑关联,有助于学习者建立对幼儿文学的系统性理解。

第三,为学习者提供自主探索与教育实践的多元路径

帮助学习者形成自主探索幼儿文学的意识与能力,是课程教学的重要目标。本书各章设有"研习任务"模块,旨在引导学习者在完成相关学习任务的基础上,对所学知识做进一步的自主探索,并通过一定的教育实践活动深化对幼儿文学知识原理的理解。各文体章节的研习任务围绕知识理解、文本赏析和教育应用进行设计,其他章节的研习任务突出对知识原理的深度探讨,引导学习者对学前教育现场的文学活动以及幼儿的文学反应进行观察、记录、思考、讨论。研习任务具有开放性的特点,为研习者提供了进行多元探索的可能性,有的任务项目还分为若干子项目,便于不同兴趣与能力的研习者根据自身情况加以选择。

需要说明的是,作为一本面向中国学生的幼儿文学教科书,如何体现母语文学的丰富文化内涵与优美语言质感,是本书编撰者思考的一个重要问题。本书赏析的各类文本中,中文原创作品占较高比例,儿歌、幼儿诗、幼儿散文等尤为彰显汉语美学特质的文体章节,则更加注重凸显中文原创作品的地位;本书对近年出版的中文原创图画书给予了充分关注。在各章节教学目标、新课导入、教学例析、研习任务中也向学习者提出关注汉语美学的相关要求,力求使学习者基于对汉语之美的深入体认,完成相关的知识学习,为今后面向幼儿的母语启蒙教育累积精神内蕴。

本书编撰分工如下:

福建幼儿师范高等专科学校郑伟教授撰写第一章第一节,第二章第二节、第三节,第三、四、五、六、七、八、九、十章。

山东师范大学杜传坤教授撰写第一章第二节。

山东师范大学袭祥荣博士撰写第十一章第二节、第八章"图画书教学例析"部分。

山东师范大学博士生苗松撰写第二章第一节、第十一章第一节。

山东聊城大学王文卉老师撰写第十一章第三节。

各章"新课导入""研习任务""写作任务""问题讨论"部分由郑伟撰写。

山东师范大学学前教育学院院长、博士生导师杜传坤教授与笔者共同确定教材的编撰理念、拟定内容架构、参与最后统稿,并撰写部分章节,还邀请并指导三位高足为本书撰稿。

本书责任编辑谢少卿女士,在书稿撰写的每一阶段都提出了宝贵的修改意见,尤其在教材数字资源建设上颇费心力,她的专业素养与敬业精神是本书得以顺利出版的重要保证。

本书汲取了福建幼儿师范高等专科学校精品课程的研发成果,精品课程为:福建省高校精品课程"儿童文学"(2008年)、福建省职业教育精品在线开放课程"学前儿童文学实践与应用"(2021年),该校兰芳、郑伟、苏萍三位老师录制了各章节微课,张玉玲、郑炎灵子两位老师为本书撰写了作品朗读分析。

在此向为本书做出贡献的每一位人士致以谢意,同时期待来自使用本书开展幼儿文学教学的师生们的反馈意见,以利再版时加以修订。

郑　伟

2024.3

目录

数字资源 ▼

第一章　走进幼儿文学

学习目标

知识目标：
1. 从个人经历、媒体信息中，初步了解幼儿文学的概貌。
2. 从幼儿性、文学性、文化性上掌握幼儿文学的丰富内涵。

能力目标：
1. 能找到发布幼儿文学信息的媒体平台并对信息进行初步梳理。
2. 在阅读作品时，能够初步看出其中所体现的幼儿文学内涵。

素养目标：
1. 初步形成学习幼儿文学专业课程的正确观念。
2. 初步认知童年观念对幼儿文学整体艺术面貌的影响。

新课导入

儿童文学作家梅子涵对儿童阅读作了这样的表述：

我们都想看见一个孩子一步步地走进经典里去，走进优秀。

优秀和经典的书，不是只有那些很久年代以前的才是，只是安徒生，只是托尔斯泰，只是鲁迅，当代也有不少，只不过是我们不知道，没有人告诉你，你的父母不知道，所以没有告诉你，你的老师可能也不知道，所以也没有告诉你。我们都已经看见了这种"不知道"所造成的阅读的稀少了，我们很焦急，所以我们总是非常热心地对你们说，它们在哪里，是什么书名，在哪儿可以买到。我就好想为你们开一张大书单，可以供你们去寻找、得到。像英国作家斯蒂文森写的那个李利一样，每天快要天黑的时候，他就拿着提灯和梯子走过来，在每一家的门口，把街灯点亮。我们也想当一个点灯的人，让你们在光亮中可以看见，看见那一本本被奇特地写出来的书，夜晚梦见里面的故事，白天的时候也必然想起和留连，一个孩子每一天地向前走去，长大了，很有知识，很有技能，还善良和有诗意，语言斯文……

同样是长大，那会多么不一样！[①]

——梅子涵

1. 联系以上表述，回忆自己小时候与文学发生了哪些联系，是否留下了遗憾。
2. 联系以上表述，思考幼儿园教师学好幼儿文学会怎样影响孩子的成长。

① 梅子涵.相信童话[M].上海：少年儿童出版社，2007：62—63.

第一节　从感性体验到课程学习

　　幼儿通常是指0—6岁的低龄儿童,幼儿文学是以这一年龄段儿童为对象的文学。人们通常会认为,为年幼孩子提供的文学理应是一种简单的文学,成年人要驾驭这样的文学并不困难。既然如此,那为什么还要将幼儿文学作为一门专业课程来学习呢? 从理性的角度看,成人确实很容易理解幼儿文学,但正是这种“容易”遮蔽了我们探寻幼儿文学多元价值与深层内涵的目光。

　　我们不妨围绕以下问题展开思考:幼儿文学与一般文学相比有什么特殊性,又有什么共通性? 幼儿接受文学的方式与大龄儿童以及成人相比有何区别? 什么样的文学会更受幼儿的喜爱? 面对同样的作品,成人和孩子的喜好存在怎样的差异? 这种差异又是什么原因导致的? 不同时代、不同作家的作品在内容、主题和思想观念上差异甚大,该如何评价这些作品,在教学中又该如何取舍? 面对琳琅满目的童书,该如何鉴别它们的品质? 如果要在学前教育活动中向幼儿传授文学,教师应该怎样做才能取得好的效果? 如果教师要为孩子们创作文学作品,又该从何入手? 这些正是“幼儿文学”作为一门专业课程所力求回答的问题。

　　在人们的习惯思维中,学习文学就是阅读作品、分析作品,乃至创作作品。对于幼儿文学这样的特殊文类来说,在进入文本世界之前,我们不妨先从生活中的文学现象出发,通过亲历的体验与观察,获得丰富的感性认知,进而对文学文本展开理性探讨。

　　需要说明的是,幼儿文学是广义儿童文学(适应于0—18岁未成年人)的一个组成部分,本章讨论个人童年文学经验和当下童年文学现象,是以广义的儿童文学为对象,讨论课程学习则以幼儿文学为中心。

一、从个人童年文学经验出发

　　在划分社会群体时,“儿童/成人”是一种特别的人群分类方式,二者既是不同类型的人群,有着迥异的身心特点;同时又是个体生命周期的不同阶段,所有的成人都来自曾经的儿童。我们谈论儿童文学时,其实并不是在谈论一种完全陌生的文学类型,而是在谈论我们曾经接受过的文学,儿童文学是以儿童为读者对象的文学,每个成年人在自己的人生最初阶段都曾以不同的方式与儿童文学发生过联系。认识儿童文学有很多路径,个人的童年文学经验可以成为我们走进儿童文学(包括幼儿文学)最为便捷的起点。

　　童年的文学经历呈现着多元的面貌。小时候缠着妈妈把已经听过好几遍的故事再讲一遍;跟着奶奶用方言念诵歌谣;和伙伴们抢着读一本图画书;或是盯着电视里的动画片而忘了吃饭的时间;等等,这些都构成了许多人最初的文学经验,并成为我们童年记忆的组成部分,当成年人回顾这些经历时,却未必会把这一切与“儿童文学”这样一个文学名称联系在一起,不少人能清晰地说出小时候读过的故事书的书名,却说自己不了解儿童文学。

　　个人的童年文学经验可以让我们以感性的方式把握儿童文学的大致轮廓,这种带有主观色彩的认知虽不太准确,但因其具有亲历性,所以较容易转化为个人学习、探究儿童文学的精神动力,并可以为相关问题的思考提供有益的参照。

　　我们可能对自己童年的文学阅读感到不满,例如,小时候爸爸妈妈太忙,让我们错过了许多有趣好玩的故事;自己喜欢的书家长不让买,家长买的书自己又不喜欢,曾经为此感到十分沮丧;参加才艺培训、书写作业花费了大量时间,自己喜爱的“闲书”却没工夫读;等等。这些回忆会激发我们去思考如何避免曾经的遗憾在当今的孩子身上重演。此外,把自己童年接触过的文学作品与当下的儿童文学读物进行比较,也是一件有意思的事,通过比较我们会发现,随着时间的流逝,不同年代作品中的游戏情景、吹牛故事、食物喜好已悄然发生了变化,而某些童年独有的乐趣却依然得以存留。个人的童年文学经验还有助于我们去观察身边儿童的文学生活状态,思考当下孩子所处的文学环境和接受方式与上一代人相比发生了什么改变,这种改变中,哪些是时代进步的表现,哪些是可贵传统的流失。

我们应当意识到,个人的童年文学记忆常常处于"休眠"状态,需要合适的机会将它"唤醒"。观察或陪伴当下的孩子进行文学阅读,与他人交流童年生活经历,都可能发挥唤醒记忆的功能。了解他人的童年回忆也是唤醒文学记忆的重要途径,冰心、陈伯吹、严文井、孙幼军等作家在回忆性文字中提及童年时代文学阅读的种种经历。《我也有过小时候》是儿童文学作家、翻译家任溶溶回忆童年的散文集,在《连环画和无锡大阿福》《识了字就读书》等篇章中,我们可以了解到当时的儿童是如何走进阅读世界的。张倩仪的《再见童年——消逝的人文世界最后回眸》通过梳理100多位名人的传记材料,展现了中国近现代的童年生活样貌,其中的一些篇章,如《没有童话的国度》《小说戏曲与儿童性格的塑造》等,有助于我们了解现代儿童文学走向成熟之前的儿童阅读生活。

拓展学习
1-1-1

了解作家的
童年阅读经
历

二、关注儿童文学媒体信息

回忆个人的童年文学经历,是对儿童文学进行一种内省式、回溯式的考察,对儿童文学的认识显然不能止步于此,我们还需要把观察的目光转向现实童年生活中的各种文学现象。

不论是传统传媒还是新兴媒体,都为我们提供了丰富的儿童文学信息。校园里开展的文学教育活动;社会化儿童阅读推广的动态;家庭中的亲子共读现象;新媒体对儿童阅读的影响;等等,都是被社会各界广泛关注的热点话题,对媒体信息的了解与思考,为我们从社会生活的角度走进儿童文学打开了另一扇窗。

与儿童相关的节庆,是我们了解儿童文学媒体信息的重要时点。例如,每年的六一儿童节、国际儿童图书日,各类媒体都会发布最新的童书出版讯息,报道各地开展阅读推广活动的情况,针对阅读问题对专家、教师、家长、学生进行采访报道等。通过这些媒体信息,我们可以了解最新的儿童文学创作动态,获悉当下儿童阅读涌现的热门话题,进而对这些话题展开自己的思考。

拓展学习
1-1-2

了解国际儿
童阅读日

媒体对儿童文学奖项的报道,是我们了解儿童文学信息的重要来源。例如,由国际儿童读物联盟(IBBY)颁发的国际安徒生奖,该奖奖励世界范围内长期从事青少年读物创作并作出卓越贡献的作家和插图画家。2016年,曹文轩成为首位获奖的中国作家。始于1980年的全国优秀儿童文学奖,是中国作家协会主办的国内最高荣誉的文学大奖之一,按小说、诗歌、童话、寓言、散文、报告文学、科幻文学、幼儿文学分别设奖,回溯历届获奖作品,可以看出中国儿童文学的观念变化与艺术进步。此外,凯迪克图画书奖、陈伯吹国际儿童文学奖、丰子恺儿童图画书奖、冰心儿童文学奖等也是具有广泛影响的儿童文学奖项。与颁奖相伴随的还有各类研讨论坛、作家访谈、推广活动等,这些活动透露的信息,可以拓展我们的儿童文学视野,为选择优质儿童文学提供重要的参照依据。

微讲座视频
1-1-1

了解重要儿
童文学奖项

新媒体是我们观察当下童年文学生活的重要渠道。传统的儿童文学传播模式是:作家创作——出版社出版——书店、网站销售——家长购买——儿童阅读。微信、抖音等自媒体极大丰富了儿童文学的传播形式。不少具有专业背景的人士,依托自媒体平台建立起吸引大量童书消费者的社群网络,平台以图文展示、短视频等方式,推荐优秀童书、发布故事音频、解答育儿问题,让消费者对童书的创作背景、内容特色、主题指向、教育应用等有深入了解,避免盲目选书带来的弊端。除了童书销售外,自媒体平台还提供延伸性服务,如阅读指导、教育培训、亲子活动等。

自媒体突破了传统儿童阅读的时空限制,围绕自媒体形成的网络社群,汇聚了基于共同兴趣爱好的人群,形成一种特殊的"趣缘"关系,身处其中的人往往会以很高的热情投入与儿童阅读有关的话题讨论中,自媒体也因此成为富集儿童文学信息的平台。作为儿童文学学习者,应该对自媒体童书平台保持积极的关注,不仅要借助平台的海量信息拓展自己的视野,还要了解自媒体信息的生产、加工与传播特点,形成良好的信息素养。

在新媒体背景下,儿童无疑获得了更为丰富的文学资源,有机会参与形式更为丰富的文学活动,但儿童在这些活动中是否受到了真正的尊重,强势的数字媒体是否可能异化自然生态下的童年阅读,这些问题需要我们在关注媒体信息过程中加以深入思考。

三、进入幼儿文学专业课程学习

个人的童年文学经验与现实中的儿童文学现象,为我们认识儿童文学提供了丰富的感性体验与信息来源,但这种认识的层次是比较浅的,要形成对儿童文学更为系统的认识,还必须通过专业化的儿童文学课程学习。学前教育专业通常把幼儿文学设置为一门专业课程。在现实中,相较于心理学、教育学等课程,学习者对幼儿文学的重视程度往往不够高,然而,一个幼儿教师如果没有接受系统的幼儿文学专业训练,就难以对各种童年文学现象作出敏锐的反应,在教学岗位上仅能使用有限的幼儿文学作品组织教学活动,对家长提出的幼儿早期阅读问题,也无法提出专业性的指导建议,由此可见幼儿文学课程学习的价值所在。要学好这门课程,需要关注以下几个方面的问题。

第一,**合理使用幼儿文学教科书**。教科书是教师课程教学的依据,也是学生自主学习的重要资源。教科书是用来阅读的,是用来训练能力的,而不是用来划考试重点的,这是合理使用教科书的朴素原则,也是一个基准门槛。对教科书的使用不应仅停留在记忆知识要点、应对课业考试的层面上,应借助教科书建构自己对幼儿文学专业知识的系统性理解,并在教师指导下展开实践训练,形成适应学前教育工作的职业素养。

除了各章节的主体内容外,教科书的副文本也是不可忽视的学习内容,包括:前言介绍的写作背景与体例特色;知识阐释中的引文注释及全书的参考文献;幼儿园教学实践案例;各章节的研习任务;二维码中的数字资源,这些内容相互支撑、互为补充,构成教科书的严谨体系,体现了学科知识学习与专业能力训练的内在逻辑。学习者只有将个人的学习合理地纳入这一体系,所学的知识、所训练的能力,才能内化为具有稳固性与持久性的专业素养。

第二,**广泛涉猎优秀幼儿文学作品**。文本阅读是文学课程学习的一项重要内容。幼儿文学文本所反映的童年观念、主题指向、艺术特征是学习者建构专业知识系统、训练专业技能、从事教育实践的基础。从职业素养的角度看,幼儿文学是幼儿园各领域不可或缺的教育资源,只有在广泛阅读的基础上,通过对典型文本的赏析训练,才能具备为幼儿园教育活动选择优质文本的能力。

基于专业学习的文学阅读,除了依据个人兴趣外,还应根据课程的学习要求来划定阅读范围,对不同时期、不同作家、不同风格的作品都应有所涉猎,充分的阅读积累是课程学习的活水源头。需要注意的是,虽然我们学习的是幼儿文学,但也应该适当涉猎广义儿童文学其他类别(童年文学、少年文学)的作品,这些作品未必能够直接用于幼儿园教学,但可以增加我们对儿童文学整体面貌的认知,也能通过相互比较,更好地理解幼儿文学的特点。

第三，**关注幼儿文学研究进展**。幼儿文学课程仅能提供基础性的知识与能力训练，课程重点不在于培养学术研究能力，但鼓励学习者利用各种资源去了解幼儿文学的理论成果，关注最新的研究动向，这不但有助于深化课程学习，更能为未来的教师职业生涯提供内生发展动力。

幼儿文学研究涉及文学与教育两个学科领域。对幼儿文学的文学研究一般是置于广义儿童文学中展开的，涉及童年观念、学科性质、历史发展、文学评论、创作研究、读者接受、传播影响等。幼儿文学的教育研究主要包括：幼儿文学在学前教育中的价值、各领域教学对幼儿文学的应用、幼儿早期阅读、幼儿文学教学设计、幼儿读者的文学阅读反应等。有的研究兼及文学与教育两个领域。需要注意的是，不同学科背景的研究者，其研究视角、方法及表述各有特点，有的注重理论阐释，有的偏于实践操作，研究成果在理解难易程度上也有所区别，学习者可根据课程进度及自身需求作适当的选择。

第四，**尝试幼儿文学文本写作**。在许多人的观念中，文学创作需要具备特殊的才能，是作家独具的专长，普通人难以企及，这是对文学创作的一种误解。儿童文学史上的不少经典佳作的作者最初并不是专业作家，其身份十分多元，教师、编辑、父母等不一而足。幼儿园教师从事幼儿文学写作，有其独特的身份与资源优势。

文学写作是一项富有创造性的精神活动，很多人的文学创作才能处于潜隐的状态，需要外在力量的激活，课程中的写作任务就提供了这样的激活机会。亲历文学写作之旅，可以帮助我们更好地理解幼儿文学的艺术内涵，以更具审美特质的眼光去观察现实的童年生活。在教学活动中与幼儿分享自己精心创作的作品，无疑会受到欢迎。学前教育专业的学生尝试文学写作，应避免将过于实用、功利的教育目标预设为写作主题，使文学审美成为教育观念的附庸，应当从生活观察与文学想象出发，努力使自己创作的文本能够通过文学美感去彰显教育功能。

第五，**开展幼儿文学教学实践**。学以致用一直是备受推崇的学习精神，注重教育应用是幼儿文学课程行之有年的传统。课程学习中的教学实践包括：通过教学案例了解幼儿文学与学前教育的关系；结合教学实践活动，初步了解幼儿园文学活动的方案设计与教学方法。

在课程学习中，学习者应充分利用见习、实习的机会，认真观察幼儿园教师组织实施文学活动的情况，了解幼儿在各种场合对幼儿文学的喜好倾向与接受反应，根据教师指导及教科书研习任务的要求，完成相关作业。需要注意的是，幼儿文学课程与幼儿园语言教学法课程都涉及教育应用，但两者的侧重点有所不同，前者更关注幼儿文学作为一种教育资源在学前教育现场的应用状况，后者则是训练学习者系统掌握语言领域教学活动方案设计与实施的方法。前者的目的在于从实践层面上理解幼儿文学与学前教育的关系，进而将优质幼儿文学引入幼儿园教学活动；后者的目的是让学习者形成幼儿园语言领域的教学能力。学好幼儿文学课程将为幼儿园语言教学法课程的学习打下良好基础。

第二节　幼儿文学的丰富内涵

什么是幼儿文学？这是每一个学习者首先面临的问题，我们不妨先以一个简约明了的定义予以回答：幼儿文学是以学龄前儿童为主要接受对象，适合他们身心特点与审美趣味的各类文学作品的总称。

人们通常依据年龄阶段将儿童文学划分为三个层次:幼儿文学、儿童文学(狭义)、少年文学,分别适应于3—6岁、6—12岁、12—18岁的儿童,这三个层次的年龄基本对应着现行的三个阶段的学制:幼儿园、小学、中学。近年来早期教育愈发受到重视,因而也把适合0—3岁婴幼儿接受的文学纳入幼儿文学中。幼儿文学因其读者对象的低幼,成为儿童文学中最具特色的,也是与成人文学差异性最明显的文学类型。

在中国,"幼儿文学"这一名称大概出现于20世纪60年代初。1981年,任溶溶、鲁兵、圣野主编的《幼儿文学选(1949—1979)》由人民文学出版社出版,可以作为"幼儿文学"这一名称开始普遍化的标志。

除了对幼儿文学作出基本界定外,我们还需要对幼儿文学展开更深入的思考。例如:"以幼儿为读者对象",这显示了创作者对目标读者的自觉意识,但也有的作品创作时并没有非常明确具体的对象意识,只是幼儿恰好也能欣赏。"适合幼儿接受",怎样才算适合?其标准如何确定?历史地看,"适合"儿童阅读的标准常常处在变化之中。幼儿文学定义的最后落脚点是"文学",那么,对于幼儿文学的"文学性"而言,其区别于一般文学的独特性何在?从上述定义中无法获知更具体的答案。下面我们从幼儿性、文学性、文化性上对幼儿文学的内涵作进一步的讨论,以期在更详尽、深入地解释什么是幼儿文学的基础上,探讨什么是"好的幼儿文学"。

一、幼儿性:跨越年龄特征的边界

幼儿文学,顾名思义,既是"幼儿的"文学,又是幼儿的"文学",因此"幼儿性"与"文学性"是其题中应有之义,同时也是筛选与品鉴作品的重要参照。但以此作为幼儿文学的价值尺度仍显笼统。"幼儿性"仅仅是幼儿的年龄阶段特征吗?"文学性"因为有了"幼儿的"限制,是否与成人文学的文学性完全不同?事实上,二者在幼儿文学中不是简单相加的关系,而是融合之后会产生新的意义。

当"文学"加上限定语"幼儿",就进一步明确了它的目标读者。幼儿文学不但区别于"成人文学",而且区别于其他年龄层次的"儿童文学",区别就在于它的"幼儿性"。作为"幼儿的"文学,是否"适合"幼儿也就成为评判的首要准则。那么,怎样才算"适合",或者说应该适合怎样的"幼儿性"呢?这主要取决于成人的幼儿观,成人认为幼儿是怎样的以及应该怎样,其中包括幼儿喜欢读、能够读且应该读的作品是怎样的。那么,越能凸显"幼儿性",或者尽可能反映幼儿与成人及年长儿童之差异性的文学,是否就是好的幼儿文学呢?

幼儿文学中的"幼儿性",不应仅仅体现在对心理学所揭示的幼儿年龄特征的遵循。以皮亚杰为代表的发展心理学话语体系,建构了以"欠缺"为特征的儿童形象,即认为儿童整体的身心发展水平均处于相对不足的状态。基于此,后天教育的主要目的就是要弥补这些不足,使之逐步达到与成人相当的成熟水平。儿童心理学家艾莉森·高普尼克则提出不同的观点,他认为:过去人们常把孩子看作不完整的人,但科学家和哲学家研究发现,儿童并不像瑞士心理学家皮亚杰理解的那样,缺乏共情能力和道德知识,只拥有有限的感觉和知识。相反,他们不仅比成年人更善于学习,也充满了创造力;他们在很小的时候就已经拥有一些道德意识了。[①]

然而,这些科学言论所建构的无论是"无能的"儿童还是"有能力的"儿童,都无法涵盖儿童身心的全部特征。儿童哲学领域的重要学者马修斯的观点对我们思考幼儿文学的"幼儿性"或许更有帮助,他认为:"如果说皮亚杰,最伟大的,甚至可以说是唯一伟大的认知发展心理学家,对幼童哲学思维还缺少敏感性,那么还有谁是最敏感的呢?不,我不是意指其他的发展心理学

---

① [美]艾莉森·高普尼克.宝宝也是哲学家:学习与思考的惊奇发现[M].杨彦捷,译.杭州:浙江美术出版社.2014:扉页.

家,我也不是想到教育理论家,我指的是谁呢? 回答可能使人惊讶,是作家——至少是有些作家——他们是写儿童故事的。"①马修斯把作家在故事中对儿童的想象,作为认识儿童有益且必要的补充,从文学出发,我们有可能获得对儿童精神潜能更为深入与全面的了解。鉴于此,如果幼儿文学仅仅体现了教科书上幼儿的年龄特征,甚至完美地符合心理学等科学话语界定的幼儿身心特点,这样的作品仍然是缺乏深度的,不过是将幼儿文学变成某种科学理论的形象化图解,而没有自己独到的发现与对幼童生命精神的真诚感悟。

从幼儿的阅读接受来看,幼儿性是否指"幼儿的理解能力"? 以其作为幼儿文学艺术深度的标准,是否恰当? 心理学上的理解能力主要属于认知范畴,更适合用来指导教育实践,它与文学的范畴不完全对等。早在 19 世纪 60 年代,俄国文学批评家尼·瓦·舍尔古诺夫就描述过小孩子读书的情景:

大家可以留心观察,有时候小孩子读起书来是何等的专心。双颊发烧,两耳发红,全神贯注——目不旁视,耳不旁听。你若问他——"好吗?""好!"——他回答说。"你懂吗?"——"懂!"——"那你说说,你懂了些什么?"——小孩子什么也说不出来。

舍尔古诺夫认为:"一本读物就只应去打动他们的感情,作用于他们的想象。它应当温暖他们的心灵,给他们打开那美好而又人道的感觉世界,激发他们心中温柔的、微妙的感受能力。"②"懂"与"不懂"只是认知理解的问题,由于年龄的限制,孩子有时候很难确切表达其对某一文学作品的理解。但是,当孩子被故事打动的时候,谁又能说他完全没懂呢?

学者朱庆坪表达过类似的看法,他以《去年的树》为例,树的结局意味着死亡,孩子是否能理解这种超越生死界限的友情呢? 从给幼儿讲述的现场效果来看,孩子表现出深深的震撼与伤感,全班鸦雀无声。因此,"我觉得对幼儿来说,理解与感受并不完全是一回事,深刻的东西也会打动他们幼小的心灵,虽然他们并没有真正理解是什么打动了他们的心。当我们过分拘泥于所谓幼儿认识理解能力的局限时,我们却忘记了审美感受能力往往超越了逻辑和经验。当我们自以为幼儿不可能理解《去年的树》那种生死不渝的友情时,孩子们却已被那生死不渝的友情深深打动了"。③ 可见,认知理解能力与文学中的审美感受能力是不对等的,建立在心理科学基础上的认知理解力无法机械套用到幼儿对文学的审美接受上。

还有一位学者曾讲述自己的真实经历,他朗读安徒生的名作《卖火柴的小女孩》给三岁的女儿听:"她被深深地吸引住了,虽然泪流满面,但丝毫没有恐惧、沮丧的神情,一再央求我重复讲这个故事。"④这就是美的感染力,虽然孩子未必明白是什么感动了自己。

然而,我们不得不面对一个事实:"无论给予儿童何种'自由'或解放,儿童都不可能是成人。除了心理的成熟之外,还需要有多年的经验和社会交往才能完全发育成在社会中发挥作用的成员。"⑤同样,即使认为儿童文学是"一种专门为缺乏语言和生活经验的读者而写的文学",即使相信"好的儿童文学是假设读者缺乏经验,而不是假设他们没有能力通过经验——包括文学经验在内——获得更强的理解能力",⑥无论我们多么信任幼儿的理解力和审美感受力,不可否认的是,幼儿的文学理解力或审美感受力都有待提升。

因此,幼儿文学的艺术深度对幼儿审美感受力的挑战应该是有限度的。《去年的树》《卖火柴的小女孩》等虽说是有深度的作品,但这些作品的故事结构、语言表述和情感表达,整体来说还是与幼儿的经验相契合的。这样的作品可以从 4 岁读到 80 岁。这不意味着超越幼儿"认知

拓展学习
1-2-2

阅读杜传坤《中国现代幼儿文学的发生》

① [美]加雷斯·皮·马修斯.哲学与幼童[M].陈国荣,译.北京:生活·读书·新知三联书店.1992:67.
② 黄云生.论幼儿文学的艺术深度[J].幼儿读物研究.1992(16).
③ 朱庆坪.谈谈幼儿文学作品的艺术感染力[J].儿童文学研究.1991(12).
④ 郑明华.探索儿童世界是我们的责任[J].幼儿读物研究.1993(18).
⑤ [美]约书亚·梅罗维茨.消失的地域:电子媒介对社会行为的影响[M].肖志军,译.北京:清华大学出版社,2002:202.
⑥ [加]佩里·诺德曼,梅维丝·雷默.儿童文学的乐趣[M].陈中美,译.上海:少年儿童出版社,2008:155.

理解能力"的作品都能激发幼儿的审美感受,幼儿文学的艺术深度、表现手法等,不能像成人文学那样无所顾忌。因为,研究者虽然一直在反思和挑战皮亚杰为代表的认知发展阶段理论,但是"仍有明显的证据表明,在基于生物因素的儿童身体发展过程中确实存在着特定的普遍性",①这些普遍性不仅存在于儿童的骨骼、肌肉生长等生理层面,也存在于思维和精神等层面。幼儿在生理和精神层面的共性特征,仍是幼儿文学应该遵循的限度,也是幼儿文学"幼儿性"的有机组成部分。

二、文学性:探寻审美与教化的关系

"儿童文学也应该是一种文学",今天看来这似乎是一个常识,但这一说法在 20 世纪 80 年代曾引领过儿童文学领域一场重要的思想变革,中国儿童文学(包括幼儿文学)所取得的艺术进步,在很大程度上得益于这场思想变革。在很长的一个历史时期内,人们存在这样一种普遍的观念:幼儿文学的实质或所担负的功能与成人文学不同,它不以审美为第一位,比如有的研究者认为,幼儿文学应当作为"教育的工具",文学性只是教化的手段,远非这一文类的本质属性。

在此我们有必要对幼儿文学的教化功能与其文学性的关系作深入的辨析。从艺术史的角度考察,"在性质和功能上,早期艺术与幼儿文学都不是纯粹审美意义上的艺术作品。……幼儿文学从诞生至今,它所承担的功能也超出了一般的文学层面,指向知识、娱乐、教育、游戏等多个维度"。② 这种历史概括是客观的。事实表明,"幼儿文学的诞生,首先不是为了满足幼儿文学阅读的需要,而是服从于对幼儿实施教化的需求"。③ 今天的幼儿文学也依然承担着多种教化任务。

问题在于,幼儿文学的起源能否一劳永逸地决定此种文类的性质?幼儿文学的文类性质与其起源之间确有重要关系,然而这种关系不是决定性的,也不是一以贯之的。起源只是幼儿文学在特定时期、特定社会处境中得以产生的原因,二者之间不构成一种"因果式"关系。从艺术史的角度可能会看得更清楚,"原始民族的大半艺术作品都不是纯粹从审美的动机出发,而是同时想使它在实际的目的上是有用的,而且后者往往还是主要的动机"。④ 可是这不意味着艺术的本质在于实用,更不意味着维持原有的创作动机就是坚守艺术的真谛,它无法阻止后人将艺术从实用目的中"解放"出来蜕变为纯粹审美的艺术。幼儿文学的起源与其文类性质之间的关系同样如此。

幼儿文学的教化功能与其文学性的关系,从历史与实践层面看,二者是相辅相成的。幼儿文学诞生之初,其教化功能的发挥恰是此文类合法性存在的前提,有时一个仅仅好玩的作品也会标注上是为了儿童的教育而作,以教育性掩饰它的娱乐性。这种教化工具论的影响力有多大呢,不妨举一个有趣的例子:美国苏斯博士的第一本儿童书《可我在墨尔博利大街看见它了》(1937 年),至少被 27 家出版社拒绝过,编辑们批评它"里面没有任何道德教育和信息",对"把孩子培养成一个好公民"没有帮助。⑤ 随着现代幼儿文学观念的确立与发展,文学性的丰满成为教化功能得以实现的有力保障,甚至在此基础上又延伸出娱乐与游戏等多种功能,而在现代教育理论看来,幼儿的娱乐和游戏也都是富有教育意义的。

---

① [瑞典]赛尔玛·西蒙斯坦.儿童观的后现代视角[J].幼儿教育,2007(2).
② 方卫平.幼儿文学教程[M].北京:高等教育出版社,2012:7.
③ 同上书:9.
④ [德]格罗塞.艺术的起源[M].蔡慕晖,译.北京:商务印书馆,1984:234.
⑤ [美]艾莉森·卢里.永远的男孩女孩——从灰姑娘到哈里·波特[M].晏向阳,译.南京:南京大学出版社,2008:100.

尽管二者的关系如此密切,我们仍然不能将文学性与教化功能混为一谈,更不能置于同一个层面加以比较。无论如何,"幼儿文学"无法等同于"幼儿教育",即使幼儿文学是最有效的教育手段,那也须置于"文学性"的框架下讨论和评价。教育性可以被幼儿文学吸收,作艺术化的加工,处理得当的话,它不但不会伤害文学性,反倒会提升幼儿文学的艺术性。教育性与文学性并非矛盾对立不能两全,教育性的思考是否有损于幼儿文学的文学性,关键在于是否赋予教育思考以文学性。

在儿童文学历史上,教育性与娱乐性、教育性与想象力、教育性与审美性等,通常被视为儿童文学的两个基本特性、两种基本功能或者两种基本观念,虽然也有试图融合或兼顾两者的主张,但二者大多时候是对立的。在一个历史时期内,中国儿童文学(包括幼儿文学)受文以载

> **讨 论**
>
> 　　结合个人阅读经历,谈谈你对突出教育性而忽视文学性的儿童文学作品的看法。

道传统观念的影响,重视教化功能,但往往又将教化的内涵狭隘化为政治、道德或知识的训诫,忽视对幼儿心智、情感、精神、心灵成长等多方面的熏染与浸润,忽视"美之教化"和"教化之美"。事实上,很多成功的儿童作品都是既提供愉悦又提供教益的。

幼儿文学的"文学性"是否有其独特之处呢?某种意义上,幼儿文学与成人文学、其他年龄段的儿童文学之间都存在叙述差异,但这种差异不应被视为文学性的等级优劣。例如,低幼文学强调故事性,实际上是承继了小说悠远的叙事传统,而成人严肃文学的艺术创新在很大程度上是在远离这一传统,比如,现代小说消解完整的故事结构,以碎片化的意识流动替代时间维度上的情节展开,等等。这就给人造成一种误解:成人文学进化之后,把此前较低等的文学形式留给了儿童。萨默维尔就认为,在读写传播前,各种年龄的人都喜欢听我们现在称为"哄小孩的故事"的东西。"而从那时起发生的变化是,成人'长大了',并且将这些故事留给了儿童。"①类似这样的论述让人感觉,幼儿文学不但是与成人文学不同种类的文学,而且是一种较为低等的文学,它的文学性与成人文学有明显的高下之分,有原始与现代之分。

这种观点无疑是偏颇的。好的幼儿文学即使表现幼稚,也并非是幼稚的表现。幼儿文学的"文学性"并不原始低等,与其他文学类型之间存在的只是艺术差异而非艺术差距。同时,肯定幼儿文学的"文学性",也并非如现代文学对"纯文学"的鼓吹那样,不惜抽空精神与道德去捍卫文学所谓的"纯粹性",结果最后只剩下苍白的语言形式。幼儿文学的"文学性"应该具有更为丰富的意义,好的幼儿文学首先应该是"好的文学",同时它还与幼儿的精神哲学、道德感、美学等相契合。这些都将体现在幼儿文学的情节、语言、角色结构中,还将体现在它所隐含的童年观念里。

幼儿文学的文学性尺度往往是根据一些艺术上较为完美的伟大作品而建立起来,这样的作品堪称经典。它们是卡尔维诺所说的"每次重读都像初读那样带来发现的书,是即使我们初读也好像是在重温的书",能不断被读者以新的方式阅读并获取新的意义。关注文学史上的经典作品,是学习幼儿文学最为基础,也最为重要的一项内容,经典之作将为我们树立评价幼儿文学品质优劣的尺度。

同时,我们也要去关注艺术性存在不足的幼儿文学作品,挖掘其内在的丰富可能性。这些作品可以列入"可分析性"的作品。"可分析性是一个长期工作中形成的美学上的反应。"(洪子诚语)而具有"可分析性"的文本往往是研究者更喜欢的文本,却不必然是"好作品"。"假如一个作品,它的艺术性非常完美,它自身的可能性也许反而被局限住。很多很好的作品都是有缺

---

① 〔美〕约书亚·梅罗维茨.消失的地域:电子媒介对社会行为的影响[M].肖志军,译.北京:清华大学出版社,2002:228.

陷的,但其可能性也许就在其缺陷中。"①当然,对于文本"丰富可能性"的分析同样需要论者保持审美判断力,对可分析性作品不能丧失或降低应有的文学性标准。本书将把某些"可分析性"作品纳入文本赏析的范围,不仅分析作品在思想观念、艺术手法上的成功之处,也会讨论这些作品的不足。

三、文化性:表现富于特色的现代文化精神

文化性是对幼儿文学所隐含的文化精神内涵的考察。"儿童文学的文化问题最关乎的不是文化的内容,而是文化的见识,这见识的深度决定了儿童文学写作的厚度。"②当代原创儿童文学并不缺乏种种文化符号,也不缺乏诸多文化表现手法,可是在最能体现儿童文学作品文化底蕴的文化见识、大文化视野和情怀上,却是有待提升的。

幼儿文学也必须面对这一"文化问题"。在某种意义上可以说,幼儿文学的童年想象折射着现代文化精神,而从现代童年概念所透射出的对于"深度""伦理""人性"等现代文化精神的关切,具有某种文化警醒意义。幼儿文学乃至儿童文学,应该有这样的野心与追求,从而才可能成为给小孩子写的"大文学"。

需要指出的是,强调幼儿文学的文化精神,不是要将文化问题从外部强加于幼儿文学,不意味着将幼儿文学的文化功能置于价值优先地位,也不意味着将文学性与文化性二元并立,作等价齐观。因为"诗情画意的文学本身包含了神话、宗教、历史、科学、伦理、道德、政治、哲学等文化涵蕴。在优秀的文学作品中,诗情画意与文化涵蕴是融为一体的,不能分离的"。③ 如果文本经不住文学性的检验,就不值得进行文化的研究批评。同理,如果能将二者完美结合,文化精神的反思不但不会妨碍幼儿文学的文学性,反倒会增益作品的艺术价值。文学性与文化性是一体两面的关系,文化精神内在于文学本身。

对于文化精神,可以从两个层面理解。第一个层面是指,幼儿文学塑造幼儿对本国本民族文化精神的认同。当今的中国儿童文学呼吁为孩子讲述"中国故事",书写"中国式童年",这无疑是从中华民族文化传承与精神认同的角度作出的选择。这种精神认同是孩子自我身份认同的核心,它通过文学的方式暗示孩子作为一个中国人应该是怎样的。第二个层面是指,跨越本国与本民族文化的范畴,同时超越童年亚文化的范畴,站在人类大文化的高度,去弘扬一种更具普遍性的关涉道义、情感、美感等的人类精神。讲述的可以仍然是中国故事,但主题是世界的,精神是人类的。

2016 年获得国际安徒生奖的曹文轩在 20 世纪 80 年代曾提出"儿童文学作家是未来民族性格的塑造者",这一理念深刻影响了一个时代的儿童文学理论与创作。进入新世纪后他对这一说法作出了修正:"儿童文学的使命在于为人类提供良好的人性基础。我现在更喜欢这一说法,因为它更广阔,也更能切合儿童文学的精神世界。"④他将儿童文学的使命从民族的立场拓展到人类的立场,主张儿童文学的目的是为人"打精神的底子",他将自己的写作永远建立在道义、审美、悲悯这三大基石之上。幼儿文学应当具备这样的人类文化大视野,具备一种精神高度,去表达和建构一种值得追求的人类文化理想和文化精神。

此外,尼尔·波兹曼对"童年消逝"的研究⑤也为我们从文化精神的层面理解童年文化提供

① 吴晓东.文学性的命运(代序二)[M].广州:广东人民出版社,2014:44.
② 方卫平.童年写作的厚度与重量——当代儿童文学的文化问题[J].文艺争鸣,2012(10).
③ 童庆炳.文艺学与文化研究丛书·总序[M].北京:北京大学出版社,2006.
④ 曹文轩.文学应该给孩子什么?[N].文艺报.2005.6.2.
⑤ 参阅:[美]尼尔·波兹曼.童年的消逝[M].吴燕莛,译.桂林:广西师范大学出版社,2011.

了重要启示。波兹曼认为,随着近代印刷技术的进步,书籍获得广泛普及,具备"读写能力"的成人凭借对文字符号的垄断权力,圈定了童年的"禁忌"范围,让儿童无法获知许多成人的"秘密"。书籍文字符号所表征的成人世界,不识字的孩子自然无从知晓,基于此,与成人相区隔的儿童拥有着童年特有的"纯真"状态。电视等电子媒介的强势兴起,打破了成人世界与儿童世界的藩篱,儿童可以十分便捷地与成人共享相同的生活讯息,"秘密"无从保守,"纯真"也就不复存在,儿童的"早熟"在电子媒介主导的文化环境中,成为一种普遍现象。

"童年消逝"的隐忧应当引起我们对整体童年文化的反思。譬如,关于"秘密",它代表文化中需要儿童花费时间来学习的重要内容,比如成熟的理性,"羞耻"意识及其带来的"禁忌",而性秘密则是人类文化羞耻感的童年底线。当某种文化越来越不看重"秘密"的价值,而将没有

秘密的世界展示给孩子,那么在羞耻感消失之后,"能取代孩子而成为人类社会道义资源的将是什么? 换句话说,有什么是可以让人类社会有所顾忌、自设底线的? 当'孩子'真的消失的时候,成年人既不必承担什么天然职责,也不必为什么'未来'担忧,那么还有什么是人们必得承担的? 有什么是人们无法承受的?"[1]童年概念无疑是现代文明的一种发明,让我们最为担忧的是,"随着童年的'发明'而得到传递和建构的现代文化精神,却在今天的童年文化中不断流逝。这才是'童年消逝说'应该引起我们警惕的最重要原因"。[2] 这是一种极为必要的提醒,也是一种高瞻远瞩的忧虑。

幼儿文学既是现代文化的一种发明,同时其本身也是现代文化的组成部分,它体现着也建构着社会的童年文化。幼儿文学对于童年观念或者童年文化的理解和表现,表征着一个时代或社会的文化精神。幼儿文学不是幼稚的文学,它应该有一种自觉的文化意识,去传递和构建现代文明最具价值的文化精神,或者去弥补被侵蚀的现代文化精神,去挑战被异化的现代文化精神,去引领在消费时代迷失方向的现代文化。幼儿文学应该以文学的方式去表现文化深度,塑造幼儿富有文化底蕴的主体性;幼儿文学应该坚守童年的伦理底线,既不让秘密的隐瞒成为对孩子权利的剥夺,又保护孩子对某些禁忌知识的不知情权,让富有价值的秘密成为孩子成长的助推力;幼儿文学应该珍惜与呵护孩子的纯真,同时相信纯真与复杂和丰富的并存,避免对孩子简单化、同质化的理解,并且避免把纯真作为实施规训的借口,而应在纯真所象征的人性土壤上播撒真善美的种子,为孩子,也为我们自己建造一座更美好的世界花园。因此,幼儿文学对现代文化精神的表现、传递与创新,在很大程度上代表了幼儿文学所能达到的思想高度与艺术深度,可以作为理解与衡量幼儿文学的一种价值参照。

以上我们从幼儿性、文学性、文化性方向探讨了幼儿文学丰富而深刻的内涵,基于此,也力求回答什么才是"好的幼儿文学"。或许,对于"何谓好的幼儿文学",我们还需思考:"谁"在评价? 对"谁"而言是好的? 某种价值标准可能只是代表了某个时代和某个社会群体的一种审美趣味、伦理模式和权力意志,我们不能将其视为一种固化不变的绝对标准。对何谓"好的幼儿文学"的讨论远没有终结。这不是一个可以完成的过程,我们应该永远保持一种批评的态度、一种开放的思维方式,如此,"好的幼儿文学"才有无限的可能性。

① 陈映芳.图像中的孩子——社会学的分析[M].济南:山东画报出版社,2003:130.
② 赵霞.童年的消逝与现代文化的危机——新媒介环境下当代童年文化问题的再反思[J].学术月刊,2014(4).

◇◇◇◇◇◇◇◇◇◇◇◇◇◇◇◇◇◇◇◇◇ 研 习 任 务 ◇◇◇◇◇◇◇◇◇◇◇◇◇◇◇◇◇◇◇◇◇

认识幼儿文学的样貌与内涵

[任务一] 初步了解幼儿文学的样貌

请选择以下 1—2 个项目展开研习,组织一次小组讨论:(1)收集若干首自己小时候念诵过的歌谣,也可向家中长辈了解他们曾经念诵过的歌谣,看看歌谣内容是否与儿童生活有关;(2)回忆自己在幼儿园、小学阶段读过哪些有意思的故事(书籍)并列出作者姓名;(3)搜索各类媒体有关儿童阅读的信息并进行梳理,看看当下的热点话题是什么;(4)登录一些儿童阅读推广或童书销售自媒体平台,了解这些平台的运作情况;(5)阅读本教科书前言,了解教科书的编写特色及知识与能力要点等;(6)到学校图书馆借阅若干本儿童文学作品进行初步阅读。

[任务二] 理解幼儿文学的丰富内涵

请选择以下 1—2 个项目展开研习:(1)结合教育学、心理学中对幼儿特点的描述,对照本章关于"幼儿性"的知识,谈谈你对幼儿年龄特征的理解;(2)尝试找出 2—3 篇幼儿文学作品,根据本章关于"文学性"的知识,谈谈你从作品中体会到了怎样的文学美感,如果你认为作品的文学性存在问题,也可以谈谈;(3)有人认为给幼儿读的文学作品,都应当有明确的教育目的,让他们从中学会某种本领或明白某种道理,谈谈你对这种观点的看法;(4)搜索媒体信息或观察身边的儿童,你认为现在的儿童更喜欢以什么样的方式来接受文学。

第二章　理解幼儿文学

学习目标

知识目标：
1. 了解幼儿文学对幼儿发展的价值及教师发挥的作用。
2. 掌握幼儿文学的文本形态、接受特点和美学特征。

能力目标：
1. 理解幼儿文学相较于一般文学的独特性。
2. 运用幼儿文学美学特征的相关知识，初步尝试赏析文本。

素养目标：
1. 初步形成从多角度理解幼儿文学价值的观念。
2. 初步建立以美学特征辨析幼儿文学品质优劣的思维方式。

新课导入

学者刘绪源以下面这个例子说明幼儿的"自我中心"思维：

> 有一个编辑的儿子一岁多时，因起床晚了要赶去"早教班"，在地铁上，他好像发现了秘密，忍不住道："妈妈，今天地铁为什么跑得那么快？"妈妈没听明白他的问题，就说地铁不会碰到红绿灯不会堵车，所以快。孩子纠正道："不是，是因为它知道我肚子饿，所以跑快一点，好让我到早教中心吃饼干。"儿童总是用自己内心感受来推测世界和他人。还是这个孩子，两岁多时听到妈妈念"夕阳西下，断肠人在天涯"，就问："断肠人在天涯……干什么呢？"妈妈说不知道，他很有把握地告诉妈妈："一定是骑骑自行车、玩玩玩具、看看书看看动画片、吃吃好吃的，还会打电话：喂，你在哪里啊……"这是很典型的儿童心理。[①]
>
> ——刘绪源

1. 观察身边的幼儿，看看他们的言行是否也有与以上例子相似的情形。
2. 在学习中关注幼儿文学的美学特征与儿童"自我中心"心理的关系。

---

① 刘绪源.美与幼童——从婴幼儿看审美发生[M].南京：江苏凤凰少年儿童出版社，2014：102.

第一节　幼儿文学的多元价值

　　幼儿文学因其广泛的题材内容、丰富多样的艺术形式、体现幼儿心性的童趣意味,在学前教育中具有重要价值,学前教育在利用幼儿文学资源的过程中,要避免单向度的实用主义倾向,不应把幼儿文学的教育功能简单地窄化为"糖衣药丸"式的"规训与教化",而应关注幼儿文学的"美之教育"和"教育之美"。幼儿文学价值的实现有赖于教师该领域专业素养的提升。

一、幼儿文学对幼儿发展的价值

(一) 幼儿文学与早期审美启蒙

　　审美教育是学前教育的重要内容,对幼儿的审美意识萌发、性格养成乃至终身发展都具有重要意义。美学家斯托洛维奇认为:"艺术是对个人目的明确地施加审美影响的基本手段,因为正是在艺术中凝聚和物化了人对世界的审美关系。因此,艺术教育⋯⋯组成整个审美教育不可分割的一部分。"[1]文学是艺术教育的内容之一,幼儿的文学接受是其早期艺术经验的重要构成,幼儿文学在早期审美启蒙中的独特价值应予以充分重视。

1. 为幼儿提供丰富的审美体验

　　第一,通过富有美感的语言节奏,帮助幼儿获得愉悦的情绪体验。刘绪源认为,人具有对于"节奏感"的内在需求,幼儿对"节奏"异常敏感,外在的节奏会通过人的感受器官进入幼儿内心,影响他们的情绪,进而使其得到精神上的满足,正是由于这种需要,人类产生了催眠曲等各种有节奏的艺术。[2] 传统童谣与现代儿歌都追求语言的韵律美。比如传统童谣《菊花开》:"板凳,板凳,歪歪,/菊花,菊花,开开;/开几朵? 开三朵,/爹一朵,娘一朵,剩下那朵给白鸽。"这首童谣简明晓畅,节奏鲜明,既有趣味生动的画面感又不失童真的稚拙感,句式简洁又富有变化,幼儿可以在语言与动作的律动中获得愉悦的情绪体验。

　　童话和民间故事中普遍存在"三段式"(也称"三迭式")情节结构,这种结构营造出的叙事节奏感,也深受幼儿读者的喜爱,如民间故事《三只小猪》中三个猪兄弟三种不同的盖房方式,《白雪公主》中王后三次毒害白雪公主的惊险过程。三段式结构虽然没有形成外化的有声语言节奏,但它所构成的故事内在逻辑节奏,可以让幼儿在"听赏"过程中产生审美意义上的心理律动,享受故事情节展开带来的乐趣。

　　第二,满足幼儿对游戏的喜爱,张扬其丰富多样的游戏精神。李学斌认为,儿童成长是一个不断社会化的过程,他们在以成人为主导的社会机制中不断被规训,其本真活力难免受到限制,但儿童在游戏中可以将在现实中受到的压抑和委屈忘却或转移至替代物,从而使得受阻情绪重现通畅,进而宣泄和释放天性、恢复本真活力,游戏的儿童"追求着想象中的自我实现,体味着心理能量中本能冲动和社会性压抑感被悬置的轻松和愉悦"。[3]

　　在具象化的游戏中,幼儿是以身体参与游戏,而在文学阅读中,幼儿则以精神参与游戏。优秀的幼儿文学作品往往富含游戏精神,例如,有的童话贯通着幻想和现实两个世界,故事中的动植物或无生命物件具有拟人特征,在阅读这些文学作品时,幼儿的游戏体验从外在的身体操

---

① [爱沙尼亚]斯托洛维奇.审美价值的本质[M].凌继尧,译.北京:中国社会科学出版社,2007:201.
② 参见:刘绪源.美与幼童——从婴幼儿看审美发生[M].南京:江苏凤凰少年儿童出版社,2017:78—79.
③ 李学斌.童年审美与文本趣味[M].合肥:安徽少年儿童出版社,2001:4.

作走向更深层次的内在精神参与,实现了自由精神的扩展和本真活力的释放。

2. 为早期审美启蒙提供文学资源

幼儿因年龄小、生活阅历少且间接知识有限,他们的审美能力尚不成熟,需要成人的引导与启发,优秀的幼儿文学往往寄寓着作者丰富的审美情感,凭借其普适性的审美意趣得以广泛流传,历久弥新。早期审美启蒙应当充分发掘这一珍贵文学资源的内在价值,培育幼儿的审美趣味,提升其审美感受力。

下面我们来看看潮汕童谣《月光月光》所营造的意境之美:"月光月光月疏躲,/照篱照壁照瓦槽;/照着眠床脚踏板,/照着蚊帐绣双鹅。"童谣中的"月光""月疏躲"(潮汕方言,指月亮在云间时隐时现、时明时暗的状态)"篱笆""墙壁""瓦片""眠床""蚊帐"等,生活中并不稀见,在童谣中却显示出独特的艺术感染力:静夜里,窗外的月光仿佛在和人捉迷藏,有时悄悄地藏在云后,有时缓缓地露出脸来,向外观看时,会看到月光爬上篱笆、院墙、屋顶,当把视线收回,发现孩子的床边也披着一缕月光。在更细微处,月光落在蚊帐上绣着的两只白鹅上。灵动的意象组合描绘出恬静祥和、充满生活气息的画面,给幼儿带来丰富的审美体验。

语言艺术与音乐、美术的结合,可以创设出更为广阔的审美空间。英国传统儿歌 *Twinkle Twinkle Little Star*(中译《一闪一闪的小星星》),简洁铿锵的韵语歌词配以轻盈活泼的音乐旋律,深受孩子喜欢,在世界各国广泛传唱。

近些年,图画书受到越来越多的关注,作为一种图文复合型读物,在幼儿审美教育中具有特殊的价值,许多图画书的画面和文字不仅承担着叙事功能,同时也传递着审美意趣。比如周雅雯创作的图画书《小雨后》,朗朗上口的童谣配以稚拙淡雅的水墨画,讲述了小雨后小姑娘漫步乡村的故事,故事中既有"小娃撑小艇,偷采白莲回"的童趣,又有"草长莺飞二月天,拂堤杨柳醉春烟"的优美,为幼儿展示出中国传统美学的魅力。再如,田宇与田鹏创作的《从前有座山》,经典老童谣配以中国山水画,展示"从前有座山,山里有座庙……"的声韵循环背后的变化:四季交替、阴晴雨雪和柴米油盐,带领幼儿看到山中有鹿、林间有马、猫咪在房顶踏雪留痕的自然生活,让幼儿感受到一份自然生活的恬淡、清雅。

拓展学习
2-1-1

了解童谣
图画书

(二) 幼儿文学与认知能力发展

幼儿文学的题材涉猎广泛,不仅包括自然知识、社会知识,还关涉知识认知的方法,能够以审美的方式激发幼儿探究知识的兴趣,发展认知能力。

1. 体现幼儿认知特点,激发幼儿认知兴趣

幼儿文学的内容和表现形式与幼儿的认知特点有很高的契合度,容易引发幼儿的兴趣。幼儿乐于通过游戏学习知识,有的幼儿文学本身就是一种语言游戏。例如,儿歌中的谜语歌,此类儿歌让幼儿在听赏、念诵中感受语言的节律美感,同时又能激发幼儿积极思考、探究事物的特征,作出合理的猜测。以下是几首猜物儿歌:

屋子方方,有门没窗,屋外热烘,屋里冰霜。(冰箱)

弟兄七八个,围着柱子坐,只要一分开,衣服就扯破。(蒜头)

一棵大树半天高,不怕斧头不怕刀,也没枝干也没叶,只怕风来吹断腰。(烟)

图画书则可以通过符合幼儿游戏心理的内容和独特的书页设计,增强阅读的趣味性,让幼儿在主动探索中认知知识。以艾瑞·卡尔的图画书《好饿的毛毛虫》为例,该书讲述了毛毛虫出生后每天都会吃下不同的食物:星期一,吃了一个苹果;星期二,吃了两个梨……直到星期天,它吃下了好多美味的食物,包括蛋糕、冰激凌、火腿等等。毛毛虫在"吃"这一行为上不断重

复,层层推进,符合幼儿内心对规则、重复的游戏性追求。该书对书页进行了镂空设计,毛毛虫吃掉食物后留下的一个个小洞,可供幼儿动手操作。幼儿通过理解故事内容与操作特殊书页的双重探索,自然地了解毛毛虫从"破壳而出"到"化茧成蝶"的生长过程;认识各种水果和食物的名称;掌握形状、色彩、星期、数字、量词等相关概念。在游戏情境中展开的阅读行为拉近了文学与幼儿的距离,增强了幼儿认知知识的内在动力。

2. 扩大知识视野,帮助幼儿了解自然和社会知识

拓展学习
2-1-2

了解
科学童话

幼儿文学在向幼儿传播各类知识上发挥着重要作用。如林颂英的《小壁虎借尾巴》和鲁克的《谁丢了尾巴》,这两则科学童话以"尾巴"为线索,让幼儿跟随主人公在一次次的询问和反馈中,了解各种动物尾巴的作用与特征。

日本菅原启子的系列科学图画书《身体大发现》,第一辑为2—3岁幼儿介绍眼睛、牙齿、嘴巴、手脚等身体构造,第二辑为4—5岁幼儿介绍骨骼、消化、触觉等知识,第三辑为5—6岁幼儿介绍内脏器官、血液循环、饮食保健、性教育等知识,整套作品以图文结合的形式,循序渐进地为孩子开启认知身体秘境的大门,帮助他们通过阅读探索身体的结构和机能。

幼儿文学可以帮助孩子以文学审美的方式了解历史风貌和社会生活,对其社会化成长发挥独特的引领作用。于大武的图画书《一条大河》展现了黄河奔流入海的动态过程,以写实的画面介绍了黄河两岸的风土人情与历史风貌,帮助幼儿读者了解中国的历史与文化。周翔的图画书《我和爸爸逛巴扎》借助维吾尔族小朋友阿尔曼的视角,带读者领略极富新疆民俗风情的农贸市场——大巴扎,帮助幼儿了解各民族文化。

3. 帮助幼儿掌握认知方法,提升认知层次

幼儿文学的认知价值不仅体现在传授知识上,有些作品还涉及掌握知识的方法,幼儿可以从中获得启发,提升认知层次。例如,刘崇智的童话《燕子妈妈笑了》:

菜园里,冬瓜躺在地上,茄子挂在枝上。

屋檐下,燕子妈妈问小燕子:"你能不能飞到菜园里去,看看冬瓜和茄子长得一样不一样?"

小燕子飞去了,回来说:"妈妈,妈妈,冬瓜是大的,茄子是小的。"

燕子妈妈说:"不错。可是,你能不能再去看看,还有什么不一样?"

小燕子又飞去了,回来说:"妈妈,妈妈,冬瓜是青的,茄子是紫的!"

燕子妈妈点点头,说:"很好。可是,你能不能再去认真地看看,它们还有什么不一样?"

小燕子又一次飞去了,回来说:"妈妈,妈妈,我发现冬瓜的皮上有细毛,茄子的柄上有小刺呢!"

燕子妈妈高兴地笑了。

故事中的小燕子从仅关注两种蔬菜最浅表的差异,到逐步深入观察它们多方面的区别,其间包含的知识探究的原理,对幼儿认知能力的发展具有启发意义。这篇童话可以成为后继探索活动的引子,老师和家长讲完这个故事后,可以继续引导幼儿探索冬瓜和茄子还有哪些不同,并鼓励幼儿把多重比较、仔细观察的认知方法运用到生活中去。

有些作品的主题还指向哲学层面的认识论,如由波兰作家、插画家伊娃娜·奇米勒斯卡的图画书《一半? 一半!》,通过对比的手法向读者展示不同视角下的认知差异:桌子上的半杯水,乐观的人认为杯子已经有了半杯水,悲观的人则认为杯子空了一半;普通轿车的主人与豪华轿车的主人相比,显得很贫穷,但与拄着拐杖、跛着脚过马路的贫穷老人相比,又显得很富有。图画书通过多组现象的对比,让幼儿认识到事物的难易、大小、美丑等并没有绝对的标准。图画书的画面和语言很简单,却引出了关于理解与包容、差异与接受等深刻的话题讨论,引导幼儿

思考如何看待世界与他人。

（三）幼儿文学与道德启蒙教育

道德教育是"对受教育者有目的地施以道德影响的活动。包括提高道德认识、陶冶道德意志、确立道德信念、养成道德行为习惯等。"(《辞海》第七版)幼儿的认知能力、意志水平相对有限，与成人及大龄儿童的道德教育相比，针对他们的道德影响活动，应带有更为丰富的情感要素和情境性特点，文学在其中可以扮演重要的角色。幼儿文学情感丰沛的言语表达、引人入胜的故事情节、融事理于美感的主题呈现，为道德启蒙提供了独特的教育资源。

1. 帮助幼儿提高道德认知

幼儿在成长过程中，需要学习各种道德规范，这一学习过程如果充斥着单向度的道德灌输，往往效果不彰。幼儿对于道德的理解是"一种人际的、有感情的、想象的、类似于故事般的现象。"[①]幼儿文学呈现的事件、流露的情感，符合幼儿的道德理解方式，能够通过丰富的审美形象向幼儿展现社会生活所需遵循的道德准则，让幼儿的道德认知建立在美感体验的基础上。

在黎锦晖的儿童歌舞剧《麻雀与小孩》中，一个顽童出于好奇将一只活泼可爱的麻雀诱骗到家中，关进了笼子，但麻雀妈妈的拳拳母爱感动了小男孩，他意识到是自己的行为让麻雀母子分隔两处、痛苦不已，最终决心放掉小麻雀。幼儿可以在观赏热闹有趣剧情的过程中，受到潜移默化的道德熏陶。有的表现道德教育主题的幼儿文学作品，体现出很高的艺术水准，非但没有给幼儿带来道德威压感，而且给予小读者带着文学温度的情感体验。比如安武林的低幼童话《一朵花，两朵花，三朵花》：

小狐狸院子里的迎春花开了，小狐狸一边数一边唱：一朵花，两朵花，三朵花。

小田鼠听着小狐狸的歌儿，心里好羡慕哟。小狐狸不在家的时候，小田鼠偷了三朵花。

小狐狸数啊数，咦，怎么缺三朵花呢？

突然，小狐狸听见小田鼠在洞里唱歌：一朵花，两朵花，三朵花。

噢，小田鼠偷走了。

小狐狸再唱的时候，歌儿就变成了：四朵花，五朵花，六朵花。

小田鼠脸红了，哦哦哦，哦了半天也说不出一句话来。

——给，三朵花。小狐狸从身后拿出三朵花。小田鼠高兴地说：谢谢你。

小田鼠回到洞里，唱四五六朵花去啦。

这则小故事风格轻盈活泼，没有明显的说教，却比耳提面命式的教训更能直击幼儿内心，春风化雨般地完成了道德教化，故事"没有义正词严的谴责，也没有语重心长的讲道理，甚至没有个郑重其事的道歉和知错就改的举动，一切都是小孩子之间透明的单纯，不拐弯抹角。故事明明有着确切的道德立场，却丝毫没有教训的意味，蜻蜓点水式的叙事尽显'轻逸'美学的神韵。"[②]

> **讨论**
>
> 概括《一朵花，两朵花，三朵花》的主题。谈谈没有点明主题的故事，可能对幼儿产生怎样的影响。

2. 引导幼儿养成良好的行为规范

幼儿的成长是一个自然实体转化为社会实体的过程，在这一进程中，幼儿需要学习诸多社

---

① 杨宁.叙事性思维和儿童道德教育[J].南京师大学报(社会科学版),2005(5).
② 杜传坤.20世纪中国幼儿文学史论[M].北京:北京大学出版社,2020:213.

会行为规范,幼儿文学是帮助幼儿了解社会规则、理解规则原理的良好载体。

以哈曼·范·斯特拉登的图画书《快要憋不住啦》为例:大熊很着急,他很想上厕所,可是门被关上了,后面又来了小猪、大象、老虎,想上厕所的小动物越来越多,即使很着急,也只好排队等候,可是厕所的门迟迟没有打开,到底是谁在厕所里?!终于,门打开了,男孩捧着书走了出来,小动物们齐刷刷地冲进厕所。这本图画书没有生硬地说教,而是通过描写厕所外小动物们焦急、窘迫地等待,形象地向幼儿展示长时间占用厕所给他人带来的困扰,引导他们养成良好的如厕习惯。

再如肯·布朗的《小脏狗绘本系列》,书中的小狗单纯可爱,渴望与他人分享快乐,却总因肆意的玩耍弄得一身肮脏。作者没有用批判、指责的眼光看待小狗,而是认可小狗身上儿童般的"不符合现代文明秩序的野性,以及野性的无辜"①,在宽容的同时持守文明与规则的底线——故事的最后,小脏狗总会自然而然、顺理成章地把自己洗干净,成为一只"又乖又干净又聪明的小狗"。图画书没有"糖衣药丸"式的教训,但同样能让幼儿对洁净、规则、秩序心领神会。

文学作品是社会文化的载体,反映了社会的价值观念以及行为规范,教育者可以借助幼儿文学作品,向幼儿传递适宜的社会价值观念和行为规范,帮助幼儿养成良好的社会行为习惯。

3. 为幼儿的人格成长提供美育支持

幼儿文学在引导年幼儿童向善向美的人格发展上发挥着不可替代的作用。优秀幼儿文学作品蕴含着成人对儿童良性成长的期待,也反映着时代的价值取向。真善美的人物形象往往能让幼儿深受触动,使他们在阅读中受到人格美的感召。

在方轶群的《萝卜回来了》中,小兔子大雪天里找到两根萝卜,他担心好朋友挨饿,就把一根萝卜送到好朋友家,结果朋友们也都把得到的萝卜送给了另一个朋友,萝卜转了一大圈,最终又回到了小兔子家,通过一根萝卜在寒冬里的循环旅行,向幼儿展现了真挚友情的可贵与感人。再如,在张秋生的童话《原野上,一朵花开了》中,小白兔爱花却不将其占为己有,并且对教唆她摘花的小田鼠展开了一连串的反问:"小鹿不想看这朵花吗?羚羊不想看这朵花吗?土拨鼠不想看这朵花吗?百灵鸟不想看这朵花吗?我把花儿摘下来,他们看什么呢?"想把一朵漂亮的花占为己有是出于孩子爱美的天性,但是能够保护这份美好并且与大家共享,则体现了对真善美人格的向往。杨志成的图画书《狼婆婆》中,阿珊、阿桃和宝珠的临危不惧和机智勇敢;芭芭拉·库尼的《花婆婆》中,花婆婆为世界变得更加美好而付出的努力;安徒生的《丑小鸭》中,丑小鸭对美好生活的向往和信心等,都可以让幼儿从中感受到主人公人格的良善与美好。

二、教师专业素养与幼儿文学价值的实现

拓展学习
2-1-3

了解优质幼儿读物的版本特征

幼儿文学对幼儿的知识认知、审美能力、道德养成具有重要价值,这一价值的实现有赖于教师具备良好的幼儿文学专业素养,能够准确理解幼儿文学的思想与审美内涵,形成鉴别与分析文学文本的能力,并根据各领域的教育目标,将优质的幼儿文学资源转化为具体的教学活动方案。以下从文献意识、文本鉴赏水平和教育应用能力三个方面介绍学前教师应具备的幼儿文学专业素养,并探讨教师提升这一素养的内在精神动力。

(一)建立幼儿文学的文献意识

学前教师通常会把对幼儿文学的关注点落在作品的主题思想、故事情节、语言特点上,期待

---

① 参见杜传坤为该书撰写的导读。

从中发现可供教学活动使用的材料,至于作(译)者、发表时间、出版机构、印刷版次等附着于文本的文献信息,往往会被有意无意地忽略。教师文献意识的缺失是学前教育领域十分常见却尚未引起足够重视的现象。教师是幼儿文学的特殊读者,文献意识的缺失有可能使他们失去深入理解文本,进而从中汲取丰富教育内涵的机会,给教育活动的整体品质带来不良影响。

在以幼儿文学为材料的幼儿园教育活动方案中,未注明作(译)者的情形较为普遍。这首先是对作者智慧劳动成果的不尊重,更为重要的是,教师也因此失去了通过作者信息拓展自己幼儿文学视野的机会。一个成熟的作家在作品的题材选择、情节构思、主题呈现、语言表达等方面会形成自己独特的书写风格,教师如果在设计教育活动的过程中,能够借助作者信息更为广泛地接触这一作者的其他作品,就有可能获得对幼儿文学某一类型艺术风格的整体把握。例如,张秋生"小巴掌童话"的幽默精致,冰波童话浓郁的抒情意味,吕丽娜童话充满稚趣的哲思,等等。甚至还可以从作家不同时代作品的特点变化中,了解幼儿文学的历史发展脉络。

近年来,图画书成为幼儿园文学活动的重要读本,市场上数量种类繁多、品质参差不齐的图画书,让不少教师在选择教学材料时有所犯难。实际上,附着于出版物上的各类文献信息就可以为我们选择文本提供帮助。图画书图文作者的知名度、获奖情况、出版机构的品牌效应、随书附赠的导读文章质量,乃至印刷版次和数量等,都是判断图画书品质优劣可资参考的指标。此外,各式各样的儿童文学名著改写本,也让教师遭遇良莠难分的困惑。《安徒生童话》《格林童话》《伊索寓言》等儿童文学经典,各个出版机构在推出此类读物时,所投入的"编辑力"大不相同,导致读物的内在品质存在很大差异。教师可以通过文献信息对读物品质作初步的判断:例如,书籍是否有前言、后记,版权页中是否有关于作者、译者、改写者、插图者的详尽资料,是否交代了改写本所依据的原著版本,改写者是否具有一定的知名度等。

(二) 形成幼儿文学的审美鉴赏力

一个幼儿文学文本中,包含着认知、道德、娱乐、审美等多个要素,但这些要素之间并非简单的并列关系,审美对其他要素具有统摄化合的作用。幼儿文学不论是传授知识还是渗透品德教育,抑或仅仅是为了让孩子开心快乐,都应该通过审美的方式加以实现,而有的文本的价值就直接体现为一种审美熏陶,并不需要通过审美达成其他的什么目的。刘绪源在《药·软饮料·水果》一文中认为:儿童文学(也包含幼儿文学,下同)有多种类型,有的儿童文学具有"药片"的功能,可以帮助孩子克服缺点。有的儿童文学像"可乐",深受孩子的喜欢,营养价值却不高。真正具有审美价值的儿童文学佳作,则类似于"水果","它不是抽象的提取物,也不是通过人工将几种成分简单合成的,它的结构复杂得靠人力难以复制,只有通过自然生长的过程才能产生。……它有营养,但不是针对性地用以治病的,吃它只是享受,在享受的同时,营养被吸收,慢慢地也就有了健身的作用,这正如审美作用的转换——它可以转换成某种教育的效果,但那是审美沉淀后的自然的结果,并不是刻意为之的,更不是单向或单一的。"[①]以审美为核心,对文本进行多维度的深入解读,进而根据教育目标,把"水果型"的幼儿文学文本合理地应用到教育活动中,这是教师幼儿文学审美鉴赏能力的最佳体现。

现实中,幼儿园文学活动选用的文本,在审美品质上存在不足。例如,某幼儿园使用的分级阅读教材,编者将图画书名作《母鸡萝丝去散步》改写成《小鸭子的惊险散步》,故事的开头写道:"今天天气真好,小鸭子出门去散步。一只狐狸偷偷地跟在它后面。小鸭子来到池塘边,狐狸向它扑过去。'扑通!'小鸭子跳进池塘里。狐狸掉进了池塘里,还'咕咚咕咚'喝了好多水。"在接下来的故事里,小鸭子分别穿过农场,来到谷堆旁、栅栏下,狐狸伺机吃掉小鸭子,都因种

① 刘绪源.文心雕虎全篇[M].桂林:广西师范大学出版社,2018:220—221.

种原因未能得逞,最后,小鸭子穿过蜜蜂房,紧随其后的狐狸撞翻了蜂箱,被蜜蜂蜇得逃走了。《母鸡萝丝去散步》是一本体现图画书"图文合奏"共同讲述故事特点的经典之作,其精彩之处就在于书中的文字只叙述母鸡散步的过程,对发生在母鸡身后的惊险故事不着一字,全都由图画加以展示,这样的图画书才会给小读者带来真正的"读图"乐趣,也为教师与幼儿之间的对话提供丰富的可能。分级读物对原作的改写完全消解了原作最为精彩的构思创意,使故事滑向平庸。

(三) 提高幼儿文学的教育应用能力

幼儿园课程要考虑到幼儿认知水平与生活经验的特殊性,如果仅从内容的深浅程度上看,似乎要比其他学段低,但这并不意味着其教育活动的设计难度也随之降低。恰恰相反,幼儿园课程的综合性特点,反而对教师的教育设计能力提出了更高的要求。有的教师在设计主题活动时,过于注重具体活动所要达成的单一性教育目标,只抓住幼儿文学文本中与该目标相一致的部分要素(这些要素有可能仅涉及文本最表层的意义),致使优秀文学文本更为丰富的内涵流失殆尽。例如,教导孩子注意牙齿卫生的主题活动,选用了《鳄鱼怕怕,牙医怕怕》作为教学材料;倡导勤俭节约的主题活动选用了《爷爷一定有办法》;童谣体图画书《一园青菜成了精》仅被当作引导幼儿认识植物的素材。过度地将内涵丰富的幼儿文学文本纳入目标单一的主题活动,表面看似乎实现了某种教育目标,实际上却让幼儿失去了汲取文学作品多种养分的机会。

优秀文学文本丰富多元的内涵与幼儿园课程的综合性特点之间有着很高的契合度,关键是教师要在充分理解文本的基础上,设计出富于启发性的问题。例如,教师在引导幼儿阅读《母鸡萝丝去散步》时,可以提出这样的问题:"母鸡到底知不知道自己的身后跟着一只狐狸?"这是一个没有终极答案的开放式问题,却有可能极大地激发孩子们的思维活力,他们会欢天喜地地到画面中去寻找支持自己观点的"证据"。不论母鸡是否知道身后有狐狸,教师都可以引导幼儿得出自圆其说的解释:如果母鸡不知道身后的狐狸,那它就是这世界上最幸运的母鸡,居然在危险中悠然地享受散步的乐趣。如果情况相反,那么它就是世界上最坚强、最机智的母鸡,靠着遇事不慌的强大内心力量,巧妙地利用各种环境条件,成功脱离了危险。

> **讨论**
>
> 　　有人把阅读《一寸虫》的重点放在学习测量知识上,这样做是否合理,请谈谈理由。

怎样对优秀的文学文本进行合理而富有深度的教育转化,薇薇安·嘉辛·佩利在《共读绘本的一年》一书中,给我们提供了很有价值的范例。李欧·李奥尼的《一寸虫》讲述了一只随时可能被鸟儿吃掉的小虫,以自己的身体为天敌丈量身体长度,屡屡躲过危险,最后在为夜莺丈量歌声长度的过程中彻底摆脱了天敌的威胁,它做了一只虫子所能做的最本分的事:它让夜莺开口唱歌,它量啊量,一寸又一寸,一直量到了不见踪影。这样的故事自然可以提炼出聪明机智、以弱胜强等教育性主题。而佩利老师在和孩子们分享完这本图画书后,却提出了这样的问题:"可是为什么这些鸟儿这么好骗呢? 你们不觉得应该有那么一只鸟儿,它铁了心,无论如何也要把他吞进肚子里吗?"这也是一个可以激发孩子想象与思考的开放式问题,它远比不少教师极力要得出一个统一的答案更富有教育智慧,也更能给孩子们带来阅读和思考的乐趣。

(四) 生成幼儿文学专业素养的内在动力

提升幼儿教师的幼儿文学专业素养有许多路径,如广泛阅读幼儿文学优秀文本,学习幼儿文学理论知识,关注幼儿文学发展动态,接受系统的幼儿文学专业训练等。对教师而言,这些都是一种外源型的推动力量,尚未涉及教师自身内在的精神动力。

"专业成长动力充足的幼儿教师的一大特征就是善于向幼儿学习,虚心向幼儿学习,能在与幼儿的交往中体验到幸福感和成就感。"①向幼儿学习是教师实现专业成长的重要路径,要树立这一学习意识,教师必须打破成人的优越感,对幼儿世界保持一份谦恭的态度与探索的好奇。

虞永平在谈到儿童文学的教育价值时说:"毕竟我们曾经是儿童,我们也承诺了为了儿童的幸福而学习和工作,因此对儿童文学已经不能敬而远之,更不能无视和鄙弃,而应该热烈地拥抱它、审视它、感受它、维护它,因为那是儿童心灵的滋养。"②要使幼儿文学真正发挥滋养儿童心灵的作用,它首先应当滋养教师的心灵,一个教师如果能够对优秀幼儿文学深刻的童年文化蕴含、丰富的艺术样貌、独特的审美意味有深入的体认,那么,他不但可以通过文学审美的方式更好地把握儿童的心智特点,更重要的是,在这一过程中教师自身也获得了源自美好童心的精神养分,进而在教育工作中真正成为美好童心的赞赏者与呵护者。那些真正热爱幼儿文学,醉心于阅读优秀幼儿文学,甚至尝试着创作幼儿文学的教师,往往是富有爱心和敬业精神的,也会在以幼儿文学为资源的教育活动中表现出更高的专业水平,在他们身上更看不到职业倦怠的影子。当教师真正认识到,幼儿文学对于他们不仅是一种职业需要,更可以给他们带来心理愉悦,满足自身的精神需求时,他们的职业生涯会因文学审美而生辉。至此教师幼儿文学专业素养的全面提升才有切实得以实现的可能。

第二节 幼儿文学的美学特征

每一篇文学作品都是作家一次个性化的语言艺术创造,读者可以通过细读文本,从中体察、感悟、分析作家的文学创作特色,形成对文本的审美判断。当然,个性与共性总是相互依存,某一类型的文学也会存在共同的审美倾向,对倾向性特征作出概括总结,有助于我们以更开阔的知识视野去解读文本。对幼儿文学美学特征的整体性概括,有几个问题需加以说明:其一,本书讨论的美学特征,并不能涵盖所有的幼儿文学作品;其二,为了讨论方便,列举的文本往往突出某一方面的美学特征,而不涉及其他美学特征;其三,文学作品表现的童年,是作家理想化想象的产物,与之相比,真实的童年生活更为复杂和多元。

一、"透亮童心":纯真美学

儿童的成长是从自然人走向社会人的过程,越小的孩子社会化程度越低,他们的生活经验相对欠缺,活动空间有限,身心机能尚未成熟,这些生理学、心理学意义上的不足,恰恰为文学的审美创造提供了独特的空间。幼儿文学中的童年世界与充分社会化的成人世界有着显著的区别,彰显着年幼儿童天真烂漫、纯洁无瑕的精神气质。在审美意义上,我们可以把这种精神气质概括为纯真美学,以下从三个方面加以讨论。

第一,作家基于对幼儿生活和精神世界的观察、感悟和理解,将自己对童年的美好想象寄托

---

① 田兴江.幼儿教师专业成长动力研究[M].北京:九州出版社,2022:135.
② 虞永平.在儿童教育视野里透视儿童文学[J].教育导刊,2013(7).

于自然风物之中,写出具有纯真美感的篇章。我们看看郭风在《夏夜》中的描绘:

池塘里的青蛙弟弟,看见天上的月亮,好像一把银色的镰刀,正在发亮,感到太美丽了,就赶快从水中跳到岸上来。

岸上的草丛里,住着纺织娘和蚱蜢姐妹俩,看见天上一颗一颗的星星,好像宝石正在闪亮,感到真是太美丽了,就赶紧从草丛里跳出来。

青蛙弟弟看见纺织娘和蚱蜢两姐妹,叫着:"呱!呱呱!"意思是说,我们一起在月光下跳舞,好不好?蚱蜢和纺织娘点了点头。于是,它们在池塘边的草地上跳起舞来。它们跳得非常快乐,引得草丛里的许多蟋蟀跳出来鼓掌,天上的月亮和星星们也都鼓起掌来。

作家描绘的夏夜既是真实的,又是梦幻的。昆虫们的对话、舞蹈,在夏夜月光的映衬下,可观感、可听闻,展现出一派美丽热闹的夏夜情景。作家赋予这一情景以浓郁的童话色彩,鸣叫飞动的动物、摇曳舞动的植物,以及遥远夜空中闪烁的星月,仿佛都成了童话角色,共同演绎一场夏夜联欢会。画面中的动植物已超越自身的自然属性,成为孩子的化身。作家以亦真亦幻的抒情笔调,把自己对童年的美好想象寄托于自然美景之中。

第二,通过描绘幼儿生活的感人画面、天真灵动的言语表达,展示幼儿精神世界的纯真质感。钟锐的《嘘!别吵》就体现了这一特点。这是一篇别致的幼儿故事,它以一组孩子发出的嘘声来结构故事。孩子的嘘声是为了让周围的一切都安静下来,别打搅妈妈的午睡时光:他让墙上的闹钟别吵,让淘气的小猫别吵,让鸟儿别吵,让滴答的座钟别吵。这样的描写足以完美地表现孩子的善良,而故事的最后却翻出了另一层新意。

嘘!别吵!你们这群蚂蚁。只要你们听话,我就把这些饼干屑全给你们。你们带着这些饼干屑,快快地走吧。记住哟,一定要轻轻的,千万别弄出声来。

嘘!你们都别吵!看看我,看我多听话呀,我偷吃饼干的时候没有发出一点儿声音。

嘘!别吵!

孩子一边忙着为妈妈创设安静的午休环境,一边忙着偷吃饼干,他用饼干屑哄蚂蚁,让毫无声响的蚂蚁也别吵。偷吃饼干是件"坏"事,但这里的"坏"并没有伦理上的负面意义,喜欢零食是孩子的天性,孩子的嘘声一面是为了让妈妈睡个安稳的午觉,另一面也是出于自己干"坏"事的需要,他在表达自己干的"坏"事时,完全没有任何的掩饰,其间也不乏对妈妈的真心呵护,孩子精神的纯真质感与天然习性得以有机融合与真实呈现。

> **讨论**
>
> 联系第一章第二节之三"文化性:表现富于特色的现代文化精神"相关内容,谈谈"纯真美学"对幼儿成长的意义。

"纯真童年"有其现实的依据,相较于成人社会,童年世界相对单纯,但这样的认知显然屏蔽了童年生活中普遍存在的负面因素。体现纯真美学的幼儿文学,构筑了一个未受污染的"文学理想国",反映的是成人对儿童世界的美好想象与理想寄予,这样的文学虽与现实童年有差距,但对幼儿成长的价值却不言而喻,人类之所以"发明"幼儿文学这一特殊的文学门类,就是希望为年幼儿童奠定良善美好、富有温情的人性基础,以期对其终生良性发展发挥潜在的影响。

二、"傻得可爱":拙趣美学

幼儿文学常常营造一种稚嫩拙朴的趣味,这种趣味源自幼儿知识认知与生活经验的相对有限,具体表现为:作家把幼儿的懵懂无知写得妙趣横生,让人忍俊不禁。我们可以把这样的审美趣味概括为拙趣美学,形象地说,拙趣美学是一种"傻得可爱"的美,这种"傻"并不是智力水平的低下,而是幼儿处于似懂非懂状态下富有美学意义的表现。

笛米特·伊求的《婴儿》就是一篇体现拙趣美感的佳作。故事中的男孩看到邻居桐尼叔叔娶回一个美丽的太太,没过多久这位太太越来越胖,于是几个孩子开始为桐尼叔叔担心了:要是他的太太一直这样胖下去,桐尼叔叔就没地方睡了,外出开车时,车子也会被压坏了。两个稚气未脱的孩子展开了一段关于结婚的对话:

"你将来会和这样胖的太太结婚吗?"拉拉问我。

"才不呢!"

"我也是!"她说。

桐尼叔叔看来根本不因他太太这么胖而受影响,他们手拉着手,他好像不知道她是全街最胖的女人。这简直把我们给弄糊涂了。可怜的桐尼叔叔!

拉拉认为:爱情是盲目的。

我想知道为什么爱情是盲目的,但拉拉也不知道。

(郑如晴　译)

从两个孩子的对话中可以看出,他们对成人世界充满了好奇,对怀孕生子这样的事情又完全无知,"爱情是盲目的"这句话肯定是他们从大人那里学来的,却又无法理解其中的意义,作家让孩子充满好奇的想象与懵懂无知的状态相互交织,通过儿童与成人在生活经验上的巨大反差,营造出拙趣美感。

孩子处理日常事务过程中表现出的慌张、健忘等,也是作家营造拙趣美感的好素材。武玉桂的《小熊买糖果》讲述一只健忘的小熊闹出的种种笑话。妈妈让小熊到商店买苹果、鸭梨、牛奶糖,小熊怕忘了,一边走一边不停地念叨着要买的东西,一不小心摔了一跤,结果把嘴里念叨的购物单给摔忘了。它拍着脑袋想了又想,"噢,想起来了,是气球、宝剑、冲锋枪!"小熊抱着玩具回到家,妈妈只好掏钱让它再去买苹果、鸭梨和牛奶糖,一路上嘴里念念叨叨的小熊又摔了一跤,这回拍脑袋想到的是:木盆、瓦罐、大水缸。

小熊夹着木盆,顶着瓦罐,抱着大水缸呼哧呼哧地回到家里。妈妈见了大吃一惊,知道他又把话忘记了。只好再给他一些钱,说:"这次可千万记牢啊!"

小熊提着篮儿点点头:"妈妈放心吧!"

这回,小熊避开了石头,绕过了大树,来到食品店,总算买好了苹果、鸭梨、牛奶糖。

小熊高高兴兴地朝家里跑去。正跑着,忽然,一阵风刮来,把他的帽子吹掉了。小熊连忙放下手中的竹篮儿,去捡帽子。

等他捡起帽子往回走的时候,忽然看见了地上的竹篮儿,里面还装着苹果、鸭梨、牛奶糖呢!

他大声喊起来:"喂,谁丢竹篮子啦?快来领呀!"

孩子的健忘往往和贪玩联系在一起,小熊第一次摔跤把妈妈交代买的苹果、鸭梨、牛奶糖,换成了气球、宝剑、冲锋枪,从中不难看出,小熊并不是真正的健忘,而是把所有的心思都放在自己心爱的玩具上。小熊购物尽管屡遭挫折,但并没有显露出任何的沮丧,它把购物当作一次活蹦乱跳的游戏,乐此不疲。作者并没有对小熊的贪玩、健忘表达批评之意,而是恣意地展示小熊购物过程的种种拙趣表现,小读者在享受故事乐趣之后,如果能从小熊身上汲取些许健忘的教训,那是文学欣赏水到渠成的教育效果。

拙趣美学是与幼儿心智特点最为契合的一种美学特征,需要注意的是,作品所表现的孩子种种稚拙言行,与幼儿读者真实的认知水平,并不是一种完全对等的关系,只有当后者高于前者的情形下,小读者才能充分享受到拙趣美感带来的快乐。被《婴儿》所吸引的孩子可能对成人的婚姻生活没有多少见识,但也不至于像故事中的孩子那样做出如此令人捧腹的事情来。当下社会幼儿知识认知的整体水平已有很大提高,但这并不妨碍他们欣赏富有拙趣美感的文学作品,因为认知和审美有着不同的心理机制。

三、"无事不欢":欢愉美学

人们常常以快乐描绘童年生活,虽然真实的童年生活不可能只有单纯的快乐,但幼儿文学以欢愉作为自己的艺术底色却是合理的。一方面,在生命的启端处需要欢愉精神为其提供成长的动力;另一方面,年幼孩子的精神气质里也蕴含着欢愉气息。这些都为幼儿文学的欢愉美学提供了依据,幽默诙谐和动感变幻是欢愉美学的具体表现形态。

文学作品的幽默感,往往来自所写之事与生活常理发生了不和谐的错位。幽默的最显在表现是滑稽可笑,更具内涵的幽默,在引人发笑之余,还会让人回味和反思。幼儿文学通过表现超常规生活现象所营造出的幽默感,能够给孩子带来极大的快乐。

潘库·雅什的《鳄鱼家的大钟》是一篇充满诙谐感的故事。鳄鱼爸爸定了一条家规,所有的小鳄鱼都必须在晚上 8 点之前睡觉,对于贪玩的小鳄鱼来说,这是一项难以完成的任务,迟睡的小鳄鱼第二天总是赖床,被爸爸掂起尾巴才能醒来。为了解决这一麻烦,爸爸先是给小鳄鱼买了块手表,让它按时上床,然后又买来大大的闹钟,用来提醒上床的时间。

它们买回来一座挂着长长的长摆的大钟,这钟立起来太高了,天上的云朵仿佛就是从它头顶飘过去似的。

这大钟啊,这么大,要是你们都见识见识就好了。鳄鱼爸爸鳄鱼妈妈费了好大劲,才把它搬回家来。

可没等它说下去,恰好走到八点半的指针,刷啦一下扯住了鳄鱼儿子的裤子,呼啦一下把它扔上了床。

鳄鱼儿子自己问自己:"怎么回事,谁把我给扔上了床?"

鳄鱼儿子自己回答:"啊……是这个钟呀!"鳄鱼儿子嘴里不住嘟囔着,可不一会儿就睡着了,直到第二天早上才醒来。

(韦苇　译)

买钟的目的是用钟声提醒小鳄鱼睡觉的时间,这种提醒对玩性十足的小鳄鱼是否有效,也未可知。大钟最终却以另类的方式,干脆利索地把小鳄鱼送上了床,还让他在一阵懵懂之中安然入睡。作者对大钟做了极度夸张的描写:"挂着长长的长摆的大钟,这钟立起来太高了,天上的云朵仿佛就是从它头顶飘过去似的。"这一描写为最后那个可笑画面的出现埋下了伏笔。上床睡觉、醒来起床属于孩子的日常生活经验,鳄鱼被大钟送上床这样的事不可能发生在生活里,阅读这个故事的孩子,可能真的希望有这么一座大钟把他们送上床去,故事让孩子在欢愉中得到了心理满足,也消解了被要求按时睡觉而引发的焦虑感。

好动是孩子的天性,孩子也容易对动感十足的故事产生兴趣。写给幼儿的故事,一般都讲求少些静态的心理刻画,多些动态的动作描写。幼儿文学的动感变幻之美,不仅是情节叙述、场面描写上的技巧,它更体现为一种能够让儿童将自己融入其中,并带来充分审美愉悦的艺术氛围。

夏辇生的《抬轿子》为我们展示了一个充满动感的童年游戏场景。

男孩子,抬轿子,女孩子,坐轿子,一颠一颠出村子。女孩戴着野花环,活像一个新娘子。

"去哪儿呀?"男孩子问。

"找新郎!"女孩子说。

"新郎在哪儿呀?"男孩子瞪大眼睛找。

"太阳里! 月亮上!"女孩子"咯咯"笑弯了腰。

轿子掉转头,"嗵嗵"往回抬。任女孩子捶,任女孩子嚷,抬轿子的都成了哑巴样。

回到大树下,"叭!"轿子散了。"哑巴"扯开嗓门儿大声嚷:"新娘子送上太阳,送上月亮,谁跟我们抬轿、斗嘴、过家家。"

这是一群孩子玩过家家游戏的热闹场面,抬轿子本身就是充满动作感的游戏,这样的游戏在生活中也很受孩子的喜爱,男孩、女孩的嬉笑斗嘴放大了游戏的乐趣。此外,童谣体的语言表达也是构成故事欢愉氛围的重要因素,全篇的语句注重韵律的经营,即便是人物对话也具有铿锵的节奏。

四、"另类狂野":脏乱美学

肮脏与混乱是一种负面的生活状态,培养儿童讲卫生、爱整洁的习惯,是幼儿教育的一项重要内容,但这并不妨碍幼儿文学把脏乱转化为一种审美对象,让幼儿在其中,或宣泄生命的天然本能,或获得对生活秩序感的独特理解,或在审美愉悦中习得某种生活本领,我们把以肮脏现象营造的审美趣味称之为脏乱美学。

图画书《我用32个屁打败了睡魔怪》(彭懿/文,田宇/图)讲述一个男孩被躲在壁橱里的睡魔怪搅得一夜无法安睡,他想尽办法要打败可恶的怪魔:让妈妈陪他睡;顶住壁橱的门;穿上球鞋让自己在梦里跑得更快;穿上闪电侠短裤,结果都在与睡魔怪的战斗中败下阵来。这时,他的脑筋开始往"臭臭的方向"转变,他抱着榴莲钻进被窝,造出一颗"臭弹",终于在战斗中占了上风。这还不够,他又在同学的启发下,让妈妈炒了一碗黄豆吃下,最后,在梦中用自己威力无比的一声臭屁,轰走了纠缠他的睡魔怪。放屁在日常生活里是一个不雅的现象,但在作家笔下却可以演化为一个能深深吸引孩子的神奇故事,帮助孩子驱散对噩梦的恐惧,为小读者带来另类的文学审美快感。故事以一种契合儿童心性的方式彰显了童年的力量——孩子发明的臭臭武器可以打败坏坏的恶魔。体现脏乱美学的故事总是弥漫着"乱作一团"的氛围,《我用32个屁打败了睡魔怪》以图画呈现的梦境,充满着由混乱营造出的喜剧感。

图画书《公主怎么挖鼻屎》(李卓颖/文图)也十分典型地体现了幼儿文学的脏乱美学特征。和小动物们一起晒太阳的老婆婆提出了一个脏脏怪怪的问题:你们知道公主是怎么挖鼻屎的吗? 小动物给出了五花八门的答案,兔子说:公主是用手把鼻屎挖出来,然后交给妈妈;小猪说:公主一定是把鼻屎挖出来,然后把它一口吃掉;小袋鼠说:公主肯定是把鼻屎挖出来,粘到墙上;小猫说:公主一定是偷偷地把鼻屎埋起来;猴子说:公主肯定是把鼻屎挖出来,假装不小心,弹到很远的地方;小蛇说:公主一定是把鼻屎挖出来,悄悄地放进杯子里,等它溶化以后,就没有人知道啦。小动物对公主挖鼻屎的种种想象,带着一种荒诞的狂野气息。作者在讲述这个脏脏故事的过程中,并没有让这种气息毫无章法地蔓延,每只动物给出自己的答案时,都在批评前一个回答的不合理之处,例如,小袋鼠反对小猪认为公主自己把鼻屎吃了的说法,认为"怎么可能! 上面都是细菌,公主生病了怎么得了!"小猫则反驳了袋鼠,认为把鼻屎黏到墙上的做法"太恶心了! 墙壁会被弄得脏兮兮的!"这样的写法,一方面让故事带上争吵的气息,增添了热闹氛围;另一方面,也让读者在体验荒诞美感的同时,与卫生规矩保持某种联系。故事临近终点时,小蛇把想象的狂欢推向高潮,这是情节演进的需要,但它把鼻屎悄悄溶到杯水中的想法,显得有点太过分了。为了消解这一负面因素,也为了制造谜底揭晓前的暂时停顿,图画书用一个跨页来表现几条蛇拒绝喝水的场景。故事的最后,是一幅公主坐在椅子上用小手帕擦鼻屎的画面,让狂野想象回归生活常态。作者的创意想象智慧,使脏乱与规矩之间保持了富有意味的艺术张力。

《公主怎么挖鼻屎》这个书名多少就有点令人惊讶,甚至可能引起争议,大人或因其不雅而难以启齿,书中的小动物却把这个问题回答得妙趣横生,小动物实际上就是孩子的化身,学者周兢认为:"这是很奇特的想象吗? 非也,这些就是孩子成长中遇到的现实问题,也是他们生活

拓展学习
2-2-1

比较《小猪奴尼》与《公主怎么挖鼻屎》反映的儿童观

经验的组成部分。如果成人不相信，请听孩子们的讨论。幼儿园小朋友在阅读讨论中说到挖鼻屎'吃下去'的问题时，有的孩子说'鼻屎有点咸'，大家哈哈大笑。《公主怎么挖鼻屎》再现了儿童的生活经验，凝练提升了儿童的生活经验，这样的童真是一种真正的童真。"①

五、"口腹之欲"：饕餮美学

儿童对食物的欲望要比成人强烈得多，贪吃在人们的日常观念里常含贬义，但在幼儿文学中，贪吃有时只是一种善意的揶揄，其中还可能包含着成人对孩子的嗔怪、溺爱等多种情感元素。吃得多长得快甚至是长辈对孩子的祝福。孩子对食物的喜爱、迷恋乃至贪婪，可以在作家笔下演绎成趣味盎然的故事。我们借用"饕餮"这一中国文化符号，用以描述与儿童口腹之欲相关的美学现象。

对吃的喜爱是幼儿生命本能的体现，孩子满足口腹之欲的过程就可以写出一个充满乐趣的故事。贾尼·罗大里的《冰激凌宫》展现了孩子对食物的美妙想象：广场中央建起了一座冰激凌大楼，这座大楼从里到外都是冰激凌构成的，这自然吸引了无数贪嘴的孩子。

一个很小的孩子坐在一张桌子跟前，一口一口地舔着桌腿，直到桌子塌下来，桌上的盘子都扣到他身上。那些盘子是巧克力冰激凌做的，是最好吃的。

没过多久，市政警卫发现一扇窗户开始化了。草莓冰激凌做的玻璃眼看就要化成粉红色的黏糊糊了。

"快点吃啊！"警卫喊了起来，"还得再快点！"

下面所有的人都使劲地舔着，好让整个杰作一滴都不糟蹋。

（张密　张守靖　译）

这样一个畅快淋漓的美食场面显得过度夸张，甚至有点荒唐。食欲旺盛的孩子却能从中获得极大的心理满足。在这里，从吃的食物到吃的方式，都是对日常经验的极大颠覆，食者与食物已完全融为一体，难分彼此。这类题材的作品实际上发挥着一种代偿作用，让孩子以文学想象的方式来满足自己的生理欲求。

除了展示纯粹的"饕餮快感"外，幼儿文学还会从孩子的口腹之欲中引申出某种哲思。冰波的《青菜熊和萝卜熊》讲述两只动物由于对各自喜爱的食物过于执着，而引发了一场争执。青菜熊只爱青菜，萝卜熊只爱萝卜，他们竟然为了争辩到底哪种食物更好吃而大吵一场，还打了起来，打得都累倒在地。没想到这时来了一只高大的土豆熊，不容置疑地告诉它们俩：最好吃的应该是土豆，从现在起，谁都不准吃青菜，也不准吃萝卜，只许吃土豆。由于害怕，它们只好乖乖地吃起了难吃的土豆，心里想念着曾经的最爱——青菜和萝卜。第二天醒来，可怕的土豆熊已经离开了，它们各自又吃起了青菜和萝卜，故事的结尾写道："以后，青菜熊和萝卜熊再碰到一起，他们也不打架了。为什么呢？因为，谁都有自己爱吃的东西呀。这是土豆熊来过这里他们才明白的。"两只熊因为食物口味差异而争执不休，一个强者的介入让他们意识到这样的争执是多么没有意义，并从自己原有的口味中找到小小的幸福感。故事中的食物是孩子们常常接触的，他们或许也会喜欢或排斥某种口味，这个故事可以让他们把吃东西的体验与听故事的乐趣交织在一起，享用物质与精神的双重美餐，并引发孩子们对生活的小小思考。

王一梅的《尖嘴巴和短尾巴》并没有直接描写饕餮大餐的场面，但"吃"依然成为推动这个故事发展的重要动力，并给故事带来些许诗意。尖嘴巴和短尾巴是两兄弟，因为闹矛盾决定外出各自安家，他们在一棵大树的东西两边挖洞做窝。时间一长，两个小家伙都觉得寂寞，于是都

---

① 参见周兢为该书撰写的导读。

爬出洞碰到一起,唧唧哇哇打开了话匣子,各自吹嘘起自己做的窝有多棒。尖嘴巴说,他挖洞挖到一个大土豆,把土豆当墙了。短尾巴说,他也挖到一个大土豆,也做了一堵土豆墙,还吃到又脆又嫩的土豆。

这一天,两只田鼠说得眉开眼笑,直到天黑,才依依不舍地分了手。

天气越来越冷,一连几天都下着大雪,他们只能躲在自己洞里,没有办法出门,也没有伙伴可以一起玩一起说话,哎,要是住在一起该多好啊。

没办法,还是吃土豆吧!

吃着吃着,大土豆被吃出了一个大洞;

吃着吃着,尖嘴巴碰到了另一个尖嘴巴。

他们抬头一看,都惊喜地叫起来:"呀!是你?原来我们住得这么近,就隔了一个大土豆呀!"

他俩"咔嚓咔嚓"就把土豆吃个精光。

"哈哈哈——""嘻嘻嘻——"

瞧!两个小淘气又滚在一起,变成一家人了。

两只争吵不休的小老鼠,在拥有难得的清静之后又备感寂寞。按照故事常理,总得找个机会让它们重归于好,但如何让这种机会来得自然而又有趣,这得仰赖作者的构思智慧。故事里的两个小家伙在大雪天啃起了家中的那堵土豆墙,啃着啃着居然让两个小冤家重新啃成了一家人,原来,两个心灵之间的隔阂只有一颗土豆大小,这让我们看到了孩子口腹之欲可能拓展出的诗意空间。

拓展学习
2-2-2

进一步理解
幼儿文学的
"饕餮美学"

六、"幼年之忧":悲情美学

在现代儿童文学早期,就有过是否应当把"成人的悲哀"展示给孩子的讨论。人们的普遍共识是,为了儿童的健康成长,应当维护童年的相对单纯性。我们可以向儿童适度屏蔽成人社会的负面信息,但有些悲情经历却是儿童成长过程难以回避的,这些经历包括亲人故去、父母离异、同伴失和,遭遇霸凌,以及耳目可及的小动物死亡等。幼儿文学以审美的方式呈现这些现象,让孩子从中获得精神慰藉并汲取成长的力量。

谢华的《岩石上的小蝌蚪》写于20世纪90年代,是中国幼儿文学悲情美学探索的代表性作品。童话讲述一个男孩将两只蝌蚪放在雨后的岩石积水处,开头的气氛与一般的童话无异,蝌蚪和岩石愉快地交谈着,而后故事逐渐转向悲情。岩石担心积水很快就会被太阳晒干,它拦住了来喝水的小花狗,小花狗愿意带两只蝌蚪去找男孩,却被蝌蚪拒绝了,他们坚信男孩的承诺,很快就会来接他们。太阳把水晒热了,小蝌蚪浑身不舒服,使劲地扭着身子,岩石喊来了小花鸭,让她带小蝌蚪去河边找男孩,还是被蝌蚪拒绝了,蝌蚪担心男孩来了,见不到他们会很伤心。

小水塘里的水越来越烫了,越来越少了。小蝌蚪把身体紧紧地贴在岩石老公公的身上,一动也不动。

"你说,小哥哥这会儿是在找杯子,还是在捞水草?"一只小蝌蚪轻轻地说。

"他一定走在路上了,拿着漂亮的杯子,盛着清凉的泉水,那水好清好甜哟!"另一只小蝌蚪想把头抬起看一看,可是已经抬不动了。

山坡上静悄悄的,一个人影也没有。

快到中午了,太阳晒得好厉害!小水塘里的水给晒干了。岩石老公公难受极了,不停地叹气。小蝌蚪觉得浑身像着了火,一会儿就什么也不能知道了。

过了好久,真有一个圆脸蛋的小哥哥上来了,手里拿着一个漂亮杯子,杯子里盛着清清的泉水,还装着许多水草。可是他没跑到大岩石跟前来,就在山坡下的一条小河边,捉起小蝌蚪来。

只有岩石老公公还记得两只可怜的小蝌蚪,它们已经变成两个小黑点了,紧紧地贴在它的身上。它们在做梦呢,梦见漂亮的杯子,清清的泉水,绿色的水草,圆脸蛋的小哥哥。

小蝌蚪的死亡无疑具有悲情色彩,它们出于对小哥哥的信任,坚持待在被太阳逐渐晒干的小水洼里,他们拒绝了小花狗和小花鸭的帮助,放弃了可能的生存希望。然而,小哥哥却辜负了他们的信任。男孩的不守承诺是导致蝌蚪死亡的原因,故事最后的描写透露着对男孩的批评,但从另一方面看,让孩子因一时的贪玩而承担一份沉重的道德责任,又显得过于严苛。作者对小蝌蚪死亡情景进行了诗意化处理,力求减轻死亡对幼儿的心理冲击。这篇童话发表后引起了一定的争议,但作家在幼儿文学表现童年悲情上的探索依然值得珍视。该作品曾于1991年获得第二届全国优秀儿童文学奖,代表着一个时代对儿童文学美学新质的肯定。

李其美的《鸟树》也是一篇以小动物死亡为主题的故事,讲述一只小鸟落在地上被孩子捉住,因害怕小鸟逃走,男孩把小鸟紧紧捂在手里,又用绳子拴住小鸟的腿,结果把小鸟给捂死了,两个小伙伴先是猜小鸟睡着了;又猜小鸟准是饿了,于是掏出碎饼干和小蚂蚁喂小鸟;最后又猜小鸟是想妈妈了,于是抬头想喊来小鸟的妈妈,最终,他们只好伤心地接受小鸟死亡的事实。

冬冬和杨杨心里很难过。他们对小鸟那么好,小鸟为什么死了呢?

冬冬转了转眼珠,突然说:"大班的哥哥把几颗花生埋在泥里,就能长出好多花生来,我们把小鸟埋在泥里,一定也会长出好多小鸟来的,你说对吗?"杨杨点点头。

他们挖了一个坑,把小鸟轻轻地放在坑里,又轻轻地给它盖上一层土,还从篱笆旁边的葡萄树上,折了一根枝条,插在那儿。

日子一天一天过去了。春天,雨淅淅沥沥下个不停。小草从泥里悄悄地伸出了绿色的脑袋。冬冬和杨杨插的那根枝条,也长出了绿芽。

这就是鸟树呀!冬冬和杨杨告诉他们的小朋友:这棵树长大了,会开出很多鸟花,鸟花又会结成很多鸟果,鸟果熟了,裂开来就跳出来很多小鸟。到那时候,小鸟每天从树上飞下来和我们玩。

> **讨论**
>
> 联系第一章第二节之一"幼儿性:跨越年龄特征的边界"相关内容,谈谈你对悲情美学的看法。

直面心爱之物的死亡已是悲情,这一死亡事件还是自己造成的,悲情意味就更为浓重,但故事的整体氛围并没有给人以沉重感,其原因是,作者花较多笔墨表现孩子捉鸟过程和面对小鸟死亡时的种种懵懂表现,这在一定程度上降低了孩子的道德责任,也消解了死亡带来的悲情氛围。孩子埋葬小鸟的场面是故事的最出彩处,孩子的浪漫想象催生了这一独特的埋葬方式,场面的庄严感、仪式感与孩子气的言行相交融,让人体验到童心的善良与美好,对于幼儿读者来说,死亡的悲情逐渐被春天里小鸟的绚烂"复活"所替代。

第三节　幼儿文学的形态、接受与理解

一、文本形态:幼儿文学的"图"与"文"

(一)幼儿读物插图概说

在人们的印象中,学前儿童读物总离不开丰富多彩的插图,"图文并茂"是其显著的特点之一。文学通过文字符号传达意义,人们阅读文学作品,是将文字符号所承载的意义转化为富有美感的文学形象,在获得审美体验的同时,实现对文本意义的理解。一般的阅读需要读者具备系统的识字能力,幼儿并不具备这一能力,因而在早期阅读中插图就发挥着不可替代的作用。插图可以把文字叙述的内容用具体可感的画面呈现给幼儿,帮助他们直接进入故事情境。插图还可以帮助幼儿通过图像认知世界,有的幼儿读物主要是介绍各种自然知识、社会知识、科学知识等,这些作品的插图不但使文字内容变得形象生动,更为重要的是,插图还可以直观地向幼儿展现事物的具体形态或知识原理,促进幼儿认知能力的发展。

微课
2-3-1

幼儿文学的
"图"与"文"

　　"读图"是幼儿接受文学的重要方式,插图品质的高低,影响着幼儿早期审美意识的形成与发展,了解插图画家及其创作过程,能帮助我们更为顺利地找到优质读物。孙幼军的《小布头奇遇记》(1961年)是一本长篇童话,著名编辑叶至善邀请画家沈培为该书绘制插图,沈培是《中国少年报》知名连载漫画《小虎子》的作者,画家接受创作任务后,先画出四种小布头造型,编辑让自己上小学的女儿选出一幅,没想到竟与自己及画家所选的不谋而合,小布头的视觉形象就此定型。确定主人公造型后,编辑还与画家交流了自己对插图的看法,他认为:插图的作用有装饰性的、说明性的,还有启发性的。启发性插图的作用有时会超过文字,吸引孩子、感染孩子,使他们在不知不觉中提升自己的观察和思维能力。编辑和画家的深度沟通,促成了高品质插图的诞生,沈培绘制的一百多幅插图成为《小布头奇遇记》的经典配置(图2-3-1)。2010年孙幼军出版《小布头新奇遇记》(图2-3-2)时,还亲自邀请沈培再绘插图,沈绘小布头形象更加深入人心。

　　如果说《小布头奇遇记》的插图是编辑和画家深度合作的产物,那么英国著名童话《小熊维尼》的经典插图则是由作家和画家共同促成的(图2-3-3)。米尔恩在写作之初就邀请画家谢泼德一同参与,童话主人公维尼熊就是两人共同构思的,维尼熊的图像造型灵感来自画家儿子的"啤酒桶"玩具,有的动物造型则取材于作家儿子的玩具。为了让插图更为精致地呈现文本内容,两人曾一起到乡村考察风景地貌。画家在回忆录中追忆了两人的合作过程,感谢作家给予他的创作自由,称这一创作经历为"纯粹的快乐"。传记作家记录了两人合作中的矛盾:画家有时也会被作家一连串的留言、注释说明、指示和修改要求激怒。从中可见经典插图有趣而曲折的创作过程。[1]

图2-3-1　沈培绘《小布头奇遇记》插图

图2-3-2　《小布头新奇遇记》封面

图2-3-3　《小熊维尼》插图

---

[1] 参见:[英]詹姆斯·坎贝尔.小熊维尼的诞生[M].邵晓丹,译.杭州:浙江人民出版社,2018:60—64.

（二）优质插图读物选择

优质的幼儿文学作品常常是"图"与"文"共同构成的复合文本，不同书籍中，图文关系的密切程度有所区别，或相互支撑、互为补充；或交互化合、融为一体；或是装饰点缀、增添美感。作家、画家和图书编辑之间的工作关系，对图文复合文本的整体品质影响甚大，从现实的出版状况看，像《小布头奇遇记》《小熊维尼》这样的插图创作经历是一种特例，大多情况下，是先有文字文本，再由出版机构约请画家绘制插图，或由专门的绘图机构制作。绘图者的绘画水平、对文学文本的理解程度、出版机构投入的制作成本，决定着插图的最终质量。面对童书市场琳琅满目的插图读物，该如何进行辨别选择，以下提供几点建议。

1. 关注书籍附带的插图创作信息

有的书籍封面上，文字作者与插图作者并置署名，此类书籍的插图一般都由高水平的画家绘制。有的书籍的插图作者信息会出现在版权页、封底、前言、后记等处（早期书籍较多见），也有的书籍选用了经典插图，但没有具名插图画家，这种现象会出现在某些翻译作品中。

2. 了解插图画家生平及创作背景

对于有影响的插图画家，不少书籍还会在封面或封底的折页处简介其创作经历。还有的书籍在前言、后记中对插图画家及插图绘制过程有所介绍，甚至附上画家个人的创作感言。经常关注此类信息，可增加对插图画家创作成果和艺术风格的了解，逐渐形成鉴别能力。丰子恺、黄永玉、贺友直、杨永青、朱成梁、严个凡、俞理、严折西、陈永镇、何艳荣、沈苑苑等画家，创作了大量优秀的儿童读物插图，了解知名画家的创作经历，是提升插图鉴别能力的一个途径。

3. 了解插图创作的相关知识

早期儿童读物一般都是手绘插图，近年很多画家也借助电脑绘图工具绘制插图，不论哪类工具都可以创作出优秀作品。值得注意的是，当下童书为了追求"图文并茂"的效果，插图数量增加很多，不少插图委托给专门的绘图机构绘制，由于制作成本方面的原因，导致插图品质差距较大，需要根据具体情况加以鉴别。

4. 了解经典插图书籍的版本信息

拓展学习
2-3-1

了解《神笔马良》插图的民族风格

不少经典作品的插图由某个画家绘制后获得广泛认可，与文字文本形成固定的搭配，如盖斯·威廉姆斯的《夏洛的网》插图、英格丽·凡·奈曼的《长袜子皮皮》插图、张光宇的《神笔马良》插图（图 2-3-4）。有的作品在不同时期由不同的画家为其绘制插图，形成了不同风格的多种插图版本，《安徒生童话》《格林童话》《伊索寓言》《爱丽丝漫游奇境记》，以及叶圣陶的《稻草人》、张天翼的《大林和小林》等，都有不同版本的插图。还有的作家为自己的作品绘制插图，如托芙·杨松的《魔法师的帽子》、休·洛夫廷的《杜立德医生的故事》、威廉·史代格的《帅狗杜明尼克》等。掌握这些信息，也有助于我们找到优质的插图读物。

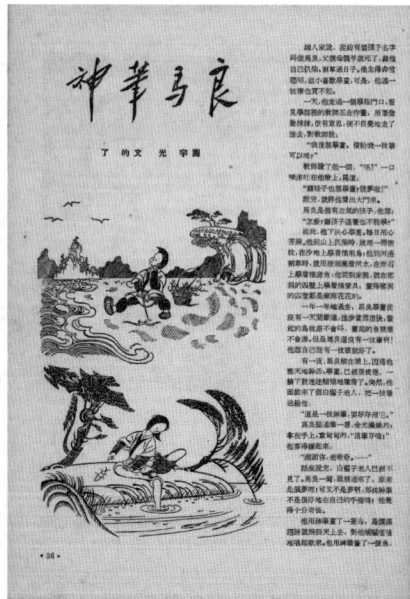

图 2-3-4 《神笔马良》首版插图

（三）多样的插图形态

除了书籍之外，幼儿期刊中也有大量插图，期刊中的故事一般文字比较简短,插图所占比例也多于书籍,书籍中的插图通常是穿插在不同的页面上,而期刊则以画面展示故事发展的全过程。《幼儿画报》《婴儿画报》《东方娃娃》《儿童故事画报》等刊物上的故事,既有文字叙述,又通过插图呈现故事情节,即使没有大人的讲述,幼儿也能依据插图,对故事有一个大致的了解。

某些幼儿文学的主人公图像造型,经过多种媒体的传播,获得广泛的认可,具有了独立的视觉形象价值。例如,作家葛冰与画家吴带生长期合作,以《嘟嘟熊画报》为平台,创作了一系列童话故事,嘟嘟熊形象给读者留下了深刻印象,嘟嘟熊故事还被拍摄成动画片,进一步扩大了这一形象的社会影响。还有的故事人物造型先由动画片确立,后又以书籍插图的面貌出现,如《黑猫警长》《哪吒闹海》《葫芦兄弟》等。在媒体发达的条件下,文学形象的跨媒介传播成为一种时尚。文化创意产业追求创意形象的长链条、多元化增值生产,传统意义上的"插图"还可能进入儿童玩具、服装、文具、主题游乐场等领域,更为深刻地影响当代童年生活,其利弊得失还需不断加以观察与反思。

尽管插图在幼儿早期文学接受中发挥了重要作用,但幼儿显然不能永远停留在"读图"阶段,他们需要逐步掌握成熟的文字阅读。为了帮助幼儿从"读图"顺利过渡到"读文",出现了"桥梁书"(Early Chapter Books)这种特殊的幼儿读物,桥梁书文字浅显,句式简短,书中的故事讲究趣味性和文学性,一般是系列读物,采取分级的方式,逐步减少插图增加文字,为幼儿架起一座从"读图"到"读文"的桥梁。

最为典型地体现幼儿读物图文关系的是图画书(也称绘本),图画书已成为当下幼儿早期阅读的重要材料,本书将专章介绍,在此不展开讨论。

微讲座视频
2-3-1

桥梁书:
从"读图"
到"读文"

二、接受方式:幼儿文学的"听"与"看"

(一)"听赏"开启幼儿的文学生活

"听"是文学接受的最初方式,襁褓中的婴儿听着母亲哼唱的摇篮曲进入梦乡,开启了一生的文学生活。摇篮曲是文学与音乐的综合艺术,对婴儿而言,他们接受的是温柔的音乐节律所带来的安全感,摇篮曲的歌词是为母亲准备的,虽然她们无法将歌词的意义传达给婴儿,但歌词所激发的柔绵母爱,却能让幼小生命获得无可替代的呵护与滋养。

在幼儿的成长过程中,文学始终扮演着重要的角色,作家林海音曾回忆起儿歌对自己童年生活的影响:"在我的幼年时代,学龄前的儿童教育不是交给托儿所、幼稚园,而是由母亲、祖母亲自抚育、教养。子女众多的家庭就加入了奶妈和仆妇。无论主仆都识字无多,不懂得什么叫'儿童教育',但是孩子们仍然在学习。语言的学习,常识的增进,性情的陶冶,道德伦理的灌输……可以说都是从这种'口传教育'——儿歌中得到的。因此我们敢说,中国儿歌就是一部中国的儿童语义学、儿童心理学、儿童教育学、儿童伦理学、儿童文学……"[①]

在完备的学前教育尚未普及的年代,家庭照顾者提供的口语形态的歌谣、故事成为早期教育的重要内容,这种教育实际上是一种通过幼儿"听赏"实施的文学教育,并在文学教育中渗透语言教育、知识教育、道德教育等。现代学前教育也主张"听赏"是幼儿接受文学的重要方式,这一主张的出发点是:幼儿还不具备识字能力,而系统识字并不是幼儿教育的首要任务。"听赏"帮助幼儿跨越文字障碍进入文学世界,也赓续着人类长期积淀的口传文学传统。

---

① 林海音:林海音文集·生命的风铃[M].杭州:浙江文艺出版社,1997:258—259.

（二）"听赏"拓展幼儿的文学视野

人们通常认为，幼儿文学应该是内容简单、易于理解的短篇作品，各种幼儿文学选本汇集的大都是此类作品。以篇幅来框定幼儿文学显得过于狭隘，有些篇幅较长的故事一经讲述，幼儿也完全可以接受。正是通过"听赏"，幼儿的文学视野得以极大拓展。

在古代，口传民间文学的听众并没有明显的年龄层次区分，幼儿与大龄儿童以及成人相比，他们未必能够完全理解故事的内容，但这并不妨碍他们沉浸于讲述者营造的故事氛围中。在当下，"听赏"依然是学前教育文学活动的重要形态。

在现代儿童文学史上，有不少读者年龄跨度较大的长篇作品，上文提到的长篇童话《小布头奇遇记》就是一个典型的例子。该书编辑叶至善为了验证作品是否受欢迎，把书稿交给自己五年级的女儿读，生动有趣的情节一下子抓住了孩子的心，女儿一口气就读完了整本书。编辑估计到该书出版后会大受小学生的欢迎，为避免书籍因过多翻阅而弄脏，就把书的封面、封底都设计成黑色，将局部的彩色画框居于封面中央，出版后的情形印证了编辑的预判，同时，这部童话也受到低幼儿童的欢迎。大龄孩子可以自主阅读文字版《小布头奇遇记》，通过成人的讲述，幼儿也同样可以接受这部长篇童话。我们在判断读物的年龄适应性时，不应简单地以篇幅长短作为评判标准，"看不懂的故事不一定听不懂，听懂的故事未必能看懂。树立'听赏'的幼儿文学观念，就可以把一些篇幅较长的、不那么浅显的、纯文字的儿童文学作品纳入幼儿文学的范围。"①

（三）幼儿"听赏"文学的媒体环境

幼儿"听赏"文学的方式具有很强的时代特征，由家庭成员为幼儿"讲""念"故事，有着悠远的传统并且持续至今。随着大众传媒的迭代更替，每一时代的主流媒体都塑造出各自的"听赏"方式。20世纪三四十年代，收音机开始进入中国家庭，催生了为儿童讲故事的广播节目，著名"故事人"孙敬修1932年开始在电台为孩子讲故事，开启了长达数十年的故事讲播生涯，50年代，孙敬修成为少年宫的专职故事员，并受聘在中央人民广播电台讲故事。学龄前儿童广播节目"小喇叭"开播后深受欢迎，每天守在收音机旁等待孙敬修爷爷讲故事，成为不少人美好的童年回忆。由于收音机在当时还不普及，每当节目开播时，总有一群孩子躲在街坊邻居的房檐下，竖着耳朵"偷听"故事。电台故事播讲也催生了特殊的故事讲述艺术，从《孙敬修全集》的故事播讲稿中，我们可以领略到口述故事独特的语言风格。以下以彭文席《小马过河》的片段为例，看看播讲者为适应"听赏"需求，对文本作了怎样的润色与修改。

《小马过河》原文：

小马驮起口袋，飞快地往磨坊跑去。

跑着跑着，一条小河挡住了去路，河水哗哗地流着。

小马为难了，心想：我能不能过去呢？如果妈妈在身边，问问她该怎么办，那多好啊！可是他离家已经很远了。

小马向四周望望，看见一头老牛在河边吃草，小马嗒嗒嗒跑过去，问道："牛伯伯，请您告诉我，这条河我能蹚过去吗？"

老牛说："水很浅，刚没小腿，能蹚过去。"

小马听了老牛的话，立刻跑到河边，准备蹚过去。

《小马过河》演播稿：

从小马的家到磨坊，要蹚过一条小河。小马走到小河边上，看见河水挡在前面，"哗哗哗"地响,有点儿害怕了。

过去还是不过去呢?妈妈不在身边,这可怎么办呢?小马一边儿想,一边儿回过头去朝后边看。妈妈要是这个时候来了就好了。

可是,妈妈连个影子也没有。往河边一看,老牛伯伯在河边吃草呢。小马连忙"嗒嗒嗒"地跑过去:

"牛伯伯,请您告诉我,我能过河去吗?"

"哞儿——水很浅哪,还不到我的小腿那么深,怎么不能过去呢?"

小马一听,"噢,水不深?那我就过去了!牛伯伯,再见!"

"哞儿——再见!"

相较于文字文本,演播稿更鲜明地体现了讲述的对象感,仿佛有孩子围坐在讲述者身边,正津津有味地听着故事。孙敬修在叙述语气上对原文进行了不少润色,例如,"过去还是不过去呢?妈妈不在身边,这可怎么办呢?小马一边儿想,一边儿回过头去朝后边看。妈妈要是这个时候来了就好了。"这样的表述可以让讲述的语流更为舒缓,便于幼儿进入故事情境。如果按照原文照着念,故事篇幅短,很快就结束了,幼儿虽然可以理解故事内容,但却无法充分感受讲述所营造的有趣氛围。此外,小马和水牛对话中加入的拟声词,也增强了故事讲述的音响效果,对幼儿尤其具有吸引力。需要注意的是,即便是故事的演播稿,实际上仍与现场播讲存在一些差别,讲述者在语流中加入了少许的语气词。

在不同时代的主流媒体平台上,一代又一代"故事人"陪伴孩子度过童年的故事时光。20世纪五六十年代,孙敬修、曹灿、康英等中央人民广播电台的故事播讲人,深受少年儿童喜爱。八九十年代,中央电视台少儿节目主持人鞠萍、董浩,成为电视时代故事演播人的代表。同一时期,讲故事磁带、光碟也进入了千家万户,成为幼儿"听赏"文学的重要渠道。进入互联网时代,故事讲述借助数字媒体产生了更广泛的影响,"凯叔讲故事"App在当下拥有大量用户,并实现了故事生产的产业化运行。

尽管大众传媒为儿童"听赏"文学提供了丰富资源,专业人员的故事讲述水平也远高于一般的家长和教师,但现场讲述依然是幼儿"听赏"文学不可或缺的方式。家庭中长辈讲的故事,不仅传递了故事内容,更为重要的是表达了亲子之情、长幼之爱。在幼儿园,教师面对幼儿讲故事,由面部表情、肢体动作、讲述语气营造出的情感氛围,也是数字媒体无法提供的。

(四)"观赏"也是幼儿接受文学的重要方式

在幼儿的文学接受中,"听"的作用无可替代,"看"的作用也同样不可忽视。上文我们讨论了幼儿文学"图"与"文"的密切关系,不论是带插图的书籍、期刊,还是讲求图文互补的图画书(绘本),其中的丰富图像信息,为幼儿提供了通过"观赏"接受文学的机会。家长和教师应恰当处理"听赏"与"观赏"的关系,为幼儿创造良性的早期阅读环境。

图像除了能够帮助幼儿克服阅读的文字障碍外,还有助于幼儿理解故事的内涵。有研究者描述了与幼儿园孩子一起阅读图画书《彩色的乌鸦》(埃迪特·施爱伯-威克/文,卡罗拉·荷兰特/图)的经历。当孩子们看到千姿百态、五颜六色的乌鸦栖息在一棵光秃秃的大树上时,他们被这棵"彩色乌鸦树"深深地吸引了,不但很快理解了故事的内容,还把"读图"所获得的视觉体验迁移到生活中:

那一刻,孩子似乎呆住了,都睁大了双眼看图画,不少孩子一下子站了起来,不知哪个孩子大叫起来:"哇,太美了!"第一次讲孩子们就记住了"就像春天又回来了"这句话,也是因为眼前的景象完全传达了这句话的意境。以后孩子又反复要求讲这个故事,看到这幅画面孩子们总要说几句:"这么多的彩色乌鸦啊!""就像彩色的树叶!""就像一个美人!"看过这本书的孩子,他

朗读音频
2-3-1

孙敬修播讲的《小马过河》

们眼里的世界和过去大不一样了——已经变成“彩色”的了！童童看到秋天的落叶问妈妈：“树叶也有彩色的吗？”“百鸟园有彩色的乌鸦吗？”雨伦围上漂亮的围巾高兴地说：“我是彩色的乌鸦。”甚至看到一辆破自行车的商标都要说：“看，彩色的乌鸦！”①

讨论

给幼儿讲故事，怎样“暂停”才合理。请与有经验的教师或家长交流后，谈谈你的看法。

这个案例让我们看到，图像产生的视觉效应已经超越了故事本身，它触发了孩子对事物色彩的敏感性，使他们愿意以“有色”的眼光去探寻自己的生活。

幼儿文学读物大都是图文复合文本，由成人讲述者和年幼儿童共同参与的阅读活动，会因“图”的存在而增添更多的交流维度：儿童一边“听赏”大人以口语传达的文本信息，一边从插图中寻找与讲述内容相关联的信息。孩子可以通过“观赏”去印证“听赏”的内容，也可以根据自己的想象，对图像作出异于原作本意的重新“发现”，用“图”去补充、变更、修正，甚至颠覆“文”的叙事。在这一过程中，孩子可能会打断大人的讲述，发表自己对故事的见解，或向讲述者提出各种问题。常规讲述语流被打断，并不一定导致文本的“贬值”，有时反而会因读者的主动参与，而产生某种“增值”效应。另一方面，讲述者也可以主动暂停讲述过程，与幼儿就插图信息展开讨论，或提出问题，引导后继的讲述；或有意设置“障碍”，激发积极的思考。

三、内涵理解：幼儿文学的“浅”与“深”

（一）幼儿文学的“浅易性”面貌

微课 2-3-2
幼儿文学的“浅”与“深”

为适应幼儿的认知能力和语言发展水平，幼儿文学从内容到表达都体现出浅显易懂的整体性特征。在构思上，童话、故事等叙事类作品一般都具有“情节简约，人物单纯”的特点，故事情节一般都是单线发展，没有复杂的事件线索，便于小读者把握故事的前因后果。诗歌、散文的情感表达也显示出清浅、纯朴的特点。在主题上，幼儿文学也追求与幼儿的认知、道德发展水平相契合。幼儿文学内容、构思、主题的浅易性特征，将在本书各个文体的阐述中作具体分析，这里主要讨论幼儿文学语言的浅易性，彰显其语言艺术层面的特殊属性。

作家朱庆坪把幼儿文学的语言特色概括为“形象而有趣，浅显而美听”，认为富有动作性的语言是营造幼儿文学趣味的重要手段，作家列举了几个例子。

（1）“瓜瓜嫌那西瓜太小，生气了。”这句话，用动作来写：“瓜瓜斜眼儿瞧一瞧西瓜，噘起了嘴巴，心想：‘哼，这也叫西瓜？’”这眼睛一斜，嘴一噘，就把“生气”这个词写具体了。

（2）运用动词时，还要选择确切，注意变化，如：“小熊……就拿起毛巾洗洗眼睛，擦擦嘴巴，抹抹鼻子，拉拉耳朵……”洗个脸，用了“洗”“擦”“抹”“拉”四个动词，写出了小熊的调皮、活泼、有趣的神态。

作家还主张在童话、故事的叙述中加入儿歌或有韵律的句子，或是采用与诗歌接近的语句，或加入生活中的声响来增加表达的音乐性，以达到“美听”的效果。另外，还提出运用结构相似或对称平行的句式，例如：

（1）童话《小土坑》，用了一连串相似的平行句法，不仅不感到重复累赘，反而显得美听、上口而有趣：“下雨了，下雨了，母鸡、公鸡回家了，大肥猪回家了，小山羊回家了，老黄牛回家了。淅沥淅沥，小土坑里积了水了。”

（2）在改编给幼儿的《阿里巴巴和四十大盗》故事中，有这么几句话：“等呀，等呀，等到天黑，高西木没有回来；等呀，等呀，等到半夜，高西木还没有回来。”如果不用相似的平行句式，写

① 康长运.幼儿图画故事书阅读过程研究[M].北京：教育科学出版社，2007：38.

成："等呀,等呀,从天黑一直等到半夜,高西木还是没有回来。"那就无论是音乐感,或是气氛、心情的渲染,都要逊色多了。①

这些见解的出发点,是认为幼儿尚处于语言发展的初期,还难以接受有深度的语言表达,这无疑是正确的,但同时也应看到,幼儿并非生活在隔绝、自足的世界里,他们正是在与成人大量的语言交往中获得语言能力的发展。一方面,幼儿的语言有别于成人,有着"童言稚语"自带的形象性、模糊性和主观性,另一方面,他们也会在语言交际中,不断模仿、吸纳成人描述事物、传达情感的语言,并将其纳入自己的语言系统中,可以说,并不存在一种纯粹的"幼儿语言",我们不必对"幼儿语言"的特点作固化的理解,应更多关注真实语境中的幼儿语言表达,并思考它与幼儿文学语言的关联性,以下通过具体的例子作进一步讨论。

在一次幼儿园开展的"拍球慢跑"游戏中,女孩子得了第一名,她们高兴地在男孩子面前炫耀了起来,一个男孩子生气地对老师说:"她们得意忘形,故意气我们,我们要教训她们。"在老师劝导下,男孩消了气,转身对女孩说:"你们太骄傲了,老师都讲过,没有常胜将军。"成语通常被认为有一定的难度,本案例中的男孩准确地使用了"得意忘形"和"常胜将军"两个成语,而且是在情急之下脱口而出的,可见其掌握成语的熟练程度。②

再来看下面这个案例,一位老师在户外引导幼儿认识春天,一个孩子发问:"老师,雨是怎么来的?"老师抓住机会,开始解释雨的形成过程。老师的讲解被另一位孩子打断了:"老师,雨不是那样形成的。雨是云彩的眼泪。"其他小朋友纷纷发问:"云为什么要哭?"他解释道:"天上的云彩本来是白的,自由自在的,可是风太嫉妒云彩了,就拼命地刮呀,刮呀,把其他地方的云都吹到一起来。这样,云彩越来越厚,慢慢地由白变灰,又由灰变暗,实在挤得不成了,就打雷、打闪,最后就痛苦地流出了眼泪,这就是雨。"③孩子对下雨成因的描述富有诗意,其中"嫉妒""由白变灰,又由灰变暗""痛苦地流出眼泪"等词句,已具备一定的成熟表达特征。

不少人主张幼儿文学创作应当向儿童学习语言,以免作品因太过成人化而导致小读者难以理解,然而,当我们面对真实的幼儿语言表达时却发现,在某些场合幼儿并非我们想象的那么"幼稚",那么"不成熟"。应该说,那些获得广泛认同的幼儿文学语言"特点",有的只是成人对幼儿语言世界的一种想象,认为幼儿的语言应当如此,其实并非真正就是如此。在另一维度上,幼儿文学作为儿童语言学习的重要资源,当体现成人"幼儿语言观"的文本被幼儿接受,也会在一定程度上影响幼儿真实的语言表达,幼儿通过"听赏"幼儿文学,模仿其中的语言表达,并把这种表达运用到生活中,我们概括的某些幼儿语言特点,有一部分可能就来自文学文本。因而,我们不必否定长期以来形成的关于幼儿文学语言特点的认知,但应当以更为灵活、开放的视野去理解这些特点。

(二) 理解幼儿文学"浅"与"深"的关系

幼儿文学的"浅"与"深"是一个相对概念,幼儿文学的"浅"是与成人文学以及其他年龄层次儿童文学相比照的结果。应当承认,成人文学在思想与艺术探索的深度与广度上,要高于儿童文学,中外文学的某些经典文本,因其内涵的极大丰富性,为后人提供了无限的阐释空间,对某些作品、作家的研究,甚至成为一门独立的学问,如红楼梦研究成为"红学",莎士比亚研究成为"莎学"。基于这样的参照标准,我们把"浅"作为儿童文学的基本特征是合适的。

幼儿处于身心发展的最初阶段,在精神理性尚未充分觉醒的情况下,成人文学基于理性思维所生成的思想意义,以及在无限创想中形成的机理繁复的艺术形式,显然难以被幼儿所接

① 朱庆坪.形象而有趣 浅显而美听——试谈幼儿文学的语言特色[J].儿童文学研究,1980(5).
② 桑凤英.走进童心世界——幼儿教师观察笔记[M].北京:北京师范大学出版社,1999:264.
③ 冯永健.雨是云彩的眼泪[J].学前教育,2002(4)上.

受。另一方面,幼儿文学的"浅"并不意味着与成人文学存在文学品质上的根本区别,所谓深浅,仅仅是思想呈现形态、艺术表现形式上显示出的不同面貌。我们将在后面章节的讨论中看到,幼儿文学能够以感性、直观的方式呈现深刻的思想;以轻逸、奇幻的风格营造文学趣味;以看似简单,实则意味丰富的艺术形式构筑文本。

雅诺什的图画书《噢,美丽的巴拿马》就是以看似清浅的方式,表现了内涵丰富的主题。图画书讲述了一个关于寻找的故事,小熊和小虎是一对好朋友,他们有一个美丽的家,过着舒适的生活。有一天,小熊发现了一个从河上飘来的箱子,箱子散发着香蕉的味道,上面写着"巴拿马"三个字,小熊觉得"这个箱子是从巴拿马来的,巴拿马的味道和香蕉一样。"巴拿马是自己梦想中的地方。于是两个好朋友就踏上了寻找巴拿马的旅程,一路上,他们历尽千辛万苦,最后在乌鸦的帮助下找到了巴拿马——原来,这个梦想中的美丽地方,就是他们自己的家。在这个充满孩子气的故事里,我们可以读出关于梦想、关于家园、关于珍惜当下,这些具有思想深度的意味来。像这样既能够给孩子带来故事乐趣,又包含着深层内涵的幼儿文学作品还有不少。

儿童文学作家林良提出,"儿童文学是浅语的艺术","浅语艺术"并不是简单地强调儿童文学应当写得浅显易懂,而是把"浅语"上升到艺术的高度。林良认为,优秀的儿童文学是用一种有着自身艺术特质的语言写成的,"每一个儿童文学作家,都要具备运用'浅语'来写文学作品的能力。"[①]对儿童文学作家来说,要使作品达到"浅语艺术"的高度,并不是件容易的事。把一个简单的故事写得富有清浅的意味,这种意味不但可以吸引孩子,还可以打动具有童心的大人,是一件有难度的事,是需要特殊才华支撑才可以达到的艺术高度,从这个意义上说,"浅语艺术"是一种特殊的"深刻"语言艺术。

幼儿对文学内涵的理解,并非总停留在浅易的层面上,在适当条件下,幼儿的思维活动也有着自己独特的"深刻性"。在下面这个例子中,师幼围绕佐野洋子的图画书《活了100万次的猫》展开的讨论,就体现了这一特点。图画书讲述了一只虎斑猫死了100万次,又活了100万次,每一次它都拥有一个主人,每个主人都给它带来了不同的精彩,也让它遭遇了各样的磨难,但这一切并不能使它活得满足,直到它成了一只没有主人的野猫,"活成了自己的猫",才心满意足地死去,没再活过来,这一故事包含着关于生命价值的丰富内涵,对这些意涵的理解显然是有"难度"的,但幼儿却能以自己的思维方式接受了这一"难度"的挑战。以下是一次阅读活动中孩子们发表的见解。[②]

师:"如果让你活100万次怎么样?你愿意吗?"

幼:我觉得很好,坚持每天好好生活,这100万次就会活得有意义。

幼:我愿意,如果有一天我发生意外,被台风刮跑了,我还能活过来。

幼:我认为好,活100万次我会像超人一样飞。

幼:我愿意,我长大要当医生,活100万次就可以一次次尝试,帮助更多的人。

幼:我觉得活100万次不好,这样地球都要爆炸了,我就没有地方生存了。

幼:不好,活100万次没什么意思,我觉得活一次就够了。

> **讨论**
>
> 你认为在《活了100万次的猫》的阅读中,还可以提出哪些能激发幼儿思维的问题。

孩子们的回答既有自我中心的想象,也有观照他人及世界的怀想,这些回答虽然没有体现出逻辑的严密性,但也反映了他们对生活的独特理解。这一案例说明,我们不应低估幼儿的理解力,他们完全可以用自己的方式去把握有"深度"的作品,并作出自己的反应,教师需要做

① 林良.浅语的艺术[M].福州:福建少年儿童出版社,2017:20.
② 苏泳.听幼儿讲绘本里的哲学——以大班幼儿阅读绘本《活了100万次的猫》为例[J].福建教育,2021(25).

的是,在活动中提出能够激发他们创造思维的问题,对他们发表的见解,给予充分的接纳和恰当的引导。

◇◇◇◇◇◇◇◇◇ 研 习 任 务 ◇◇◇◇◇◇◇◇◇

理解幼儿文学的价值、特征及形态

[任务一] 理解幼儿文学对幼儿成长的价值

　　结合个人阅读经历及对幼儿生活的观察,选择1—2本幼儿文学作品集,探讨以下问题:(1)作品可以对幼儿的知识学习、道德启蒙、行为养成产生怎样的影响?请举例说明;(2)作家在作品中是直接表明自己的教育意图,还是将教育意图隐含在文学情景之中,哪种方式能产生更好的效果?请举例说明。

[任务二] 观察理解幼儿生活与文学审美的关系

　　扩大阅读范围并观察幼儿生活,结合本章幼儿文学美学特征的相关内容,探讨以下问题:(1)幼儿倾向于接受哪一种审美特征突出的文学作品?试分析其原因;(2)生活中幼儿说的话、做的事,有哪些细节富有审美意味,与哪一种文学审美特征相吻合?请举例说明;(3)幼儿文学作品描写的某些场景,是否在现实生活中也能看到?结合具体作品谈谈你的看法。

[任务三] 理解幼儿文学的文本形态、接受方式与内涵理解

　　(1)阅读若干插图本幼儿文学读物或期刊,谈谈插图对文字意义的表达发挥了哪些作用,对幼儿的阅读产生了怎样的影响;(2)选择带插图的读物或图画书念给幼儿听,仔细观察他们"听赏"过程的反应,并做好记录;(3)为幼儿讲述1—2篇有一定主题深度的作品,与幼儿交流,看看他们是否理解主题,或以怎样的方式理解主题,并做好记录。

◆ 第三章 儿歌 ◆

学习目标

知识目标：
1. 了解儿歌的基本概念、发展概况、类型划分等基础知识。
2. 掌握儿歌的文体知识，结合文本理解儿歌的艺术特征。

能力目标：
1. 掌握赏析儿歌的基本方法，能够结合个人理解赏析文本。
2. 了解儿歌在幼儿园教学中的应用情况，尝试参与教学实践。

素养目标：
1. 基于感性体验，形成对汉语儿歌（童谣）美感特征的理性认知。
2. 能较好地处理儿歌的审美价值与教育功能的关系。

新课导入

作家陈章汉回忆童年时代念诵的童谣：

奶奶却会唱儿歌，一嘟噜一嘟噜的，"橄榄串"一般，没了没尽，令人着迷。

有月娘（方言称月亮为"月娘"）的夜晚，奶奶会带我们唱：娘君，娘姐；乞头毛，乞牙齿；头毛有扁担长，牙齿有××阔……这里的填空就由各自发挥了，有的说牙齿有庠桶阔，有的说牙齿有门扇阔，说的听的都哈哈大笑，开心极了。

见天上有萤火虫飞过，奶奶随口就唱起来：火婆罗（即萤火虫），七七星；飞下来，吃蒜青；蒜青辣，吃甲砂（蟑螂）；甲砂臭，吃酱；酱咸，吃盐；盐苦，吃黄菜某；黄菜某黄黄，吃象黄（杨梅）；象黄红红，吃烟筒，烟筒有穗，吃甲锥（斑鸠）；甲锥树顶叫，甲蛋（八哥）树下跳；先生爱放假，学子爱他聊（玩耍）！

这最后一句，是所有孩子都爱听，并且爱唱的。学生们做功课累了，又不好直说，只要哼一声"火婆罗，七七星——"老师便忍俊不禁，明白那意思，于是开恩让孩子们"他聊"去，自己也乐得歇歇。①

——陈章汉

1. 请结合个人的童年经历，回忆家乡的民间童谣给你留下的印象。
2. 在学习中注意了解民间童谣与作家创作儿歌不同的艺术特点。

---

① 陈章汉. 童年真好[M]. 福州：海峡文艺出版社，1998：104—105.

第一节 儿歌概说

一、儿歌概念及作用

儿歌是以低幼儿童为主要接受对象,内容浅显易懂,语言富有节律,易于念诵的短小诗歌。儿歌是儿童喜闻乐见的一种文学形式,也是最早接触的文学样式。

儿歌、童谣、儿童歌曲是三个容易混淆的概念,需要对其区别与联系作一说明。本章讨论的儿歌是一种儿童文学体裁,可以与儿童诗(幼儿诗)合称儿童诗歌。民间文学学者钟敬文认为:"儿歌这个概念,是'五四'以后歌谣学运动大发展时期才普遍使用开的。在我国古代,儿歌被称为'童谣'。"[1]在古代,儿歌还可以称为婴儿谣、童子谣、孺子歌、小儿语等。

在当代音乐领域,通常把儿童歌曲简称为儿歌,这一简称自有其合理性,但也造成人们对儿歌与儿童歌曲认知上的混淆。童谣、儿歌与儿童歌曲是分属于文学与音乐领域的艺术形式,《诗经·国风·园有桃》中有"心之忧矣,我歌且谣"的句子,可见"歌"与"谣"自古有别,《毛传》有言:"曲合乐曰歌,徒歌曰谣。""谣"指的是无音乐(乐器)伴奏的"徒歌",古代童谣即归属此列。同时我们也应关注到两者之间的关联性,文学意义上的童谣、儿歌可以谱上曲成为儿童歌曲,例如,著名童谣《小老鼠上灯台》、黄庆云的《摇篮曲》、许浪的《粗心的小画家》等。1922年,著名语言学家赵元任曾为新诗诗人刘大白创作的儿歌《卖布谣》谱曲。

在儿童文学中讨论儿歌,涉及传统民间童谣与现代创作儿歌两大类别,后者指的是起端于五四新文学运动,由作家创作的作品。出于表达的方便,有时也称童谣为民间儿歌。在当下童书市场上,有的出版物也把创作儿歌称为童谣。

儿歌在儿童早期语言发展中发挥着十分独特的作用。儿歌中的摇篮曲是人一生最早接触的文学样式,母亲的哼唱传递着对幼嫩生命最柔绵的爱意。儿歌语言的铿锵节律与幼儿身心特点之间有着天然的契合性,为幼儿早期发展提供了富有美感的语言环境。儿歌可以承载各种自然和社会知识,为幼儿认知能力的发展提供丰富的教育素材,优秀儿歌融童趣意味与德育主题于一体,可在幼儿品行养成中发挥独特的作用。游戏是幼儿生活的重要内容,儿歌中的游戏歌让幼儿在玩耍中体验语言的节奏美感。儿歌题材广泛、形式多样,是学前教育不可或缺的宝贵资源,在幼儿园各领域教学活动中有着广泛的应用。

拓展学习
3-1-1

了解儿歌
发展概况

二、儿歌的类型

中国民间儿歌经过千百年的流传,基于汉语特点形成了某些特殊的艺术形式,留下了许多优秀佳作,同时,这些艺术形式也为当代作家所继承与借鉴。

(一)数数歌

按照一定的数字顺序并结合具体事物,将数字认知与语言训练融为一体的儿歌。例如,《七个妞妞来摘果》:"一二三四五六七,/七六五四三二一。/七个妞妞来摘果,/七个花篮手中提,/七个果子摆七样:/苹果、桃儿、石榴、柿子、李子、栗子、梨。"数字歌可以是数字与动植物名称、时令节气的结合,或者表现奇偶数变化、简单数字计算等,用以训练幼儿的数学思维。

---

[1] 钟敬文.民间文学概论[M].上海:上海文艺出版社,1980:275.

（二）字头歌

每句末尾的字完全相同的儿歌。常见的句尾字有"子""头""儿"等,具有很强的韵律感。例如,《小耗子儿上缸沿儿》:"小耗子儿,上缸沿儿,/拿小瓢儿,舀白面儿,/请干妈,吃顿饭儿,/烙薄饼,炒合菜儿,/不吃饱了不撂筷儿,/吃饱了,就滚蛋儿。"采用儿化韵一韵到底,以调侃的语气表现出耗子贪吃的模样。

（三）连锁调

采用顶真修辞的儿歌,即前一句末尾的词语作为后一句的开头,或前后句随韵黏合,逐句相连。也称连珠体、衔尾式。例如,《板凳板凳歪歪》:"板凳板凳歪歪,/里面坐着乖乖。/乖乖出来买菜,/里面坐着奶奶。/奶奶出来打油,/里面坐着孙猴。/孙猴出来点灯,/喔吼!/烧了眉毛眼睛。"内容虽无意义却不乏趣味。

（四）绕口令

以声、韵、调相同或相似的词语组成有趣的句子,要求诵读者快速无误地读出的儿歌。例如,《狗与斗》:"墙上挂只斗,/地下卧条狗。/斗掉下来扣住狗,/狗翻起来咬住斗。/是斗扣狗,/还是狗咬斗。"绕口令既用于训练儿童的口齿,也是一种语言游戏,难易程度有别,存在于各国语言中。

（五）问答歌

用一问一答或连问连答方式组成的儿歌,又叫盘歌、对歌。例如:"什么尖尖尖上天?/什么尖尖在水边?/什么尖尖街上卖?/什么尖尖姑娘前?/宝塔尖尖尖上天,/菱角尖尖在水边,/粽子尖尖街上卖,/花针儿尖尖姑娘前。"具有传播知识、启迪心智的功能。

（六）颠倒歌

正话反说的儿歌,也称古怪歌、滑稽歌、错了歌。例如:"忽听门外人咬狗,/拿起门来开开手,/拾起狗来打砖头,/又被砖头咬了手。/骑了轿子抬了马,/吹了鼓,打喇叭。"是一种典型的语言游戏,滑稽感十足。英语中的 Nonsense Poem(废话诗)与颠倒歌相似。

（七）摇篮歌

由母亲或其他长辈哄孩子睡觉时吟唱的歌谣,也称摇篮曲、抚儿歌。例如:"杨树叶儿哗啦啦,/小孩儿睡觉找他妈,/乖乖宝贝儿快睡吧,/马猴子来了我打他!"一般带有一定的曲调,便于哼唱,各民族都有摇篮歌。

（八）谜语歌

歌谣体的谜语,将谜面用儿歌形式呈现。例如:"八只脚,/抬面鼓,/两把剪刀鼓前舞,/生来横行又霸道,/嘴里常把泡泡吐。"

朗读音频
3-1-1

《角》

现代作家也常借用传统儿歌的艺术形式进行创作,例如,盖尚铎的《角》:"一头牛,两只角,/两头牛,四只角,/三头牛,几只角?/别急,别急,/请看好——/要是牛犊没长角。//一张桌,四个角,/两张桌,八个角,/三张桌,几个角?/别急,别急,/请数好——/要是圆桌没有角。"这是一首数数歌,每节前三句表现的是数字的倍数关系,随后话锋一转,推出与之前数字关系不符的物件,与传统数数歌相比,构思更为精巧。

第二节 儿歌的艺术特征

一、韵语传达的质朴童趣

趣味性是儿歌艺术生命的关键所在,作为一种尤其依赖儿童口头传播的文学形式,若不具备足以吸引孩子的趣味,就很难在时间的长河里存留下来。进入作家创作时代,营造浓郁的童趣依然是儿歌创作的艺术追求。儿歌以节奏铿锵、简洁朴素的韵语,本真地传达儿童的心声,彰显童年生命的天然状态,其中的趣味透露着质朴的美感。

选取事物的突出特征加以描摹,是儿歌创作的常见路径,质朴童趣在咏物儿歌中有着十分鲜明的体现。以下是几首篇幅简短、童趣盎然的咏物儿歌:

《鸡蛋》(李少白):"鸡蛋白,/鸡蛋黄,/白云抱个小太阳。"

《糖果》(丁曲):"红纸包,/绿纸包,/剥开糖纸瞧一瞧,/里面藏个甜宝宝。"

《奶牛》(王野):"大黑牛,/长白花。/吃青草,/甩尾巴,/挤鲜奶,/喂娃娃。"

《小钥匙》(欧澄裁):"锁娃娃,/生气啦。/小钥匙,/来逗它。/搔搔它的咯吱窝,/'扑哧'笑开小嘴巴。"

这些儿歌的内容与幼儿的生活经验密切相关,通过对物象特征的描摹,透出带着稚嫩生命质感的情趣意味。《鸡蛋》仅有短短的三句,想象的空间却很大,以天空中白云和太阳的视觉形象,比喻身边小小的鸡蛋,一个"抱"字给幼儿带来熟悉的肢体体验。《糖果》和《奶牛》前几句描摹的是物象的外在特征,最后一句指向了孩子,前者将糖果拟人为"甜宝宝",后者则把奶牛形象与孩子喝奶的体验相关联。《小钥匙》对开锁过程的想象富有创意,让"锁"与"钥匙"这两样冰冷物件的互动,充盈着儿童日常逗趣的欢愉气息。

某些咏物儿歌还嵌入了知识性内容。例如孙幼枕的《鸡蛋运动会》:"鸡蛋来比赛,/看谁转得快——/生鸡蛋,拼命转,/转了几圈倒下来。/熟鸡蛋,用力转,/滴溜溜地转得快。/观众鼓掌又喝彩:'熟鸡蛋,得金牌。'/生鸡蛋,不服气:'等我熟了再来赛。'"作者把生熟鸡蛋转动过程中的惯性现象,以一场生动的比赛游戏加以呈现。比赛中的奋力争先、观众喝彩,落败者不服气约定再战的口吻,都与现实中儿童的表现十分相似。儿歌把适合幼儿认知的知识融入韵语塑造的拟人情景中,让知识学习获得节奏的伴随、趣味的浸染,体现了认知价值与审美价值的自然融合。

能够在有趣的儿歌中植入知识自然不错,但对知识性的追求不应成为制约儿歌创意想象的障碍,儿歌作为一种文学形式,其趣味性完全可以摆脱知识,而成为一种纯粹的审美对象。例如,王宜振的《小贝壳》:"海边小贝壳,/请你告诉我,/你的年纪不算大,/为啥皱纹这么多?/贝壳笑呵呵,/悄悄对我说,/那是一条录音带,/录下大海一支歌。"这也是一首咏物儿歌,凸显了贝壳条纹多的外形特点,但作者的用意并不在于传播关于贝壳的知识,只是将物象特征作为展开想象的触发点。儿歌中"我"的疑惑与贝壳的回答显然不具科学性,却营造出浓浓的趣味。

儿童生活中的拙趣表现,也是儿歌营造趣味的重要题材。例如,薛卫民的《树叶不说话》:"树上叶子,/又绿又多;/树上叶子,/又盖又遮。/树上叶子,/不让我说——/原来树上,/藏着鸟窝,/窝里有蛋,/怕人来摸……"这首儿歌采用孩子的主观视角,前四句写的是一棵树最常见的模样,随即来了一个转折——树叶不让"我"说话,原来树叶里藏着鸟窝,怕让人知道被摸了去。儿歌没有刻意将树拟人化,所谓树叶不让"我"说,实际上是孩子的主观臆想。孩子对鸟窝的呵护之意,通过有趣的自言自语得以自然呈现。

二、教育主题的审美表达

拓展学习
3-2-1

进一步理解
民间童谣的
主题表达

不少儿歌或隐或显地体现着教育性主题。通过朗朗上口的歌谣,对儿童施以道德品行或生活习性的影响,是从民间童谣到创作儿歌一以贯之的传统。教育主题的内涵丰富多样,呈现方式各有不同,优秀儿歌往往能够把教育主题恰当地融入盎然童趣之中,让读者接受教育的同时,不会感受到来自成人的教训威压,更不会影响他们体验韵语艺术带来的欢愉气息。如何富有美感又不失童趣地呈现教育主题,是儿歌艺术性的重要体现。

民间童谣的教育主题往往指向朴实的生活准则,引领儿童向善的品行养成。以《一对蝈蝈吹牛皮》为例:

闲着没事上家西,/碰见两个蝈蝈吹牛皮。/大蝈蝈说:/"我在南山吃了只鸟。"/二蝈蝈说:/"我在北山吃了只鸡"/大蝈蝈说:"我在东山吃了条狗。"/二蝈蝈说:"我在西山吃了头驴。"/大蝈蝈说:"我在关外吃了只虎。"/二蝈蝈说:"我在东海吃了鲸鱼。"/它两个吹得正起劲,/打南来了只大公鸡。/两个一见生了气,/伸伸腿,捋捋须,/一齐奔向公鸡去,/想吃公鸡没吃成,/咯儿一声喂了鸡。

喜欢吹牛是孩子的天性,这种天性本身并非道德瑕疵,对孩子来说,吹牛只是为了享受偏离常规的夸张表达所带来的乐趣。这首童谣中两只蝈蝈天南海北不着边际的夸口,足以满足孩子对吹牛的想象,念诵过程就仿佛进入一场文学化的吹牛大赛。两只蝈蝈最终把言语的逞能化作对公鸡不自量力的挑战,戏剧化的结局包含着对得意忘形行为的讽喻。

在创作儿歌中,教育主题的呈现方式也各有不同。有的儿歌以简短的篇幅直接表达一个孩子应当遵守的生活规则。例如,郑春华的《轻轻地跳》:"小兔小兔,/轻轻跳。/小狗小狗,/慢慢跑。/要是踩疼小青草,/我就不跟你们好!"儿歌没有把批评的矛头指向孩子,而是让孩子以亲昵的口吻教导小动物,念诵儿歌的孩子自然会产生对公共规则的心理认同。

有的儿歌就创作动机而言,可能有表达教育主题的意图,但文学形象的创造,有时会不自觉地超越原先的观念预设,形象大于观念的创作,常常催生令人赏心悦目的文学精品。张继楼的儿歌名篇《蚱蜢》就是这样的精品:

小蚱蜢,/学跳高,/一跳跳到狗尾草。//腿一弹,/脚一翘:"哪个有我跳得高。"/草一摇,/摔一跤,/头上跌个大青包。

儿歌精准地把握蚱蜢善于跳跃、头上长包的生物特征,在铿锵节奏、动感细节的演绎下,一只活生生的拟人蚱蜢被充分地审美化了。我们可以从教育的角度进行解读,认为蚱蜢是自高自大孩子的隐喻,作者让骄傲的蚱蜢跌出个大青包,是希望孩子们从中汲取教训。我们也可以把《蚱蜢》当作一首纯粹的咏物儿歌,将其理解为:作者是为了解释蚱蜢头上何以有隆起的青包,而编织一个趣味盎然的歌谣体故事。即便从教育的角度看,这也是成功处理教育与审美关系的佳作,作者的教育意图被审美形象所包容,读者可以暂且搁置儿歌的主题,纯粹享受儿歌本身带来的审美愉悦,或在审美愉悦高峰过后重新理解与接受其主题内涵。

谢采筏的《小斑马》也可做多元的主题理解:"小斑马,上学校,/黑白铅笔买两套。/老师叫它画图画,/它在身上画道道。"从教育主题上理解,儿歌力图通过小斑马在学校中画画的表现,隐含地批评生活中不守规矩的孩子。从文学审美上理解,可以将其视为对斑马外在形象特征的趣味性解释。幼儿园文学活动可以有明确的教育目标指向,但这种教育并不仅限于道德教育,还可以是审美教育,道德教育要沁入童心也应以充分的审美体验为前提,因而,选择文学性丰富的优质文本,是文学活动实现教育目标的关键所在。

三、歌戏互补营造的趣味氛围

游戏是学前教育中的重要活动,在幼儿生活中扮演着不可替代的角色。幼儿通过游戏认知世界,理解自我,建构人际关系。游戏活动往往需要富有节奏的语言相伴随,韵律性语言可以下达游戏口令,表现游戏内容,增添游戏乐趣。与游戏活动关联密切的儿歌,也称为游戏歌。

讨论

联系第二章第一节"幼儿文学的多元价值"相关内容,谈谈游戏歌对幼儿成长具有哪些价值。

游戏歌最重要的功能是为游戏动作提供节律伴随,例如,流传于北京地区的童谣《一个毽》:"一个毽儿,/踢两半儿,/打花鼓儿,/绕花线儿,/里踢外踢,/八仙过海,/九十九个,一百。"为了与踢毽子的快节奏相吻合,整首童谣都是短句。头两句并不是踢毽子的真实状态,是为了谐韵而凑成的句子。接下来"打花鼓儿,/绕花线儿"是对踢毽动作技巧的形容,也是对踢毽动作、姿态的打趣。"八仙过海"体现了踢毽子的竞技状态,最后以一百整数作结,提示游戏结束。踢毽游戏一般会规定一定的动作规则,参赛者在念诵中依次完成,踢到"九十九个,一百"时,把毽接住。顺利过关后,增加动作难度,进入新一轮比赛。[①]

有的儿歌除了能够为游戏提供节奏伴随外,本身的内容还具有一定的情节性,例如,《城门城门几丈高》:

城门城门几丈高?/三十六丈高。/上的什么锁?/精钢大铁锁?/城门城门开不开?/不开,不开!/大刀砍?/还不开!/好,看我一手打得城门开。/哗!开了锁,开了门,/大摇大摆进了城。

游戏的规则是:一群孩子手牵手站成一列,左右两端的孩子对唱,最后两句合唱。唱到"进了城"时,从右端孩子开始,一个牵着一个从左端边上两个孩子的手臂下钻过。这样,左端第二个孩子便成了两臂交叉抱于胸前,与大家站成相反方向的"锁"。然后再由两端的孩子从头唱起,唱到最后再钻城门时,要由左侧第二、三两个孩子的手臂下钻过,这样左侧第三个孩子也成了"锁",当中间的孩子全成了锁,左右两端的孩子便互相将空手提起、高举,让大家从手臂下退出,同时高喊"开锁喽!"于是所有的孩子都成了两手交叉与左右相握相牵的姿势,形成一个圆圈。金波认为:"这首儿歌采取对唱,合唱形式,形式活泼有趣。儿歌的内容比较具体,不是那种单纯为协调动作而没有什么意义的游戏歌,它属于内容与动作一致,有一定情节性,带有一点'叙事的扮演'性质。"[②]

游戏歌既有民间流传的,也有作家创作的,两者在风格上各有特点。柯岩的《坐火车》是当代有影响的一首游戏歌:

小板凳,摆一排,/小朋友们坐上来,/这是火车跑得快,/我当司机把车开。/(轰隆隆隆,轰隆隆隆,呜!呜!)

抱洋娃娃的靠窗坐,/牵小狗熊的往后挪,/皮球积木都摆好,/大家坐稳就开车。/(轰隆隆隆,轰隆隆隆,呜!呜!)

穿大山,过大河,/火车跑遍全中国。/大站小站我都停,/注意车站可别下错。/(轰隆隆隆,轰隆隆隆,呜!呜!)

哎呀呀,怎么啦,/你们一个也不下?/收票啦,下去吧,/让别人上车坐会儿吧。/(轰隆隆隆,轰隆隆隆,呜!呜!)

① 游戏内容参见:高帆.实用儿歌鉴赏大全[M].兰州:甘肃少年儿童出版社,1992:133.
② 金波.中国传统歌谣书系·城门城门几丈高[M].南宁:接力出版社,2012:10—11.

儿歌既呈现了游戏场景,又描绘了游戏玩法,还介绍了游戏规则,语言的声律节奏加上火车轰鸣的音响效果,让孩子沉浸于游戏的快乐氛围中,根据这首儿歌可以组织起一次集体游戏活动。与民间童谣相比,创作游戏歌的情节性更加鲜明,蕴含更为丰富的意义。

讨论歌戏互补,涉及的大多是动作型游戏中的韵语伴随,实际上儿歌与游戏的关系还可以延伸至更广的领域,张继楼的《娃娃脸》就将儿歌与绘画游戏联系在了一起:

两个元宵圆又圆(画两个小圆),
弯弯月亮在下边(画一个弯月亮),
围成一道圆城墙(在小圆和月亮外面画一个大圆圈),
左右堆起两座山(在大圆图左右各画一座耳朵一样的山),
顶上栽下三棵树(在大圆图上画三条直线),
变成一张娃娃脸(最后画成一张娃娃的笑脸)。

图3-2-1　　在儿歌的引导下,幼儿可以一笔笔地画出一张完整的人脸图,儿歌的内容既是绘画游戏的说明,也是对人脸图的形象化描绘。这个游戏可以由教师或父母引导孩子一边念诵一边绘图,绘图结束后,再对照人脸图连贯完整地念诵一遍儿歌。这样的游戏歌实现了语言、美术、游戏的跨领域融合。

四、语言节律呈现的音乐美感

儿歌的音乐美感主要体现为和谐的音韵和明朗的节奏。儿歌的音韵美首先体现在押韵上,儿歌的押韵方式有连韵,即每句押韵,一韵到底;隔行押韵,即首句和偶数句押韵;转韵,即根据需要转换韵脚。

一韵到底的儿歌如丁曲的《袋鼠妈妈》:"袋鼠妈妈去买菜,/不背篮子带口袋。/买萝卜,买青菜,/袋里有个小乖乖,/啊呜啊呜吃起来。"全诗通押"ai"韵。

隔行押韵的儿歌如《宝石光光》:"星星,月亮,/抬头望望,/摘来点灯,/宝石光光,/借来梳头,/照我模样。"隔行押"ang"韵。

诗中转韵的儿歌如《小孩小孩你别哭》:"小孩小孩你别哭,/过了腊八就杀猪,/小孩小孩你别馋,/过了腊八就是年。"前两句和后两句分别押不同的韵。

有的儿歌的韵脚则比较自由,如徐心远的《大雾》:"野外雾,像白幕,/上连天,下接土。/小陆小吴去上学,/走出家门正赶路。/小陆喊小吴,/小吴找小陆,/声音听得见,/不知在何处。/小陆急得团团转,/小吴吓得呜呜哭。/其实小吴和小陆,/距离不过八九步。"大部分句子押一韵,其间穿插若干不押韵的句子。

节拍也是营造儿歌音乐美感的主要手段。节拍的构成有多种方式,有的是两字一拍,如《萤火》:"萤火,│萤火,/你来│照我。"(/表示分行,│表示停顿,下同)。有的儿歌是二字一拍和一字一拍交替使用,如《虫子飞》:"虫子│虫子│飞,/飞│到│竹山│里,/捡│个│饽饽│蛋,/把│宝宝│拌│夜饭。"

圣野的《溜溜球》形成了三字句两拍,七字句四拍的节拍组合。

溜溜球,	×× ×
翻跟头,	×× ×
跟头翻了九十九,	×× ×× | ×× ×
回到自己手里头。	×× ×× | ×× ×

有的儿歌的节拍不固定,可根据内容的需要,灵活把握。例如《送给外婆她老人家》,陈振桂对这首民间童谣的节拍作了如下分析:

张打铁，│李打铁，/打把│镰刀│来割麦。/麦子多，│割一坡，/颗颗大，│晒满坎。/麦子│磨成面，/白得│像雪花，/蒸个│馍馍│簸箕大，/送给│外婆│她│老人家。

　　除了押韵和节奏外，儿歌的音乐性还可以通过拟声词的合理使用加以体现。例如，佟希仁的《春天来了》在拟声词上的运用也很有特色："房檐的流水，/滴答，滴答；/解冻的小河，/哗啦，哗啦；/水塘的鸭子，/呷呷，呷呷；/南来的大雁，/哏儿嘎，哏儿嘎；/他们都在说：/春天来了。"让人感受到"春色"之外的"春声"之美。

　　儿歌句子的字数，对儿歌语言节律感的形成也发挥着独特作用。儿歌有三言、四言、五言、七言、杂言。例如，圣野的三言儿歌《懒猪》："小白猪，/圆又胖，/吃饱了，/地上躺。/呼噜噜，/睡得香，/眼一睁，/大天亮。"齐整的句子构成匀称的节奏。

　　杂言儿歌如《豆腐煮虾公》："豆腐煮虾公，/豆腐白，虾公红，/红白相间在碗中，/上面还有几根韭菜绿葱葱。"最后的长句很好地为儿歌营造出归结感，让人觉得一道美味的菜做好了，可以开始吃了。

第三节　儿歌赏析导引

　　儿歌赏析可以综合运用之前所学的幼儿文学理论知识、儿歌文体知识，结合个人的感悟、理解，对儿歌的文学内涵、教育价值等展开辨析。赏析路径和赏析关键词仅提供了若干启发性思路，并未涵盖解读文本的所有可能，学习者可以探寻出更多的赏析路径与方法。这一点也适用于其他文体的赏析。

一、儿歌赏析路径

（一）欣赏源自悠远传统的民间"俗味"

　　在儿童文学的各种艺术样式中，儿歌有着最为古老的历史。民间童谣流传于充满烟火气息的乡村、城镇，根植于民众俗常的平凡生活，体现着远去时代的童年样貌及其内蕴的精神气质。欣赏民间童谣，不仅是为了了解过往的童年生活，更应当去揣摩其中能够跨越时空阻隔，带有某种恒定性的艺术特质，理解这些特质对当下童年生活的意义，以及与当代创作儿歌之间的内在关联。

　　过年"跳火墩"是闽台两地一项重要的年俗活动，人们把火墩点燃并燃放鞭炮，家中的男子按辈分大小依次从门外向内跳过火墩而入，活动中还要念诵歌谣以助气氛。这一年俗活动在成人和儿童眼中呈现着不同的面貌。

　　《跳火堆》（成人版）："跳入来，/年年发大财！/跳出去，/无忧共无虑！/跳过东，/五谷不吃空！/跳过西，/银钱满厝内！"

　　《跳火盆》（儿童版）："年兜夜，跳火盆，/公挑金，婆挑银，/阿爸惊火熏，/阿妈笑抿抿。/阿兄相火痕，/阿嫂烧着裙。/阿叔放炮乒乓响，/畅煞一群囝子孙。"

　　成人念诵的歌谣表达了对富裕生活的企望。功利性是民俗文化的一大特点，民俗仪式承载的美好想象多与物质欲求相关。孩子感兴趣的不是钱财的获得与家运的兴旺,他们口中的歌谣尽情地表现大人们令人捧腹的动作,体现了非功利的娱乐精神。儿童在平时常受到来自成人的规训与管教,节庆活动让他们获得了与成人平等相处的机会,在大人们忙于祈福消灾时,孩子们则沉迷于逗笑与玩乐,表现大人的窘态也是对平时所受压制的一种心理补偿。

如果说两首"跳火墩"歌谣,表达的是节日里带有狂欢性质的心愿,那么《萤火虫》为我们展示的则是底层民众对俗常生活的美好期待:"萤火虫,/夜夜红。/公公挑担卖胡葱,/婆婆养蚕摇丝筒。/儿子读书做郎中,/新妇织布做裁缝,/家中有米吃不空。"头两句是起兴,接下来的五句道出家中男女老幼最合宜的劳作事项,为的是满足"家中有米吃不空"这一朴实的生活诉求。当下儿童依然可以从中体会到古今相通的朴素生活情感。

童谣浓郁的民俗味在当代创作儿歌中得到了传承,体现了作家对悠远传统的怀想。创作儿歌的民俗味首先体现在内容上,作家关注到当今社会依然存留的民俗活动,并对其展开艺术想象创造。例如,盖尚铎的《剪窗花》:

小剪刀,咔嚓嚓,/我看姥姥剪窗花。//剪公鸡,会打鸣,/剪母鸡,下蛋大,/剪黄牛,把地耙,/剪红马,把车拉。//毛驴急得咴咴叫,/想让姥姥也剪它。

这是一派传统的乡间景象,作者把农耕时代的典型物象置于剪纸窗花之中,将其作为艺术创作的对象,读者可借此怀想远去的时代,还可欣赏精妙的剪纸手艺。儿歌的最后两句最具创意,那只尚未被姥姥剪纸手艺塑形的毛驴,把窗花中的动物世界一下子推到了童话境界。

聪聪的《鸭子去卖瓜》是以乡野生活为背景的拟人儿歌:

讨论

试比较民间童谣与体现民间"俗味"的创作儿歌,谈谈你对两者艺术特征的看法。

鸭、鸭,去卖瓜,/赶集走了一里八。//回来走了一里九,/没有找到家门口。//碰见花狗喝醉酒,/它说叫它往回走——//一里九,往回走,/走着走着变成扭……//扭到家,笑哈哈,/爹妈见了叫呷呷!

一只憨拙可爱鸭子的赶集之途,难免会有诸多有趣的意外发生。儿歌凸显了鸭子回程时找不着家的尴尬,一个"扭"字写活了鸭子的行姿,这般艰难地行走,到家时嬉笑依然,此等表现与生活中的孩子无异。浓郁的乡土气息是这首儿歌趣味的重要来源。

(二) 关注儿歌与其他艺术样式的融合

儿歌在语言体式上的鲜明特征,对塑造动感情境、营造幽默氛围、传达儿童情趣发挥着独特的作用,这一特征在幼儿文学中有着很强的生命力,可以延伸至其他文体中。

第一,儿歌与故事的结合。出于幼儿对故事的特殊偏好,许多儿歌中都包含故事元素,有的还具有较为完整的情节,被称为故事歌。例如上文分析过的民间童谣《一对蝈蝈吹牛皮》、柯岩的《坐火车》,流传甚广的蒋应武的《小熊过桥》、樊家信的《孙悟空打妖怪》,都属于典型的故事歌。故事歌虽然具有较强的情节性,但受制于儿歌的篇幅,其间的人物(角色)形象往往是粗线条的,情节展开也不充分。儿歌与故事的结合还有一种更为特殊的方式,那就是以歌谣体语言讲述一个完整的故事,例如,刘丙钧的《电梯里有只大熊》:

红袋鼠,乘电梯,梯里站着一只大熊个子高。大熊向袋鼠点点头,大熊向袋鼠笑一笑,伸出两只粗胳膊,要把袋鼠抱。

……

红袋鼠着了急,急忙求救小公鸡:"火帽子,快回家,回家告诉你爸妈,快给警察打电话,就说我在电梯里,遇上坏人啦!"

火帽子,吓一跳,看到大熊"哈哈"笑,一下扑进大熊的怀里:"熊姥姥,熊姥姥,快快把我抱一抱!"

……

这篇童话不论是叙述语言还是角色对话,读起来都像朗朗上口的儿歌,语句大多押韵。当袋鼠在电梯里遇到大熊时,"大熊向袋鼠点点头,大熊向袋鼠笑一笑,伸出两只粗胳膊,要把袋鼠抱。"短短几句就把大熊的憨态表现得活灵活现。

第二,儿歌与戏剧的结合。戏剧是舞台表演艺术,其主体内容是角色的台词,有的戏剧台词采用了歌谣体语言,以下是张继楼的快板剧《母鸡、耗子和黑猫》中两个角色的一段对白:

猫　　两个坏蛋好狡猾,

　　　　转眼逃得看不见。

　　　　这回算你运气好,

　　　　逃了今天没明天。

〔猫守着鼠洞。鼠乙从右方沿着墙根贼头贼脑地上,见鼠洞不能钻,正着急时发现右角的鸡窝。

鼠乙　可怕可怕真可怕,

　　　　吓得我连滚又带爬。

　　　　走投无路不得了,

　　　　只好去求鸡大妈。

　　　　(白)鸡大妈,鸡大妈!

〔鸡不应,鼠乙去拉鸡翅膀。

鼠乙　大妈大妈帮个忙,

　　　　快快让我躲一下。

猫鼠之间的歌谣体对白,加上快板打出的铿锵节奏,赋予整台戏欢快的基调,很容易把小观众吸引到剧情中来,并对戏剧刻画的角色性格留下深刻印象。

第三,儿歌与图画书的结合。近年来,以儿歌、童谣为内容的图画书受到越来越多的关注。有的冠以童谣图画书(绘本)的读物,是为每一篇作品配上精美的插图,实际上是插图本的儿歌、童谣集。另一种情形是,根据某一篇儿歌、童谣的内容,依照图画书图文叙事的艺术规则进行创作。著名童谣《一园青菜成了精》就出版了分别由周翔、熊亮绘图的两个版本的图画书。由周翔编绘的《耗子大爷在家吗?》,徐洁撰文,何艳荣、洪波绘图的《高高兴兴来洗澡》,都具有较为典型的图画书艺术特征。儿歌类图画书让视觉形象介入语言听觉,为幼儿带来视听融合的艺术享受。

二、儿歌赏析关键词

儿歌的篇幅有限,内容十分精炼,创作上还要考虑押韵、节奏或特殊的形式要求,要解读蕴含其中的独特意味与丰富内涵,需要借助一些特殊的赏析方法。

赏析关键词　视角／还原／比较

(一) 基于童年视角,比照儿童与成人的精神差异

儿歌赏析要解读短小篇章中隐含的童心秘密,不妨把看似平常的儿童行为与成人行为作一比照,从儿童的视角出发理解童心世界的独特之处。

有的儿歌仅寥寥数行,内容看似并无特别之处,例如,赵家瑶的《爬》:"爬台阶,/往上跑,/

往上跑,/回头瞧,/爸爸妈妈没我高。"儿歌表现的是蹒跚学步的孩子登高时的兴奋神情,这么简单的情景,有必要写一首儿歌加以表现吗?它会成为孩子喜欢念诵的歌谣吗?

生活中,被父母牵着行走的孩子,会不时蹲下身子,闹着要大人抱,常因不被理解而感到委屈;挤在人群中的孩子,会仰视身边的大人,希望摆脱无法远望的窘境;被爸爸高高举起的孩子,会高兴得手舞足蹈。这些现象反映了身量差异给孩子带来的情绪影响。《爬》中的孩子之所以会那么得意,是因为当他爬上台阶后,摆脱了身材劣势,获得俯视父母的机会,这是幼小生命成长中的喜事,也是乐事,自然会让孩子感到无比兴奋。

金近的《大西瓜》表现的也是十分寻常的儿童生活:"大西瓜,/圆又圆,/切开就是两大碗。/你吃一大碗,/我吃一大碗,/留下空碗当小船。"按照成人的礼仪规则,应当将瓜切成小块吃,儿歌中的吃法却大异其趣。处理吃过的瓜皮,本也是大人不喜欢做的烦心事,孩子却从中发现了游戏的乐趣。吃瓜对他们来说就是在制作一艘小船,瓜皮并不是需要清除的垃圾,而是制作玩具的材料。大快朵颐的孩子,不仅享受着吃的快乐,心中还期待着即将到来的玩的快乐,后者的快乐体验甚至还要超过前者。这种生理与精神的双重快乐,是成人无福受用的。

(二)还原拟人情景的现实面貌,解读儿歌之童趣

儿歌中的拟人形象往往是真实生活中孩子形象的投射。为此我们不妨下一番还原的功夫,看看儿歌内容在真实生活情境中有可能呈现怎样的面貌,以此探究儿歌趣味的深层来源。

以薛卫民的《小花狗学写2》为例:"小花狗,/游过河,/游过河来找大白鹅。/找大鹅,干什么?/它要学写2,/来看大鹅的弯弯脖儿。"我们不妨还原一下这一情景的现实原型,如果一个孩子要学会认知数字2,最简单的办法是借助书籍,形象化一点的学习还可以借助画有白鹅形象的图片。为了学一个简单的数字,居然费那么大劲去见大白鹅,这显然不符合常规。况且,如果事先不认识2,也就找不着大白鹅;如果找得到大白鹅,说明已经认识2了,根本没必要去找。按此逻辑,只有一种可能,那就是小狗其实早就认识2了,只是找个借口去和白鹅玩一玩。儿童世界无处不在的游戏精神,时常会让孩子的行为超越生活常规的束缚,儿歌的趣味有时就来自对游戏精神的准确捕捉。

再来看佟希仁的《小露珠》:"小露珠,真淘气,/坐着绿叶打滑梯。/'咚'的一声摔下来,/一头钻进泥土里。//小露珠,真顽皮,/眼睛瞪得圆圆的。/你要朝它瞧一瞧,/它的眼里就有你。"在真实的环境里,露珠会从绿叶上滑落下来,也会钻进泥土里去,晶莹剔透的露珠也会映照出周边的影像来,但真的露珠显然不可能发出"咚"的滑落声,这是作者为了凸显小露珠身上的孩子气而进行的有意刻画。这首儿歌的趣味不仅来自小露珠淘气、调皮这些拟人化的表现,更来自体现儿童机灵特征的细节:第二节中露珠瞪圆眼的模样,以及在他人瞳仁里瞧见自己。在真实生活中,这些现象也会出现在孩子身上。

(三)比较同类文本,鉴别儿歌品质

儿歌题材涉及广泛,同一事物往往有不同的儿歌加以表现,我们可以通过同题材儿歌的比较赏析,了解不同作者的语言风格、构思技巧、想象特点,提升鉴别儿歌艺术品质的能力。

咏物儿歌中有不少同题材作品,下面对两首以歌咏石榴的儿歌进行比较赏析。

《石榴树》(张诚):"石榴树,/迎风摆,/我浇水,/红花开,/石榴结得圆又大,/笑出红牙一排排。"

《石榴婆婆》(林颂英):"石榴婆婆,/宝宝最多,/一个一个,/满屋子坐,/哎唷哎唷,/挤破小屋。"

石榴是幼儿常见的水果,对其形状、色彩、味道等都已有所认知。《石榴树》描绘了石榴的生

长过程,前几句是写实,最后一句是拟人,一个"笑"字赋予石榴以人的特点。《石榴婆婆》的趣味来源于作者对石榴特点的创造性想象:石榴果实中的一颗颗籽粒是石榴婆婆一群吵闹的孩子,裂开的果壳则是被他们挤破的小屋,短短六句容纳了丰富的诗歌形象。相较而言,《石榴婆婆》的想象更为独特,拟人形象不但体现了石榴的植物属性,还让小读者从石榴形态中体验到家的温馨感,在整体审美品质上更胜一筹。

食物在儿童生活中有着特殊的意义,不但可以满足他们的生理欲求,吃的快乐里还包含着对玩的念想。下面比较两首吃饼干题材的儿歌:

《吃饼干》(郑春华):"饼干圆圆,/圆圆饼干。/用手掰开,/变成小船。/你吃一半,/我吃一半。/啊呜一口,/'小船'真甜!"

《娃娃吃饼干》(林芳萍):"娃娃吃饼干,/边吃,边玩。/玩什么?/蝴蝶、老虎、牛、大象/还有一艘船。/蝴蝶呢?飞上牛背啦。/牛呢?老虎抓啦。/老虎呢?大象踩啦。/大象呢?船载走啦。/船呢?娃娃吃啦。"

两首儿歌颇有相似之处,例如,都是从孩子的"吃"延伸出对"玩"的遐想;都把饼干咬成小船的形状,最终都把小船吃了。《吃饼干》写的是两个小朋友分享自己创造的"小船","小船"既是一个由饼干构成的实体,也是孩子想象的产物。《娃娃吃饼干》中孩子"玩"出的花样更为丰富——蝴蝶、老虎、牛、大象、小船,随后通过自问自答,让一样样东西消失,每一样东西的消失,又都引入一个新的物象,最后由娃娃上场,把小船吃了。从想象的张力上看,后者强于前者;从传播效果看,前者齐整的四言体则更易于幼儿念诵;两首儿歌都写"玩",前者却不着"玩"字,也是一项优长。

拓展学习
3-3-1

讲卫生主题儿歌比较赏析

【教学实践】儿歌教学例析

节奏明快的儿歌在幼儿语言发展上发挥着独特作用,能够让幼儿在游戏氛围中,体验韵律之美,掌握儿歌词汇,领悟儿歌内涵。故事情节丰富的儿歌尤其受幼儿的喜爱。下面介绍幼儿园以儿歌《孙悟空打妖怪》(作者:樊家信)为材料的文学活动。

拓展学习
3-3-2

《孙悟空打妖怪》朗读分析

选择文本的理由

1. 儿歌取材于家喻户晓的古典小说《西游记》,书中主角是幼儿熟悉的。
2. 儿歌趣味十足的情节加上铿锵的语言节奏,能够激发幼儿的学习兴趣。
3. 连锁调既能为教师指导幼儿提供方便,又能让幼儿了解文学知识。

活动设计方案　　　　　　　　　　　　　　　　　　　　　(设计者:郭秀芳)

朗读音频
3-3-1

《孙悟空打妖怪》

一、活动目标
1. 理解儿歌内容,感受儿歌明快的节奏特点。
2. 通过多种形式练习儿歌,激发幼儿朗诵儿歌的兴趣。

二、活动准备
1. PPT 课件
2. 录音、RAP 音乐
3. 幼儿事先对《西游记》有一定了解

三、活动过程

(一) 引出主题(设计意图:引入活动的主题,激发幼儿参与活动的兴趣)

1. 听声猜人(通过孙语空的声音,逐渐引出唐僧、猪八戒、沙和尚这几个人物)

提问:今天老师给你们带来一段声音,请你们听听看这段声音是哪个动画片里的? 是谁在说话?

重点提问 1:谁在说话? 你从哪里听出是孙悟空?

重点提问 2:他喊的师父是谁?

小结:听说过《西游记》吗? 这四位是中国著名的神魔小说《西游记》里的主要人物。

2. 观察讲述(帮助幼儿对已有的经验进行整理,形成关键性经验,为儿歌学习做准备)

重点提问 1:你最喜欢《西游记》里的谁?

重点提问 2:他的外形有什么特点? 使用什么兵器? 有什么本领?

环节衔接语言:有一首儿歌讲的也是《西游记》里的事情,我们一起来听一听。

(二) 欣赏儿歌(设计意图:理解儿歌内容,感受儿歌明快的节奏特点)

1. 第一次欣赏(听清楚儿歌内容,了解大概)

再听一遍,听好后请你给这些图片排排队。

2. 第二次欣赏(借助图片让幼儿理清每句话的先后次序)

要求:将图片按照儿歌内容进行先后次序的排列。

(三) 练习儿歌(设计意图:通过多种形式练习儿歌,调动幼儿朗读积极性)

1. 跟着老师念。先慢慢轻轻,再响亮。(1—2 遍)

2. 寻找儿歌中连锁调的形式特点,降低记忆难度。

重点提问:你们在念的时候,有没有发现这首儿歌念起来有什么特别的地方?

如:先念第一句,把第二句开头重复的地方响亮地念出来。(引导幼儿感知)

追问:你发现了什么?

小结:这首儿歌中的句子,上一句的末尾都做了下一句的开头,这叫作连锁调。发现了这个规律,我们就可以更快地记住这首儿歌。

3. 出示节奏图谱,练习儿歌。

重点提问:怎么样使这首儿歌念起来更朗朗上口呢? 你们有什么好办法?(启发幼儿一起动脑筋想办法)

小结:我们可以像唱歌一样有节奏地念。(1—2 遍,并逐步加快节奏)

(操作 PPT,在图片上方出现节奏)

4. 以 RAP 说唱的形式练习。

重点提问 1:如果念得太快,小朋友来不及接下面的内容怎么办?

重点提问 2:老师这里有一个好办法,你们听,老师在每一句的后面加了什么?

示范:唐僧骑马咚咚咚,后面跟着个孙悟空。吆,吆。孙悟空,跑得快,后面跟着个猪八戒。吆,吆。

5. 幼儿以说唱的形式练习。

6. 观看 RAP 表演。(教师以 RAP 的形式表演儿歌)

提问:老师能又说又唱又跳,你想不想欣赏一下?

小结:这种又说又唱又跳的形式叫 RAP。

延伸活动:组织幼儿学习以 RAP 的形式表演儿歌。[①]

---

① 参见:丁惠芳.童谣童话·慧阅读——幼儿园慧阅读活动路径的探究与实践[M].上海:华东师范大学出版社,2021:274 - 275.

◆ 案例分析

　　本案例充分关照到儿歌的语言特点。这首故事性强、以连锁调形式写成的儿歌,便于教师把教学活动组织得生动活泼、趣味盎然。活动过程各环节的设计,体现了教师对幼儿兴趣倾向与学习特点的准确把握,活动过程按照"引出主题—欣赏儿歌—练习儿歌"的顺序层层递进,每一层次都设计了重点提问,有效引导幼儿的学习走向深入。导入环节的"听声猜人",调动了幼儿与《西游记》有关的经验;在欣赏儿歌环节,借助图片让幼儿理清儿歌句子的顺序,把语言材料与视觉材料相结合。这些方法能够让幼儿在愉悦、有趣的环境中进行学习,避免了简单的重复操作。引导幼儿以 RAP 形式进行表演,通过音乐加动作的方式,强化了儿歌的语言节奏感,巩固了儿歌的念诵效果。此外,教师帮助幼儿找到儿歌句子的连缀规律,适当地传授连锁调知识,既有助于记诵,又增长了见识。

研 习 任 务

儿歌理解 · 赏析 · 应用

[任务一　文学理解] 理解民间童谣与创作儿歌的区别与联系

　　课外查阅儿歌选本,如有机会也可收集自己家乡的方言童谣,结合本章所学知识,比较民间童谣与创作儿歌的艺术个性。(1)两者在语言节律经营上是否存在差异,以具体作品加以说明;(2)选择题材相同或相近的民间童谣与创作儿歌,比较它们在思想主题、表现手法上的特点;(3)当代作家创作的儿歌在哪些方面对传统童谣有所继承,结合具体作品加以分析。

[任务二　文本赏析] 赏析儿歌的艺术手法与童趣意味

　　选择 3—5 首儿歌,运用儿歌知识以及本章介绍的儿歌赏析方法:(1)分析这些作品体现了怎样的童趣意味;(2)思考优秀儿歌如何恰当处理教育与审美的关系,试对具体作品加以分析;(3)儿歌塑造的拟人形象,在体现童趣意味上发挥了怎样的作用,试以具体作品加以说明。

[任务三　教育应用] 了解儿歌在幼儿园教育现场的运用

　　利用见习机会,观察幼儿园教师是如何在各领域活动中运用儿歌资源的,并做好记录。(1)了解民间童谣和创作儿歌在幼儿园中的应用情况,教师在教学材料的选择上是否体现出某种倾向性;(2)儿歌除了在语言领域,还在哪些领域的活动中发挥独特作用;(3)幼儿在活动中对具有什么特点的儿歌尤其感兴趣。

◆ 第四章　幼儿诗 ◆

学习目标

知识目标：
1. 了解幼儿诗的基本概念、发展概况、类型划分等基础知识。
2. 掌握幼儿诗的文体知识，结合文本理解幼儿诗的艺术特征。

能力目标：
1. 掌握赏析幼儿诗的基本方法，能够结合个人理解赏析文本。
2. 了解幼儿诗在幼儿园教学中的应用情况，尝试参与教学实践。

素养目标：
1. 基于感性体验，形成对汉语幼儿诗美感特征的理性认知。
2. 能较好地处理幼儿诗的审美价值与教育功能之间的关系。

新课导入

学者郑荔描述了幼儿生活中的语言修辞特征：

现实生活中，幼小的儿童经常讲出令成人惊讶，具有诗情画意的语言。心理学、语言学以及艺术创作领域诸多学者都曾经提到幼小儿童语言中出现的"修辞特征"。朱可夫斯基曾经积累数不胜数的例证，说明学龄前期的儿童们不懈地运用其独特的语言设计，以达到掌握语言和传达自己丰富的想法、观念与疑问的目的；认为事实上他们已经掌握了各种式样、节奏、声音、押韵形式、形象以及伟大作家所采用过的结构。如儿童看到父亲的裤子笔挺，自发产生这样的比喻句："看，爸爸，你的裤子在绷着脸。"当代最著名的认知心理学家皮亚杰 3 岁的女儿，看到轻浪在海滩上不断地冲出一个又一个沙丘，油然产生一个很新颖的比喻："就像一个小姑娘的金发在梳理一样。"①

——郑荔

1. 利用见习机会，观察身边幼儿是否也有这样富有童趣的诗意表达。
2. 在学习中思考幼儿诗在哪些方面体现了幼儿的诗性思维特点。

---

① 郑荔.学前儿童修辞特征语言研究[M].北京:高等教育出版社,2010:1.

第一节　幼儿诗概说

一、幼儿诗概念与作用

幼儿诗是以学龄前儿童为主要接受对象,适合他们听赏诵读的诗歌。幼儿诗是从儿童诗(也称"童诗")中分化出来的诗歌类别,它更多考虑低龄儿童的语言能力和审美趣味,在语言表达、抒情方式、趣味营造等方面,与学龄前儿童的心智特点有更高的契合度。

现代意义上的儿童诗,发端于晚清至五四时期,在清末诗界革命中,出现了歌咏儿童生活,适合儿童接受的诗篇。五四新文学运动催生了以现代汉语创作的自由体诗歌,当时称为"新诗"或"白话诗"(当下也称"现代汉诗"),其中就包含了可以被纳入儿童文学的诗作。随着儿童文学走向成熟,出现了专注于儿童诗创作的诗人群体,其中有些诗人的创作更倾向于低龄儿童,幼儿诗逐渐成为一种有着独特美学风格、相对独立的诗歌类别。

幼儿诗与儿歌合称幼儿诗歌。儿歌历史悠久,在古代是一种在口耳相传过程中集体创作的歌谣(通常称"童谣"),节奏鲜明是其突出的特点,在没有文字记载的情况下,只有朗朗上口,才可能流传久远。现代作家创作的儿歌虽以书面文字写成,但依然注重儿歌语言的节奏经营。幼儿诗属自由体诗歌,考虑到幼儿对韵律的敏感,因而它比一般诗歌更讲求合辙押韵,与儿歌相比,幼儿诗更倾向于内在韵律的营造,诗篇的语流更显舒缓,具有抒情意味和意境美感。以音乐作比喻,儿歌像是节奏铿锵的进行曲,幼儿诗则像旋律悠扬的小夜曲。当然,幼儿诗与儿歌的区别并不是绝对的,有些作品的特点介于两者之间,划归哪一种体裁都有一定的道理。

幼儿诗对幼儿的语言能力发展和审美意识生成发挥了积极的作用。幼儿诗不仅可以供幼儿欣赏、诵读,而且还可以让幼儿参与到诗歌创作的语言实践中去。"儿童天生是诗人",这是人们对幼儿语言表达诗意化现象的概括,在日常生活中,幼儿往往会以自己的主观意识去统摄周围环境,依凭自己的想象,对人、事、景、物作出非逻辑性的表述,从诗歌艺术角度看,这种表述常常带有较强的诗性修辞特点。幼儿诗体式自由,无须像古代格律诗创作那样需要经过严格的训练,有的孩子通过"听赏",受到幼儿诗语言形式和抒情方式的熏陶,写出了不亚于成人作者的诗篇。

拓展学习
4-1-1

结合具体作品,
了解儿歌与幼
儿诗的区别

拓展学习
4-1-2

了解幼儿诗
发展概况

二、幼儿诗的类型

(一)抒情诗

抒情诗是侧重于抒发对童年生活情感的诗歌,诗人或以儿童的视角表达对世界的独特感受;或是通过描绘自然景物、生活景象,呈现美好童心的诗情画意。诗人常用借景抒情、以景蕴情、托物抒怀的方式表达主观情感。与一般抒情诗不同的是,幼儿抒情诗具有丰富的故事元素,常常出现拟人化意象。抒情诗较为集中地体现了幼儿诗的艺术特征,本章列举的诗歌基本上属于抒情诗。

(二)叙事诗

叙事诗通过叙述故事表达诗人对童年生活的思想情感。其他叙事类作品注重的是情节的起承转合、细节的真实生动,叙事诗则不同,它侧重于表现那些富含童趣,并具有诗意承载功能的生活现象。故事诗和童话诗是幼儿叙事诗的两种类型。

故事诗多取材于幼儿的日常生活或游戏活动,以幼儿的情感贯连叙事线索,用带有亲切感的诗歌语言叙说故事,引发幼儿的情感共鸣。柯岩的《小兵的故事》、任溶溶的《爸爸的老师》是典型的故事诗。童话诗是讲述童话故事的诗歌,也可称为诗体童话,是幼儿文学特有的叙事诗体式。幻想情节与诗歌乐感语言的结合,增强了诗歌对幼儿的感染力,如,普希金的《渔夫和金鱼的故事》、马尔夏克的《笨耗子的故事》、鲁兵的《小猪奴尼》《虎娃》《雪狮子》《小老鼠变大老鼠》等。

从不同的分类标准出发,幼儿诗还可以划分出其他类别。从诗歌与其他文体结合的角度,幼儿诗可分为童话诗、寓言诗、故事诗、散文诗等。从诗歌题材的角度出发,幼儿诗可划分为生活诗、自然诗、科学诗等。而且,不同类别之间也存在交叉,例如,童话诗、寓言诗、故事诗基本都是叙事诗;展现自然之美的自然诗,大多也是抒情诗;讲述科学知识的科学诗,像高士其的《我们的土壤妈妈》,既是典型的科学诗,同时又具有童话诗的特点。

第二节　幼儿诗的艺术特征

一、诗人抒发情感的视角

古人云,"诗者,吟咏性情也"(严羽《沧浪诗话》),道出了诗歌艺术的要义,诗人以带有韵律的语言表达对生活的情感,将自己对生活的理解融化于富含诗情的意象之中。幼儿诗抒发的情感,指向现实的童年生活与儿童的精神世界,大多数情况下,幼儿诗的创作者是成人,而接受者是年幼的儿童,创作主体与接受主体在思维、情感上的差异,使幼儿诗的抒情角度具有与一般诗歌不同的特点。

创作幼儿诗的诗人总是怀抱童心,去观照自然景象或生活现象。如圣野的《欢迎小雨点》把情感指向了夏季的大自然:

来一点/不要太少//来一点/不要太多//来一点/小蘑菇撑着小伞等//来一点/荷叶站出水面来等//小水塘笑了/一点一个笑涡//小野菊笑了/一点敬一个礼

诗篇描绘的是诗人眼中一派欢快气息的夏景,蘑菇、荷叶、水塘在夏雨的滋润下,舒展着旺盛的生命力,诗人对这幅景象充满了欣喜之情,这份情感并不是纯粹献给大自然的,也包含着诗人对童年生命活力的深深赞赏。诗中见不到对儿童的直接描绘,儿童形象却跃然而出,那些欢欣鼓舞迎接小雨点的景物,仿佛就是一群活泼的孩子,正在迎接给他们带来快乐的礼物。诗的最后以"笑了""敬礼"来描写水塘和野菊,把潜隐的孩子形象烘托得更加鲜活。

我们在讨论幼儿诗的抒情角度时,不但要关注情感的外在指向,也要探究情感的内在意涵。张继楼《采"星星"》的抒情指向也是自然美景,但抒发的情感却具有更为丰富的意味感:

在夏天的夜晚,/我喜欢看满天的星星。//在秋日的果园,/我更爱布满星星的橘林。//天上的星星——/是摘不着的橘子。//地上的橘子——/是采得到的星星。

"我"打量夜空的星星,也打量果园的橘子,从表面看,诗篇展示的只是一个孩子观赏景物的画面,仔细推敲就会发现,这种观赏与漫无边际的随意观看有相异之处,一则,观看视角的空间转换幅度特别大,从遥远的夜空到身边的果园。二则,观看的时间跨度也很大,"我"所喜欢的满天星星,与"我"更爱的布满"星星"的橘园,是不可能在同一时间进入观看视野的。时空变化中的景色描写,给读者带来阅读上的新异感,也增加了情感的层次性。"天上的星星——/是摘不着的橘子。//地上的橘子——/是采得到的星星。"第三、四诗节把天上之景与地上之景进行比照。按照常理,天上的星星要比园中的橘子更加美丽,而"我"却更喜爱身边唾手可得的"星星"。从中可见,诗人并不满足简单地抒发热爱自然之情,而是希望引发读者更为丰富的联想与思索,抒发一种富有意味的情感。

一首幼儿诗可以同时存在显在与潜在两种抒情角度,这种情况多见于以第一人称抒情的诗歌。显在的抒情角度通常是成人对儿童感受世界视角的模拟;潜在的抒情角度,可以理解为诗歌文本之外的那个诗人,以某种态度打量着自己创造的这个文本世界。以田地的《找梦》为例:

我一睡着,/梦就来了。/我一醒来,/梦就去了。//梦从哪里来的?/又到哪里去的?/我多么想知道,/想把它们找到!//在枕头里吗?/我看看——没有。/在被窝中吗?/我看看——没有。//关上门也好,/关上窗也好,/只要一合眼,/梦就又来了。

拓展学习 4-2-1 进一步理解幼儿诗抒情视角的多样性

以幼儿第一人称叙说对梦境的感受,拉近了诗与孩子的情感距离,做梦的经历以及对梦境的好奇,是儿童生活经验的一部分,从儿童的角度抒写对梦境的遐想,既满足了孩子自我表现的情感需求,也让诗中的童趣意味更加醇厚隽永,这是一种显在的抒情角度。全诗描绘的是作为孩子的"我"的所思所为,与此同时,也在表现一个富有童心的成人,在静静地观赏着孩子稚嫩可爱的作为——梦境不见了,于是就到枕头里、被窝中翻找。诗人把自己对孩子行为的那份欣赏与怜爱之情,投射到找梦的细节描绘之中。

二、富有诗意的画面美感

幼儿诗的画面构成丰富多彩,自然景物、生活现象、人物活动等都可以进入诗歌画面。有的幼儿诗把天象、季节、动物、植物等想象成儿童,在呈现景、物、人、事原生特点的同时,让画面带上不同程度的拟人色彩;有的幼儿诗表现的是儿童与自然万物之间的对话。

薛卫民的《四季小诗》在短短的四节诗中,通过拟人景物的语言,写出了季节的自然特征,也融入了儿童对季节的想象:

草芽儿尖尖,/它对小鸟说:"我是春天。"//荷叶儿撑伞,/它对青蛙说:"我是夏天。"//谷穗儿弯弯,/它鞠着躬说:"我是秋天。"//雪人儿大肚子一腆,/它顽皮地说:"我就是冬天。"

诗中的草芽、荷叶、谷穗、雪人,是四季最具代表性的物象,诗人并没有展开描绘它们的外在形态,而是抓住它们身上突出的特征加以拟人化处理。尖尖的草芽、撑伞的荷叶、弯弯的谷穗,宣称自己代表了春天、夏天和秋天,让季节画面充满活力和动感,而最后出场的雪人,大肚子一腆,顽皮地说:"我就是冬天。"十分鲜活地把孩子的顽皮样表现了出来,这样的季节描绘给孩子带来了欢愉的情感体验。

柯岩的《小鸟音符》表现的是儿童在心理层面上与自然界展开的对话:

小鸟,小鸟,/你们为什么/不坐高高的树梢?//小鸟,小鸟,/你们为什么/在电线上来回跳跃?//明白了,明白了,/你们错把/电线当成五线谱了。//小鸟音符,/呵,音符小鸟——/多么美丽的曲调……

这首诗表现的是一个孩子仰望小鸟时的天真想象,栖落电线上的小鸟,在天空的映衬下,仿佛就如五线谱一般,发出动听鸣叫声的小鸟,自然就成了乐谱中的一个个音符,整个画面在视觉形象上又添加了听觉音响效果。孩子的自问自答,是在心理层面上与小鸟展开的对话。诗人并没有对小鸟作拟人化处理,但对音符小鸟的想象,又让画面带上了些许拟人的色彩,这种色彩是孩子的想象所赋予的。

　　除了由人、物、景共同构成诗歌画面外,由人物活动构成诗歌画面,也是幼儿诗的一种构思选择。例如,金波的《老爷爷和小娃娃》:

　　一个小娃娃,/摔了一跤,/老爷爷扶他起来,/连连说:别哭啊,别哭啊!//一个老爷爷,/摔了一跤,/小娃娃扶他起来,/连连说:别哭啊,别哭啊!//他们俩,/都笑了!/忘了谁是老爷爷,/谁是小娃娃。

　　这首诗中的画面是由祖孙二人别有意味的言行构成。爷爷把摔跤的娃娃扶起,安慰娃娃别哭,这在生活中十分常见,当娃娃把跌跤的爷爷扶起,也模仿着爷爷的口气安慰起爷爷来,幼儿诗所特有的那种带着稚气的幽默感便油然而生。小娃娃和老爷爷处于生命的两端,他们的身体和精神有着巨大的差异,诗人的想象贯通了两种生命状态,发掘出隐含其中的诗意要素。

拓展学习
4-2-2

幼儿诗中的"对话"比较赏析

　　以上列举的诗歌还体现了幼儿诗的一个特点,那就是故事元素的普遍存在,尽管这些诗篇属于抒情诗,但诗篇几乎都是在故事氛围中展开的。诗歌画面中的"对话"也与一般故事中的对话有很大区别,它的主要作用不在于推动情节的发展,或是揭示角色之间的关系,而是把故事元素十分自然地植入诗人主观情感的铺展过程。喜欢故事是儿童的天性,满足这一天性,诗意美感才可能滋润童心。

三、与诗情相融的童趣意味

　　诗要以情感人,幼儿诗抒发的情感要感染读者,还需要加上一个条件,那就是"以趣动人"。趣味是幼儿诗不可或缺的艺术要素,丰富的情感只有与盎然的童趣相融合,才能塑造出体现幼儿诗自身特质的诗歌形象。童趣意味是吸引小读者进入诗歌审美的基准条件,也可以使幼儿诗超越原初的读者预设范围,成为成人读者心目中的文学珍品。在讨论抒情角度与画面美感的过程中,已涉及幼儿诗的趣味问题,以下将从想象独特性的角度,对幼儿诗的童趣意味作进一步的探讨。

　　诗篇里的童趣常常源自儿童追求快乐的天性,诗人观察到了这种天性的表现,通过艺术想象,将原生态的生活现象加以高度凝练,在诗歌艺术形式中,彰显出富有意味感的趣味来。以盖尚铎的《开锁歌》为例:

　　请小狗来玩吧,/小狗说:房子关我。//请房子放小狗吧,/房子说:门儿关着我。//请门儿放房子吧,/门儿说:锁儿锁着我。//请锁儿放门吧,/锁儿说:妈妈管着我。//来喽,来喽,/妈妈掏出钥匙,/乐坏了小狗、房子、门和锁。

　　孩子好玩的天性,在生活中难免会受到限制,想方设法突破限制,是童年生活未曾缺席的内容。被锁在屋里没法和小狗玩,这就够倒霉的了,要打破门锁的束缚,那就更麻烦了。央求房子放了小狗,房子没法子;央求房门放了房子,房门没法子;央求房门放了锁儿,锁儿没法子,掌管锁儿的妈妈来了,才终于有了法子。最终降临的这一份快乐属于诗中的那个孩子;回环式诗句营造出的趣味则属于诗歌的读者。把一件令孩子不快的事加以游戏化,对诗中的动物、物件作拟人化处理,这些都是形成幼儿诗趣味的重要因素。在结尾处,不说"我"乐坏了,而是说小狗、房子、门和锁乐坏了,为诗歌的趣味营造再添了一笔巧思。

　　诗人的艺术想象受惠于儿童天性的种种表现,这些表现常来自儿童的身体,并关联着他们的生活经验。李姗姗的《果盘里的一瓣柚子》就体现了这样的特点:

　　一瓣柚子/躺在果盘里/我对它笑/它也对我笑/我露出牙齿/它也露出牙齿/我想咬它一口/它也想咬我一口

　　孩子分明是想一口吃下柚子,但他不想仅仅满足一下自己的口腹之欲,于是,对柚子展开了一番想象:他把柚子的粒状果肉说成是柚子的牙齿,"我"笑而露齿,柚子也跟着"我"笑而露齿。

"我"咬柚子的真实欲望,与柚子咬"我"的虚拟欲望两相交会,让吃的乐趣在诗意想象中得以升华。

动植物与儿童的关系密切,形态各异的动植物是孩子们观赏的对象,有时也会成为他们的游戏伙伴。动植物某些凸显的自然属性,也常被诗人赋予童趣意味,以雪野的《有礼貌的百足虫》为例:

百足虫/爬到小草身边/伸出小脚/一只/二只/三只……//小草忙坏了/自己的一只手/要握遍/伸过来的每一只/热情礼貌的脚哎

把虫子从草地上爬过,说成是虫子与小草握手,这样的想象并不显得多么特别,关键在于,百足虫的每一只脚对于小草来说,就是需要握住的每一只手,而且是一只只热情礼貌的手,这样的手,小草自然无法拒绝,于是小草忙坏了,诗歌的趣味就此生成。从科学理性的角度看,这

> **讨论**
>
> 根据个人阅读体会,谈谈幼儿诗的趣味还可以体现在哪些方面。

里似乎存在不合理之处:虫子的脚虽多,但地上的草也多呀,小草怎么可能忙不过来呢? 其实,诗中的"小草"并非以个体的形态存在,它们被诗人当作了一个整体,小草的"一"与虫子的"百"构成了矛盾关系。诗不是科学,诗人在文学领地里,可以行使想象的权力,只要想象没有造成读者接受上的不适感,诗学意义上的逻辑就可以成立。

四、诉诸"美听"的诗韵节律

音乐美感是诗歌艺术的最为显在的特征,幼儿"听赏"文学的方式,对幼儿诗的音乐性提出了更高的要求。幼儿诗可以通过诗句的押韵、分行;诗句内部词语之间的停连;词语的声韵调变化;不同句式的组合等,使诗篇语流呈现出某种周期性的规律和变化,在语音层面体现出音乐美感。

讨论幼儿诗的音乐美首先会提及押韵,对"韵"的苦心经营,是中国诗歌的深厚传统。现代新诗打破了古典诗歌的格律规范,但这并不意味着诗人放弃了对韵律的追求。现代童诗已经拥有了放飞形式的自由,在不妨碍诗意传达的前提下,也应尽可能让诗句带上韵脚,以获得和谐的韵律。有的诗全篇通押一韵,如黎焕颐的《春妈妈》:

春,是花的妈妈。/红的花,蓝的花,/张开小小的嘴巴。/春妈妈,/用雨点喂她……

拟人化的春天描绘与幼儿接受妈妈喂养的体验相融合,带来充满母爱温情的诗意氛围。整首诗韵脚齐整,"妈""花""巴""她"均属"发花辙"(该辙对应韵母 a-ia-ua),由此营造出的音乐美感,让诗篇的诵读者能够在和谐的韵律中传递温馨亲情。

一韵到底并不是幼儿诗的押韵常态,诗人用韵更多服从于诗意表达的需要,只要在诗行的适当位置安置韵脚,都可以产生很好的音律效果。以白冰的《蒲公英》为例:

你打着一把小伞,/要飞向哪座山岗? /要为娇嫩的小草,/遮住发烫的阳光? /还是要在雨天,/撑在小蚂蚁头上? /你悄悄告诉我吧,/我不会和别人去讲……

第二人称的抒情角度,加上反问句的使用,赋予诗篇浓郁的抒情味,韵脚的设置,则在语音层面上强化了这种抒情味。诗歌的第二、四、六、八句押韵,属"江阳辙"(该辙对应韵母 ang-iang-uang),第一、五句也押韵,属"言前辙"(该辙对应韵母 an-ian)。

我们不能把幼儿诗的韵律简单地理解为押韵,作为自由体诗,分行也是营造诗歌韵律的重要手段。以张晓楠的《伪装的秋天》为例:

> 一只蝴蝶,转眼
>
> 没了影子。

朗读音频
4-2-1

《伪装的秋天》

看我东张西望，
一朵花儿
咧着嘴在笑。

一只蚂蚱，转眼
没了影子。
看我东张西望，
一只毛豆
憋着气在笑

一只兔子，转眼
没了影子。
看我东张西望，
一只冬瓜
打着滚在笑。

一只青蛙，转眼
没了影子。
看我东张西望，
一棵玉米
龇着牙在笑。

这些秘密，其实
其实早被
尽收眼底。
瞧，一株向日葵
眯着眼在笑。

　　诗人并没有刻意经营韵脚，但整首诗读下来依然充满节律感，分行在其中发挥了重要作用。以第一诗节为例，"一只蝴蝶，转眼/没了影子。"从内容上说，这是一个完整的诗句，作者在"转眼"处进行了分行处理。"一朵花儿/咧着嘴在笑。"同样也可构成完整的诗句，作者也作了分行处理。分行在语流上形成的停顿，使诗歌节奏更加鲜明。

　　分行对诗歌抒情表意的作用也不可忽视。诗中的"我"似乎在跟秋天捉迷藏，"转眼/没了影子。"表现出蝴蝶消失速度之快，也使蝴蝶的行为带上"故意为之"的意味。正当"我"东张西望时，"一朵花儿/咧着嘴在笑。"这里的分行避免了出现太长的诗行，同时也把花朵的狡黠劲儿显示了出来。第一节的诗行结构所营造的诗意，经过二、三、四节的反复得到了强化。最后一节揭开谜底，作者把"这些秘密，其实/其实早被/尽收眼底"分三行排列，保持了全诗诗行的基本齐整，两个"其实"分置两行，起到反复吟咏的效果，为最后的归结进行了情感铺垫。

　　诗行内部词语之间的停连（称为"音顿"，例诗用丨标注）；诗歌用词的声调搭配；诗句齐整与散落的交替等，也是构成诗歌韵律的重要手段。以田地的《早晨》为例：

早晨，丨在床上
我听见丨喜鹊在叫；
阳光丨搔着我的丨眼皮，
早晨啊丨多么好！

　　早晨，｜在路上

　　我看见炊烟｜升得｜很高很高；

　　家家打开了｜窗户，

　　早晨啊｜多么好！

　　需要说明的是，对幼儿诗诗句的停连处理并非只有一种固定的模式，此处所附的朗读音频中，朗读者的停连处理就与上文的分析有所区别。

　　这首诗开头的第一、二行，由二字节、三字节、四字节逐渐展开，长短相交，舒展又不失活泼。起始句的"早"和"我"是上声字，读起来缓慢且起伏较大，很好表现了"我"清晨睡意未尽，静躺床上享受美好环境的心情。

　　第二句的"在叫"二字都是去声，四声调中，去声时长最短，两个去声调连用，让音节的跳动感鲜明，欢快意味浓郁，与"我"看到喜鹊时的欣喜情绪十分吻合。由此可见，字词声调的长短徐疾、抑扬顿挫，具有承载诗歌情感、增强诗歌韵味的功能。

　　不同句式的组合对诗歌韵律的影响，在《早晨》中也有明显的体现。首先，每一诗节的第一句互为对称，第四句也互为对称，前后呼应，形成回环往复的节奏感。其次，在整齐的诗句中插入散句，避免了诗句句式的单调，让诗歌的情感内涵在句式变化中得以更好展现。"我听见喜鹊在叫"和"我看见炊烟升得/很高很高"，同处于所在诗节的第二句，它们的句式有别于相邻的句子，形成长短相交、错落有致的格局。二者位置相同而字数不同，给诗篇带来活泼的氛围。前者为七言，形成欢快的节奏；后者长达十一言，让韵律变得舒缓且带有一定的转折。齐整的句式犹如主旋律，散落的句式犹如变奏，共同构成全诗的韵律节奏。

第三节　幼儿诗赏析导引

一、幼儿诗赏析路径

（一）发掘由"小"孕育的"意"

　　幼儿身量小，他们易于对周遭的小事物产生情感认同；幼儿身量虽小，他们的心却不小，在想象空间里，幼小的心可以容下千象万物。基于此，幼儿诗常常以"小"作为艺术想象基点，在"小"中蕴含丰富的诗意，引发小读者对诗歌的审美反应。

　　在圣野的《手套》中，我们可以看到诗人怎样以"小"物象包蕴"大"情感：

　　一只手套不见了/另一只手套哭了/不知藏在袋里好/还是戴在手上好/觉得/非常的冷清

　　成双人对是手套的物质属性，也是诗人展开想象的出发点。在拟人语境里，一只手套的丢失，给另一只带来了情感困扰，它不知该把自己安放何处——藏在口袋？还是戴在手上？本来可以带来温暖的处所，此时却无法让它释怀，于是心中觉得非常冷清。手套是孩子的贴身之物，诗中描绘的肌肤体验是他们熟悉的，由此引发的情感体验也易于被他们接受。从手套的"小"中，诗篇表现了情感意义上的"大"——一种孩子也能体会到的失落感。

　　幼儿诗意象"小"与"大"的经营，并不是一件容易的事，有时会因为"大"的不恰当介入，让诗歌的意境美感受到影响。例如，关登瀛的《雨滴》：

微课
4-3-1

幼儿诗赏析
（1）（2）

一点一个彩色的梦,/小草顶在头顶,/点亮生命的灯。//一点一盏生命的灯,/小花含在心中,/更艳,更红……

这首诗的想象不乏独特之处:草尖上的雨滴是彩色的梦;小花把生命的灯含在心中,开得又红又艳。诗歌从雨滴的"小"拓展至生命的"大",这个想象富有张力,但"生命的灯"这个太过抽象的"大"意象,却是幼儿难以感知的,诗歌意象与幼儿心性之间存在一定的隔阂。我们再来看关登瀛的另一首诗《春雨》:

千根线/万根线/落在地上找不见//绿叶说:"在我头顶!"/花儿说:"在我心间。"

《春雨》和《雨滴》写的都是雨景,诗歌形象也有相似之处,如,草尖上的雨珠、花儿把雨滴含在心中。相较而言,《春雨》的描述显得更为活泼,绿叶、花儿说的话,更具亲和力,也更容易被小读者接受。

"小"与"大"的意象构划可以衍生诸多的想象创意,以下的两首抒写鞋子的诗,从不同视角营造出符合幼儿心性的诗意。

陈镒康的《鞋子》:

一双双鞋子,/就像大船小船,/你看我的家里——/爸爸的大轮船,/妈妈的小帆船,/我的舢板,/颜色最好看。/天亮了,船儿出航了,/天晚了,船儿回港湾!

港湾里的轮船是大物象,家中的鞋子是小物象,诗人的想象让一双双进出家门的鞋子,化作一艘艘进出港湾的轮船,这是一种由近及远的想象思路。孩子身边的寻常物件、家庭生活的亲历体验,让诗篇充满温馨,给小读者带来具有亲近感的审美享受。

郑春华的《巨人的鞋子》:

海湾里/停着一艘艘大船/真像巨人的鞋子/一双,一双/晒在太阳下面

这首诗的想象思路是由远及近,"我"看到了海湾里的大轮船,把它想象成巨人的鞋子,在这一想象中,也包含了幼儿日常生活的"小"体验——看到一家人的鞋子躺在阳光下晾晒。

(二)品鉴由"白"酝酿的"味"

为幼儿写的诗歌需要做到浅显易懂,这是一个常识,但这样的基准门槛并不能确保诗歌的艺术品质。有创造性的诗人会以看似"大白话"的语言,写出洋溢着童趣的好诗,这种"白而有味"的诗,绝不仅仅是为了让小读者"易懂",更重要的是,让他们通过自然、平实、亲切的语言,去体验诗的美感,这样的诗歌风格体现着儿童文学写作的独特智慧。以林良的《蜗牛》为例:

别的动物快是快/但是/墙头上有些什么/谁也没有我知道得多/——蜗牛说

表面上看,蜗牛的自述只是道出它自身的特点,仔细品味,其中还包含着关于快与慢的哲理。蜗牛从容淡定,"慢"中求"多",透着满满的自信,在崇尚快的生活潮流里,显得弥足珍贵。对于幼儿读者,未必需要把诗理解得如此深刻,他们喜欢读这首短短的诗,并爱上这只蜗牛就行了。从诗歌艺术的角度看,几个与日常语言无异的句子,就能构成一首带着哲理意味的诗,我们不得不感佩诗人的艺术创造力。

任溶溶的《大楼掉下一个蛋》也是一首"白而有味"的幼儿诗:

在20层的高楼顶,/鸽子妈妈在大叫://"不好了!不好了!/我的宝贝鸽蛋落下去了!"//19、18、17、16、15、14……/蛋嘟噜噜一直往下掉;//13、12、11、10、9、8……/小鸽子怎么出了蛋壳在伸脚?//7、6、5、4、3、2……/1楼小鸽子可没有到——//它已经会飞,/飞回楼顶和妈妈拥抱。

这是一个被极度夸张的故事,鸽子蛋从20层的高楼上往下掉,鸽子妈妈大喊:"不好了!不好了!/我的宝贝鸽蛋落下去了!"正常的情况是,妈妈话音未落,鸽子蛋就着地了。诗人的思维可不能按"正常的情况"运行,就在这么一个瞬间,蛋中的小鸽出生了,就在着地的那一刹那,

刚出生的小鸽子飞了起来,回到楼顶妈妈的怀抱。在这个被诗人极度"放大"的瞬间里,由一组倒数数字组成的诗行,营造着鸽蛋即将着地的紧张氛围,其间,诗人还描绘了鸽蛋下落的"嘟噜噜"声、破壳伸出的小鸽脚,这无疑会给喜好惊险的小读者带来极大乐趣。一首以"大白话"写就的诗,依凭诗人描绘"瞬间"的高明手法,活脱脱地把属于童年的趣味端到了读者面前。

胡顺猷的《敲门》以浅白的语言表现一份与敲门声相互关联的情感:

我一个人在家的时候/总想爸爸妈妈来敲门/我和爸爸在家的时候/总想妈妈来敲门/我和妈妈在家的时候/总想爸爸来敲门/我们全家都在家的时候/来敲门的一定是客人

敲门声是生活中的寻常声响,同时又是一种有着丰富情感含义的声响,它关联着等待、期盼、向往等内心活动。这首诗写出了一个孩子对敲门声独特的体验和想法:"我"总想等来爸爸妈妈的敲门声;"我"和爸爸总想等来妈妈的敲门声;"我"和妈妈总想等来爸爸的敲门声,最后,一家人迎来了客人的敲门声。诗句语言与日常口语无异,但循环反复的叙写方式,以及敲门者身份的巧妙组

> **讨论**
>
> 有人认为(1)诗歌写得太"白"有可能失去诗味;(2)只有幼儿喜欢"白而有味"的诗,成人未必喜欢,请谈谈你的看法。

合,把诗味给营造了出来。家人浓浓的亲情、家人与来客的情感联系,自然地流露于孩子看似不经意的日常絮语之中。

二、幼儿诗赏析关键词

优秀的幼儿诗总能在短短的篇幅里,以富含童趣的诗情打动小读者。意象的构划、景致的描绘、情感的抒发,体现着诗人创造性想象的奇特与独到,常常令人赞叹不已。赏析幼儿诗,就是要从诗歌形象的细节里,从诗情展开的节奏中,去深入理解诗歌美感的构成肌理,去体会童年生命的秘密如何化为动人可感的诗章。

赏析关键词　巧思／妙想

(一)想象的巧思

想象是诗歌构思最重要的思维活动,体现"巧思"特点的想象,总是以独特的视角打量寻常事物,并从中创造出令人惊叹又让人感动的诗意细节。以顾城的《星月的由来》为例:

树枝想去撕裂天空/但却只戳了几个微小的窟窿/它透出了天外的光亮/人们把它叫作月亮和星星

星星和月亮是诗中常客,围绕这两个天象展开的想象不胜枚举,寄托的情感也十分多样。这首诗并没有把星月当成业已存在的天体,或仰视赞美,或浮想联翩,或寄情其上,而是把夜空看作一片尚未开化的空间,星星和月亮不过是树枝莽撞行为的意外产物。放在童诗中审视,诗篇描绘的场景也有点孩子游戏的意味——树枝就像一个好奇、懵懂又好动的孩子,本想来一场无拘无束的打闹,无意间造就了令人惊羡的景致。诗篇未必有什么深意,却以想象张力给读者带来了审美愉悦。

金波《山》的"巧思"体现在人与物的关系处理上:

眺望远山——/山很小,我很大;/我是赏画的人。//走进深山——/山很大,我很小;/山是绿色的海,/我是一只鸟。

赏析诗歌时常常会提及"情景交融",如何让"情景交融"更符合儿童的心性,这是幼儿诗赏析应着重关注的问题。诗中的"我"十分欣赏眼前的山景,如果是具体描绘山色之美,借以投射

"我"的爱山之情,这么写也未尝不可,但却落入俗套。在《山》中,"我"不但眺望远山,更是把自己全身心地投入山的怀抱,由身体直接参与审美,这正是儿童审美心理的体现。诗人对山人融汇的景色描述也很有特点,"我"走进了山,还成了一只鸟,在山的绿海上飞翔,这样的"我"才像一个真正的孩子。

从韩志亮的《小草和小花》中,我们看到了由作者发问引出的"巧思":

> 一株小草,/开出一朵小花。//这个问题有点麻烦!//我们一起商量一下:/现在开始,/喊她小草,/还是小花?

小草上开出一朵小花,这在自然界中算不上什么特别的美景,诗篇却把这普通一景写得十分别致。诗的重点不在于描绘此景的具体形象,而是以孩子的口吻,拎出一个本不该成为问题的麻烦问题:该怎么称呼长在小草上的小花? 该叫草,还是该叫花? 小花小草的模样已不重要了,这个发问显示出的童心美好与独特,才是最美的景致。想象的"巧思",让溶解于童趣情感中的寻常之物,闪耀出诗美的光辉。

薛卫民的《树上的家》则是在一个"歪理"中体现了"巧思":

> 地上太挤了!/人挤人,/房挤房,/挤得小鸟把家/搬到了树上。

与以上的几首诗相比,这首诗的趣味不是由景色描绘带来的,人挤人,房挤房,根本算不上什么美景,诗人想象的巧妙在于:对小鸟栖息于树的现象,作了一个有悖现实逻辑的解释,而这一解释在想象视野里却显得合理且有趣。

通过以上几首幼儿诗的赏析,我们看到了想象巧思的不同表现形态。幼儿诗的成功最为依赖想象的独特,故事、小说、童话等叙事文体,可以从生活中找到更多原型素材,幼儿诗虽然也有生活的依据,但它对生活现象进行了更具深度的提炼、化合,诗中的形象与生活原型相比,发生了很大程度的变形,怎样让这种变形给人带来惊异,又让人体验到美感,还觉得有趣,且不会感到违和,这一切都有赖于想象之奇、想象之巧。

(二) 陡转的妙想

诗的情感、意趣是在诗句的展开过程中,或隐或显地呈现出来的。诗人把控着情感流露的节奏,引领着意趣生成的方向。不少幼儿诗的情感流露与意趣生成,体现出"铺陈—转折"的结构特点:在前置诗行叙说事件、描绘景致、渲染氛围的基础上,诗的结尾处出现了情感、意趣(或思想)的"转折",在诗意升华中终结全诗。不同诗篇的"转折"程度有大有小,有的"转折"尤其明显,可称为"陡转",以王宜振的《小花朵的梦》为例:

> 调皮的小风,/把小花朵的梦,/吹开一条缝。/它想瞧一瞧,/小花朵的梦里,/有没有会唱歌的星星?/它想数一数,/小花朵的梦里,/由几种漂亮的颜色组成?/谁知从那条缝里,/滴出几滴,/弯弯曲曲的鸟声……

这首诗值得赏析之处有不少:描写上的化虚为实(虚景实写)就是一大特色,虚幻的梦境在诗人笔下,仿佛有了可闻、可观、可触的真实质感。终结句还是一处典型的通感修辞。花朵、梦境、鸟鸣、星星的意象组合给人以奇异感。拟人化小风的所作所为,让全诗的梦幻色彩更为浓郁。

我们再来看一看这首诗"铺陈—陡转"的结构特点:虽然前面的抒写已经营造出赏心悦目的美感,但在最后,从小花朵梦的缝隙里流出的"弯弯曲曲的鸟声",才是全诗最为出彩之处,这一精彩并不能单独存在,它需要前面的诗句在景致描绘上的反复叠加,在情感渲染上的不断累积,才可能在最后的"陡转"中,把诗意推向高潮。作为一首童诗,从"铺陈"到"陡转"的过程,也把小风所隐喻的调皮孩子形象,更为生动地彰显出来。从诗歌阅读体验上看,孩子喜欢猎奇,总是希望在最后的探寻中,发现最奇异的景致,这一"陡转"无疑给他们带来了灿烂的欢欣。

《小花朵的梦》的"陡转"是在景色描写和情感渲染基础上实现的,有的幼儿诗的"陡转"则

是建立在叙事基础上,例如田地的《啊呜》:

啊呜! /啊呜! /我不是小猫咪,/我是小老虎!/我喜欢小松鼠,/我喜欢小兔,/我喜欢山羊,/我喜欢小鹿……/让我也进小学校吧,/谁也不把谁欺侮。

诗篇开头的两声"啊呜!"仿佛是为了凸显小老虎的凶狠天性,这也与人们对老虎的通常印象相吻合。接下来,老虎表达出对小松鼠、小兔、山羊、小鹿的喜欢,这自然会让人往老虎欺负小动物的方向上想,最后的"陡转"一下子颠覆了读者的预想,原来这是一只充满正义感的小老虎,它的"啊呜!"是为了阻止学校里的霸凌行为。这首诗尤为适合幼儿"听赏",孩子如果识字,短短的篇幅一下子就让人知道了结局,"陡转"营造的惊异感也就荡然无存了。成人在念诵过程中,若能在语气和体态上作些夸张化的演绎,"陡转"带来的审美效应,会被进一步放大。

【教学实践】幼儿诗教学例析

幼儿诗能有效提升幼儿的文学审美能力,教师可以引导幼儿通过诗歌感受生活的美好,并发挥他们的语言创造力,尝试进行诗歌仿写。下面介绍幼儿园以《春雨》(作者:刘饶民)为材料的文学活动。

拓展学习
4-3-1

《春雨》朗读分析

选择文本的理由

1. 诗篇以拟人化方式表现春天景色,容易引发幼儿兴趣。
2. 诗中拟人角色的语言富有童趣,易于让幼儿投入情感。
3. 四个诗节句式反复,便于教师组织幼儿进行仿写。

活动设计方案

朗读音频
4-3-1

《春雨》

(设计者:龚林珊)

一、活动准备
1. 经验准备:幼儿学习《春雨》,由教师引导幼儿逛雨后的幼儿园。
2. 物质准备:教师事先准备幼儿园里的春雨短视频、轻音乐、希沃课件。

二、活动过程
(一)视频导入,激发幼儿兴趣
师:前几天下了一场春雨,我们撑着小伞在雨中漫步,寻找幼儿园里的梨树,我们一起来看一段视频吧。
师:还记得我们在雨中漫步时念的那首诗吗?是什么题目呀?让我们随着好听的音乐一起读一读吧。
(二)集体仿编幼儿诗
1. 出示图谱,提问启发,引导幼儿仿编幼儿诗。
师:我们在雨中漫步的时候,发现春雨还落在了幼儿园的哪里?(教师将幼儿的回答画在图谱上)
师:它会说什么呢?请用诗中的句子"xx说:下吧,下吧,我要……"说一说。
2. 看图讲述,集体表现仿编作品。
(1)根据图谱1(创编部分),集体朗读幼儿诗
师:小朋友们编出了这么多好听的句子,我们一起读一读吧。

（2）根据图谱2（完整），配乐自由表现诗作

师：你们发现春雨落在了幼儿园的这么多地方，在春雨的滋润下，植物宝宝们长高、长大、开花了。

师：只要把这些句子串在一起，就编出了一首新的诗歌《幼儿园里的春雨》。我们一起试试看吧。

师：刚才我们说到，春雨落在了幼儿园的哪里呢？老师把它记录下来。

师：我们可以用什么样的声音朗诵，用什么样的动作来表演这首诗歌呢？让我们随着优美的音乐一起试试吧。

（三）幼儿自主仿编幼儿诗，教师观察指导

1. 观看雨后的幼儿园短视频。

师：春雨会落在……还会落在幼儿园的哪里呢？我们一起观看一段视频吧。

师：看完视频，你有什么感觉？

2. 幼儿分组仿编幼儿诗。

师：刚才全班小朋友一起合作编了一首诗歌《幼儿园里的春雨》。老师知道你们还有很多想法，接下来请四个小朋友为一组，画一画，视频里，或雨中漫步时，你发现春雨落在了幼儿园的哪里？想一想它会说些什么？然后把你们的小画片贴在一起，按照顺序与同伴轮流分享自己创编的句子，串成一首新的诗歌。

3. 分享作品，集体交流，提升情感体验。

师：请小朋友们上台分享你们的作品吧。

师：说一说你喜欢哪一个作品，为什么？

小结：今天我们一起编了好几首好听的诗歌。如果你们还有其他有趣的想法，可以到我们的语言区里继续玩这个游戏哟。老师给你们准备了小纸片和画笔，你们可以继续画一画，贴一贴，说一说。也可以在我们散步时，看着身边美丽的春天景色，把你们的感受用诗歌的方式说出来。

三、活动延伸

生活活动：在散步时引导幼儿根据身边的景物继续仿编幼儿诗，表达对幼儿园春天美景的感受。

游戏活动：在语言区投放幼儿园的春天场景图、空白小纸片、画笔、底板，引导幼儿进行排图讲述及幼儿诗仿编活动。

家园共育：请家长带领幼儿观察身边的雨后自然环境，例如：小区、公园等，引导幼儿继续仿编幼儿诗。[①]

◆ 案例分析

　　本案例完整呈现了幼儿诗仿写的文学活动过程。教师设置的准备活动为幼儿诗仿写教学奠定了良好基础。仿写过程中，教师并没有让幼儿把精力都集中在诗歌文本上，而是积极引导幼儿调动业已累积的生活经验参与仿写，这是十分可贵的。集体仿写和自主仿写两个环节，既体现了教师的引导作用，又激发了幼儿的语言创造潜能。延伸活动的设计也很有特色，调动多种资源让幼儿在后继活动中，保持对诗的关注，引导他们在不

---

① 该案例由福建省实验幼儿园提供。

同情境中继续进行文学活动,这些活动可供幼儿选择参与。善于调动各种因素辅助幼儿诗仿写的顺利开展,是活动方案的一个鲜明特点,拍摄幼儿园下雨视频、活动中的配乐,体现了教师设计上的用心。师幼互动的语言设计,体现了师幼平等的理念,具有很好的引导性和启发性。

研·习·任·务

幼儿诗理解·赏析·应用

[任务一 文学理解]理解抒情诗与叙事诗的区别与联系

不少幼儿诗含有较丰富的故事元素,请对本章列举的诗篇作一梳理,分析其中包含了哪些故事元素。在此基础上,选择几首典型的叙事诗进行阅读,思考:(1)叙事诗展示的故事与抒情诗中的故事元素有什么区别;(2)联系成人文学中的诗歌,谈谈幼儿诗的故事元素对幼儿的文学接受有什么价值。

[任务二 文本赏析]赏析幼儿诗独特的想象与趣味

(1)进一步扩大幼儿诗阅读范围,选择其中的3—5首,试分析这些诗作在想象独特性上有什么特点。例如,诗人的想象对幼儿诗的趣味营造发挥了什么作用,与幼儿心性之间有什么联系,等等;(2)诗人的诗艺创造可以体现在内容上,也可以体现在形式上,有的幼儿诗通过独特的诗行排列营造出独特的趣味,请找出几首这样的诗并加以赏析。

[任务三 教育应用]了解幼儿诗在学前教育现场的运用

利用见习机会,观察幼儿园教师是如何在集中活动中组织幼儿诗教学的,并作好记录。(1)幼儿对诗歌是否感兴趣;(2)他们对教师的提问作出了怎样的反应,对诗的理解是否超出了教师事先预设的活动方案;(3)在欣赏诗篇过程中,幼儿说了哪些富有想象的话。

◆ 第五章 童话 ◆

学习目标

知识目标：
1. 了解童话的基本概念、发展概况、类型划分等基础知识。
2. 掌握童话文体知识，结合文本理解童话的艺术特征。

能力目标：
1. 掌握赏析童话的基本方法，能够结合个人理解赏析文本。
2. 了解童话在幼儿园教学中的应用情况，尝试参与教学实践。

素养目标：
1. 对童话艺术的具体呈现形态有较为深入的理解。
2. 能较好地处理童话审美价值与教育功能的关系。

新课导入

以下是作家包蕾创作童话《猪八戒吃西瓜》的经历：

> 出版社曾收到读者来信，信中说："你们社出版的西游记故事很受小读者的欢迎，希望吴承恩同志多为儿童们写几本……"大家看了引为笑谈，但却引起我的深思。吴承恩"同志"早在几百年前死了，要他再为"儿童们写几本"是不可能了。然而现在的儿童仍然喜爱孙悟空、猪八戒等的形象，我是不是能仿照吴承恩"同志"的"笔法"，来为现代的儿童续写一些他们爱看的西游故事呢。……直到有一次发生了一件事，才给了个创作的"契机"，我决心写猪八戒的故事了。我晚上写东西写得晚了，要吃点饼干，那晚去开饼干箱时，发现里面已经空空如也。不消说是我家一个小弟弟干的事。第二天我问他，他直认不讳，并且告诉了我，他心理活动过程，原来他是打算留下点给我晚上吃的，后来，越吃越好吃，实在嘴馋难忍，便一口气吃光了。①

——包蕾

1. 阅读《猪八戒吃西瓜》，看看这篇童话从《西游记》中汲取了哪些艺术元素。
2. 联系以上例子，在学习中思考童话的幻想情节与现实有怎样的关系。

① 包蕾.我的创作历程[C].//我和儿童文学.上海:少年儿童出版社,1980:185.

第一节 童话概说

一、基本概念

童话是一种幻想故事。1909 年,在商务印书馆任职的孙毓修主持编辑《童话》丛书,采用改写和编译中外故事的方式出版系列图书,其中既有幻想故事,如《无猫国》《能言岛》《小人国》《玻璃鞋》等;也有写实故事,如根据《史记》"程婴救孤"改编的《秘密儿》、根据《木兰辞》改编的《女军人》等。在当时的语境中,"童话"中的"话"相当于故事之意,"童话"即指给儿童讲述的故事,以今天的眼光看,商务版的《童话》丛书就是广义的儿童读物。随着儿童文学逐步走向成熟,"童话"一词的含义被窄化,现在专门用于指适合儿童阅读的幻想故事。

在英语中,fairy tale 一词的含义与"童话"相近,是指:"并非专写神仙的、带有奇异色彩和事件的神奇故事。"这一界定可以从三个方面加以理解:(1)fairy tale 是一种非写实的、具有神奇性的故事,属于幻想文学范畴;(2)这类故事常常塑造神仙等非人类的形象,但并不仅限于此,也可出现其他类型的形象;(3)fairy tale 的词义中并不包含中文"童话"一词中带有的"童"的意项,fairy tale 并非专门以儿童为接受对象,也包含了与儿童在一起听传奇故事的成人。fairy tale 最为确切的含义是"传奇故事"或"幻想故事",目前仍依习惯将其译为"童话"。有研究者认为,"童话"是 fairy tale 最好的对应词,"它具有非常突出的人文性和统摄功能,既有具体形象性,又有抽象的模糊性所产生的包容性,是别的任何词语都难以替代的。"[1]

在古代社会,不论东方还是西方并不存在自觉以儿童为接受对象的"童话"这一文类。中国古代的神话、传说、志怪中的神仙、妖魔、鬼怪等故事,以及西方幻想文学中常出现的巫师、精灵、魔法等故事,都可以经过改写成为当代童话文学的组成部分,也可为当代作家提供具有悠远文化背景的丰富创作资源。

"童话"一词已经成为一个通行的汉语词汇,一般将其归属于儿童文学,但就其内涵而言,作为幻想文学的"童话",其读者并非仅限于儿童,有的"童话"从内容、主题到表现方式更适合于成人阅读,社会舆论中常常出现某一"童话"是否适合儿童阅读的争议,部分原因是出于"童话"一词带有"童"字而引起的误解,作为一种幻想故事,有的童话是专门为儿童创作或适合儿童阅读的,有的则是以成人为读者对象。

二、童话的类型

按照某种标准可以把童话区分为若干个类别,分类标准参照童话的美学传统,也考虑文本结构、题材内容等因素。童话类别可被视为一种惯例性的艺术规则,这些规则对作家的创作将产生影响。当然,童话的类别不是一成不变的,随着新品种的出现,童话的类别也会随之发生改变、分化。以下从四个方面对童话进行分类。

从童话的发展历史出发,可以把童话分为民间童话、创作童话(也称现代童话、文学童话、艺术童话)两大类别。

从童话的审美风格出发,可以把童话分为热闹童话、抒情童话、哲理童话、荒诞童话。

① 舒伟.走进童话奇境——中西童话文学新论[M].北京:外语教学与研究出版社,2011:39.

从童话的篇幅出发,根据容量大小,情节繁简,人物多寡,可以把童话分为长篇童话、中篇童话、短篇童话、微型童话、系列童话。

有的童话还以其他艺术样式加以呈现,如童话诗、童话剧等。

对童话进行分类是为了便于辨识童话的特征,也为研究和教学提供方便,在学前教育实践中,可以根据幼儿文学接受的需要,在不同类别的童话中寻找优质文本,灵活理解童话的类别归属。

第二节   童话的艺术特征

一、幻想:童话艺术的核心

童话是一种幻想文体,从文学创作的角度看,幻想是一种超越现实逻辑的虚构。文学离不开虚构,以小说为例,一个作家为了描写一只猎犬,可以把观察到的各种猎犬的优点汇集到这一只狗身上,读者可以在小说中看到一只非常通人性的狗,但这种虚构是有界限的,这只狗可以用各种方式与主人进行交流,但它一定无法以人类的语言与主人对话,一旦超越了这一界限,小说就变成了童话,人狗对话,这样的虚构颠覆了现实逻辑,进入了幻想情境。我们最常见到的童话就是"禽言兽语"型的,也就是让动物相互之间或者与人之间展开对话。

在现实生活环境中,动物会说人话,是一种令人惊悚的"异态"(实际上也不会发生),但在童话里却是一种"常态",这种常态给童话创作提供了一个幻想背景和叙事语境,供作家在此间展开创造性想象。"禽言兽语"虽然富有幻想色彩,但仅凭这一点并不能决定童话艺术水平的高低。

我们不妨来看看野军的《大花伞和小花伞》:在一个下雨的早晨,小松鼠穿着小雨靴,打着小花伞去幼儿园,雨越下越大,路越来越难走,小松鼠急哭了,这时,狮子爷爷打着大花伞来了,狮子要送松鼠上学。这显然是一个幻想情境,如果故事让两只动物有说有笑地顺利到达了幼儿园,这样的幻想就显得十分平庸,整个故事会很乏味。故事的精彩来自以下这段描写:

狮子爷爷背着小松鼠,用大花伞顶着风和雨,急急忙忙朝前走着。突然,哗啦一声,大花伞撞上了一棵大树,被一根树枝扎破了! 伞面上扎了一个洞,雨水从洞口流下来,打湿了狮子爷爷漂亮的头发。

"啊呀!"小松鼠一看,眼珠儿一转,急忙把小花伞从大花伞的破洞口塞出去,啪的一下打开了。

哈,大花伞上有一把小花伞,把雨水给挡住了!

狮子爷爷乐呵呵地说:"小松鼠,你的办法真好!"

就这样,狮子爷爷背着小松鼠,一直走进了森林幼儿园里。

森林里,一个雨天的清晨,两只身躯相差甚大的动物,打着伞在行走,一把大花伞的破洞伸出了一把小花伞,这样的描写显得很有画面感。从现实的角度看,让小伞撑在大伞的破口上方,这样做遮雨的效果并不好,但这么写才能体现孩子的可爱与机灵。这篇童话里,狮子和松鼠会说人话,会友好地相处,这些幻想情境为创造性想象提供了一个基础,作者在这一基础上创设出符合儿童心性的画面,使作品具备了审美价值。

童话总给人带来富有神奇性的美感,正如梅子涵所言:"任何的念头和故事,只要站立在'童话'的旗帜下,就可以飞扬和有趣,任何东西也能动弹和有趣,于是就绝顶的新奇或是绝顶的美丽。渐渐地,它还成了一种象征和比喻,一件美妙的事,一个意外的出现,我们就说:'这简直是一个童话!'"①

> 讨论
>
> 结合个人阅读经历,谈谈对梅子涵所描述的童话之美的看法。

二、童话的艺术表现手法

(一) 拟人

拟人是童话最为常见的表现手法,是把除了人类之外的动植物、无生命的事物及现象加以人格化,使其具有人的思想感情、言行举止。安徒生的《坚定的锡兵》的拟人角色是锡做的玩具,《丑小鸭》的拟人角色则是一只鸭子,罗大里的《老谚语》对语言进行了拟人化,把老谚语当作人来写。在各种拟人角色中动物占了很大比例,动物拟人可分为两类。

1. 无限拟人

指的是让童话中的动物角色完全复制人类的特点,动物的言行举止、思想情感、生活环境、人际关系与人类别无二致。比如,一个以兔子为角色的家庭故事,兔妈妈、兔爸爸、兔宝宝,他们逛商场、上学校、去餐馆,乃至与同学一起郊游、和邻居发生误会,等等,这些活动与人的生活基本上没什么区别,之所以选择以拟人的方式演绎故事,是由于除了故事内容外,拟人化叙述本身就可以给幼儿带来身心愉悦。无限拟人可写出好作品,但也有可能导致作品的幻想与现实太过黏着。以金近的《小猫钓鱼》为例,猫妈妈让猫姐姐和猫弟弟一起去河边钓鱼,猫姐姐认真专注,很快就钓到了鱼,而贪玩的猫弟弟则受到周围好玩东西的吸引,结果一无所获,最后在妈妈的教育下,猫弟弟也钓到了鱼。如果我们把这篇童话中的角色完全替换成生活中的孩子,也可以成立,从艺术性上说,这样的拟人与现实世界几乎形成一种平行的关系,幻想所必需的神奇感显得不足。

2. 受限拟人

是指将童话拟人角色对人的模拟程度适度降低,让他们与人的共通之处受到某种限制,让拟人角色以一种独特的方式与人沟通,创设一种耐人寻味的幻想氛围。

在周锐的《留下的歌》中,小鸟们通过富有音乐性的鸣叫传达自己的想法。在一座只剩下七棵树的森林里住着七只小鸟。每一棵树上的小鸟都用不同的声音唱一支歌,分别是"嘟""来""咪""发""梭""拉""西",后来"嘟"的那棵树被砍倒,"嘟"在离开前把自己的歌教给了邻居"来",接下来的几棵树都遭遇了与"嘟"一样的命运,到了最后一棵树,树上的小鸟唱起了邻居们不断累加音符传唱下来的歌:"嘟来咪发梭拉西,西拉梭发咪来嘟……"这篇童话里的拟人小鸟主要是以原生态的鸟鸣声来传情表意,如果作者让小鸟用人类的语言,叽叽喳喳地谈论失去家园的种种遭遇,所营造出的悲情氛围反而显得不够动人。

在受限拟人童话中,我们可以感受到叙述者的想象所发挥的作用:动物所扮演的角色很大程度上保持着它们原生的生活状态,并不刻意追求与人之间的言行相通,往往是通过故事

① 梅子涵.相信童话[M].上海:少年儿童出版社,2007:1—2.

叙述者的主观视角,把它们身上的某些特点想象成动物之间或动物与人之间的信息与情感交流。

(二) 夸张

在童话中,夸张是对描写对象有意进行超越一般限度的夸大。夸张可以凸显事物的某一特征,给人鲜明而强烈的印象,这正符合幼儿的文学接受特点。为了更好把握童话夸张的特点,不妨将其与写实性的夸张作一比较:在写实故事中,描写一个顽皮的男孩有着一颗"铁蛋头",与伙伴们争顶总是屡屡获胜,有一回他用"神头功"顶开一扇木门,在门上留下了一个小坑,这样的描写是对生活的适度夸张,属于语言修辞的范畴。如果写一只气急败坏的鸭子一头撞向大门,整个身子穿过了门,在门上留下鸭子身形的洞,这就是童话表现手法的夸张。

夸张手法会对童话的整体艺术氛围产生重要影响,有时会导致事物原生状态的完全扭曲和颠覆,营造出荒诞感。在德国毕尔格的《吹牛大王历险记》中,一切的事物都被作者无限夸大,其中一个故事写一只猎狗因跑得飞快被称为追风狗,由于经常随主人打猎,以至于腿越磨越短,只剩腹部下的一小截。这样的夸张就是对狗的外在形象的极度扭曲。以下这个场景更是让人觉得不可思议:

有一次,它追一只兔子,这只兔子特别大,看起来怀孕了。我十分同情我那可怜的母狗,因为它也怀孕了,还想跑得像往常那样快。我只能在远处骑马跟上来。突然,我听到一群狗的连续不断的吠叫声,可声音是那样的微弱和娇嫩,弄得我莫名其妙。我走近一看,一个令人难以置信的奇迹出现在眼前。那只母兔在奔跑中生了小兔子,我的母狗也在奔跑中生了小狗了,而且生下的小兔和生下的小狗一样多。兔子凭本能逃窜,而狗也凭本能追猎,而且把兔子全逮住了。因此,我带着一条狗来打猎,带回家的一下子有了六只兔子和六条狗。

(肖声　译)

在这个故事中,"我"对心爱猎狗的吹嘘达到了无以复加的地步,狗的奔跑速度可以追风,这还仅仅是一种比喻性的夸张,猎狗因奔跑过度把腿磨得仅剩一小截,这就显得十分荒唐,而怀孕的母狗在追逐兔子过程中发生的一切,就完全是一派胡言,而这种荒诞感正是"我"吹牛得以产生滑稽效果的条件。

(三) 反差

以反差鲜明的形象铺展情节也是童话一个重要的艺术手法。角色的外在形态在大小、长短、高矮、黑白、胖瘦上的强烈对照,为童话营造出喜剧氛围,这样的形象特征与叙事氛围是年幼儿童所乐于接受的。

周锐的《门铃和梯子》通过两个形态差异甚大的拟人动物,演绎出稚趣盎然的故事。野猪到远处好友长颈鹿家做客,长颈鹿不开门,还告诉他,最近刚安了门铃,客人来了得先按门铃,可野猪够不着按长颈鹿身高安装的门铃,这样对待远道而来的朋友,显得有违生活常识且不近人情:

"对不起,野猪兄弟,我知道你真的够不着。但你就不能想想办法吗?要是大家都像你这样,图省事,敲敲门算了,那我的门铃不是白装了吗?"

野猪没话说了,但又怎么也想不出能按到门铃的办法,只好嘟嘟囔囔回家去了。

过了一些日子,野猪又来看长颈鹿。这回它"哼哧哼哧"地扛来了一架梯子。

野猪把梯子架在长颈鹿家门外,爬上去,一伸手,够着了那个门铃。

可是,怎么按也按不响,急得野猪哇哇叫。

"对不起,野猪兄弟,"长颈鹿在里面解释说,"门铃坏了,只好麻烦你敲几下门了。"

"这怎么行!"野猪叫起来,"只敲几下门? 那我的梯子不是白扛来了!"

这个故事所折射的"人际"关系,从成人的角度可展开多方面的讨论:如,野猪是否应该满足朋友的"无理"要求;野猪最后的"反制"是否合理,会不会破坏友情,有什么更好的回答,等等。这些基于现实逻辑的讨论自有其意义,但对于一个文学文本来说,最需要关注的是,它彰显了作家怎样的创造性艺术思维,所创造的文学形象是否给读者带来了审美愉悦。这篇童话最值得赞许的审美价值在于,它以拟人的方式把孩子的天真与执拗成功地转化为幽默感十足的画面,孩童般的憨拙表现,足以让儿童读者以及和他们共享故事的成人忍俊不禁、回味无穷。

(四) 变形

让童话角色的外在形态发生不符合现实逻辑的改变,是童话塑造幻想形象的重要手段。通过展示变形角色种种令人惊叹的表现,增强了童话的奇异色彩。

1. 大小变形

大小变形是指让童话角色的外在形象发生大小、长短等空间形态上的剧烈改变,使其得以完成正常身体状态下无法完成的事情。

罗大里的《不肯长大的小泰莱莎》中的女孩泰莱莎,就是一个可以根据自己的愿望使身体变大变小的童话形象。女孩的父亲在战争中去世了,单纯的她不愿相信这个残酷的事实,妈妈告诉她:"等你长大后,你就知道了。"女孩不想知道所谓的真相,于是拒绝长大,她的身体随她所愿,就此保持孩子的身量。但生活的窘迫开始向她袭来,她需要照顾生病的妈妈、衰老的奶奶、年幼的弟弟,为了胜任繁重的家务,她希望自己长大一点,身体果然就长大了一点。当一群强盗闯入村庄,大家都害怕躲避之时,女孩又希望自己变成一个巨人,她居然飞快地长成一个巨人,打败了强盗。最后,正当她觉得自己变得太大之时,没想到,每走一步,高大的身材就缩短一大截,直缩到中等身材。她成了村里最漂亮的姑娘。

在这个故事中,小泰莱莎身材的巨大改变,是随着她的个人愿望而发生的,这种变化成为推动情节发展的动力,而女孩愿望的改变背后又隐含着关于生命成长的主题意涵。女孩通过拒绝长大抵抗着成人世界的荒谬,国王发动的战争居然夺走最亲爱的爸爸的生命,这在纯真儿童眼中简直不可理喻。这正是罗大里的高明之处,他没有将"变形"手法仅限于营造奇异色彩,而是赋予它更为丰富的精神内涵。

2. 组合变形

组合变形是把两种不同形态的事物加以重组,变幻出外在形态全新的童话形象,并同时拥有两个构成件的各自特点,由此引发出令人意想不到的故事。

皮朝晖笔下的"面包狼"是在食物制作过程中,将食物的外形与实质进行了化合重组而创设的童话形象。在《面包狼》中,作者描绘了这只特别的狼诞生的经过:

这天,老爷爷做了很多动物形状的面包,放进烤箱里。

面包熟了,香气扑鼻。老爷爷打开烤箱,大吃一惊,里面只剩下一个面包了:一只巨大的面包狼!

老爷爷生气地说:"这是怎么回事?"

"哦,"面包狼打着饱嗝儿,"是这样,我把所有的面包都吃掉了……"

面包和狼本来毫不相干,作者把两者糅合成一个形态奇特的拟人角色——面包狼,这一角色一旦诞生就同时拥有了面包和狼的特点:它是面包,是在烤箱里被烤出来的;它又是狼,出于狼性它吃掉了烤箱里的其他动物面包。作者以"面包狼"为主角写出了系列故事,其中的《面包

拓展学习
5-2-1

进一步理解
童话的"变
形"艺术手法

狼和糊涂先生》是这样表现面包狼修闹钟的:"面包狼拆开闹钟,不知道哪里坏了。面包狼想了个简单的办法,放一些面粉进去,又在面粉上撒点发酵粉。面包狼想,面粉经过发酵后,慢慢变大,大到一定程度就会碰响闹铃。"面包狼修理闹钟所使用的方法都与制作面包的材料有关,在系列故事中,这只狼所经历的事,不时会显出与面包相关的特性来。

变形手法的应用,或是为了使童话角色得以进入奇妙的幻想世界,或是在变形中传达作者对某种生活现象的态度,或是让美好的愿望以幻想的形式得以实现,这一切对于儿童读者具有独特的魅力,使他们天马行空的自由精神获得文学形象的附丽。

三、童话的情节演进与叙述结构

阅读童话,读者最先关注的是故事内容,即故事讲了什么,如果进一步追问,某个故事何以有趣、何以让人惊讶不已或是意犹未尽,要回答这样的问题,就需要去探讨故事是如何被组织起来的,即作者是如何叙述故事的。

(一) 单线波折的情节演进

1. 在单线情节中置入富有趣味的波折

文学在长期发展中,故事的叙述技巧有了很大进步,形成丰富多样的形态,有以一人见闻或一事发展构成的单线结构,有多线交互的复式结构,中国古典小说还发展出"草蛇灰线,伏脉千里"的结构技法。各种情节结构在儿童文学中都有所体现,情节的单线发展在幼儿文学中则最为常见,也契合幼儿的文学接受心理,单线演进的故事往往通过情节的波澜起伏来营造氛围和趣味。

孙晴峰《狮子烫头发》的情节线索并不复杂,脉络也十分清晰,童话讲述狮子为了拥有一头卷曲的头发而经历的波折,这一过程沿着狐狸的各种奇特主意而展开,构成情节的三大波折。第一次,狐狸翻书时看到大海的波浪,联想到有风才有浪,于是召集一群动物对着狮子吹气,自然是无果而终。第二次,看到雨滴落入池塘荡起波纹,就让狮子淋雨,结果狮子头发没有卷曲却得了感冒。第三次,狐狸从太太做的花生卷饼中受到启发,由此展开了故事最为精彩的波折情节:到地里摘下玉米棒;制作一只大风筝;等待雷雨天来临;把玉米棒缠到狮子头上;连接起玉米棒和风筝;让风筝飞到乌云里;风筝上的铁片把闪电引到玉米棒上,随着一阵噼啪的爆炸声,玉米爆成了玉米花,狮子的卷发终于烫成了。整篇童话在大波折中套着系列的小波折,把狮子的烫发过程演绎成一场热闹非凡、充满想象张力的游戏。

如果说《狮子烫头发》通过奇异联想创设的波澜起伏的情节,给读者带来的是游戏狂欢的欢愉体验,那么德国克雷曼的《小熊找爱》则是以一波三折的情节,引导读者进入对爱的体验与理解。从小失去母爱、父爱的小熊,踏上了寻找爱的征途。他看到老鹰追赶土拨鼠,就用一声大吼吓走老鹰,被救的土拨鼠为了报恩,照顾起小熊的生活,小熊把土拨鼠当成了奶奶,体会到被爱的感觉。土拨鼠死后,小熊又遇到一只在他身边取暖的兔子,于是把兔子留在身边,小熊悉心照顾起兔子来,彼此都感觉到了温暖。随着兔子的离去,小熊再次体验到爱的失落。冬天里,一场雪崩袭来,把山里的动物置于险境之中,紧急关头,小熊扯着大嗓门把拼命逃跑的动物赶进自己的山洞,获救的动物和小熊在一起度过了一个热闹又温馨的夜晚。

这个故事的情节依照小熊的行动轨迹而单线发展,这一线索十分简单却不乏情感内涵。小熊因为缺失爱,心里仿佛有一个洞,这一意象伴随着故事发展的全过程。当他看到山羊妈妈亲昵地舔着宝宝时,"心里忽然觉得空落落的,像是破了一个大洞"。当他想念曾经陪伴的朋友时,"又感觉心里像是破了一个大洞"。当一群动物和他一起过夜,听着他们轻轻重重的呼吸声、呼噜声、叹息声,"他不再感觉心中有一个大洞了"。并不复杂的情节,把外在活动的波折与内心世界的波澜很有意味地结合起来。

2. 在情节的波澜中渲染诗意色彩

抒情童话是童话文学的重要组成部分,从童话叙事的角度看,在波澜起伏的情节中,贯穿富有诗意的画面渲染,为儿童读者提供了另一种审美选择。以下以严文井《小溪流的歌》为例,具体分析抒情童话的情节展开特点。

作家以一条奔向大海的小溪作为主角,给童话在整体上染上了诗意色彩,小溪流的奔跑过程构成童话情节的波澜起伏:小溪流歌唱着、微笑着、奔跑着,跳过巨大的岩石,穿越狭长的山谷,不论是枯树桩、枯黄草的牢骚,还是懒乌鸦的劝阻,都拦不住小溪流永远向前的心,最终奔向辽阔的大海。童话展现了一个宏阔的画面,但童话主人公小溪流在作家笔下,首先是一个活泼欢快、天真烂漫的孩子:

小溪流一边奔流,一边玩耍。他一会儿拍拍岸边五颜六色的卵石,一会儿摸摸沙地上才伸出脑袋来的小草。他一会儿让那些漂浮着的小树叶打个转儿,一会儿挠挠那些追赶他的小蝌蚪的痒痒。

小溪流不断地汇聚壮大,这既是自然现象,也是儿童成长的象征,作者在小溪流身上赋予了不畏艰险、积极进取的精神品质,但并不是抽象地表达对这些品质的赞许,而是以诗意的语言刻画出具有童话特点的画面。例如,作品描述大江与泥沙互动的场面:

那些被波浪卷起,跟随大江行进的泥沙却感到累了,问:"喂,大江! 老这么跑,到底要往什么地方去呀?"

大江回答:"还要到前面去呀。"

疲乏得喘不过气的泥沙愤愤地说:"'前面','前面'! 哪有那么多'前面'! 已经走得差不多了,还是歇口气吧!"

大江的记性很好,他没有忘记自己原来是小溪流,轻轻地笑了笑:"为什么? 不行! 不能停留!"

泥沙带着怨恨,偷偷地沉下去了,可是大江还是不住地奔流。许多天就好像一天,许多月就好像一个月,他经过了无数繁荣的城市和无数富足的乡村,为人们做了无数事情,终于最后来到了海口。

在这一段描写中,大江和泥沙简短急促的对话,再加上对话之后大江与泥沙的各自表现,把两者精神面貌的反差一下子凸显了出来,给人以鲜明的印象。《小溪流的歌》是在情节的波澜起伏中展开一幅幅诗意画面,情感抒发与主题表现都较为宏观,可将读者的思绪引向辽阔的空间。

拓展学习
5-2-2

进一步理解
童话情节的
演进方式

(二) 反复式的叙述结构

反复式的叙述结构在民间文学中普遍存在,并在儿童文学进入书面创作后得以保留、传承与发展,在幼儿文学中表现得尤为明显。反复式叙述结构发挥的独特作用表现为:(1)使儿童读者对故事的进展产生预期,他们可以猜测故事发展的可能方向与最终结局,这种猜测本身就构成了听讲故事的一种乐趣。(2)这种叙述结构一旦转化为儿童的文学经验,他们一方面对反复中出现的相似情境感兴趣,常常会以"我知道、我知道……"的插话介入听讲过程,甚至创造性地插入自己的情节构想;另一方面,他们知道这种反复不可能永无止境地进行下去,于是又会期待反复之后那个陡然出现的转折变化。期待反复,继而期待反复之后变化带来的惊喜,构成听讲故事的双重快乐。(3)对图画书形态的童话而言,反复式叙述还可以对讲述过程的翻页节奏发挥调控作用,为讲述者与听众之间的互动关系提供多元可能。

反复式叙述可分为三段式反复、循环式反复和叠加式反复三种类型。

1. 三段式反复

三段式反复是指将性质相同而内容相异的三个或三个以上的事件连贯在一起,形成一种在反复中推进童话情节进展的叙述结构。反复不是简单的重复,而是在叙述语气、架构相似的情况下,体现出情节微妙的变化与发展。下面以季颖的《青蛙卖泥塘》为例,讨论三段式叙述的特点。

住在烂泥塘里的青蛙想把池塘卖掉,他竖起卖泥塘的牌子大声吆喝,结果都没有卖成,不是老牛嫌池塘周边没有草,就是野鸭嫌池塘水太少,每一次青蛙都根据顾客的要求,不断改善池塘的状况,他种了草、引了水,但还是被动物们挑出许多毛病。对这一过程各环节的叙述十分相似,动物之间的对话句式也基本一致,体现了较为典型的反复式特点。最终青蛙没有卖掉池塘,但收获了一个更好的结果:

"卖泥塘嘞,卖泥塘!"有一天,青蛙又站在牌子下吆喝起来,"多好的地方! 有树、有花、有草、有水塘。你可以看蝴蝶在花丛中飞舞,听小鸟在树上歌唱。你可以在水里尽情游泳,躺在草地上晒太阳。这儿有道路通向城里……"说到这里,青蛙突然愣住了,他想,这么好的地方,自己住挺好,为什么要卖掉呢?

于是,青蛙不再卖泥塘了。

反复式的叙述给情节进展带来一丝喜剧效果,当我们为青蛙的失败担心时,却迎来了令人欣喜的结局,青蛙卖泥塘的吆喝声把改造后的美好环境呈现了出来,在这个令人欣喜的结局里,读者还可以在幽默氛围中去品味劳动创造美好的主题意涵。

2. 循环式反复

循环式反复是指童话的情节呈现为一个周而复始的过程,故事从某一起点开始,这一起点可以是一个事件、一个角色或一种状态,经过反复式的推进,最终又回到了起点。作者借助这一叙述方式营造趣味,寄予情感,表达态度。

流传甚广的民间童话《老鼠娶亲》中,鼠姑娘要出嫁,鼠爸鼠妈先后找来了太阳、乌云、大风等对象,结果一个都没嫁成,最后还是嫁给了老鼠。方轶群的《萝卜回来了》讲述小白兔带着萝卜跑到小猴家与朋友分享,小猴不在家,兔子留下了萝卜,这个萝卜经过小猴、小鹿、小熊的传递,最后又被送到小兔家。这些童话都是以循环反复的方式展开情节的。

野军的《打电话》从整体到细节都体现了循环反复的特点。小黑熊被春雷惊醒,忙着给小松鼠打电话,告诉他树上的雪融化了,赶快出来玩。接下来,故事就从小松鼠开始,以相同的模式向前推进,松鼠、白兔、花蛇、爬虫、狐狸,动物们都打电话给自己的朋友,告知春天到来的消息,说话的句式都一样,例如,小松鼠说:"喂喂,小白兔吗? 坡上的草青了,快快起来吃吧!"小白兔说:"喂喂,小花蛇吗? 河上的冰化了,快出来游吧!"最后狐狸把电话又打回到小黑熊那里。除了对话的循环,还有动作的循环:"小狐狸指指小花蛇,小花蛇指指小白兔,小白兔指指小松鼠,说:'是它先给我打电话的,该谢谢它。'"此外,在细节上也突出了循环反复的特点。小黑熊拨的电话号码是"1,2,3,4,5",接下来动物们的电话就变成了"2,3,4,5,1""3,4,5,1,2"……"5,1,2,3,4"在简短的篇幅里,把循环反复的叙述方式推到了极致。

3. 叠加式反复

童话情节的叠加式反复,常常表现为参与某一事件的角色不断增加,后来者的所作所为与前行者有相似之处,随着参与者的不断加入,情节被愈发强化的力量推向某个方向,最终显示出特殊的叙事效果。

俄罗斯童话《一只手套》体现了叠加式反复的叙述特点。童话讲述一只被遗落在森林里的手套的故事,先是一只老鼠钻进手套取暖,接着青蛙、兔子、狐狸、狼都钻进了手套,每只动物进入手套时的对话基本相同:"是谁? 谁住在手套里?""我是××,你是谁?""我是××,让我进来吧!""来吧。"就在这样的反复推进中,想钻进手套的动物的形体愈发壮硕,场面显示出越来越浓郁的喜剧色彩,但故事的反复进程并未止步,而是让身躯庞大的野猪和熊也加入本已拥挤不堪的空间,这就让故事朝着荒诞的方向发展,最终,手套主人的狗叫声把动物们惊得四下逃散。这样的故事并不表达什么意义,它最大的价值是通过角色之间简单、反复又略有变化的对话,营造出一种孩子可以沉浸其中的故事听讲氛围,在寒冷的冬天,故事中被不断强化的拥挤感可以给读者带来身体与精神上双重的温暖体验。

以图画书呈现的童话,由于得到画面的助力,叠加式叙述往往会给人带来奇妙的阅读体验。在《月亮的味道》(麦克·格雷涅茨/文图)中,一群动物想尝尝月亮的味道,先是海龟爬到山上,大象再爬到海龟背上,接着,长颈鹿、狮子、狐狸、猴子、老鼠纷纷上场,叠罗汉式地靠近月亮,最后由老鼠掰下一小块月亮尝了尝,然后每只动物都尝到了月亮的味道,这个颇为费劲的行动让水中的小鱼大惑不解,在他看来,月亮就在水中,犯不着上天去取。整本图画书的趣味就来自图画和文字共同推动的叠加式的反复叙述,尤其是年幼的读者,可以从画面和语言的共同叠加反复中,感知到愈发浓郁的幽默气息,获得富有节律感的审美享受。

反复式叙述在适合幼儿阅读的童话中发挥了重要作用,有研究者指出:"反复是一种强调,它使某种凝定的模式更为牢固,更易于辨认;反复也是一种简化。当不同的人物重复某一相同或相近行为时,故事便变得更为单纯;同时,反复也起一种节奏上的调节作用。当同一件作品由几个相同的情节构成时,作品便变得节奏清晰和富有韵律感。"[①]这些特点恰与幼儿接受文学过程中的审美心理需求相契合。同时,反复式叙述也可以十分自然地融入幼儿童话情节单线演进的进程之中,为趣味营造、情感渲染、主题表达提供富有童趣意味的结构形式。

> **讨论**
> 结合个人对幼儿听讲故事状况的观察,谈谈反复式叙述对幼儿的意义。

第三节　童话赏析导引

一、童话赏析路径

(一)从细节开启探寻文本之路

童话是一种叙事文体,以幻想的形态呈现故事,"故事"和"幻想"是最能吸引儿童进入文学的两大动因,童话也因此成为最具儿童文学气质的文体之一。作为一种为儿童而存在的故事,自然应该有能让他们"将故事进行到底"的魅力。

① 吴其南.童话的诗学[M].北京:中国文联出版社,2001:87.

微课
5-3-1

童话赏析
(1)(2)

情节是童话叙事纵向发展的维度,情节行进中所展示的场面,以及场面中的细节,则是横向铺展的维度。童话的场面构成包括:角色之间的对话、必要的环境描绘、角色的外在形象及内心活动等,场面的生动有趣,有赖于富有特征的细节刻画。

比如,讲述一只兔子远行的童话,作者可以让这只兔子遭遇若干次离家的尴尬,经历若干回化险为夷的历险,这些都是童话吸引读者的情节要素,优秀的童话不会让这一过程粗线条地一划而过,而是让兔子每一次遭遇的尴尬、经历的险境,通过具有细节的场景呈现在读者面前:傍晚时分搭帐篷时发现忘了带锤子,无法固定绳索,此时大象出现了,用自己粗壮的大腿帮助兔子解了难;兔子终于住进温暖的帐篷,又发现没有照明的蜡烛,这时猫头鹰招来了一群萤火虫,给兔子带来光明。兔子攀着树藤过河时,被婉转的百灵鸟歌声吸引分了神,脚一滑跌落河里,百灵鸟大呼小叫呼唤动物们来救小兔,可它的声音太甜美了,没法引起动物们的注意,最后,乌鸦用它的粗嗓子叫来了救援队伍。

从以上设例中可以看出,情节中的一个个场面是构成童话故事的单元,而每个单元的勾画则有赖于各种描写手法的应用,描写中最不应当缺席的就是细节,细节是文学的细胞,精致的细节可以使文本变得生动、丰富,刻意塑造的细节还会对整体的情节发展发挥重要作用。抓住情节线索的发展方向,把握贯穿于情节之中的场面,深入探析场面中富有特色的细节描写,是童话赏析走向深入的重要环节。从细节入手展开赏析更适合于创作童话,民间童话的情节往往是粗线条的,细节刻画体现得并不明显。

(二) 在假定性与现实性之间寻找意义

故事是虚构的,与真实生活保持着某种距离,童话故事是一种幻想形态的虚构,它和现实生活的距离更为遥远。童话要打动读者,光靠渲染光怪陆离的梦幻感,或塑造上天入地、变幻莫测的童话角色,还远远不够,还应当让读者在看似离奇甚至荒诞的幻想情境中,感受到进而理解到其间还包含着某种内在的、合理的逻辑性。

童话赏析的一项重要任务就是,对幻想的假定性与现实的逻辑性的关系作出恰当的辨析:(1)童话故事要让读者对其情节和角色没有违和感,不会发出"这太假了""这是胡说"之类的责难,这是童话逻辑性的最基本要求;(2)童话作者在幻想情境中隐含自己对生活的某种理解、某种态度,童话赏析应当还原幻境的"真实"面貌,探究幻想背后的"真实"意义。

比如,一个关于老鼠越冬的故事,一群老鼠正忙着到处寻觅稻草、棉絮,把用以过冬的家装饰得坚固而又温暖。老鼠们收集食物,叼着、抬着、拖着贮藏到洞里,有一只老鼠懒洋洋地躺在洞口晒着秋阳,当严冬来临,这只老鼠可能会因为没有足够的粮食而挨饿,此时,伙伴们邀请它到自己的家中,拿出食物帮它解困,老鼠中的长者还会语重心长地帮助这只老鼠认识错误,进而改正错误。

故事还可以有另一种可能,在灰暗的冬天里,当老鼠们饱餐过美食后开始感到无聊,此时,那只看似偷懒的老鼠,用自己收集的阳光与诗歌给伙伴带来了快乐。两个情节类似的幻想故事背后,却折射出对生活完全不同的理解,这是赏析童话时应着力加以把握和解读的。

二、童话赏析关键词

赏析一篇童话,可以运用本章介绍的童话艺术表现手法、叙事特征等相关知识,还可以联系幼儿文学美学特征、幼儿文学价值等理论知识,结合个人的理解进行文本解读。赏析童话并无固定模式,"奇异性"可以作为解读童话艺术秘密的一把钥匙。

【赏析关键词】　**奇异性**

（一）引人遐思的幻境

　　幻想是童话艺术的核心，优秀童话营造引人遐思、令人惊羡的幻境，让读者体验幻想艺术的无限创意可能。童话的幻想应当与现实拉开距离，这种距离是读者产生奇异感的基础，同时童话又从现实中汲取展开幻想所需的依据，这种依据让读者获得现实体验感，正是这种既基于现实又超越现实的张力，打开了童话艺术创造的广阔空间。

　　怕黑是年幼儿童的普遍心理，不少以"黑"为背景或题材的童话，既让孩子紧张，又让孩子兴奋。白冰的《吃黑夜的大象》展示了构思上不凡的想象力。小动物们害怕黑夜，让妈妈们着急不已。这时，森林里来了一只不吃香蕉、树叶而专吃黑夜的大象，这一角色的出现给童话染上了奇异色彩。在妈妈们的请求下，大象津津有味地把黑夜大口吞了下去，失去黑夜的森林从此充满了欢声笑语，却也引发了新的麻烦，长时间不睡觉的小动物，不论做什么事，做着做着就睡着了，森林成了一片哈欠大森林。在小熊妈妈的恳求下，大象最终把吃下去的黑夜又吐了出来，生活才恢复了常态。原本害怕黑夜的小动物想到，黑夜过去了又可迎来一个更加新鲜的白天，也就不再害怕了。

　　作者把黑夜这一自然现象进行了实体化处理，使它成为大象的食物，这就为童话的幻境创设确立了一个高的创意起点，在并不复杂的情节里，富有张力的想象给怕黑的孩子带来了精神抚慰，还传达了不同的自然现象各有价值的哲理意涵。这样的幻境创设既与儿童的心理体验相关联，又为展开富有新奇感的情节创造了条件。

　　［赏析思路点拨］

　　（1）紧紧抓住童话"以实驭虚"的特点：大象是实体性的存在，而黑夜是非实体的现象，作者在"实"与"虚"之间建立起超越现实逻辑的创造性关联，使童话具备了奇异色彩。

> 【讨论】
> 　　结合个人阅读，谈谈非实体拟人对营造童话奇异性会产生怎样的艺术效果。

　　（2）把赏析触角探入文本深处，进一步探寻在奇异的幻想氛围中，作者还传达了（或暗示了）怎样的主题意涵。

　　（3）在探寻文本内部之后，还可将思路转向文本外部，思考文本与儿童读者的关系。

（二）叹为观止的巧思

　　高明的作者常常会设置一个贯穿始终，足以让故事产生奇妙意味的线索；或是在情节中安设对故事的趣味营造、主题表达产出重要影响的"机关"，我们可将其称为故事的巧思。童话赏析需要发现这种巧思，并对其所发挥的作用进行解读。

　　安武林《老蜘蛛的一百张床》的情节巧思，就体现在蜘蛛用以实现成精梦想的这一百张床上。蜘蛛世界有个规矩：一床睡一年，一觉做一梦，一床比一床大，直睡到第一百张床，就能变成蜘蛛精。一只百岁蜘蛛，正在第一百张床上做着梦，松鼠无意间发现了蜘蛛的床，并被这些精致的床深深吸引，他从最小的床一路跳到老蜘蛛正做梦的床上，被惊醒的蜘蛛呵斥了他，又同意他带其他朋友来玩，唯一的要求是别吵醒他，这就为后来的情节陡转设下伏笔。松鼠的朋友来到蜘蛛的一百张床上玩，大象的滑稽舞蹈让动物们欣喜若狂，从美梦中醒来的蜘蛛本想发脾气，却被眼前的欢乐景象吸引住了，也加入狂欢的行列。"老蜘蛛一直觉得成精是最有意思的事，那是因为他没有遇见更有意思的事。他做了九十九个梦之后，突然觉得成精是最没意思的事了。"这个结局是对儿童游戏精神的肯定和赞许。

　　故事的趣味及主题意涵就源自这一百张床的巧思,作者为这些床设置了特殊功能,主角的梦境展开给童话的幻想带来了奇异色彩,而外来者打破梦境的同时,又带来了超越梦境的快乐,最终改变了蜘蛛的梦想追求。在肯定这篇童话成功的同时,也应注意其不足之处,在蜘蛛态度转变这一节点上,故事没有为这一转变提供充足的逻辑依据。童话是这样描写的:蜘蛛醒来,怪笑了一声,"大家都不敢跳不敢唱了,他们听见了老蜘蛛的笑声。老蜘蛛的笑,简直就像炸雷。大象却不管这些,他依然在自得其乐地跳啊唱啊。"行文至此,蜘蛛是如何从气愤转变为接受并加入动物们的狂欢,本该有所交代,但作品紧接着就写道:"'真好玩儿,真好玩儿,孩子们,一块跳啊,一块跳啊。'老蜘蛛大声吆喝。他自己先在床上蹦开了。"这样的情节转折显得有些仓促。

　　[赏析思路点拨]

　　(1)抓住本篇童话的总体情节架构:把一百个梦与一百张床联系在一起——让一百张床成为打破梦境的游戏平台——最后改变了童话主角的原来梦想。

　　(2)对童话的"巧思"进行分析:"床——梦"是巧思的第一层面;"成精的梦想——快乐的游戏"是巧思的第二层面。第一个层面已经给童话带来了梦幻感,第二层面让功利的梦想转化为无功利的快乐。

　　关于童话赏析还有一点需加以说明。"赏析"可以理解为是对文本进行欣赏性的分析,但这并不意味着就不能涉及文本的不足之处,对于赏析者而言,应形成给文本"挑刺"的自觉意识,虽然未必每次都能"挑刺"成功,但"挑刺"实践的反复进行,有助于我们对文本作出更为精准的判断。本节赏析《老蜘蛛的一百张床》,在充分肯定其艺术成就的同时,也指出它在情节转折上存在的不足,意在促使学习者逐步形成赏析文本的批判性思维。

【教学实践】童话教学例析

　　童话在幼儿园教学中被广泛应用,通过童话幼儿可以放飞想象,在幻想世界里获得审美享受。下面介绍以《梨子提琴》(作者:冰波)为材料的幼儿园文学活动案例。

拓展学习
5-3-1

《梨子提琴》
朗读分析

选择文本的理由

1. 童话具有浓郁的抒情风格,语言优美,篇幅适中,适合用于教学活动。
2. 通过童话欣赏,可以教育幼儿与同伴和谐相处,发挥童话的育人功能。
3. 文本内容富含音乐元素,便于教师设计跨领域的延伸活动。

朗读音频
5-3-1

《梨子提琴》

教学建议
(设计者:林红维)

1. 出示半个梨,请幼儿观察:半个梨像什么? 如果你有半个梨,你会用它做什么?(引出故事)
2. 引导幼儿分段欣赏故事,教师可通过提问,如,狐狸为什么不追小鸡了? 狮子为什么不追小兔子了? 梨树结梨了,动物们是怎么做的? 他们还追来打去吗? 帮助幼儿理解故事内容。
3. 采用配乐的方式,引导幼儿完整地欣赏故事,感受故事优美的意境。
4. 请幼儿说说:你们喜欢梨子提琴吗? 为什么? 你们什么时候想听音乐? 音乐能给人们带来什么?(快乐与宁静)

5. 启发幼儿尝试将自己最喜欢的一个情节用绘画的方式表现出来,并在集体面前讲述。

创意集锦

1. 本作品适合中、大班幼儿学习。建议结合"奇思妙想"主题开展活动,让幼儿在奇异的想象中,感受动物之间的和睦相处,从而延伸到人与自然的和谐相处。

2. 请幼儿在幼儿园或家中种下种子,了解种子的生长过程并记录下来,与小朋友进行交流。

3. 与美术活动结合,请幼儿根据水果(如杨桃、苹果、橙子、香瓜等)切面的各种外形特点进行拓印拼搭或添画,形成有创意的美术作品。

4. 与音乐活动结合,引导幼儿初步感知、认识各种提琴,欣赏用提琴演奏的乐曲。还可以进一步了解其他乐器的外形及音色特点。[①]

◆ **案例分析**

在引导环节中,教师向幼儿出示半个梨子,目的是让幼儿对故事情境产生直观的认知,为即将开始的故事讲述营造氛围,同时,也是在调动幼儿日常生活的经验,将其与故事讲述联系起来。活动过程教师的提问设计主要是帮助幼儿更好地掌握故事的内容,启发幼儿对故事意义的理解。作为一篇富含音乐元素的童话,配乐欣赏的方式与童话内容尤为契合。几个创意性的延伸活动设计也较为特色,引导幼儿种下水果种子,请幼儿依照水果切面的形状作画,让幼儿更全面地了解乐器形状,这些活动容易引发幼儿的兴趣,较好实现了幼儿文学的多领域延伸。

本案例的提问设计对于整个文学活动而言还是最为基础的,可以做进一步的优化提升,例如,可以问:"你们平时吃的梨子和故事里的梨子有什么不一样?""梨子提琴拉出的是什么音乐,小朋友们能学着表演一下吗?"提问的关键是要引发幼儿的创造性表达,更好地让幼儿沉浸于童话美感之中,并理解其内在意义。大家可以利用到幼儿园见习的机会,观察教师如何组织童话教学活动,看看师幼之间进行了怎样的互动,教师提问有什么技巧,面对幼儿各种各样的回答,教师如何进行回应。

研·习·任·务

童话理解·赏析·应用

[任务一　文学理解]分析当下社会舆论对童话的评价

近年社会舆论对幼儿阅读问题有不少讨论,有的认为某些幼儿读物存在价值观问题;有的认为某些书籍插图质量欠佳,缺乏美感;有的关注到某些冠以童话的读物存在儿童不宜的内容。请查询相关信息,运用本章学习的相关知识,分析这些社会舆论,组织一次线上或线下的小组讨论。

---

① 参见:周兢.幼儿园语言教育资源[M].北京:人民教育出版社,2015:270—273.

[任务二　文本赏析] 赏析童话文本的奇异性表现

自选一篇童话,围绕"奇异性"这一关键点展开赏析,可以运用本章所学童话艺术特征、童话叙事特点等知识进行分析,也可将本书其他章节关于童年观念、儿童文学美学特征等内容纳入思考范围,关注童话是否具备独具创意的"巧思",同时也关注是否存在构思上的不足,写一篇600字左右的赏析文章。

[任务三　教育应用] 了解反复式叙述对幼儿的影响

反复式叙述是幼儿童话较为常见的叙事方式,选择一篇体现典型反复式叙述特点的童话,见习期间在小范围内为幼儿讲述这一故事,观察幼儿对故事的反应,看看幼儿是否会对后续情节加以猜测,或者期待反复之后的情节变化,作好观察记录。为了让幼儿能够在"听赏"过程中对故事的后续情节加以猜测,应避免使用耳熟能详的作品。

第六章　幼儿生活故事

学习目标

知识目标：
1. 了解幼儿生活故事的基本概念、发展概况、类型划分等基础知识。
2. 掌握幼儿生活故事的文体知识，结合文本理解其艺术特征。

能力目标：
1. 掌握赏析幼儿生活故事的基本方法，能够结合个人理解赏析文本。
2. 了解幼儿生活故事在幼儿园教学中的应用情况，尝试参与教学实践。

素养目标：
1. 对幼儿生活故事的童年观念与童趣意味有较为深入的理解。
2. 能较好地处理幼儿生活故事的审美价值与教育功能之间的关系。

新课导入

以下是作家郑春华讲述的创作经历：

　　我跟儿子玩起来总是蹲在某株小草前面，或者某朵刚刚开放的小花前面一起谈论小草的家、小花的妈妈，还伸长脖子听它们对我们讲悄悄话；而丈夫跟儿子玩起来完全是很疯的：他们抛橄榄球，他们踢足球，他们放风筝，他们飞纸飞机……往往这种时候我是他们唯一的观众。看着父子俩大呼小叫地奔来奔去，儿子一会儿跌破了皮，一会儿头上撞个包，一会儿因为纸飞机没有爸爸的飞得高而哭哭啼啼。我还在心疼时，儿子却已经破涕为笑，又在野地上啪嗒啪嗒欢跑起来。……

　　我真的规定过自己，在儿子回家的日子里不许想创作的事情，只许全身心地陪儿子玩。可眼前这一幕幕充满幸福、充满自由、充满欢乐的情景让我的内心激情澎湃，涌动着强烈的创作欲望，叫我怎能不拿起笔来？我想，他们父子与大自然贴得那么近，玩得那么开心，我要把他们的这种开心写出来，让那些没有机会和自己的爸爸一起玩的孩子通过看故事，去贴近大自然，去和充满童心的"小头爸爸"玩一玩；或者学一学故事里顽皮淘气的"大头儿子"，跟自己的爸爸玩一玩。

　　后来这些让我终生难忘的情景，就变成了《大头儿子和小头爸爸》等系列故事。①

——郑春华

1. 阅读《大头儿子和小头爸爸》，看看哪些内容与作家以上的经历有关。
2. 在学习中思考：本章中的幼儿生活故事反映了童年生活的什么特点？

---

① 郑春华. 做布娃娃和写布娃娃[M]. 太原：希望出版社，2004：59—60.

第一节　幼儿生活故事概说

一、幼儿生活故事概念与作用

广义上说,凡是适合幼儿接受的故事都可称为幼儿故事,其中表现幼儿现实生活的故事称为幼儿生活故事。幼儿生活故事取材于年幼儿童的现实生活,是一种写实型故事,作家需要对幼儿生活保持敏锐的观察,从中汲取故事素材和创作灵感,同时还应对幼儿的身心特点有深入的了解,在合宜的故事架构内营造趣味、承载意义,并以适当的语言加以表述。幼儿生活故事既要考虑幼儿读者的接受能力,也要避免因追求"浅易性"而导致艺术上的"苍白化"。

相较于以幻想为特征的童话,幼儿生活故事的特殊难度还在于,一方面它的情节发展、场面呈现、细节刻画应符合现实生活逻辑,另一方面,它还要与幼儿的生活经验保持某种契合度,让幼儿产生"我就在故事中"的心理认同,从故事中获得文学欣赏的乐趣。在大量的幼儿文学作品中,幼儿生活故事所占比例比童话低许多,教师设计的教育活动,也倾向于选择童话作品。这种现象提醒我们,需要更多关注幼儿生活故事,深入了解幼儿生活故事的艺术特征,为优质幼儿生活故事进入教育现场打好基础。

幼儿生活故事的题材涉及幼儿生活的方方面面,包括幼儿的游戏,幼儿与父母、教师、同伴的交往,幼儿的独处活动,幼儿与自然环境的交互行为等。故事反映生活的角度也有多种选择,可以从客观视角描绘游戏活动场面、人际交往过程等;也可以从主观视角表现幼儿对世界的观察、体验、思考等。幼儿生活故事的主题也可以涵盖广泛的意义领域,如,幼儿视野中的友情、亲情;人际交往中的分享、接纳;对自然与社会现象的理解、困惑等。此外,成人对幼儿成长的期待,对幼儿成长不足的纠偏、指正等,也是重要的主题指向。幼儿生活故事多元的题材与主题,为幼儿认知自然、社会、自我提供了文学支持,是富含审美价值的学前教育宝贵资源。

要在学前教育中发挥幼儿生活故事的积极作用,教师首先应当具备鉴别文本品质的能力,能够解读故事在内容、主题、表现手法上,所反映的童年观念、美学品位与教育价值,继而思考如何将高品质的幼儿生活故事引入教育活动,设计出有助于幼儿身心成长的活动方案。如果教师无法精准理解故事的文学内涵,就可能为某些品质平庸(甚至低劣)的故事进入教育现场打开方便之门。

拓展学习
6-1-1

了解幼儿
生活故事
发展概况

在幼儿文学史上,留下不少以纠正儿童缺点为主题的生活故事,有的作品受制于某一时代的童年观念,站在成人立场上批评儿童,艺术手法也较为粗疏,此类作品即便主题指向符合教育活动的需要,也不宜作为教学之用。近年来,面世了不少基于儿童立场、体现童年精神、审美品质优秀的幼儿生活故事,其中也蕴含着多样的教育性主题,教师应当拓展自己的文学视野,将其纳入教育活动的取材范围。优秀的教育活动方案既要体现活动设计的科学合理、教育导向的正确有效,又要重视活动材料本身的内在质量。此外,有的作品并没有鲜明的教育性主题,只是展现幽默的生活画面,或是欢愉的游戏场景,此类故事为幼儿提供了趣味盎然的故事氛围,有助于他们积累早期的阅读经验。教育不仅有知识教育、社会教育、伦理教育,还应该有情感教育、审美教育,乃至娱乐教育。

二、幼儿生活故事的类型

根据创作形态,我们可以把幼儿生活故事分为民间生活故事与创作生活故事,前者是在民间口头文学的基础上改写而成的,后者则是作家以幼儿现实生活为题材创作的。

(一) 民间生活故事

民间生活故事是指由人民群众集体创作,历经长时间口耳相传而留存下来的写实型故事,其中有的故事适合幼儿阅读。这些故事经过无数讲述者的增删,形成不同的版本,具有鲜明的民族性和地域性特点,如《鲁班的故事》《阿凡提的故事》《巧媳妇》等,彰显勤劳智慧、惩恶扬善的伦理主题,追求完美的故事结局,故事一般没有确定的时间、地点。有的故事经过作家、学者的整理改编,内容趋于完善,如《包公审石头》(刘守华、陈建宪)、《十兄弟》(钟敬文)、《花木兰的故事》(高处寒)等。有的民间生活故事以图画书的形式出版,例如,《米蒸糕与龙风筝》(吴斌荣/文,王笑笑/图)、《一起来过三月三》(柳垄沙/文图)、《曹冲称象》(杨永青/文图)等,图画书丰富了民间生活故事的表现形式,成为重要的幼儿读物类型。

拓展学习 6-1-2

了解民间生活故事图画书

(二) 创作生活故事

创作生活故事是指由作家创作的,反映幼儿现实生活的故事。家庭和幼儿园是幼儿成长的最主要场所,幼儿与父母、长辈、伙伴交往过程中发生的事件,成为幼儿生活故事重要的取材来源。列夫·托尔斯泰的《李子核》、任溶溶的《丁一小写字》、任霞苓的《一亮一暗的灯》、索诺夫的《一块水果糖》、奥谢耶娃的《一个有魔力的字》等都是发生在家庭中的故事。李其美的《鸟树》、任霞苓的《野猫真的来过了》等是则以幼儿园作为故事背景的。也有的生活故事发生在家庭和幼儿园之外的社会环境中。幼儿生活故事作为一种写实型的文学体裁,展示了幼儿在现实生活中的种种境遇,帮助他们了解人际关系,学会生活本领,认知自我,实现精神层面的成长。

一些作家创作的系列化幼儿生活故事产生了较大影响,如郑春华的《大头儿子和小头爸爸》、曹文轩的《我的儿子皮卡》、李姗姗的《丘奥德》、郝月梅的《小麻烦人儿由由》、克里斯蒂娜·纽斯特林格尔的《弗朗兹的故事》等,这些系列作品表现的是小主人公在不同场合发生的各种故事,赋予人物形象更为丰富的内涵,在体式上接近于小说。

第二节　幼儿生活故事的艺术特征

一、情节·场面·细节

幼儿生活故事中的事件总是在一定的时空内演进,展示着年幼生命的独特风貌,彰显着儿童的精神气质,形成线索清晰的故事情节。篇幅较长的幼儿生活故事,往往通过若干个场面,完成整个故事的演绎;有时,一个富有画面感的场面,也可以独立构成故事。故事离不开生动细节的支撑,细节可以是人物的一组对话,或是某个孩子的喃喃自语,也可以是成人与孩子之间某个足以打动人心的动作,还可以是为烘托氛围而描绘的某种景色。从情节、场面和细节中,我们可以领略幼儿生活故事的艺术风貌。

情节、场面和细节这三个故事要素,在任霞苓的《一亮一暗的灯》中得到了集中体现。故事讲述了三个孩子被小阁楼上闪动的灯光所吸引,展开了一场有惊无险的"探险"。故事的第一个场面是小晴发现阁楼上的灯一亮一暗,于是登楼探看,结果被一阵响声给吓住了。第二个场面是小晴在惊吓中找来兰兰,两人一起想探个究竟,两个孩子互相壮胆爬上了楼梯,在这一场面中,两个孩子的对话就是一个富有特征的细节:

小晴又害怕起来,说:"兰兰,你比我胆子大,你走在前面,我走在后面。"兰兰也害怕了,说:"小晴,你个子矮,我个子高,矮的排在前面,高的排在后面。"

小个子在前,高个子在后,这是幼儿园的排队规则,在故事里被孩子当作逃避害怕的理由,通过体现幼儿生活经验的细节来渲染紧张氛围,很容易被小读者所接受。虽然有了伙伴的壮胆,两个孩子还是被突然传出的声响给吓退了。

第三个场面中,男孩虎娃的加入让"探险"变得更加热闹了。虎娃先是自告奋勇地走在前面,结果他也和两个小姑娘一样被奇怪的声响吓跑,被同伴讥笑为胆小鬼后,虎娃想出了手牵手一起上楼的主意。在最后一个场面中,谜底终于揭开,让孩子们一惊一乍的灯光,其实是小猫跳舞时咬住拉线开关造成的。

这篇故事的四个场面是构成情节的基本单位,各个场面通过人物对话、动作细节描写,把孩子既害怕又好奇的心理表现得十分传神。

场面不仅可以作为情节的基本单位,还可以独立构成故事,奥谢叶娃的《三个伙伴》就是一个典型的例子:

魏佳把点心丢了。上午休息的时候,小朋友们都去吃早点了,只有魏佳站在一旁。

郭良问她:"你怎么不吃呢?"

"我把点心丢了……"

"真糟糕!"郭良一边吃一大块白面包,一边说:"到吃午饭还有好长时间呢!"

米沙问:"你把点心丢在哪儿了?"

"我不知道。"魏佳小声地说,把脸转了过去。

米沙说:"你大概放在口袋里,不小心丢的。往后得放在书包里。"

可是沃萝佳什么也没有问,他走到魏佳跟前,把一块抹着奶油的面包掰成两半,拉着这个伙伴说:"你拿这吃吧!"

这篇故事描述的是四个孩子吃点心的场面,篇幅简短却不乏鲜活的细节。魏佳因弄丢点心而感到难为情,她"站在一旁",被同伴问话时"把脸转了过去";郭良"一边吃一大块白面包,一边说";沃萝佳则是"走""掰""拉"一连串的动作,和魏佳分享了自己的点心。作家通过这些反映了孩子真实内心世界的细节,把故事的教育主题不动声色地表现了出来。

有的幼儿生活故事所刻画的场面,并不把事件局限于同一时空内,而是将生活中若干相关联的片段整合在一起,例如任溶溶的《我是哥哥》:

你别看我小,我可是个哥哥。不管什么事情,妹妹都学我。

早晨我叠被,她也叠被。我扫地,她给我拿畚箕。

打针吃药她不哭,阿姨说她不错。妹妹回答说:"我都学我哥哥。"

这一天我上学,她缠着我讲故事。我一急,拉了她的小辫子。

我想想不对,回家对她说:"拉你的小辫子是我不好,不过我有事情的时候你可别缠我。"

妹妹转身就跑,去找比她小的小三子:"刚才我打你的头是我不好,不过你别扔小石子。"

妹妹样样学我,我万一做不好的事,她一定也跟我学。

拓展学习
6-2-1

了解幼儿生活
故事营造场面
的更多可能

到那时候人家批评她,她就要说:"我哥哥就是那样的,我是学的我哥哥。"

发生在兄妹俩身上的并不是一件完整的事,而是他们生活中曾经和正在发生的若干件事,这些事并没有被展开为一个个具体的场面,仅呈现为简短的叙述或是人物说的话,从中我们可以领略到两个孩子的日常生活,以及这些生活片段所传达的意义。

二、趣味营造

趣味是故事的重要元素,故事需要承载意义,但如果故事文本了无生趣,再有价值的意义都会失却依托之所。幼儿生活故事首先要以趣味赢得幼儿认可,在此基础上,故事的审美价值、教育价值才可能得以实现。优秀幼儿故事的趣味还应当能够吸引成人读者,成人是儿童阅读的"把关人",一旦他们觉得故事有趣,自然就会把故事介绍给孩子。有的故事未必传达什么意义,读者之所以喜欢,就是希望通过阅读来体验趣味。"故事何以有趣""趣味从何而来"是我们理解幼儿生活故事艺术特征的思考路径。

任霞芩的《野猫真的来过了》讲述孩子种植向日葵的故事。三个小朋友在地里播下向日葵种子,在他们的细心照料下,终于见到种子发芽,孩子们就此展开了奇妙的想象:一个孩子想,要是夜里来了野猫怎么办,野猫会把向日葵的小芽压死、踏死。小伙伴们提出了解决问题的各种主意:半夜里来把野猫赶走;派大公鸡来赶野猫;用帽子把小芽罩住。主意不断地冒出来,又觉得这些主意都不妥:半夜里妈妈不让出门;大公鸡还不如野猫凶;帽子会闷死小芽。他们继续想主意:在向日葵旁立一块牌子,画上小人,再让小人拿一支手枪,准能把野猫吓跑。最终的"绝妙"主意终于诞生:"咱们画只野猫吧。野猫来了一看,准会说:噢,这是自己朋友种的向日葵。点点头走掉了,不会把小芽儿弄死了。"他们照此办理,发现向日葵每天都好好的。野猫到底来过了没有?这又成了他们心中新的疑惑。故事最后写道:后来,小芽儿长大了,长成了三棵高高的向日葵。那块牌子看起来很矮很矮,上面画的猫看起来很小很小,可是还站在向日葵旁边,看守着它们。三个小朋友天天都来看看自己种的宝贝。他们常常说,昨天夜里野猫来过吗?来过的。为什么不弄死向日葵呢?一说到这里三个人就抢着装野猫,喵喵喵叫着在地上乱爬,爬过向日葵的时候,看看那块牌子上的猫说:"噢,原来是自己朋友种的向日葵呀。"就很小心地绕过去了。他们猜,野猫准是这个样子。

这个故事的趣味来自孩子天马行空的想象,来自他们略显懵懂的生活经验,还来自他们无处不在的游戏精神。孩子们为保护向日葵想出种种主意,是由于缺乏植物种植的经验,正是这种不足才激发他们放飞自由的想象,想出画牌子吓唬野猫的主意。当然,孩子们并非真的那么"傻",他们只是逐渐被自己想出的奇妙主意所吸引,走进了游戏情境之中,故事的最后,他们从之前的想象游戏进入真实的游戏角色扮演,沉浸于游戏的欢愉氛围中。作者正是基于对儿童游戏精神的深刻体认,才写出这一篇趣味盎然的故事佳作。

儿童世界并非孤立的存在,儿童在与成人的各种交互活动中认识自我和世界,并获得个体的成长。孩子与成人所处的地位、各自的心性特点,以及看待事物的视角,存在种种差异,作家捕捉到这样的差异,并加以艺术化处理,就有可能营造出故事趣味。

杨向红的《今天我当妈妈》讲述了一个孩子和妈妈互换角色的故事。故事通过几个场面,把"我"当妈妈的种种经历和感受生动有趣地展示出来:早晨起床,"我"正想让妈妈叠被子,却被妈妈告知,当了妈妈要自己叠被子。上街不小心跌了一跤,刚想哭,一想到自己当了妈妈,只好忍住不哭,还扶起跌倒的妈妈安慰一番。妈妈的纱巾被风吹走,"我"要把它捡回来。鞋带松了自己系,结果把鞋带系成了"死疙瘩"。到了动物园,被高个子叔叔挡住,想到自己是妈妈了,没法让妈妈抱,只好自己找机会挤到人群缝隙里看河马。下面通过一个片段,看看作者如何描写母子两人的言行：

"妈妈,快给我叠被子。"妈妈说:"今天你当妈妈了,应该自己叠被子。"我说:"对了,应该自己叠被子。"我赶紧自己动手叠,叠来叠去,就是叠不好,歪歪扭扭的,难看死了。我说:"当妈妈叠被子能这么难看吗?"妈妈说:"是啊,应该重叠。"我把被子摊开,重新叠起来,这次叠得好多了。妈妈说:"这才像当妈妈的样子。"

孩子进入"当妈妈"的角色,他所做的一切已经不是现实意义上的整理内务,而是一场需要全情投入的游戏。在孩子眼中,歪歪扭扭的被子就是游戏中制作不够完美的玩具。对妈妈而言,这一切都是她为锻炼孩子而预设的家务劳动情境,游戏氛围淡化了其中的教育意图。

三、主题呈现

作家创作幼儿生活故事大都会预设某种主题指向,不少作品中,这种指向往往与儿童成长中的某些缺失有关,其目的是希望借助故事,帮助儿童实现成人所期待的社会化成长目标。在一个较长历史时期内,作家倾向于在作品中直接表达对幼儿各种缺点的批评(甚至教训),各种表现手法所营造的趣味,只是为了使批评或教训更易于被幼儿接受,"糖衣药片"成为一种普遍的故事模式。这种模式有损作品的审美品质,但在现实教育环境中却有着很强的实用功能,教师往往选用此类作品作为相关教育主题活动的材料。摆脱"糖衣药片"模式的束缚,以文学审美的方式自然地呈现故事主题,是我们探讨幼儿生活故事艺术特征的重要维度。

苏霍姆林斯基的《苹果和早霞》讲述了一个教育主题鲜明的故事。小米沙常到爷爷的果园里玩,每一次都盯着挂在树上的大苹果,有一次他问爷爷能否把苹果摘下来,爷爷给出了一个特别的回答:"不行。那个苹果呀,只有一个人能摘它。他天一亮就到果园里来,给蜜蜂洒水,给苹果树剪掉枯枝。"接着,作家直接写出对孩子不良习惯的批评:"米沙有多少次想要天一亮就到果园里来,但他总是睁不开眼睛,改不了懒惰的习惯。"

有一天,他鼓足劲儿睁开眼,这时天还没亮,四周黑乎乎的。他连忙跳下床,跑到爷爷的果园里去。他去给蜜蜂洒水,给苹果树修剪干枯的细枝。

启明星升起来了。米沙走到苹果树跟前,大口吸着苹果的香气。树顶最大的那个苹果,已经由白变红,就像是红红的朝霞。

"行啦,现在这个苹果是你的了,上树去摘吧。"爷爷说。"不,爷爷……还是明天摘好。"

"为什么?"

"我想再看一次早霞。"

（韦苇　译）

讨论

　　没有直接点明主题的故事,是否能对幼儿的品行养成产生影响,谈谈你的看法。

在这篇教育家创作的故事里,教育主题直指孩子的缺点——懒惰,但却没有任何的教训味。故事中的爷爷是一位循循善诱的教育者,他为孩子改正缺点提供了一条特殊路径:让孩子天一亮到果园里给蜜蜂洒水、给苹果树剪枝。当孩子克服了睡懒觉的缺点,获得爷爷认可之际,却放弃了唾手可得的奖赏,给出的理由更是出人意料——希望再欣赏一次清晨的霞光。孩子自愿推迟拥有苹果的时间,反映了孩子内在的精神成长,也可以看作是心理学"延迟满足"现象的文学化表现。诗意的故事给读者带来文学的审美意趣,教育性主题一旦融入故事的审美肌理之中,就不会给人违和之感。

故事的教育主题是为了促进儿童成长,但并不是说都要把教育指向儿童的不足,望安的《今天我很忙》表现的是儿童自我的正向成长。故事以孩子的第一人称叙述,由"我"在星期天的几个忙碌场面构成:早晨,"我"自己叠被子,虽然叠得慢,但不让奶奶帮忙。叠好被子,"我"陪奶奶去散步。中午,全家包饺子,"我"负责往皮里放肉馅。午睡起来,"我"剥核桃皮,帮妈妈炸出一大碗香喷喷的核桃。到了晚上,奶奶睡得早,上了床才发现被窝很暖和,原来是"我"铺的床。最后,小伙伴打来电话:"喂,今天怎么没来找我玩?""我"像大人一样回答:"呀,对不起,今天我很忙。"

作者并没有直接对孩子的行为表示赞扬,也没有过度拔高孩子行为的意义,孩子的所作所为并非出于某种外力的推动,而是出于自己想当一回大人的愿望。故事中的"我",身上带着幼儿特有的憨朴质感,其行为又与幼儿的生活经验密切相关,小读者乐于接受这样的故事,而"我"的种种表现又有可能成为他们的模仿对象,故事促进儿童成长的教育价值,在非教训的氛围中得以实现。

让教育主题与故事的审美趣味和谐兼容、相得益彰,是对作家文学智慧的考验,陆弘的《老奶奶的邮包》为我们提供了启发:

邮递员送来一个包裹,小朋友纷纷猜测里边装的是小熊还是小狗,老师一层一层地打开包装纸,包裹里装着不少东西,"一只红手套、一本图画书、一辆小汽车、一只黄拖鞋、一个布娃娃、一只小喇叭、一只花发卡……还有一封信",故事的构思机巧就体现在这封信上:

小朋友:

有一天,我在打扫街道时,看见一只红手套躺在街上哭,它说和它的双胞胎姐姐分开了。我想它的双胞胎姐姐一定是另外一只红手套,也许就在你们哪个小朋友家里呢!还有那只黄色拖鞋,也请我帮它找到它的双胞胎弟弟。我还捡到了你们丢失的图画书、小喇叭……这些东西原来都是你们的好朋友,请你们把他们领回去,好吗?

爱你们的扫街道的老奶奶

不少幼儿生活故事的教育主题指向孩子丢三落四的缺点,这篇故事通过一封信把小朋友这方面的缺点表现了出来。让扫街老奶奶拾到孩子们丢失的物件,这样的情节安排显得十分自然,老奶奶在信中没有直接批评孩子,而是赋予各样物件拟人化色彩,并以聊天的口吻道出物件的由来。听老师念完这封信,小朋友一个个领回自己丢的东西。信的内容虽指向孩子的缺点,但娓娓道来的语气就像是在叙说一篇短短的童话,教育主题十分自然地得以呈现。

> 拓展学习
> 6-2-2
>
> 进一步理解幼儿生活故事的主题呈现方式

第三节　幼儿生活故事赏析导引

一、幼儿生活故事赏析路径

(一) 辨析"故事真实"与"生活真实"的关系

"艺术来自生活而高于生活。"这句耳熟能详的隽语,对我们理解"故事真实"与"生活真实"的关系依然有效。创作幼儿生活故事离不开对童年生活的观察、揣摩、思考。所谓"生活真实"是指现实中处于原生状态的生活现象,它是作家写作的素材来源,也是重要的创作灵感源头。所谓"故事真实"指的是作家在遵循现实逻辑的基础上,创造出比现实世界更为集中、更加精致、更具意味感的文本世界。

例如,生活中的妈妈们有高有矮、有胖有瘦,这是生活的原生态。几个身材反差很大的妈妈

> 拓展学习
> 6-3-1
>
> 进一步理解"故事性",拓展幼儿生活故事赏析的知识视野

正好互相认识,从事着不同的职业;几个妈妈的孩子年龄恰巧一般大,而妈妈们的各自职业正好能够为孩子们的快乐生活发挥作用,这样的情形在现实中就很难遇见,只可能存在于文本世界中。缪启明的《矮妈妈的幼儿园》写的就是这样一个故事:高妈妈开家具店,胖妈妈在食品市场上班,瘦妈妈是书店经理,矮妈妈办了一所幼儿园,负责照顾几个妈妈的孩子。这样特殊的人物组合,为情节的展开提供了动力。矮妈妈到高妈妈店里买矮桌椅,到胖妈妈的食品市场买点心,再到瘦妈妈的书店挑选图画书,三个妈妈的工作正好满足了幼儿园的需求。由矮妈妈照顾孩子,又正好发挥了她身材的独特优势,在几个妈妈相互配合下,孩子们变得乖巧又快活。

这几个妈妈在现实生活中都可以独立存在,但只有故事才可能把她们集中在一个环境里,共同演绎一段精彩的经历。现实中办一所幼儿园需要许多条件,而故事仅需要集中表现最符合情节发展的几个条件就可以了。此外,故事中人物说的话往往都有特别的含义,这也与现实生活有明显不同,故事中孩子说了这么一句话:"矮妈妈矮矮的,我不用仰起头来和她说话,很舒服。"这句话是作者特意设计的,为的是突出矮妈妈身材在照顾孩子方面发挥的独特作用。

作家通过探寻文本与生活的关联,才能写出具有生活质感的故事。读者的文学欣赏则要认真思考故事"高于"生活之处:故事人物的外在形象、脾气情绪、性格特点有什么特别之处?这些人物身上发生的一切与现实生活有何区别?这种区别又是通过哪些细节表现出来的?故事中的人物语言和日常对话有何不同?思考这些问题,有助于我们打开文本世界的大门,探寻其间的艺术秘密。

(二)鉴别故事是否具备合理的生活逻辑

幼儿生活故事应当让故事的情节发展具有现实的合理性,让故事人物的言行具有可信度,不给读者留下"胡说八道"的印象。

张佩玉的《的咯,的咯》讲述生病中的外婆想念在外读书的小阿姨,小孙女佳佳为了排遣外婆的寂寞,想出个主意:她穿上妈妈的衣服扮演起小阿姨,模仿小阿姨问候外婆,接着她又换上小皮鞋,模仿小阿姨走路的声音,发出"的咯,的咯"的响声。没想到,这时楼下真的传来"的咯,的咯"的脚步声——"的咯,的咯……脚步声在房门外面停住了。接着是敲门声。笃笃笃。佳佳赶紧跑过去,打开门朝外一看,嗨!真的是小阿姨回来了!佳佳一下扑到小阿姨的怀里。"这篇故事的整体构思较有创意,孩子模拟小阿姨的脚步声是故事的亮点,然而,正当佳佳模拟小阿姨脚步声时,小阿姨真的踏着同样的脚步声回来了,这样的巧合设计存在不足。人们常说"无巧不成书",巧合常常被用于推进情节发展,好的故事巧合需要被赋予适当的逻辑依据,作者要为巧合作出前因后果的合理安排,贸然出现的巧合,只会给读者留下不可信的感觉。

《请小鸟来的孩子》是一篇表现环保主题的故事,写的是工厂冒着黑烟,天上看不到鸟儿飞,于是幼儿园的老师和孩子们一起想办法把小鸟请来。作者为了表现环境污染的严重程度,在故事开头这样写道:"大工厂旁边有一个幼儿园。有一天,老师给小朋友讲鸟的知识。小朋友南南问老师:'鸟是什么样子的?我从来没见过鸟。'小朋友一起说:'我们也没有见到过鸟。老师在黑板上画了一只美丽的大金鸟。小朋友们看了,都一齐欢呼起来:'多美的鸟啊!'"这段描写就有点"失真"了。污染导致天空看不到鸟儿,这完全有可能,但一群孩子居然连鸟长什么模样都一无所知,就有点脱离现实生活逻辑了。

当幼儿以"听赏"方式接受故事时,他们容易被成人所营造的讲述氛围(语气)所吸引,在这种情形下,有可能会忽略故事逻辑上的疏失。教师应提高自己的赏析能力,避免把内在逻辑欠佳的文本引入教学活动。

二、幼儿生活故事赏析关键词

审美趣味性与体现时代精神的童年观,是影响幼儿故事品质的重要因素。文本是否有趣取决于作者的文学技巧,而作者能否基于儿童立场去表现生活,则是影响故事品质更为内在的因素,辨析二者的相互关系及具体表现,可以为我们赏析故事提供启发。

赏析关键词　**童年观/趣味性**

陈珉的《晓晓拖地板》讲述一个孩子趁奶奶外出在家做家务的故事。身量有限的孩子要操持拖地板的家务并非易事,但孩子却以自己独特的智慧来应对眼前的困难,并从中获得意外的乐趣:

一杯水倒在拖把上,水马上被"吃"掉了。两杯、三杯、四杯⋯⋯晓晓来来回回,不停放水、倒水,水慢慢从拖把上淌了下来,"你吃不了了吧。"晓晓得意地说,水淌在地板上,又一条条流开了。"啊,小河! 小河! 1、2、3、4⋯⋯"晓晓在"小河"中跳来跳去,鞋碰到水又踩到干的地方,"印"出了花花的鞋印,美极了。晓晓故意在水里踩踩,地板上走走,地上很快铺满了花花的鞋印。"花地毯! 花地毯!"晓晓喊着。

⋯⋯

对晓晓拖地的描述颇有趣味,孩子想出给拖把"喂水"的点子,解决了拖把浸水后太沉的难题,拖地虽然辛苦,可在孩子丰富想象力的烘托下,却变成了一场游戏,劳作的辛苦被抛之脑后,孩子为自己用水印创作出的"作品"欢呼雀跃,此等场面彰显着儿童无处不在的游戏精神。奶奶回到家,看到屋里变了样,笑得两眼眯成一条线,晓晓却恳求奶奶别骂他,原来他为了取水把脸盆摔坏了,奶奶的反应是:"唉,我的小祖宗,又闯祸了。"

奶奶的反应符合生活常理,作者没有让奶奶有机会欣赏孩子劳作中的"创造",在一定程度上削弱了前面营造的游戏氛围。从中可以看出,作者虽然写出了儿童行为的有趣,但在整体立意上却没有基于儿童立场去展现孩子行为的内在价值,儿童在家务劳作中表现出的游戏精神,还是过多地受到现实逻辑的制约。这种现象在幼儿故事中并不鲜见,文本赏析时需予以注意。

[赏析思路点拨]

(1)梳理故事轨迹:拖地板是常见的家务劳动(故事发生的背景)——孩子因体力有限,只好给拖把"喂水"(孩子的独特行为给情节发展注入动力)——孩子把家务劳作演变为一场玩水游戏(孩子的行为溢出生活常规,彰显了游戏精神)——奶奶回家后祖孙对话(从游戏回归生活常态)

(2)发现内在矛盾:游戏给儿童带来快乐,以至于忘却了劳作的辛苦(儿童遵循的快乐原则)——当快乐的"游戏"回归生活常态,孩子担心因"闯祸"而挨骂(儿童必须遵循成人主导的现实功利原则)——"游戏"的快乐与"闯祸"的担忧,构成一对矛盾(折射出作家的童年观)

如果说《晓晓拖地板》是在结尾处表现出趣味性与童年观的不和谐,在胡木仁的《佳佳的尾巴》中,这种不和谐则贯穿于故事展开的过程。从构思创意和叙写语言上看,这是一篇有特色的故事,故事以佳佳身上长出的各种"尾巴"为线索,把孩子因各样不小心或不在意而导致的窘态表现得十分生动:

佳佳有好多尾巴。

穿鞋子,鞋带儿没系牢。鞋子上,长出了一条长长的尾巴⋯⋯

佳佳在路上跑,尾巴绊住小石子,小石子滚起来,追着佳佳。

佳佳望了望小石子:"你为什么追我?"

拓展学习 6-3-2　赏析一个故事的两种结尾,理解故事中的儿童观骨碌,骨碌,小石子好像在说:"你的尾巴! 你的尾巴!"

佳佳低头一看,不好意思地蹲下身子,系牢了鞋带……

咯噔,咯噔,佳佳在路上跑,小石子眨着亮晶晶的眼睛。

接着,佳佳因裤带没系好,腰上长出了尾巴,捉蝴蝶时,树枝挂住了尾巴,让蝴蝶飞走了;佳佳吃饼干,饼干屑掉落,在身后长出了一条香喷喷的尾巴,让一群小鸡跟着,香尾巴又变成了鸡尾巴。最后,佳佳改掉了生活中的小毛病,各种尾巴都消失了。

"尾巴"是营造故事趣味的关键点,佳佳长出的每一根尾巴都合乎孩子的生活习性,作者并没有客观地描述掉鞋带、掉裤带、掉饼干屑这些习常的现象,而是让孩子和自己的"尾巴"展开心理层面的无声对话,赋予"尾巴"一定的拟人色彩,让一根根"尾巴"活了起来。故事没有对孩子的缺点直接提出批评,这远比那些批评性主题过于直露的作品来得高明,但一连串富有趣味的细节中,始终透露着对孩子行为的否定,折射出作家的成人本位立场。

> **讨论**
>
> 联系第一章第二节之二"文学性:探寻审美与教化的关系"相关内容,谈谈幼儿生活故事应当怎样做到"教化之美"。

从生活本领习得的角度看,通过故事帮助孩子改掉缺点是有必要的,但以牺牲作品的审美品位为代价却有点得不偿失。这个故事可以有另一种走向:孩子在不知不觉中长出了各式各样的"尾巴",孩子与"尾巴"展开有声或无声的对话,有时与"尾巴"和谐相处,有时也难免发生摩擦,有时甚至发生激烈冲突。随着儿童的自然成长,最终和"尾巴"道别,离别之后的某一时刻,曾经给孩子带来快乐和烦恼的"尾巴",或许还会以另一种姿态重新返回孩子的心中,成为他们一份宝贵的童年记忆。这样的构思保留了原有的故事趣味,把孩子的缺点视为成长过程的自然现象,而非必须立刻加以纠正的不良行为,让生命的自然成长为儿童走向成熟提供内在动力。对小读者来说,他们可以在体验"尾巴"带来的种种乐趣的同时,些许领悟到该如何对待自己身后的那一根根"尾巴"。

〔赏析思路点拨〕

(1)梳理故事轨迹:佳佳长出各种"尾巴"(儿童成长不足的表现)——"尾巴"不断给佳佳造成麻烦(外在力量"惩罚"佳佳的缺点)——佳佳不断去除自己的"尾巴",最终让"尾巴"消失(外力推动下的成长)

(2)发现内在矛盾:佳佳的"尾巴"是故事的负面元素——作者关于"尾巴"的描写生动有趣——生动有趣的"尾巴"与孩子去除"尾巴"的行为,两者如影随形,贯穿故事全程(存在不和谐)——寻找解决矛盾的可能途径(让内在成长替代外力推动)

【教学实践】幼儿生活故事教学例析

> **拓展学习 6-3-3**
>
> 《重要电话》朗读分析

幼儿生活故事与幼儿生活直接相关,发掘故事主题的教育意义,使其对孩子的品行养成发挥引导作用,这是教学活动设计的常见思路。同时,还应当引导幼儿欣赏故事本身的趣味,让教学活动既有教育性又有文学味。以下介绍以《重要电话》(作者:阿列克辛)为材料的文学活动案例。

选择文本的理由

1. 故事表现女孩克服害怕心理的过程,与幼儿生活经验相吻合。

2. 故事情节简单又不乏小小的波折,有助于提升"听赏"乐趣。

3. 便于设计延伸活动,加深幼儿对故事内涵的理解。

活动设计方案　　　　　　　　　　　　　　　　　　(设计者:马剑宁、金小梅等)

朗读音频
6-3-1

《重要电话》

活动一

1. 引起幼儿听故事的兴趣。告诉幼儿:今天要听一个小女孩的故事,故事的题目叫"重要电话"。教师有表情地讲述故事。

2. 邀请一位幼儿扮演故事中的女孩卡秋莎(可预先安排小朋友排练),老师扮演妈妈,把故事表演出来。鼓励幼儿用动作、表情表现"害怕""高兴"等情绪。

3. 请幼儿谈谈观看表演的看法。在表演中看到了什么? 妈妈向女孩交代了什么任务? 女孩是怎么完成的? 那个重要的电话是什么? 女孩是怎么度过这一夜的?

活动二

1. 和幼儿一起回忆故事情节,让幼儿进一步体会卡秋莎由害怕到勇敢的过程。

2. 引导幼儿谈谈"如果我是卡秋莎将会如何度过这个夜晚"(在幼儿集中讨论后,让幼儿自由发言)。

3. 鼓励幼儿将自己战胜害怕的办法画下来,组成一幅简单的情节画。

4. 让幼儿拿着自己的绘画找上同伴,讲讲自己的办法。[①]

◆ **案例分析**

一个故事安排了两个活动,说明这个故事的内容有一定深度,内涵比较丰富,适合在大班阶段开展。两个活动体现了设计者循序渐进、逐步引导、适当延伸的设计思路。

"活动一"主要是让幼儿熟悉故事内容,通过教师讲述故事、小朋友表演,把幼儿带入故事情境中。这是一个纯文本故事,除了口语讲述和故事表演外,还可配以图片,让幼儿通过"读图"自然地融入故事。选择的图片只要含有夜晚、电话等故事环境元素即可,不一定要出现人物形象,一则,要找到与故事完全匹配的图片较难;二则,不出现人物更有利于幼儿想象人物的具体形象。

看完表演后教师提出几个问题,是为了让幼儿回顾故事情节,幼儿回答这些问题,既是一种语言能力训练,又能巩固对故事内容的记忆,为后面的活动奠定基础。这一环节也是师幼互动的重要机会,幼儿的回答可能会超出教师事先预设的答案,甚至出现"跑题"的情况,例如,"她胆子很小,我就不会害怕。""有一次我用妈妈的手机打给陌生人了。""我听到爸爸手机响,可是他不让我接。"这些回答是幼儿对自己生活经验的联想。教师应当以合适的方式,把话题引回到故事中来,例如,可以告诉幼儿:"哦,你把电话打给陌生人了。你看看故事里的卡秋莎,在等那个重要电话时,还接到了一个陌生人的电话,如果你是卡秋莎,会对那个陌生人说什么呢?"

"活动二"开始时教师和幼儿再次回顾故事内容,这是开展后续活动不可缺少的环节,方案中提出"让幼儿进一步体会卡秋莎由害怕到勇敢的过程",说明这次回顾故事内容与"活动一"有所不同,不是简单地加深记忆,重点是体会女孩的情绪变化过程。因而,在实施活动过程中,要着重提示幼儿回忆故事中这一变化的关键细节。例如,"卡秋莎听

---

① 参见:周兢.语言·大班[M].南京:南京师范大学出版社,2003:75—77.

到电话铃声时,是怎么去接电话的? 是走过去接? 还是跑过去接? 原来,她是扑过去接。"通过这个细节,幼儿对女孩的紧张、害怕的心理就有了更深的理解。

　　组织幼儿讨论"如果我是卡秋莎将会如何度过这个夜晚",这一话题可以让幼儿对故事有一种代入感,有利于幼儿根据自己的生活经验发挥自由想象,把问题展开。这一讨论也是幼儿自我教育的过程,幼儿可以从故事人物的行为中,汲取走向勇敢的心理动力。延伸环节中,教师让幼儿把自己战胜害怕的办法画下来并与同伴分享,是通过美术活动增强文学活动的效果,体现了幼儿园课程跨领域的特点。幼儿与同伴分享画作的过程,会有很多的语言交流,实际上也是一种语言活动。

研 习 任 务

幼儿生活故事理解·赏析·应用

[任务一　文学理解] 理解幼儿生活故事趣味与主题的关系

　　"有趣的情节＋教训式主题"曾经是幼儿生活故事一种常见模式,通过查阅近期出版的幼儿读物、期刊,或浏览相关数字媒体,看看是否还有此类"糖衣药片"式的作品,谈一谈(1)你认为幼儿生活故事该如何表现幼儿的缺点;(2)直露的教训式主题对小读者将产生怎样的影响。

[任务二　文本赏析] 分析幼儿生活故事反映的作者童年观

　　任何故事都或隐或显地反映着作者的童年观,拓展阅读范围,选择 1—2 篇幼儿生活故事,(1)赏析故事的细节描写,谈谈这些细节表现了幼儿怎样的内心世界;(2)你认为故事反映了作者怎样的童年观。

[任务三　教育应用] 了解幼儿生活故事在幼儿园的应用情况

　　与童话相比,幼儿生活故事在幼儿园文学活动中占比不高,(1)查阅当地使用的幼儿园教师用书,找出其中的幼儿生活故事教学案例,看看编者是怎样设计活动方案的;(2)利用见习的机会,向幼儿园老师了解幼儿生活故事在文学活动中的应用情况,并做好记录。

◆ 第七章　幼儿散文 ◆

学习目标

知识目标：
1. 了解幼儿散文的基本概念、发展概况、类型划分等基础知识。
2. 掌握幼儿散文的文体知识，结合文本理解其艺术特征。

能力目标：
1. 掌握赏析幼儿散文的基本方法，能够结合个人理解赏析文本。
2. 了解幼儿散文在幼儿园教学中的应用情况，尝试参与教学实践。

素养目标：
1. 对汉语书写的幼儿散文的语体美感特征有较为深入的理解。
2. 能较好地处理幼儿散文的审美价值与教育功能之间的关系。

新课导入

以下是散文家郭风讲述自己从事儿童散文创作的经历：

　　我读了《金色的草地》《森林报》等，这些书籍触动了我。因此，我除了写些儿童诗（如《火柴盒的火车》等）外，开始以主要的业余时间和精力，给孩子们写些短小的散文。这些短小散文主要描写山区的动物、植物的生活故事，其中也包括写些童年的回忆，比如坐船到农村亲戚家里去时，看见一只翠鸟搭在船头的印象……稍稍用一点抒情笔调，构思时想给孩子们描绘一点画意。

　　《蒲公英和虹》中的《牵牛花》等作，有一点童话的"韵致"。……我忽地异想天开，想作"新品种"的"实验"性创作：发表于《诗刊》一九七九年六月号上的《红菇的旅行》等，可能是这方面的"实验"的最初"产品"。我想把自由体诗、散文诗和童话糅合在一起，为孩子们写点新的东西。[①]

——郭风

1. 阅读郭风的幼儿散文作品，体验其中的抒情韵味和童话情境。
2. 在学习中结合具体作品思考幼儿散文对幼儿语言发展的意义。

---

① 郭风.回忆和想法[C].//我和儿童文学.上海：少年儿童出版社，1980：226—227.

第一节　幼儿散文概说

一、幼儿散文概念及作用

在现代文学系统中,散文是与诗歌、小说、戏剧并列的文体,相较而言,散文的题材更为广泛,表达方式也更加自由多样。中国具有悠久的散文传统,历代留下了大量抒怀明志、寄情山水的名篇佳作,现代散文发端于"五四"时期,是新文学运动最早取得创作实绩的文体。儿童散文是从现代散文中逐渐分化出来的,冰心的《寄小读者》以书信体形式和谈话风叙写方式,开创了儿童散文的先河。早期作家的童年书写,大多出于对童心美好的想象,将个人情思寄托于纯真的儿童世界,尚不具备自觉的儿童文学意识。

印度的泰戈尔、俄罗斯的普里什文、法国的法布尔等,这些作家的一些作品译成中文后,也被命名为儿童散文,但在其他国家的儿童文学知识谱系中,并没有把儿童散文作为一种独立的文体。中国则有一个自觉为儿童创作散文的作家群体,儿童文学教科书通常也会专门讨论儿童散文。

幼儿散文是从儿童散文中进一步细分出来的,随着儿童文学的年龄层次性成为一种共识,有的作家开始以幼儿为读者对象创作散文,幼儿散文逐渐成为一种具有自主审美特征的文体。有些散文虽然不是专门为幼儿创作,但因其适合于幼儿的文学接受,也可归为幼儿散文,幼儿散文多为具有诗意美感的精短散文。

拓展学习
7-1-1

了解幼儿散文发展概况

在很长一个时期内,童话、故事、儿歌是幼儿园文学教育的"老三样",20世纪80年代,幼儿园文学活动才开始关注散文。幼儿散文的抒情韵味、意境美感,对培育幼儿的文学审美素养发挥着独特作用。幼儿散文以富于美感的画面表现自然风貌、生活景象,使幼儿有机会在诗意氛围中体验世界的美好。幼儿散文的语言浅而有味,注重语词的润色、修辞的运用,有助于幼儿通过"听赏"感受汉语的优美。

二、幼儿散文的类型

抒情散文和叙事散文是散文中最为典型的两个类别,幼儿散文也不例外。不论是抒情散文还是叙事散文,其内容都具有纪实性特点。

（一）抒情散文

抒情散文是注重抒发作者主观情感的散文,它借助人、事、景、物寄托作者的情思。幼儿抒情散文抒发的情感,包含了成人对幼小生命的关爱、对儿童精神气质的欣赏,作家通过富有诗意的散文画面,向幼儿读者呈现自然之美、生活之美。借景抒情、融情于景是抒情散文常见的抒情方式,除了自然景物,人、事、物也可经过作者的审美想象,成为带有情感色彩的"景"。幼儿抒情散文具有浓郁的诗情画意,语言叙述也带有抒情意味。有人把写景散文列为幼儿散文的一个类别,实际上,散文描写景物几乎没有不带上情感色彩的,因而也可归入抒情散文。

（二）叙事散文

叙事散文是以写人记事为主的散文,它对人物和事件的描写、叙述较为完整,情节性较强,叙事散文的内容大都源于作者真实的经历或观察,叙事过程流露着作者带有诗意色彩的体验与感受,语言表达也带有一定的抒情性。任大霖的《我的朋友容容》、望安的《"摇钱树"》、屠再华的《快乐的端午节》等,属于典型的幼儿叙事散文。幼儿叙事散文与抒情散文之间存在模糊地带,例如望安的《小太阳》,描述的是祖孙间温馨的交谈画面,可以看作叙事散文,但对话内容充满了抒情意味,因而将其视为抒情散文也是合理的。

　　一些篇幅较短的幼儿散文,仅选取一个有意味感的生活片段加以描绘,画面细节富有诗意美感,其中虽包含一定的故事元素,但没有形成完整的情节架构,这样的篇章也可归为抒情散文。

第二节　幼儿散文的艺术特征

一、诗意凝练

　　"诗意"并不是一个严格的概念,《现代汉语词典》(第七版)对"诗意"作了带有比喻性质的释义:"像诗里表达的那样给人以美感的意境。"这个释义符合人们对"诗意"的心理体认,当某一情景、某种表达被形容为富有诗意时,人们心中自然会产生美好的情感反应。散文的诗意可以理解为作者在追求一种诗的美感,注重主观情感与客观物象的融合,体现出较为鲜明的抒情性,语言表达具有一定的节律感。诗歌的某些美学特点被散文所吸纳,就构成了散文的诗意之美。

　　优秀的幼儿散文会以幼儿最为熟知、最感亲切的方式传达诗意。赋予自然景象以浓郁的情感色彩,是幼儿散文常见的书写方式,在这样的篇章里,自然景象不仅可供观赏,还可以与之进行情感交流。郭风的《牵牛花》就体现了这样的诗意美感:

　　为什么叫它牵牛花呢?它的花朵,不是开放得像喇叭吗?

　　啊,可爱的牵牛花。迎着清晨第一道阳光,你把自己的喇叭拿出来——你的喇叭是浅蓝色的——吹起了起床号,让田野里各种花草听见了,都赶快起床。

　　于是,田野里的稻禾在微风中轻轻地摇摆着身腰,河边的菖蒲用绿叶浸湿了露水来洗擦自己的手臂,野蔷薇也张开了花瓣,过了不久,池塘里的睡莲也放开了雪白的花冠。

朗读音频
7-2-1

《牵牛花》

　　牵牛花是田野中寻常的植物,在郭风笔下成了一众花草的主角,整个田野的勃勃生机仿佛都是由牵牛花唤起的,这是作家主观情感投射所产生的审美效果,牵牛花特有的喇叭状造型也为作家的寄情提供了条件:在作家的想象里,正是牵牛花吹响了起床号,才有了稻禾、菖蒲、野蔷薇、睡莲苏醒时的多姿形态,这样的想象也符合幼儿的生活经验和情感体验。在叙述语气上,就像是面对心爱的朋友娓娓絮语。反问句式和第二人称的运用也增强了散文的抒情意味。

　　我们再来看看吴珹的《萤火虫》如何将主观情感融入自然界小精灵身上,勾画出情景交融的画面:

　　黄昏,云朵遮住了月亮。

　　地上的热气,还在蒸发,天气仍然那么热。

　　我们都摇着蒲扇,到院子里乘凉去了。可是,他还提着小灯笼,在草地上飞呀飞。

　　——是给迷路的小蚂蚁带路呢,还是去为上夜班的纺织娘照明?……

飞呀,飞呀,从草叶上飞过,从大树下飞过,他不怕热,也不辞辛苦。

照呀,照呀,他的小灯笼,像童话里的星星,一闪一闪,那么迷人!

作家把夏夜里的萤火虫看作一个个不知辛劳的小精灵。它们闪烁的身子是为了给迷路的小蚂蚁带路,还是为上夜班的纺织娘照明,两句反问式的表述再加上一个省略号,抒发了对萤火虫的美好情感,"飞呀,飞呀,……""照呀,照呀,……"的表述形成一定的节律感,增强了散文的抒情色彩。这篇散文写于20世纪80年代,文中描绘的摇着蒲扇乘凉的情景,为今天习惯在空调房里避暑的孩子提供了另一种文学体验。

亲子关系也是幼儿散文营造诗意氛围的重要题材,亲子之情是世间最为纯净柔绵的情感,与散文诗意之间有着天然的契合性。刘半农的《雨》是"五四"新文学以亲子情感为抒写对象的散文精品,虽历经百年,依然有着打动人心的力量。

妈!我今天要睡了——要靠着我的妈早些睡了。听!后面草地上,更没有半点声音;是我的小朋友们,都靠着他们的妈早些去睡了。

听!后面草地上,更没有半点声音;只是墨也似的黑!只是墨也似的黑!怕啊!野狗野猫在远远地叫,可不要来啊!只是那叮叮咚咚的雨,为什么还在那里叮叮咚咚的响?

妈!我要睡了!那不怕野狗野猫的雨,还在墨黑的草地上,叮叮咚咚的响。它为什么不回去呢?它为什么不靠着它的妈,早些睡呢?

妈!你为什么笑?你说它没有家么?——昨天不下雨的时候,草地上全是月光,它到哪里去了呢?你说它没有妈么?——不是你前天说,天上的黑云,便是它的妈么?

妈!我要睡了!你就关上了窗,不要让雨来打湿我们的床。你就把我的小雨衣借给雨,不要让雨打湿了雨的衣裳。

> **讨论**
>
> 联系第二章第一节"幼儿文学的多元价值"相关内容,谈谈幼儿散文的诗意美感对幼儿语言发展的意义。

睡前时光的母子交流充满了温馨气息,朦胧的睡意和叮咚作响的雨声相互应和,激发出孩子旺盛而奇特的想象。他把雨当成和自己一样的孩子,担心远处的野狗野猫会把雨吓着。当妈妈对孩子天真的想法报以微笑时,孩子的想象更加恣意飞扬,他坚信雨也有自己的家,在即将遁入梦乡之际,特意交代妈妈把自己的小雨衣借给雨,让雨别打湿了雨的衣裳。散文赋予自然现象以灵性,也表达了年幼孩子对母亲的依恋之情、对天地万物的美好善意。创作于1920年的《雨》,最初收录于作者的个人诗集《扬鞭集》(1926年)中,《中国新文学大系》(1935年)也将其收录在诗集里。在儿童文学领域,通常把它当作一篇散文。从语言表达的特点看,将《雨》划归诗歌或散文都有其合理性,这也从一个侧面反映了幼儿散文的诗意特点。

二、画面刻画

散文往往通过对自然景象、生活事件的描绘,将读者带入某种特定的情境之中,让读者体验蕴含其中的思想、情感和趣味。幼儿散文中的自然景象和生活事件一般都不太复杂,往往呈现为一个或数个具有诗意美感的画面。上文讨论的《牵牛花》《萤火虫》呈现的是自然景象画面,《雨》呈现的是儿童生活画面。

儿童与自然之间有着亲密的关系,除了把自然作为描述对象外,作家还可以将孩子的形象融入自然之中,如张绍军的《蝴蝶》:

公园里的花儿开得正艳。在花丛的四周,围着一圈篱笆,管公园的爷爷说啦,看花的人都站在篱笆外面看。

哪儿来的一群蝴蝶,也要看花。可她们不听爷爷的话,一直闯进花丛,扑向花瓣,篱笆拦也拦不住! 还在花丛里打打闹闹的,真是!

只有两只蝴蝶,悄悄地倚在篱笆外面。她们在篱笆外面看花呢。他们是一对爱花的小蝴蝶。

不,她们是一对爱花的小女孩。

不不,她们是一对爱花小女孩头上的蝴蝶结呀!

作者的用意是赞扬两位遵守观花规则的孩子,但并没有描写人物的具体形象,而是通过蝴蝶结这一色彩凸显的意象,让女孩也成了自然美景的一部分,篇章最后对蝴蝶结的镜头式描写,使散文的画面诗意与内涵意义得以升华。

刻画幼儿生活画面,需要敏锐捕捉最能体现幼儿精神特点的言行细节,班马的《大皮靴》通过鞋子这一物品,表现了一个男孩渴望长大的愿望。

我埋怨我那双小皮鞋,为什么就发不出那种一走路,就嘎吱、嘎吱的响声?

我多想有一双真正的大皮靴!

嘿,嘎吱、嘎吱的——

踩在荒原的白雪上,

踩在林中小屋的木头地板上,

踩在花的草原上……

我常偷偷套上爸爸的那双长筒雨靴,在太阳底下走来走去。可惜,他不是嘎吱、嘎吱的,而是扑通、扑通的。

这篇散文仿佛就是男孩的自言自语,画面中的男孩发了一通十分特别的抱怨——得不到一双能够发出嘎吱、嘎吱响声的皮靴。这样的抱怨只会发生在孩子身上,在显得有点幼稚的抱怨背后,隐藏在一颗渴望长大的心。散文画面十分单纯,最凸显的细节是想象中的皮靴嘎吱声与真实雨靴扑通声之间的反差,这既是物理性质的反差,更是心理层面的情绪反差。

在《雨》《大皮靴》中,散文的画面只是生活的一个简短片段,有的散文画面则表现出较为明显的时间延展性,具有一定的情节性特征,如吴然的《我的小马》。这篇散文是由几个画面连缀而成,首先交代"我"有一匹叫丹丹的小马,是家中的枣红马生的,接着描绘冬天里枣红马怎样用自己的身子为丹丹抵御来自雪山的风寒,接着描绘春天来了,万物复苏,小马丹丹也显露出生命的活力,妈妈鼓励它向前奔跑。

……

丹丹怯生生地离开妈妈,用前吻轻轻地嗅触嫩草和野花。突然,一朵粉白小花飞了起来,吓它一跳。原来是一只蝴蝶。接着又飞来几只黄蝴蝶和花蝴蝶。它们围着丹丹忽上忽下,忽前忽后,忽左忽右地飞舞着,丹丹高兴极了。

夏天还没过完,丹丹就长大了许多。你看它,通身像暗红缎子一样光滑、柔软、发亮;一双眼睛宝石般清澈、明净、美丽,简直是马族中的小王子啊!

丹丹成了我的好朋友,也是苏朗、木嘎、山梅的好朋友。放了学,我们就和丹丹在草滩上玩耍。

我们喜欢打扮丹丹。

采来野花,编成花冠,我们给丹丹戴在头上。还把一些花串披挂在它的脖子上,拴系在它的尾巴上。我们把它牵到溪边。它从溪水里看着自己的影子,故意撒娇,挤眉弄眼,傻乎乎地摇晃脑袋,逗得我们哈哈大笑。呵,当丹丹驮着我们的书包,在晚霞里走回家的时候,别提我们有多快乐了!

小马不同季节的生活情形,以及"我"和小伙伴们与小马快乐相处的景象,这些画面共同构

朗读音频
7-2-2

《大皮靴》

成了一个充满诗情画意的故事。散文虽有一定的故事性,但与典型的生活故事仍有明显的区别,散文注重的不是情节的起伏变化,更多着力于画面诗意色彩的营造,画面中马和人的活动映衬在花香草绿、清溪潺潺的环境中,孩子们的玩耍也富有美感,他们用花环打扮小马,让小马在溪水中看自己的倒影,最后让小马驮着他们的书包,踏着晚霞回家。

叙事散文是散文的一个分支,虽兼有故事的某些特点,但作为散文依然有着其自身的鲜明特征。一般故事中的环境、人物、事件保留着较多生活的原生形象,散文中的生活景象经过作家想象的"提纯",其中的人、事、物往往比真实的生活来得更为纯净,带上更加丰富的色彩,散文的诗意也就由此而生。

三、趣味表现

意境之美与幼儿审美心理之间尚存一定的距离,幼儿天然喜爱与他们生活经验密切相关、充满趣味的文学,因而,幼儿散文在抒情表意中融入能激发幼儿审美兴趣的趣味要素,就显得十分重要。"情趣"是人们描述散文趣味性的常用语,"情趣"的一般含义是"情调趣味",散文的情趣是情感与趣味交融所产生的审美效应,在幼儿散文中,可以把情趣理解为带有诗意色彩、体现儿童心性的趣味,如,金波的《尖尖的草帽》:

下过一阵雨后,太阳又出来了。

我看见一只蜻蜓在阳光里飞翔。它的翅膀亮得像镀上了一层金子。

我眯着眼睛看着它飞来飞去。

它一点也不怕我。它追着我飞。我好像还听到了它扇动翅膀的声音。

我猜想,它一定是要落在我的草帽上;它一定是把我的草帽当成了一间小草房尖尖的屋顶吧!

我停住。我在草帽下微笑着。我等待着它落在我尖尖的草帽上。

唉!可惜它飞走了。

我又想:它一定是没有看见我的微笑,要不然,它准会飞回来,落在我尖尖的小草帽上。

散文呈现了孩子与蜻蜓嬉戏的画面,孩子细细地体察着雨后飞翔中的蜻蜓:翅膀亮得像镀着一层金子,"我"仿佛能听到翅膀扇动的声音,这么可爱的小精灵还追着"我"飞。这一切给孩子带来了游戏般的乐趣,他最希望蜻蜓能够栖落在自己草帽的尖顶上,当这一愿望落空时,他得出了这样的结论:"它一定是没有看见我的微笑。"孩子希望以微笑吸引蜻蜓,而蜻蜓恰恰没有看见,飞走了。正是这个充满主观臆想的念头,给散文带来了浓郁的童趣意味。

稚趣是幼儿散文所特有的,是从年幼生命的言行中透露出来的一种天真、稚嫩的审美趣味,它会催生成人的怜爱之心,也易于获得孩子的情感认同。广义上说,稚趣也是一种情趣,只不过它更强调年幼孩子精神世界里那种独特的拙朴气质。

以刘丙钧的《老爷爷的胡子》为例,散文展现了一个爱听故事的孩子对一位讲故事老爷爷的天真遐想:

……

哥哥说,老爷爷的故事是藏在肚子里的。我的肚子里怎么没有故事呢?姐姐说,老爷爷的故事是装在脑袋里的。我的脑袋里怎么没有故事呢?

不,老爷爷的故事一定藏在长长的白胡子里,像小鸟藏在树林里,像贝壳藏在大海里。要不,老爷爷讲故事的时候,怎么总是用一只手慢慢地捋着长长的白胡子呢?

不知为什么,老爷爷刮掉了长胡子。大人们都说老爷爷年轻了。可老爷爷好久没有讲故事了。老爷爷的故事和长胡子一块儿刮掉了吗?我去问老爷爷。老爷爷正在用一支毛笔慢慢地写呀写着什么,老爷爷要写一本书,老爷爷要把他的故事告诉更多的孩子们。

老爷爷的毛笔是用胡子做的吗?

喜欢听故事是孩子的天性,他把对故事的喜好投射到一位老爷爷的白胡子上,创造出属于自己的故事,这个故事没有完整的情节,是通过一连串天马行空的想象,把爷爷白胡子的特殊功能叙说得活灵活现,着意彰显年幼孩子稚嫩而有趣的精神面貌。文中多处反问句式的运用,体现了散文语言的抒情性特点,与典型的故事叙述语言有较大不同。

总体上说,幼儿散文并不特别追求哲理性的表达,但在幼儿可以理解的情况下,依然可以将某种生活哲理与童年趣味相融合,形成幼儿散文的理趣意味。王野的《盆罐的耳朵》在一个简单的生活画面里,自然地表现了属于孩子的理趣之美:

妈妈和我说悄悄话。

我说,别说了,让人听见!

谁呢?你瞧,那盆和罐,不都长着耳朵吗?让它们听去,装进肚子里,不也能传走吗?

妈妈笑了。它们是有耳朵的,可是没有长心啊!

妈妈微笑着,是笑孩子的傻气呢,还是笑孩子的聪明?

孩子和妈妈说悄悄话,是亲子交流的习以为常的现象,既是悄悄话,最担心的就是被人偷听,散文最具创意的构思,就在于把偷听者指向了没有生命的盆和罐,并通过孩子道出一个看似无厘头的理由:"因为它们都长着耳朵。"妈妈的回答让散文升华出理趣的意味:"它们是有耳

> **讨论**
> 联系第二章第二节"幼儿文学的美学特征"相关内容,谈谈对幼儿散文趣味的理解。

朵的,可是没有长心啊!"妈妈的话富含哲理:听懂别人的话靠的不仅是耳朵,更要靠人的心。幼儿读者可能未必能够完全理解其中的哲理意涵,但亲子间带着智慧的言说,足以给孩子带来美好的文学审美体验。表现理趣美感的幼儿散文并不多见,像《盆罐的耳朵》这样的篇章尤为值得珍视。

四、幻想情境

一般散文的内容都具有纪实性的特点,散文所叙写的大都基于作者对生活的真实观察和体验,有的则是作者的亲身经历。散文作者可以对真人真事进行细节上的有限虚构,这种虚构的尺度如果过大,散文就不成其为散文,而变成小说或故事了。一方面,幼儿散文在表现童年生活时,同样也遵循纪实性的原则,另一方面,幼儿散文获得了突破纪实边界的"特权",可以把幻想引入散文领地,这就是童话散文,它是幼儿散文独有的文体类型。郭风的《初次的拜访》写于1946年,是童话散文早期的探索之作:

蒲公英和紫罗兰们,

——一群花的小孩子,同一群土蜂一起来拜访野菊的小屋。

(野菊的小屋便盖在一座石桥旁的一丛青草间……)

那小主人

——小野菊,穿着一件绿色的短衫和围着一条绿色的小短裙,

站在门口,和大家握手;便邀请大家走到屋内来;

——这时,客人们有的坐在窗口下,有的坐在小野菊的小书桌边,有的坐在一只小摇篮边,那摇篮里睡着一个小泥人,它是小野菊的小玩具……

随着,土蜂们开始合唱一支歌;

随着,蒲公英、紫罗兰们各从他们随身带的小书袋里拿出一本小书,各人轮流朗读一首童谣。

　　蒲公英、紫罗兰、土蜂、小野菊构成的拟人角色群体,在花草筑成的小屋里相聚,他们的所作所为与孩子无异——招呼客人、合唱歌曲、朗读童谣。拟人童话的元素在此一应俱全,作为散文,凸显的不是一般童话的奇异情节,而是富有儿童生活特征的精致细节。从语言表达上看,不论是语句的分行还是标点符号的使用,作者有意构造一种类似于诗歌的篇章形式,这是郭风给中国幼儿文学留下的艺术珍品。童话散文在一代又一代作家的努力下,成为散文大家庭一个别致而优美的成员。

　　在童话散文里,拟人化角色展现着人的思想情感、言行举止,幻想性得到了充分的体现,但这并不是幻想介入散文的唯一方式,有的幼儿散文的幻想性就显得不那么张扬,体现为叙说者把无生命之物想象成具有与人类相通的生命特征,如,潘仲龄的《会找孩子的太阳妈妈》:

　　太阳是个会找人的妈妈。

　　爱玩耍的雨水孩子,从天上哗哗地跑下来了,落在山上,落在田里,落在路上,落在小河里……它们就不想回去了。为什么要回去呢? 天上太寂寞了,谁都不愿再去过那种冷冷清清的生活。于是,它们就沿着大山这个滑梯,沿着小溪这个滑梯,沿着大路、小路这个滑梯,钻进泥土里,钻进庄稼地里,钻进树林里,把头蒙起来了,把身子藏起来了。跳进小河里,让哗哗的河水把它们送到了远方。

　　可是,会找孩子的太阳妈妈,每次一大早就从天上找下来了。

　　你瞧,她伸出了那么多长长的手,伸到地上每一个地方,把躲藏在每一处的雨水孩子,一个一个找回了家。

　　雨水在阳光照耀下蒸发,作者把这一自然现象想象成一个带有童话色彩的画面。太阳妈妈、雨水孩子、滑梯、钻进、躲藏,这些词语描述下的阳光和雨水具有了拟人化的特点,但文中的太阳和雨水并没有言语上的交流,发生在它们身上的事更接近于真实的自然现象。

　　有的作家根据物件的某些特点,想象虚拟出物件的"言语",从而使散文带上一定的幻想色彩。屠再华的《奶奶的竹椅会说话》就体现了这一特点:

　　吱吱嘎! 吱吱嘎!

　　奶奶坐的竹椅会说话。

　　我说:"奶奶! 奶奶! 我一句话也听不懂。"

　　奶奶说:"吱吱嘎! 吱吱嘎! 竹椅说的不是普通话,说的是一口家乡话。"

　　我说:"吱吱嘎! 吱吱嘎! 它在说什么?"

　　奶奶说:"吱吱嘎! 吱吱嘎! 它说,我的家在山上,小时候叫毛笋,长大了,叫毛竹。是竹匠爷爷把我做成竹椅的!"

拓展学习
7-2-2

进一步理解
幼儿散文幻
想情境的营
造手法

　　这篇散文通过人物对话来营造情趣意味,对话的双方是祖孙二人,作者抓住了竹椅发出嘎吱声这一细节,展开了趣味盎然的想象,嘎吱声被奶奶"翻译"成逗乐孙女的语言,祖孙两人的一问一答并非真正的疑问与解答,而是一种营造趣味氛围的手段。奶奶最后给出的答案不但合乎情理,还顺带道出了竹子生长和竹椅制作的过程,幼儿文学的认知性在散文中得到了十分自然的体现。

　　以上我们从四个方面讨论了幼儿散文的艺术特征,诗意美感是幼儿散文最为核心的艺术特质。把散文写得富有诗情画意曾经是散文作家普遍的艺术追求。近年来,一般散文的艺术不断走向多元化,幽默风格、智性书写拓展出散文新的艺术空间,成人散文对世态人情的表现,对人性本真的发掘,在深度和广度上都超越了传统的抒情散文。但在幼儿散文中,诗意依然是最为基本的美学品格,诗意美感与年幼儿童的审美心理之间有着难以割舍的关系。幼儿散文的诗意需要与体现儿童心性的趣味相融合,并在由各种形象化细节构成的画面中得以具体呈现,画面为诗意和趣味提供了艺术承载空间。幻想情境则是幼儿散文特有的艺术特征,以散文的书写方式表现童话内容,或将幻想元素植入散文画面之中,在散文的纪实叙写之外,拓展出另一片独特的艺术天地。

第三节　幼儿散文赏析导引

一、幼儿散文赏析路径

(一)阅读·品读

　　幼儿散文虽以幼儿为对象,但最先的读者却是成人。成人阅读一般散文,大多是因为喜欢散文这一文体的叙事、抒怀方式,以及散文叙说的人间情态、万物事理。成人阅读幼儿散文,更多是出于职业或身份的责任需要,作为教师或父母,认为散文对幼儿成长有所助益,因而成为幼儿散文的读者。成人的"读"是为了"选",选择那些在他们看来优秀的、适合幼儿接受的散文文本。要选得好,就应当读得细,读得深。与一般散文相比,幼儿散文承载的生活容量相对有限,表现的思想情感也相对较为浅显,容易给人一看就懂、无需深究的感觉。成人凭借自己的阅读理解能力,可以对幼儿散文的品质作出直觉判断。幼儿散文看似浅显的表象,有时会使人忽视对它的特殊性作深入的思考。学前教师不能满足于直觉判断,应结合相关文体知识,对散文文本进行专业性的解读。

　　带着深入理解文本内涵、仔细品鉴文本艺术特色的心态展开阅读,我们可以称之为"品读",它带来的收获远大于一览而过的阅读。"品读"是一种尤其适合散文的阅读方式,散文的情感、趣味具有内蕴的特点,需要经过反复的细读、品评才能领会其中的精华要义。

　　以郭风的《牵牛花》为例,散文的诗情画意表现得十分明显,如果停留于一般性的阅读,会很快得出"描写优美""画面纯净""富有趣味"的直观印象,除此之外似乎就没有什么可深究的了。我们不妨作这样的追问:在春天的原野里,作者为什么选择牵牛花作为描写对象?与文中的蔷薇、睡莲相比,牵牛花并不比它们更美丽,为什么在作家笔下它成了春天百花园的中心?万物复苏似乎都是它的功劳。其实,作家这么写是借助了牵牛花喇叭样的形状,把它想象成吹起床号的号角。人们描写春天会常常从色彩入手,而郭风另辟蹊径,让牵牛花吹响起床号唤醒各样花草,花草起床的模样,使整个画面充满了动感。经过这番细品,我们对《牵牛花》何以给人带来美感,以及这种美感有何特别之处,就有了更深的理解。对看似平常的现象,发出不寻常的追问,在看似和谐的文本中发现"矛盾",并对"矛盾"作出合理的解释,这是深度品读文本的一种思路。

(二)美文·美听

　　"听赏"是幼儿接受文学的基本方式。"听赏"对幼儿散文有着特殊的价值,散文的美感尤其依赖有声语言的传递。要把意境优美、富含诗意的幼儿散文以有声语言传递给幼儿,就需要成人读者在阅读的基础上,首先进入自我"听赏"的状态。也就是说,成人读者不但要在文字层面

拓展学习
7-3-1

阅读郑伟《幼儿散文的文体美学》

上品鉴散文的美感,也要通过有声念诵的方式,去体验散文语音层面的美感,去发现"美文"的"美听"效应,这样才能把真正优质的散文佳作引入教学活动。

郭风先生曾与一位幼儿教师有过书信往来,这位教师在教学中为四五岁的孩子朗读幼儿散文诗,她给郭风先生的信中介绍了孩子们接受散文诗熏陶后的表现:"一次讲述图片,一个口语表达能力较差的小孩(五岁)竟这样说:'窗外是蓝蓝的天空。金黄的向日葵,向着太阳开放自己的花朵……'在讲到《快乐的春游》时,不少孩子这样开始自己的讲述:'那天,我很早起床,天空是晴朗的……''那天,我起得很早,我看见天空是晴朗的……'"郭风先生写道:"这些简洁、明了、有孩子们自己感受乃至想象的语言,显得天真、朴素的语言,我觉得正是散文诗中所追求的语言。孩子们是富于创造力的,富于想象力的。我们可以通过教学,用各种方法,丰富他们的心理活动,促进他们智力更加发展起来。我想,幼儿散文诗可以在这方面起到良好的作用。"[①]从中可见,教师有声诵读对幼儿的影响,要在教学中让散文产生"美听"的效果,教师自己首先就需要接受散文"美听"的熏陶。

下面我们以楼飞甫的《春雨的色彩》为例,看看诵读者应如何把握散文文本的声韵节奏:

春雨,像春姑娘纺出的线,没完没了地下到地上,沙沙沙,沙沙沙……

一群小鸟在屋檐下躲雨,它们在争论一个有趣的问题:春雨到底是什么颜色的?

小白鸽说:"春雨是无色的。你们伸手接几滴瞧瞧吧。"

小燕子说:"不对,春雨是绿色的。你们瞧!春雨落在草地上,草地绿了!春雨淋在柳树上,柳枝儿绿了……"

小麻雀说:"不不!春雨是红色的。你们瞧!春雨洒在桃树上,桃花红了!春雨滴在杏树上,杏花儿红了……"

小黄莺说:"不对,不对,春雨是黄色的。不是吗?它落在油菜地里,油菜花黄了;它落在蒲公英上,蒲公英的花儿也黄了……"

春雨听了大家的争论,下得更欢了,沙沙沙,沙沙沙……它好像在说:亲爱的小鸟们,你们的话都对,但都没说全面。我本身是无色的,但能给春天的大地带来万紫千红……

以下是一位幼儿园老师对这篇散文节律的理解与解读:

幼儿散文开头和结尾的"沙沙沙,沙沙沙"形成反复,中间几节小鸟们的争论,句式相同,音节整齐匀称,轻重缓急的变化和重复十分明显;小燕子的话重音在"绿"上,小麻雀的话重音在"红"上,小黄莺的话重音在"黄"上。描述春雨的动词,使语言顿歇有致、声调抑扬、韵律和谐,表现出很美的节奏韵律。整篇文章不管是从意境上,还是从语音上都表现得十分清新明丽。春雨洒遍大地的舒缓幽静,小鸟们争论春雨色彩的急切热烈,交错回旋,展现了一个生机盎然的自然世界,也展现了一个意趣盎然的童心世界。[②]

对散文文本的细节进行"美听"效果的分析,可以让我们获得对散文美感的深入认知,是升级版的"品读"。幼儿教师要取得散文教学的良好效果,这样的"品读"功课不可或缺。

二、幼儿散文赏析关键词

散文是一种开放性很强的文体,涉的题材丰富多元,艺术手法的拓展空间十分广阔,所表现的情感、趣味也常显新意,我们在运用相关文体知识赏析幼儿散文时,应充分调动个人的文学审美判断力,对文本细加品鉴,努力发现篇章的独特之处,如果这些发现与教科书的阐释有

---

① 郭风.幼儿散文欣赏(序言)[M].北京:人民教育出版社,1990:1.
② 参见:陈雪芸.PCK 视阈下的幼儿文学语言节奏探析[J].教育导刊(下半月),2017(4).

所不同，那正从某个方面反映了散文文体的开放性特征。当然，开放性并不意味着毫无章法可循，以下从画面分析的角度，为大家提供赏析幼儿散文的方法引导。

赏析关键词　　色彩／声音

幼儿散文的诗意美感、童年趣味、幻想情境大都通过画面加以表现，我们可以从画面的色彩和声音入手，具体分析它们如何塑造散文画面的整体风格，怎样传达散文的内在意涵。

（一）幼儿散文的色彩

幼儿散文的画面具有丰富的色彩，画面色彩的呈现方式多种多样。在人们的印象里，表现色彩需要用上许多形容色彩的词语，以华丽的语句进行描绘，实际的情形并非都是如此。郭风的《牵牛花》并没有用华丽的词语去形容花草的颜色，因为这些景物早已在人们的视觉记忆里留下了色彩印象，作家不必形容，读者的脑海里也会浮现出来。

作家注重的不是对事物本身进行琐碎的色彩描绘，而是选取符合诗意表达需要的色彩意象构成散文画面，不少散文都体现了这一特点。

在张绍军的《蝴蝶》中，公园里的花、女孩头上的蝴蝶结，都是富有色彩的散文意象。刘半农的《雨》以浓黑的夜幕为母子情感交流提供了背景。望安的《小太阳》中，太阳般的橘子与小孙女的红脸蛋形成了色彩上的对应，祖孙情感获得了可视形象的支撑。郭风的《初次的拜访》和吴然的《我的小马》，让故事在色彩丰富的场景中展开。刘丙钧《老爷爷的胡子》里的白胡子，是承载诗意的重要色彩元素。楼飞甫的《春雨的色彩》直接以色彩作为散文抒写的对象。

在以上列举的散文中，色彩描写的分量各有不同，但画面都给读者带来了丰富的色彩体验和感知，为散文的抒情表意发挥了重要作用。色彩作为散文画面构成的一个重要面向，需要我们在品读文本时细加揣摩，从中获得对散文艺术更为丰富的理解。

（二）幼儿散文的声音

幼儿散文的声音之美首先体现在叙述语言上，抒情意味比较浓厚的表达，会使语句带上一定的节律，这种节律实际上就是散文语流层面的一种"声音"。作为幼儿散文的成人读者，应当意识到这种"声音"的存在。与童话、故事等叙事文体相比，散文在以有声语言传递给幼儿时，更需要诵读者通过声调的变化、语气的调控，让幼儿切身体会到散文语言的"声音"美感。上文对《春雨的色彩》语言节律的分析，就是一个有代表性的例子。

此外，作家还会在散文中直接描绘声音，以下我们通过张绍军对自己创作的一篇散文的修改，看一看声音对散文美感所发挥的作用。

《雪地上的小白船》首次发表稿：

下了一夜的雪。早晨，我走出房门一看，呀，院子里一片白，真好看。

我就往雪地里跑。一边跑，一边回头看，哈，雪地里印下两行脚印了，深深的，就像两行小白船呢，真的，两行小白船跟着我跑来啦！

散文发表后，作家对自己的创作不太满意，作了如下修改：

夜里，下雪了。早上一起来，我就拉开门儿看，呀，白白的一片，亮亮的一片……

嚓！

——我跳进雪地了。

嚓嚓嚓！

——我在雪地里一个劲地跑。

朗读音频
7-3-1

《雪地上的
小白船》

嚓嚓嚓,嚓嚓嚓……回头一看,啊,后面追来了两行小船,小小的船呀,白白的船,船板上刻着一圈一圈的花纹呢,真好看。

小白船,哪里来?

嘿,我的鞋子会造船。

据作者介绍,当他把修改过的散文念给小朋友听时,才念了几句,就把他们逗乐了,孩子们也跟着"嚓嚓嚓,嚓嚓嚓"地念起来。当念到最后一句时,几个孩子忍不住把脚抬起来往地上踩,发出声音来。

从这个例子可以看出,孩子对叙述语流中的声音十分敏感,修改稿中拟声词的运用增强了散文画面的动感。行文过程"嚓"的声音强度在不断递增,从"嚓"到"嚓嚓嚓"再到"嚓嚓嚓,嚓嚓嚓",听赏散文的孩子的情绪也被声音所激荡,情不自禁地投入散文的情境之中。前文分析的《大皮靴》《奶奶的竹椅会说话》,都着力通过声音的描写,塑造出吸引孩子的散文画面。《雨》对夜幕中雨声的描写也很好地发挥了烘托气氛的作用。

【教学实践】幼儿散文教学例析

拓展学习
7-3-2

《春雨的色
彩》朗读分
析

散文能够帮助幼儿体验文学语言的优美质感,学习比一般口语更具内涵的词汇,体验诗意画面所蕴含的丰富情感。在幼儿园教学活动中,散文越来越受到重视,下面介绍中班开展以散文《春雨的色彩》(作者:楼飞甫)为材料的文学活动案例。

文本选择的理由

1. 这是一篇童话散文,篇章中的拟人形象,有助于激发幼儿的阅读兴趣。
2. 春天的颜色这一话题,容易获得幼儿生活经验的支持,有助于理解散文。
3. 散文的优美语言、诗意美感、幻想情境,为基于文学审美的语言学习提供了有利条件。

朗读音频
7-3-2

《春雨的色
彩》

活动设计思路   (设计者:严力萍)

1. 活动前的准备

我们先带领幼儿到大自然中观察春雨过后的景象,看看桃花、小草、油菜花变成什么颜色了。有了这样的经验准备,教学活动中孩子们就能很快进入散文的学习状态。

2. 在情境中感知散文

在动态情境中感知散文,是幼儿进入散文文本后的第一感觉,也是一种直觉。散文承载的信息很多,但不需要由教师直接"告诉"幼儿,或进行理性的讲解,更为主要的是以情激情,以情感人,让幼儿在倾听的过程中感悟、体会。此时,教师可以创设一个有音乐、有朗诵、有画面的动感情境,帮助孩子进入散文意境,让他们从视觉、听觉等多种感官来感知散文,让幼儿已有的经验和文学作品碰撞,获得自己的理解,产生自己的想法。

3. 活动中的词汇学习

用于教学活动的散文,新词不宜太多,一下子让孩子接触过多新词,容易使他们产生畏难情绪,教师一一解释,也会破坏散文的整体感受。一个活动中,能接触三四个新词汇就足够了。《春雨的色彩》中,有一个词语"万紫千红",我们在户外观察过程中,利用眼前的美丽景色,自然地帮助幼儿理解了这个词,幼儿在学习散文时就轻松多了。

4. 游戏活动的开展

通过幼儿喜欢的角色游戏,引导幼儿表演散文中的小白鸽、小燕子、麻雀、小黄莺以及春雨争论的情节,用有代表性的动作表现各个角色的特征,让孩子在游戏中体会散文的趣味和情境,从而对"春雨的色彩"有进一步的感知。

◆ **案例分析**

　　以散文为材料的幼儿园教育活动,既要注重培养幼儿的文学审美能力,也要关注幼儿语言学习的需要。实现这些教育目的的途径、步骤与方法,既有与其他语言、文学活动相通之处,如,集中活动之前的准备、游戏活动的安排等;也有散文欣赏活动自身的特殊之处,如,通过"听赏"感悟,体会散文的语言之美、意境之美。本案例的设计思路较好地关照到幼儿散文的文体美学特征,在活动的准备阶段,引导幼儿到户外体验与散文相似的自然景象,这既是一项认知自然的活动,又为之后的散文欣赏提供了经验基础,教师还引导幼儿在准备活动中了解"万紫千红"这一词语的含义,为语言学习提供了多维渠道。

　　活动中教师设置了有音乐、有朗诵、有画面的动感情境,充分调动幼儿的多种感官,去整体性地感受、体会散文的美感,这种做法值得肯定。在不少教师的观念中,幼儿的学习能力较弱,因而倾向于把一个文本分解成若干部分进行教学,但这未必适合所有类型的文学文本,《春雨的色彩》是由几个拟人角色围绕"春雨到底是什么颜色"的争论来勾画画面的,因而,从整体上加以感知更为合适,有利于幼儿形成对散文画面的完整理解。

　　在文学欣赏活动中引入游戏也是常见的教学方法,引导幼儿表演散文中拟人角色的争论,是十分自然的方法选择,对孩子体会散文的趣味和情境有所帮助,但活动方案在激发幼儿创造性想象方面还略显不足。在游戏活动实施中,还可以引导幼儿结合准备阶段的观察,讨论这样的问题:"如果你也参加了小白鸽、小燕子、麻雀、小黄莺的争论,你觉得春雨会是什么颜色?"

研·习·任·务

幼儿散文理解·赏析·应用

[任务一　文学理解] 理解幼儿散文与其他文体的区别

幼儿散文讲求诗意美感,同时又要照顾幼儿对故事的天然喜好。在学习本章相关文体知识后,阅读有影响的幼儿散文选本,在深入阅读基础上探究:(1)带有故事要素的幼儿散文与典型的幼儿故事有什么区别?(2)幼儿散文的叙述语言与童话、故事的叙述语言有什么区别?

[任务二　文本赏析] 分析色彩与声音对散文画面的作用

(1)幼儿散文的画面色彩有多种呈现方式,拓展阅读范围,试分析所读文本在色彩呈现方面具有什么特点;(2)声音作为散文画面构成的重要维度,除了用拟声词加以表现外,还有其他表现形式,例如,人的说话声、大自然的声音等,请找出相应的文本,试着加以分析。

[任务三　教育应用] 为幼儿园散文欣赏活动提出设计思路

尝试将本章分析过的散文设计成一个幼儿园文学活动。(1)分析选择文本的理由,说说该文对幼儿语言及审美能力的发展能提供什么支持;(2)提出设计的思路:活动前该做什么准备?活动中需要通过哪些环节激发幼儿欣赏散文的兴趣? 如有可能,请思考散文还可以给幼儿提供哪些语言能力之外的发展机会。

◆ 第八章　图画书 ◆

学习目标

知识目标：
1. 了解图画书的基本概念、发展概况、类型划分等基础知识。
2. 把握图画书的图文关系，结合作品理解图画书的艺术特征。

能力目标：
1. 掌握赏析图画书的基本方法，能够结合个人理解赏析作品。
2. 了解图画书在幼儿园教学中的应用情况，尝试参与教学实践。

素养目标：
1. 对图画书通过图文互动呈现的思想内涵与艺术趣味有较深入的理解。
2. 能够较好地处理图画书的审美价值与教育功能之间的关系。

新课导入

学者朱自强曾给四岁的儿子讲述图画书《拔萝卜》：

儿子听得十分入神。讲到最后——"小耗子拽着小猫，小猫拽着小狗，小狗拽着小孙女，小孙女拽着老奶奶，老奶奶拽着老爷爷，老爷爷拽着大萝卜——嘿哟，嘿哟，嘿哟，嘿哟，嘿哟，嘿哟！大萝卜终于拔出来了！"因为讲完了，我不再讲话，儿子等了一会儿，抬头看看我说："爸爸，接着讲啊！"我说："已经讲完了。"儿子说："可是，你还没讲小耗子他们都很高兴呢！"

大家都很高兴——这样的信息，绘本的文字里没有，但是画面上有，故事的内涵里也有。我儿子听这个故事时解读出了这样的信息，而且用他的语言表达了出来，这种语言是很有内涵、很有质量的。[①]

——朱自强

1. 利用见习的机会，观察幼儿在阅读图画书时对故事作出了怎样的反应。
2. 在学习中思考图画书的"图"和"文"在表达故事内涵上各自发挥了什么作用。

---

① 朱自强.绘本为什么这么好(上)[M].广州:新世纪出版社,2021:45—46.

第一节 图画书概说

一、图画书概念及作用

图画书也称绘本,现代意义上的图画书自 19 世纪下半叶从欧洲起步,逐渐传入世界各国。汉语"图画书"一词译自英语 Picture Book。日本是较早接受图画书的国家,日语将其译为"绘本"。"图画书"和"绘本"这两个名称在汉语语境中可并行使用。

从外在形式看,图画书中有图有文,人们习惯于以"图文并茂"形容其特点,这种说法其实并不准确,图画书中的"图"与"文"并非简单的"并茂"关系。学前读物大都带有许多插图,其特点在第一章中已有详细介绍。典型的图画书与一般的插图书有很大不同,图画书中的图画往往发挥着比文字更重要的叙事功能,图文相互配合、相互融合,以不同的互动方式共同讲述故事。以下是几种获得较多认同的关于图画书的描述。

图画书是用图画与文字共同叙述一个完整的故事,是图文合奏。说得抽象一点,它是透过图画与文字这两种媒介在两个不同的层面上交织、互动来讲述故事的一门艺术。[①](彭懿)

作为图画书,关键在于怎样使图与文相互配合,采取什么形式。换句话说就是:用再创造的方法把语言和绘画这两种艺术,不失特性地结合在一起,形象地表现为书这种独特的物质形态。[②](松居直)

一本图画书至少包含三个故事:一个是文字讲述的故事,一个是图画暗示的故事,还有一个是文字与图画相互结合而产生的故事。[③](佩里·诺德曼)

图画书涉及绘画与文学两个艺术领域,图文关系是认知图画书的关键所在。图画书中的图文结合是一种多层次、多形式的深度结合,产生了丰富、多元的叙事效果,松居直以形象的公式来表述这一效果:"图×文=图画书,图+文=带插图的书"可见,把图画和文字简单地并置于一书,并不能构成真正的图画书。朱自强认为:"在加法关系中,文字和图画不仅是分离的,而且合在一起并不比原来多。可是,在乘法关系中,文字和图画不仅是融合的,而且生成了比原来丰富的新东西。"[④]此外,有研究者还以音乐中的词曲、电影的旁白与画面、相声中的逗哏与捧哏等,来解释图画书图文之间的微妙关系。

拓展学习
8-1-1

了解中外图画书发展概况

图画书以其独特的图文叙事方式,为亲子共读、师幼共读提供了适宜的材料,是早期阅读的重要资源,幼儿可以在成人引导下,通过图画书发展语言、激发思维、认知知识、涵养美感,并生成最初的阅读意识;图画书还可以帮助幼儿超越文字障碍,自主探索由图画构筑的广阔世界。图画书涉猎广泛的内容主题、丰富多彩的表现方式、疆域广阔的创意空间,为幼儿园各领域从中汲取教育资源提供了无限可能。

二、图画书的类型

依据图画书的内容,可以分为故事图画书与认知图画书;依据图画书中有无文字,可分为有字图画书和无字图画书;依据图画书的设计,可分为一般形态图画书和特殊设计图画书。

---

① 彭懿.图画书:阅读与经典[M].南昌:二十一世纪出版社,2006:6.
② [日]松居直.我的图画书论[M].季颖,译.长沙:湖南少年儿童出版社,1997:47.
③ [加]佩里·诺德曼,梅维丝·雷默.儿童文学的乐趣[M].陈中美,译.上海:少年儿童出版社,2008:483—484.
④ 朱自强.亲近图画书[M].济南:明天出版社,2011:16.

（一）故事图画书与认知图画书

故事图画书占图画书的大部分，以上介绍的图文关系主要针对此类图画书，其内容涉及童话、生活故事、民间故事、历史故事等儿童文学叙事文体。认知图画书以介绍各种知识为主，虽然其中包含文学元素，甚至有较强的文学性，但核心内容必须符合科学原理或社会规则。

加古里子的"地球的力量""身体科学绘本""星空绘本""乌鸦面包店"等系列，内容涉及从天文地理到社会生活的广泛领域，产生了较大影响。中国科学认知图画书近年取得了长足进步，获丰子恺儿童图画书奖的作品有：邱承宗的《池上池下》、刘伯乐的《我看见一只鸟》、于虹呈的《盘中餐》、陈莹婷与花青合作的《一颗莲子的生命旅程》。保冬妮的"二十四节气旅行绘本"以中国传统节气为线索，通过旅行故事展现风土人情、美食文化、历史传说、农耕生活等，在科学与人文结合上作出了积极探索。周兢的"相对概念图画书"系列在故事中融入不同的相对关系概念，自 1999 年出版以来受到了学前教育界的持续关注。

（二）有字图画书和无字图画书

大多数图画书都由图画和文字构成，有的图画书正文中没有叙述性文字，可称为无字图画书（简称无字书），某些无字书会在画面中画上文字，如商店招牌、街头路标、招贴广告、对联、便条等，这些文字也发挥着表情达意的功能。有的图画书在正文中有极少的文字，用以连接故事的架构，也可视为无字书，如大卫·威格纳的《疯狂星期二》。

以下作品较为典型地反映了无字书的特点：梅瑟·迈尔的"青蛙男孩系列"、莫妮克·弗利克斯的"小老鼠"和"大拇指"系列，大卫·威斯纳的《7 号梦工厂》《海底的秘密》、雷蒙·布力格的《雪人》、莫莉·班的《灰袍奶奶和草莓盗贼》、恩佐·马俐的《苹果与蝴蝶》《红气球》、艾伦·贝克尔的《不可思议的旅程》、李如青的《拐杖狗》、颜新元的《东拉西扯》、九儿的《纽扣士兵》《旅程》、李尧的《山之风——勇气》、吴嘉城的《人类，看看你做了什么》、刘洵的《哈气河马》等。

（三）一般形态图画书和特殊设计图画书

有的图画书经过创意设计，形成了与一般书籍迥异的特殊形态，引导幼儿动手翻动、触摸，探索书中的内容：(1)纸板书，由纸板构成书页，便于低龄幼儿翻阅。如迪克·布鲁纳的"米菲系列"、松井纪子的"滴答滴答系列"、陈长海的"视觉激发系列"等。(2)立体书，打开书页后，书中的各种角色会立起，形成一个立体的故事环境。如菲利普·于格的《我的房子》、闫红兵与太阳娃的《大闹天宫》、李萌的《车辆动起来》、周美强的《3D 西游记》、绘动童书的《中国传统节日立体书》。此外，洞洞书、洗澡书、玩具书等也都属于特殊设计图画书。

微讲座视频
8-1-1

了解各种类型的图画书

从图画书叙述语体的角度，可以把图画书分为散文语体图画书和韵文语体图画书（诗歌图画书、童谣图画书）；也可以根据学前教育领域活动的主题对图画书进行分类，如自我保护、情绪管理、习惯养成、生命教育、传统文化等主题图画书。分类是为了从不同维度了解图画书的艺术特征，便于在教学活动中加以选择，各类别之间并没有绝对的界限，可根据实际需要灵活理解。

第二节　图画书的艺术特征

一、图画的叙事性

（一）以动态图画呈现情节发展

　　图画属于空间艺术，表现的是事物的瞬间状态，当我们看一幅画时，看到的是一个被色彩、线条、视角、构图等视觉元素所固化的画面。在图画书中，图画与文字共同讲述一个故事，图画作为重要的叙事要素，还必须具备呈现故事情节在时间维度上延续的功能，图画书每一个页面中的图画，实际上是整个故事展开过程中的一个环节。

　　以谢尔·希尔弗斯坦的《爱心树》为例，该书讲述一个男孩和一棵树交往的故事。小时候，男孩在树下玩耍；长大后他把树的果实卖掉；人到中年又把树枝拿去盖房子；岁数渐老还把树干砍下造船远航；暮年之际他坐在光秃秃的树墩上歇息。随着书页的翻动，我们可以看到人物从年幼到长大成人再到垂垂老去的过程，看到一棵树从枝繁叶茂到失却一切的经历。

　　连续的图画呈现了男孩对树的不断索取以及树不计回报的付出，引发出关于"爱"的主题意义。在这个大的时间跨度里还包含了若干个小的时间段落，图画在其间呈现了男孩和树之间具体的互动过程，例如，第一幅图只画了一棵树；第二幅图中，男孩的一只脚进入了画面；第三幅图表现男孩向着树跑去；第四幅图是男孩在树下采集树叶；第五幅图则是男孩用树叶编成王冠戴在头上。在这一互动过程中，画家通过树叶的飘动、树干的倾斜，表现出树对男孩的爱意。从中可以看出，每一个画面都代表着事件发展中的一个时间节点，通过若干个节点的串联，将一个具有时间长度的故事情节呈现在读者面前。

（二）连续小图呈现的情节动态

　　除了以连续的画面呈现整体的情节发展外，画家也会在同一页面中以若干个动态小图来表现人物（角色）的连续性动作，以呈现情节的动态。例如《不要和青蛙跳绳》（彭懿/文，九儿/图）在一个跨页中画了多幅小图，用以表现男孩和妈妈赌气后，与自己想象中的各种动物跳绳、嬉戏的情景（图 8-2-1）。《青蛙与男孩》（萧袤/文，陈伟、黄小敏/图）让两个角色的对话与多个小图相配合，表现角色表情和动作中的丰富意涵。

　　以上例子中的小图分布较为随意，没有严格的先后顺序。有的图画书则用带边框的小图来表现连贯性的动作，例如，黑眯的《辫子》表现一个女孩失去长发后的失落心情，在第 2—3 跨页中，用四个小画框呈现女孩对着镜子梳麻花辫的过程，与女孩之后的短发形象形成鲜明对照。法兰克·艾许的《月亮，生日快乐》表现一只小熊与月亮之间围绕生日礼物展开的有趣"对话"，小熊误将自己说话的回音当作月亮以同样的话在回复自己，当小熊从回音中"得知"月亮要一顶帽子做生日礼物，就把帽子挂在了树枝上，图画书用三个连续的小画框表现月亮移动并正好与帽子相叠的过程（图 8-2-2），这一感官错觉印证了小熊心中的念想——月亮接受了他的礼物。

　　无字书也常以小画框表现故事角色的连续动作，雷蒙·布力克的《雪人》表现一个男孩与自己堆的雪人之间的神奇交往，全书不着一字，主要依靠连续的小画框来表现故事角色的行动。这种手法在《疯狂星期二》《寻猫启事》《独生小孩》等无字书中也有精彩的呈现。

图 8 - 2 - 1

图 8 - 2 - 2

二、图画传达的故事意蕴

图画叙事不仅以连续的画面呈现故事,还要表征故事中人物的内心世界,表现人物的情绪变化,为故事发生的环境提供整体的情感基调,向读者传达故事的内涵意蕴,构成一种特殊的"画面语言"。

（一）色彩

恰当的色彩处理可以反映图画书角色的处境,为情节发展提供环境氛围。例如,在《小黑鱼》中,一群快乐的小鱼被一条又快、又凶、又饿的金枪鱼一口吞进了肚里,只有小黑鱼得以幸存,在一个大跨页中,小黑鱼处于画面的右下方形单影只地游着,暗绿色水彩晕染出的海水充满整个页面,衬托出小黑鱼此时的孤单处境。当小黑鱼和小红鱼组合成一只"大红鱼"赶跑大鱼时,海水的颜色则变成了透亮的浅蓝色。

拓展学习
8-2-1

了解图画表
现情节动态
的更多可能

色彩与人的情绪有很密切的关系。莫莉·卞的《菲菲生气了——非常非常的生气》通过颜色表现人物的情绪变化：姐姐夺走菲菲的玩具，这让她非常生气，鲜红的画面背景衬托着菲菲气愤的脸部表情，她尖叫、咆哮、砸东西的动作也以红色调加以描绘。菲菲跑出门后，页面背景出现了绿色，但树木的轮廓依然是红色的，显示菲菲怒气未消。接下来，红色逐渐消隐，绿色成了主色调，表现菲菲的情绪逐渐归于平静。

颜色还可用以凸显角色在故事中的特殊地位。以彼得·布朗的《老虎先生来撒野》为例，该书讲述一只不喜欢受约束的老虎与城市的各种规矩格格不入，决定逃离城市。在书中，城市的各种建筑和动物都是灰色的，只有老虎的身体是橙色的。刚开始老虎还穿着灰色外套，只露出橙色的面部和双手，随着老虎的"野"越撒越欢，橙色的身体也就越露越多（图8－2－3）。灰色与橙色的强烈对比，寓意着"束缚"与"自由"两种生活状态。

图8－2－3

在《大卫之星》《铁丝网上的小花》《大猩猩》《我要把我的帽子找回来》《奶奶的红披风》《小恩的秘密》《隧道》《麻雀》《大运河送来爷爷的车》等图画书中，我们都可以看到颜色在表现人物情感、传达故事意蕴上所发挥的作用。

（二）线条

线条是构成画面的基本要素之一，我们还可以把线条理解为图画书的叙事"语言"，画家通过柔和、尖锐、齐整、不规则等不同形态的线条，来营造氛围、传达意义。有的图画书还会通过特意绘出的"线"来表情达意。

以姚佳的《迟到的理由》为例，该书讲述小猪为自己上学迟到寻找各种理由——擤了太长时间的鼻涕、学鳄鱼刷了太久的牙、像长颈鹿围了很久很久的围巾……当小猪说出最真实的迟到原因"我起晚了"，所有的紧张被老师一句"下次注意噢，赶快坐下来上课吧！"给轻轻化解了。这是一个充满"诚实"与"谎言"主题张力的故事，在书中，从建筑的外形到动物的形体、街道的走向，柔和的弧形线条无处不在（图8－2－4，图8－2－5），这在很大程度上缓解了小猪编造迟到理由时的紧张氛围。作者无意把小猪置于接受道德训诫的位置上，而是在自然化解尴尬的同时，传递诚实的道德价值，柔性线条的运用在此间发挥了积极的作用。

《野兽国》以柔和的线条把"可怕"的动物画得憨态可掬；《小房子》以圆润的弧形线条表现

安静的学校，一点儿声音都没有。

图 8 - 2 - 4

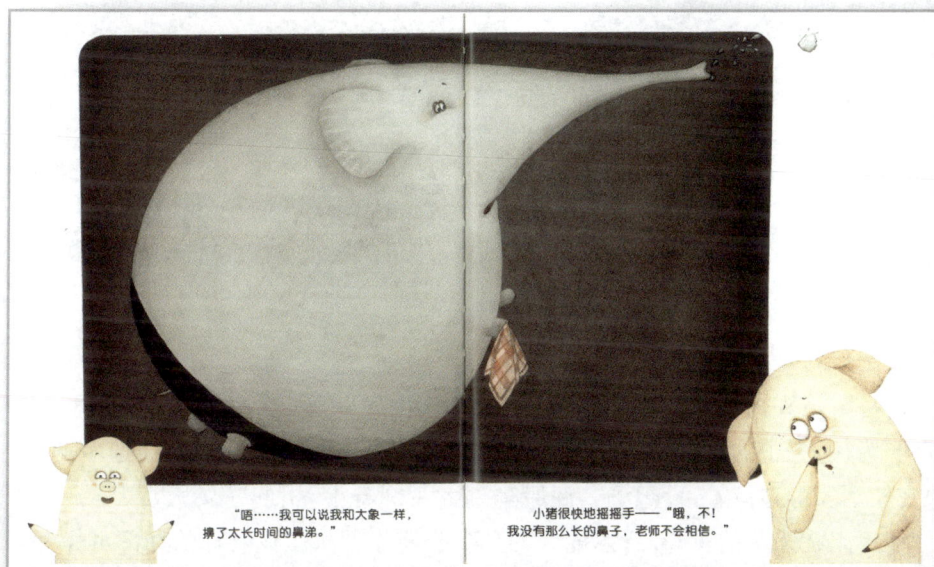

"唔……我可以说我和大象一样，擤了太长时间的鼻涕。"

小猪很快地摇摇手——"哦，不！我没有那么长的鼻子，老师不会相信。"

图 8 - 2 - 5

田园风情，以尖锐、板直的线条表现现代工业对农耕文明的侵蚀；《生气的亚瑟》通过硬性线条营造负面的情绪氛围。这些都反映了线条在图画叙事中表情达意的独特作用。

除了画家用以勾画物象形态的线条外，作为图像叙事的一种手法，图画书中还会出现一种特殊的线条，或用以呈现角色的运动方向，或用以表现事物的前后关联，或用以传达某种意念、情感的延绵。在《失落的一角》《阿罗有支彩色笔》《我等待》《一根绳子》等图画书中，我们可以看到有形的"线"在图画叙事中所发挥的作用。

（三）镜头

图画常通过远景、中景、近景、特写的调度，以及平视、仰视、俯视的视角变化，形成一种"镜头语言"，读者从中可以感受到故事的特有氛围。

朱成梁的《火焰》讲述了一只身子红似火焰的狐狸妈妈为营救孩子，遭遇了猎狗的驱赶，一路奔跑、躲避,机智地摆脱了猎狗,最终救出孩子。狗与狐狸的追逐过程如同一组扣人心弦的电影镜头,其中,沿着铁道线的奔跑最为惊心动魄,先是以全俯视镜头呈现猎狗与狐狸近在咫尺的距离,翻过一页,则从猎狗的身后以仰视镜头表现追逐的惊险瞬间。紧接着,呼啸的火车进入画面,其中一页,喷着蒸汽的机车头营造出强大的威压感,车头前是紧追不舍的两只猎狗,置于镜头最前端的则是部分身体已经处于画面之外的狐狸,紧张气氛令人窒息,镜头"语言"的表现力发挥得淋漓尽致(图8-2-6)。该书的画面视角变化中伴随着远景、中景、近景的灵活调度。

图8-2-6

以下谈谈特写镜头在传达故事意蕴上发挥的作用。以《爱花的牛》(曼罗·里夫/文,罗伯特·劳森/图)为例,书中的小公牛费迪南不喜欢运动,在一个选拔斗牛大赛选手的场合,他依然如故,想在树下安静地待着,没想到一屁股坐到大黄蜂身上,引起一场大混乱,画家把特写镜头对准牛屁股下正在采花的黄蜂,身躯庞大的公牛只露出即将压住黄蜂的局部身体和半根甩动的牛尾;紧接着被蜇的公牛一跃而起,画面也是一个特写镜头,公牛两只腾空的后腿成为画面主体,牛蹄后是一朵被扬起的花,黄蜂处于画面的左下角继续采着花(图8-2-7)。这组画面完美渲染出费南迪命运转折的喜剧氛围。

在《让路给小鸭子》《穿靴子的猫》《高空走索人》《第一次上街买东西》等图画书中,我们也可以看到画面的"镜头语言"在传达故事意蕴上所发挥的独特作用。

(四)细节

图画在呈现故事情节过程中,常常会在画面中特意设置富有意味的细节,用以表现角色内心的微妙情感,或是营造某种特殊的故事氛围,其表情达意的作用可以超越文字的直接描写,这些细节的存在大大增添了图画书的阅读趣味。

朱成梁在《团圆》中以一张全家福照片的细节表现孩子对父亲的情感接纳过程,是一个常被提及的例子:在外打工的父亲春节回家团聚,一进家门就拿出给妻女准备的礼物,此时,墙上的全家福照片中爸爸只露出半个身子。春节过后,妈妈和女儿送别爸爸,墙上的全家福则完整地出现在画面中。

图 8-2-7

叶夫格尼·M.拉乔夫的《手套》讲述严冬的林子里一群动物钻进手套里取暖的故事。画家描绘了动物们建造"手套楼房"的过程，先是老鼠和青蛙造出了"上楼"的梯子，兔子和狐狸来了后，又在手套口延伸出一个平台，接着大灰狼也来凑热闹，"手套房子"更加拥挤，动物们却把它装饰得更加漂亮，它们开了一扇带有艺术花边的窗子，在房子的入口处挂上一个铃铛，吸引了野猪和大狗熊，它们也要钻进来（图 8-2-8）。书中的文字主要表现动物之间的对话，图画书很大一部分趣味则来自对"手套房子"的细节刻画。

拓展学习
8-2-2

进一步理解镜头、线条、细节对传达故事意蕴的作用

图 8-2-8

《铁丝网上的小花》《大猩猩》《安的种子》《老鼠娶新娘》《爱打瞌睡的房子》中的细节刻画对图画书的意义传达也都发挥了重要作用。

三、丰富多样的图文互动

典型图画书与一般插图书的最大区别,就在于它往往通过多种方式的图文互动,来实现两者共同叙事的增值效应,图画与文字作为一对伙伴,它们合作讲述的故事,要远比单独由图画或文字讲述的故事,具有更丰富的意蕴,更深长的意味,读者可从中获得更多元的阅读体验。图画书常见的图文关系有平行关系、互补关系、背离关系。

(一)平行关系

平行关系是指图画和文字所传递的信息相向并行,共同完成叙事。此类图画书往往由文字搭建故事框架,图画不是简单地重复表现文字叙述的内容,而是通过各种画面"语言",从视觉层面上去丰富文字的叙述。

以汤米·温格尔的《三个强盗》为例,故事讲述三个强盗在一个小姑娘的感化下,用藏在山洞里的财宝收养了许多孤儿,孩子们长大后,建起三座高塔以纪念他们的养父。该书的图画虽与文字叙述相吻合,但依然对文字叙述进行了富有创意的演绎。例如,其中一个页面的文字是:"孩子们戴上红帽子,穿上红斗篷,住进了他们的新家。"画面上孩子们戴的帽子款式和他们的养父是一样的。最后一页的文字是:"为了纪念好心的养父,他们给三个强盗每人建了一座高塔,一共建了三座高高的塔。"画面中三座塔的塔顶造型也与强盗帽子的形状相同。画家通过这种方式,从视觉形象上放大了文字叙述的效应。

《稻草人》(薛涛/文,张怀存/图)在整体上也是一本图文平行叙事的图画书。忠心守护稻田的稻草人与欣赏炊烟的乌鸦,不断争论稻田与炊烟谁更美,他们最终走向和解,一起期待来年的春天。第二年春天,年迈的主人无力再种稻子,想带稻草人一起离开,而稻草人却愿意燃烧自己,送给乌鸦最后一缕炊烟。作家以诗意、睿智的语言讲述一个包含丰富哲思的故事,画家"以层次分明的水彩营造出明亮而纯净的氛围,满是阳光的味道,带给人无限的憧憬,映衬着故事中那缕如烟的淡淡悲伤,具有冲淡、平和的美学效果。田野颜色的变化,那棵白杨树的变化,完美展现了恬静的田野风光与四季更迭。画家还别出心裁构思了多幅小图,呼应并丰富了大图的内容。视角的互补,远景近景的错落,图文的空间搭配,不但让画面布局更有美感,也让故事的内容更为饱满。"[①](图8-2-9)可见图画在很大程度上增强了文字叙述的表现力。

伊夫·班廷擅长以平行图文关系创作图画书,《开往远方的列车》《小鲁的池塘》《爷爷的墙》《烟雾弥漫的夜晚》等是图文平行叙事较为典型的例子。此外,《让路给小鸭子》《荷花镇早市》《小威的中秋节》《帽子王》等图画书,其叙事的主体部分也都体现了图文平行关系。这些作品中,图画与文字尽管相向并行,但图画依然对文字内涵发挥了重要的渲染、阐释作用,彰显了叙事上的独立性与自主性,而不是成为文字的附庸——文字说什么图画就画什么,这正是典型图画书区别于一般插图书的重要特质。

(二)互补关系

互补关系是指图画和文字发挥各自优势,在交织互动中共同完成叙事。在这一关系中,图画往往承担主导叙事的任务,文字则在图画难以企及的领域扮演不可或缺的角色,如表现角色的对话、人物的心理活动、环境中的声响等。此外,文字还可以成为提示故事主题的"点睛"之笔。对此类图画书而言,"读图"显得尤为重要,如果读者仅仅"读文",往往有不知所云的感觉,

---

① 参见杜传坤为该书撰写的导读。

图 8 - 2 - 9

有时"读文"虽也能大致了解故事概貌，一经"读图"就会发现，图画中的故事信息远比文字叙述丰富得多，只有通过"图文互读"才能领会故事的要义。

以大卫·香农的《大卫，不可以》为例，全书大部分的文字表现的是妈妈的呵斥声："大卫，不可以""天哪！大卫不可以！""不行，不可以！""大卫，快回来！""大卫！不要吵！""不可以玩食物！"……从中透露出大卫的顽皮表现，但大卫是因怎样的行为惹妈妈生气的，只有通过图画才能得知。例如，书中一个跨页的文字是："大卫，不可以在屋子里玩！"光凭文字，我们无法理解妈妈何以提出这样的要求，也不知道大卫想玩什么，画面里的大卫戴着头盔，挥舞球棒准备击球，四周都是易碎的家具（图 8 - 2 - 10），翻到下一页，我们看到被大卫击碎的花瓶碎片撒落一

图 8 - 2 - 10

地,大卫正待在墙角落泪,这一页的文字是:"我说过,大卫,不可以!"在典型的互补关系中,文字常常十分简约,把情节的重要信息留给图画来表现。

在《安的种子》(王早早/文,黄丽/图)中,我们也可以看到图文互补叙事带来的增值效应。该书通过三个孩子种植莲花的过程折射不同的人生态度,故事中的本最富行动力,他在雪地里匆匆种下种子,结果一无所获。静善于思考,他积极从书中寻找方法,把种子种在精致的花盆里,却因缺少阳光、氧气而失败。安没有贸然行动,他悄悄等待适宜的播种时机,还向人讨教种莲经验,终获成功。该书的图画叙事功能十分凸显,例如,表现本种莲失败的两个画面,其中一页画的是三个座位上只坐着静和本两个人,文字是:"等了很久,本的种子也没有发芽。"在并置画面上,可以看到本失落的表情以及挥棍迁怒于小狗的动作,生动表现了本缺乏定力、蛮动易怒的个性。安在集市上讨教种莲经验的场景是书中的重要细节,画面中的安手捧莲花种子与卖藕的商贩交谈,该页的文字只交代了安到集市上买东西,把更重要的信息交给图画表现(图8-2-11)。与图画叙事相对应,文字的作用也不可忽视。书中描写安的文字:"我有了一颗种子了,安想。""安把种子装进小布袋里,挂在自己胸前。"……"清晨,安又早早地去挑水了。""晚课后,安像往常一样去散步。"平实的语句不动声色地衬托出安与其他两人迥异的人生态度,给故事带来隽永的意味感,有了这样的文字,读者才得以理解人物波澜不惊的内心状态。

图 8 - 2 - 11

图文互补是图画书叙事的重要方式,图画在叙事中体现出更强的能动性,文字往往有意为图画让渡出充足的表现空间,《第五个》《班班的梦》《我的兔子朋友》《帽子先生和他的独木舟》《会说话的手》等图画书就具有这样的特点。

文字在图文互补关系中发挥的作用体现为以下几个方面:其一,表现人物对话和内心独白。例如《青蛙与男孩》中两个角色的对话很好地体现了男孩自我意识的觉醒;据民间故事绘制的《漏》,小偷和老虎的内心独白成为情节进展的重要推力。其二,表现各种声响效果。例如《不要和青蛙跳绳》用大号字体表现动物的敲门声;《我用32个屁打败了睡魔怪》以一个夸张的"咣"字,表现男孩战胜噩梦的瞬间;《喀哒 喀哒 喀哒》全书以"喀哒"声指代缝纫机和奶奶的制衣过程。其三,升华故事主题。例如在《爱心树》中,"树很快乐"是贯穿全书的句子,在大部分篇幅里,这句话表现了树对男孩无私的爱,当走入暮年的男孩坐在经他无度索取后仅剩的光秃树墩上时,"树很快乐"折射出复杂的人生况味,形成图文之间的意义张力,引发关于爱与给予的思考。

（三）背离关系

背离关系是指文字叙述的内容与图画呈现的故事信息之间出现了错位,图画书作者力求通过图文之间的矛盾冲突,传达某种特殊的意义,或营造特别的意味。

佩特·哈群斯的《母鸡罗丝去散步》是一本典型体现图文背离关系的图画书。该书以极为简约的文字叙述母鸡一次平常的散步;画面中的情形却恰恰相反,一只狐狸一路尾随,想方设法要吃掉母鸡,每每即将得手之际,总被周边冒出的东西所打断。平实文字与惊险画面的组合,给读者带来异样的阅读体验。一位父亲给孩子读这本图画书时,"小孩每次在图画中看到狐狸时都打算告诉他父亲,但每次他都开心地咯咯笑,却什么都不说;他已经决定不说穿这个秘密,而选择默默分享这个反讽式的玩笑。之所以产生笑点,纯粹是因为文字和图画彼此是如此不同,甚至完全矛盾;它们之间的关系让我们不敢相信其中任何一种单独的叙事。"[1]

约翰·伯宁罕的《莎莉,离水远一点》中的图文背离显示出另一番景象。该书的文字叙述与现实世界保持一致,同时与幻想世界产生了对立冲突。故事里一家三口正在海边度假,文字叙述的是妈妈对女儿的唠叨,例如,妈妈说:"你怎么不去和那些孩子们一起玩。"现实情景是,爸爸妈妈正坐在海边的躺椅上发着呆,与之并置的画面上,莎莉正带着一只狗,驾着小船驶向远处(图8-2-12);妈妈说:"要小心你漂亮的新鞋,不要踩到脏东西。"在现实画面里,妈妈坐着织毛衣,爸爸叼着烟斗看报纸,另一幅图上,莎莉的小船已经来到了一艘海盗船旁。全书文字叙述的是成人建构的各种生活规则,而幻想画面所传达的是孩子内心对自由的渴望,两者间有着深深的隔阂,图文背离对图画书的主题表达发挥了重要作用。

图8-2-12

有的图画书通过文字叙述的语气来营造图文背离的效果。例如尤里·舒利瓦茨的《一个星期一的早上》。该书表现一个男孩独自玩纸牌过程的幻想,纸牌图案上的各色人物闯进了生活:国王、王后、王子、骑士、皇家卫兵,乃至皇家的厨师、理发师、小丑、小狗,都来看"我",从星期一到星期六,每天增加一个人物,而"我"总是不在家。

> **讨论**
>
> 　　联系第二章第三节之一"文本形态:幼儿文学的'图'与'文'"相关内容,谈谈图画书与一般插图书在图文关系上的差别。

他们中总有人说:既然这样,我们第二天再来。到了星期天,"我"终于和客人们见面了,原来他们只是为了来向"我"问声好。文字的叙述语气让人觉得,"我"肯定是一个了不起的大人物,所以许多重要的客人要来见"我",然而,画面中的"我"只是一个普普通通的男孩,当一群贵客兴

---

① ［加］佩里·诺德曼,梅维丝·雷默.儿童文学的乐趣[M].陈中美,译.上海:少年儿童出版社,2008:257.

师动众来访时,"我"在街头等公交车、推手推车、在橱窗前发呆,丝毫显示不出高贵的身份(图8-2-13),这样的画面正与文字所营造的氛围形成了错位,当最后的谜底揭开——男孩不过是在窗前摆弄纸牌,故事的喜剧感油然而生。

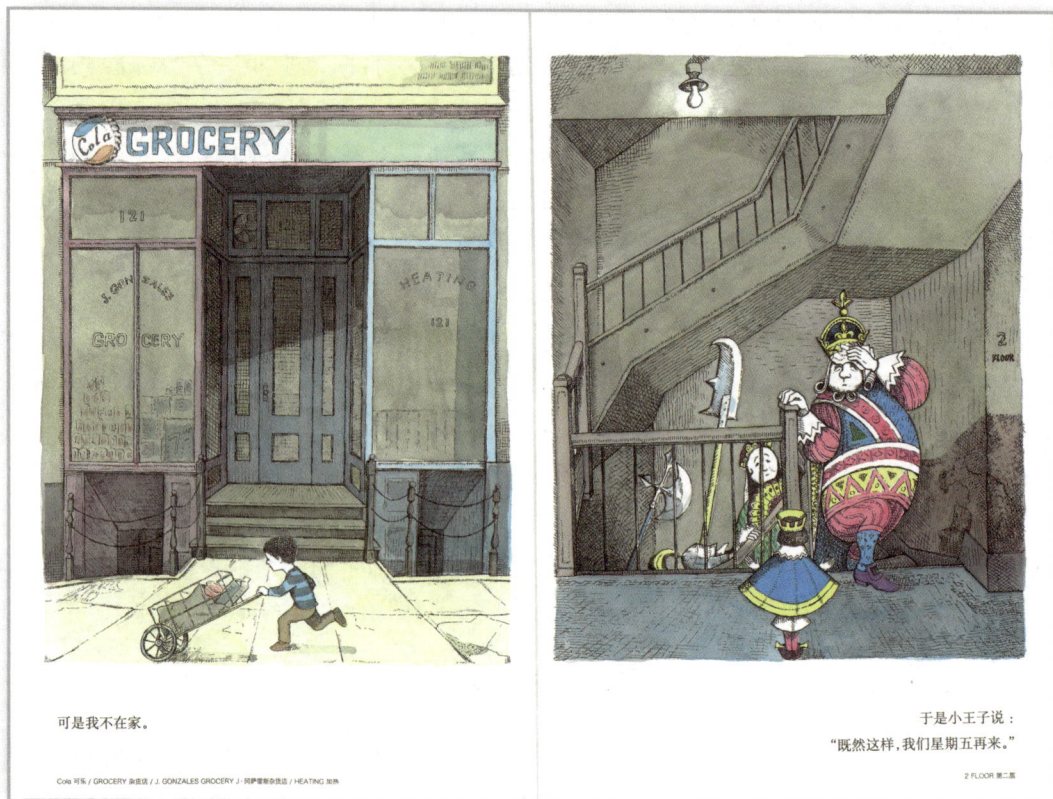

可乐我不在家。

Cola 可乐 / GROCERY 杂货店 / J. GONZALES GROCERY J.·冈萨雷斯杂货店 / HEATING 加热

于是小王子说:
"既然这样,我们星期五再来。"

2 FLOOR 第二层

图 8 - 2 - 13

可以说,背离是图文互动的一种特殊方式,图文表面上的错位与矛盾,是为了在更深层次上提升图文共同叙事的效应。"图文间的交互可以是对应或互补或矛盾,但都会有扩充与扩增——矛盾及抵斥会带来更复杂或立体的扩增,但首要的是这种关系要体现出图画书的性质及特长,产生的效果是远大于图配文或图画简单相加的'图×文'。"①

四、书籍构成的创意设计

图画书常常把故事元素渗透到书籍构成的各个部分,封面、环衬、扉页、封底中的图文信息都可与正文的叙事产生关联,这些部分的创意设计也是图画书艺术特征的重要体现。

(一)封面

封面是一本图画书最先呈现给读者的部分,图画书封面除了书名、作者、出版机构等信息外还有画面,封面发挥着提示故事背景、营造氛围的作用。

在安东尼·布朗《朱家故事》的封面上,一个母亲毫无表情地背着丈夫和两个儿子,丈夫和孩子的脸上却洋溢着笑容。故事中,妈妈不堪家务重负而离家出走,让习惯于坐享其成的父子

---

① 陈晖.中国图画书创作的理论与实践[M].长沙:湖南少年儿童出版社,2020:62.

生活陷入混乱,封面是对这一家庭人际关系的提炼式表征。

　　和畅团《捉》的封面富有巧思(图8-2-14),画家巧妙利用"捉"的汉字结构特点,把狐狸和小鸟这两个故事主人公镶嵌在字的不同位置,狐狸的身体正好构成提手旁的一部分,手里还揣着一圈细绳,暗示了它捕鸟的行为,小鸟站在右边"口"的角落上与之遥遥相望,深灰色的书名置于浅灰色背景中,"捉"字的笔画上还覆盖着白白的积雪,提示了故事发生的季节。

　　《是谁嗯嗯在我头上》《大卫之星》《老虎来喝下午茶》《池上,池下》《星期三下午捉蝌蚪》《桃花鱼婆婆》《迟到的理由》等图画书的封面设计,也值得关注。

图8-2-14

(二)　环衬

　　环衬是封面、封底与书芯之间的衬纸,把封面与书芯连接在一起的叫作前环衬,把封底与书芯连接在一起的叫后环衬。有的环衬仅有装饰作用,相当多图画书的环衬还具备表意功能,因而,环衬也是阅读图画书不可忽视的一个部分。

　　有的图画书环衬上的图案与正文相关,让读者一打开书就感受到故事的整体氛围。例如,艾瑞·卡尔《好饿的毛毛虫》的前后环衬上,铺满了形态各异的带着小洞的色块,正好与毛毛虫在各样食物上咬出小洞的故事内容相呼应。安东尼·布朗《我爸爸》《我妈妈》的环衬是书中主人公的服饰图案。李如青《郑和下西洋的秘密》的前环衬是放在木格子里的各样蔬菜种子,后环衬则是各样蔬菜的叶子。这样的环衬设计与故事内容形成很好的呼应关系。

　　薛涛著文、张怀存绘图的《稻草人》的环衬显得意味深长,前环衬是一派传统乡村景象,蔚蓝的天空、金黄的稻田,以及稻草人、乌鸦、农人、炊烟,故事的主要角色和景色悉数登场。后环衬是农人与孩子和狗离开老家的情景,田野的远方是一片高楼,前后环衬相配合,体现了人物生活的变迁。一个重要的细节是,稻草人的围巾围在了农人脖子上,帽子戴在孙子头上,传达了一家人对稻草人的怀念之情(图8-2-15)。

图8-2-15

　　《隧道》《朱家故事》《好饿的小蛇》《第五个》《团圆》《天啊!错啦!》《迟到的理由》《总有一个吃包子的理由》等,在环衬设计上都很有特色。

（三）扉页

扉页是位于前环衬之后，正文之前的页面，印上书名、作者和出版机构等信息，扉页上的图文信息对故事正文有重要的提示作用，有的图画书从扉页就开始讲故事。

《野兽国》的扉页与前环衬背面连成一体，两只野兽做举手投降状，身后是头戴皇冠、身着野狼服装的男孩，野兽身体高大，占据了画面的很大空间，野兽虽张牙舞爪，脸部表情却不狰狞，似乎在暗示读者故事氛围看似可怕实则不然。

《桃花鱼婆婆》（彭学军/文，马鹏浩/图）的扉页也与前环衬背面连为一体，一个手持烟杆的婆婆在起伏的山峦上奔跑，五只老鼠紧随其后，沿着山峦有一行小字："这个故事发生在中国湖南西部的一个寨子里。"作者有意在此提示故事发生的地理背景。如果翻回前环衬，还会看到一只举着羽毛的小老鼠在奔跑，实际上它与扉页上的老鼠是一伙的（图8-2-16）。这样的扉页不但有营造氛围、提示情节的作用，还给读者带来在反复翻页中有所发现的乐趣。

图 8 - 2 - 16

《鳄鱼怕怕 牙医怕怕》《母鸡萝丝去散步》《小黑鱼》《别让鸽子开巴士》《荷花镇的早市》《耗子大爷在家吗?》《一双大鞋》等图画书的扉页，也包含了丰富的故事信息。

（四）封底

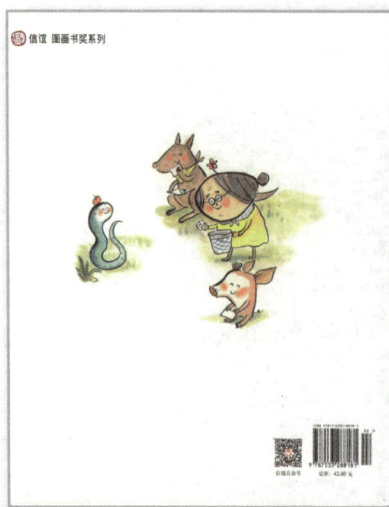

图 8 - 2 - 17

封底是图画书的最后部分，封底除了附有条形码、图书价格外，有时还会出现与故事内容相关的图文信息，由此可见，图画书是一种可以从封面一直读到封底的书籍。

有的图画书的故事情节会从正文一直延续到封底，例如《阿莫的生病日》（菲利普·斯蒂德/文，埃林·斯蒂德/图）的封底，画的是几只动物行走的后视图，表现的是他们到饲养员阿莫家中探病后返回动物园的情景，故事到此才完全结束。

有的图画书封底进一步升华了故事的意义。例如李卓颖《公主怎么挖鼻屎》的封底，故事中向动物们提出"你们知道公主是怎么挖鼻屎的吗?"这一脏脏问题的老婆婆，此时一手持小筐，一手拿着包鼻屎的纸团，袋鼠和小猪手中也有擦鼻屎的纸张（图8-2-17），作者希望以这种不动声色的方式,引导读者从挖鼻屎的狂欢中向现实规则回归。

有的图画书的封底和封面展开后是连为一体的。李·伯顿的《逃跑的火车头》的封面上是一列奔驰向前的火车头,一旦把整本书展开,就会看到封底上有三个正在追赶火车的人,封底和封面实际上是一张图。

《第一次上街买东西》《奇怪的一天》《黄气球》《1只小猪和100只狼》《桃花鱼婆婆》《请问一下,踩得到底吗?》《不一样的1》《嘘!》等图画书的封底设计也很有特色。

第三节　图画书赏析导引

一、图画书赏析路径

（一）辨析图文比例与图画书特征之关系

在谈论图画书典型特征时,人们习惯于以那些文字简约、图画涵义丰富的图画书作为例子,这固然不错,但也容易给人造成图画书必须"图多字少"的固化印象。有人甚至认为,文字多的只能属于一般的插图书,而不是真正的图画书。其实,图画书最为典型的特征都包含在丰富多样的图文关系之中,要找到赏析图画书的正确路径,最需要做的是用心辨析图与文在情节塑造、情感表现和意蕴传达上,展开了怎样的微妙互动,而不是仅仅以文字的多寡作出简单的评判。

微课
8-3-1

图画书赏析
（1）（2）

阿莲卡·索特雷尔绘图的《灰姑娘》的文字来自格林童话,数量不可谓不多,但这并不妨碍它的图画书身份。在书中,灰姑娘被三个姐姐使唤,帮她们梳妆打扮去参加国王的舞会。图画没有正面描绘心怀恶意的姐姐,只画了三件华丽的舞服(图8-3-1),画家有意对故事中的反面人物进行了"虚化"处理。鸟在故事中发挥着重要作用,它们帮助灰姑娘战胜身边恶势力的欺压,实现心中的愿望,鸟不时出现在画面中,有的地方文字叙述并没有提及鸟,但画家依然让鸟参与到图画叙事中来。该书的环衬也颇有深意,在王宫城堡的一扇窗户里,一位年轻的王后正向外张望,窗外许多鸟在自由地飞翔,画家借此对古老童话作出现代阐释:传统童话里"他们从此过上幸福生活"的经典结局,在现实中或许会面临挑战,恢宏的城堡与灰姑娘纤弱的身影、厚重的宫墙与墙外自由的飞鸟,视觉形象的反差暗示了灰姑娘可能面对的新问题。从中可见画家对典型图画书艺术手法的应用。

曹文轩著文、帕特里齐亚·多纳绘图的《我不想做一只小老鼠》,也是一本文字较多的图画书,该书讲述一只老鼠从希望变成别的东西,到最终认识到做一只老鼠最好的心灵成长过程。书中的文字可以当作一篇纯文本的童话来阅读,但图画对文字的视觉阐释,依然发挥了"图文合奏"的增值效应。画面以灵巧多样的构图表现了老鼠与不同对象的对话,例如,首页上,身材娇小的老鼠以仰视的姿态询问一只大猫;在另一页上,老鼠与猎人分处跨页对角的位置上展开对话,猎人告诉老鼠,做猎人一点都不好,还是做风更好,老鼠听后向风跑去,画面上的老鼠正处在被大风吹起的乱叶之中(图8-3-2);还有一个跨页,老鼠在小鸟的引导下爬到河边一个男孩的背上,和他一起眺望远处的帆船。这些画面诠释了文字意涵,赋予文字以灵动的视觉形象。

图 8 - 3 - 1

图 8 - 3 - 2

《亲爱的小莉》《千万别去当海盗》《外面消失了》《稻草人》《远山牛铃声》《兔子萝里》等,也属于文字较多的图画书。

(二) 建立"图文共读"的阅读思维

人们习惯于通过文字符号所承载的信息去理解文本的意义。如果将这一思维定势简单地移植到图画书阅读中,显然是不恰当的。图画书的文字虽然搭建了故事框架,传达了重要信息,但"读图"依然是图画书阅读的核心环节。上文讨论的平行、互补、背离三种图文关系提示我们,通过"图文共读"才能真正把握图画书的要义。

我们不妨来做这样的阅读实验——只读图画书的文字,根据文字还原全书内容,那么有可能出现如下情况:(1)能说出故事的大致内容,但会遗漏许多重要的细节,如《团圆》《三个强盗》《逃家小兔》;(2)无法完整还原故事,书中某些文字表述让人觉得不知所云,如《西西》《小鱼散步》《天啊!错啦!》;(3)作出与图画书原意无关或相反的理解,如《母鸡萝丝去散步》《这不是我的帽子》。反之,如果只看图画而不读文字,往往也无法完整还原故事内容。

翻开图画书,首先关注其中的文字,这是成人十分自然的阅读反应,当目光转向图画时,最先关注的也是与文字叙述相对应的内容,但文字叙述未提及的画面信息,往往容易被忽略。以朱成梁绘图的《小威的中秋节》为例,该书的文字完整且连贯,仅"读文"也可了解故事,这种情形下,某些画面细节就很容易被读者匆匆略过。在妈妈和小威商量买月饼的页面中,一边是母子俩手持月饼和水果,另一边画了六块月饼,每块上都印着月饼馅的名称;当妈妈讲述自己曾经帮助奶奶做月饼时,一边是母子两人在厨房做月饼的情形,另一边以四张小图呈现月饼的制作过程,其中的饼模向读者展示了月饼上的字是如何印制上去的(图8-3-3)。附着于月饼的传统饮食文化,就是在这些细节中得以表现的。书中还有一幅图是表现小威餐前伸手去拿餐桌上的食物,被奶奶拦住了,餐桌上的食物描绘得很细致,翻过一页,是一家人吃团圆饭的情形,上一页出现的食物,有的被吃掉大半,有的还完整地放在餐盘里,关注这些细节会增添不少阅读乐趣。

图8-3-3

"图文共读"在学前教育中具有重要价值。一方面,成人在引导幼儿阅读时,不应只是简单地念书中的文字,而忽视与幼儿共同探索图画细节及其相互关系;另一方面,成人应当对幼儿的"读图"天赋抱有充分的信任,孩子在"读图"中常有令人惊讶的发现,教师和父母应尊重这种发现并给予恰当的引导。

> **讨论**
>
> 结合个人阅读体验,举例谈谈"图文共读"对理解图画书内涵发挥的作用。

二、图画书赏析关键词

　　要给图画书下准确的定义是一件困难的事,因为图画书创作在图画、文字、图文互动、书籍设计上,有着无限的创造空间,不论作怎样周延的描述,总会有新的创造突破原有的界定。了解图画书的欣赏方法,与其去归纳更多的规条,不如对图画书艺术的无限创意性形成自觉意识,我们需要做的,是在阅读中不断发现各种创意的存在,并对其在图文合作叙事中所发挥的独特作用作出恰当的分析。

赏析关键词	创意

(一) 图文叙事模式的创意

　　尽管图文之间可以建构多种的互动方式,但大多数图文共同演绎的故事都是发生在相同的时空里,也有图画书突破了常规的时空限制,形成新的图文叙事模式。

1. 双线叙事

　　双线故事指两个故事在不同的时空里发生,并产生相互的关联。最典型的是菲比·吉尔曼的《爷爷一定有办法》,故事主体讲述的是爷爷把一条毯子改制成各样服饰,毯子旧了,就改成外套,外套旧了又改成背心……在页面下方,作者以一条长长的画框,画了老鼠一家的故事,并与主体故事之间发生着诸多关联。在秦文君与郁蓉的《我是花木兰》、孙心瑜的无字书《午后》中,也可以读到双线叙事的故事。

　　双线叙事也可以体现为,从图画书的前后两端向中间讲述故事。例如,杨志成的《我只想要一只小狗/我只想要一个小男孩》(图 8 - 3 - 4),从书的一端往前翻页,叙说的是男孩拒绝了周围人送的各种宠物,执意要得到一只小狗,最后跑向动物收容所。而从书的另一端开始,则叙说一只小狗寻找自己心仪主人的故事,在两个时空中并行发展的故事,在书的中央汇合在一起,男孩和小狗都实现了自己的愿望。李如青的《远山马铃响》、奇伟的《牛言·蜚语》、午夏与马小得的《了不起的罗恩》、安·乔纳斯的《逛了一圈》也采用了这种叙事模式。

图 8 - 3 - 4

2. 穿越叙事

穿越故事指故事情境穿越于现实世界与幻想世界之间。例如黄丽的《外婆家的马》，男孩把一根竹竿想象成一匹马，他骑着"马"到外婆家。页面的图文信息既有表现外婆与男孩现实生活的——外婆打扫卫生、整理房间、洗菜做饭、和外孙一起用竹竿抬物；也有表现男孩对"马"奇特幻想的——来外婆家的马越来越多、马把家里闹得一团糟、外婆骑着马去购物。

再如大吴的《去找奶奶的那一天》，男孩只身前往医院看望奶奶，田野上的行走让他感到害怕，文字没有透露这一情绪，画面中却出现了身材硕大的动物紧随其后，画家把男孩心理活动加以实体化，构筑了一个幻想世界，男孩对此深信不疑，到医院后把路上的"奇遇"告诉奶奶，除了奶奶其他人都不相信真有其事（图8-3-5）。作者让儿童的恣意幻想与现实生活逻辑相互交会、碰撞，乃至矛盾、冲突，营造出奇谲惊异的故事情境，并将自己的儿童观隐含其间。

图 8 - 3 - 5

在《不要和青蛙跳绳》《大黑狗》《迟到大王》中，我们也可以看到故事穿越于现实与幻想之间的情形。

（二）图文布局的创意

图画书的图画与文字除了在意义表达上形成多元的互动关系外，它们在物质形态的书页上丰富的布局方式，也发挥着重要的表情达意功能。这一点也拉开了典型图画书与一般插图书的距离，一般插图书中的图文布局，更多具有装帧的意义，主要凸显视觉上的美观。

1. 留白的设置

留白指画家有意让画面的局部处于空白状态，留白在页面中所占比例有大有小，有的会占据页面的大部分空间。

留白的变化可以引导故事情节的演绎过程。例如，桑达克的《野兽国》的留白就暗示了故事的时空变化，主人公刚开始时处于跨页右侧的小画框中，随着情节演进，画框逐渐变大，直至占满全页，进而从跨页的右侧向左侧延伸。当主人公从野兽国返家，画面又从跨页左侧逐渐退回到跨页右侧。再如，上野纪子的《鼠小弟的小背心》，开始时小老鼠穿着小背心处于页面下部，页面大部分是空白的。随着鸭子、猴子、海狮等动物不断来试穿小老鼠的背心，角色在页面中占据的位置越来越大，留白逐渐缩小，大象出场时，整个页面几乎都被占满。可见开始部分的留白是为了情节演绎需要而设置的，通过背心与身材反差的演变过程，营造浓郁的幽默感。

留白在反映内心活动和渲染故事氛围上也可发挥积极的作用。在《鼠小弟的小背心》中，当小老鼠拖着极度变形的背心离开时，页面没有文字，大面积的留白反衬了角色的沮丧心情。汤姆牛的《下雨了》中的两个跨页有大片的留白,第一个跨页表现乌龟正爬向一池水塘,此时一群动物正围着池子抢水喝(图8-3-6),第二个跨页中,乌龟爬到池边,所剩无几的池水里仅剩一只蝌蚪。在大面积留白处爬行的乌龟显得十分无助,渲染出争水的紧张氛围。

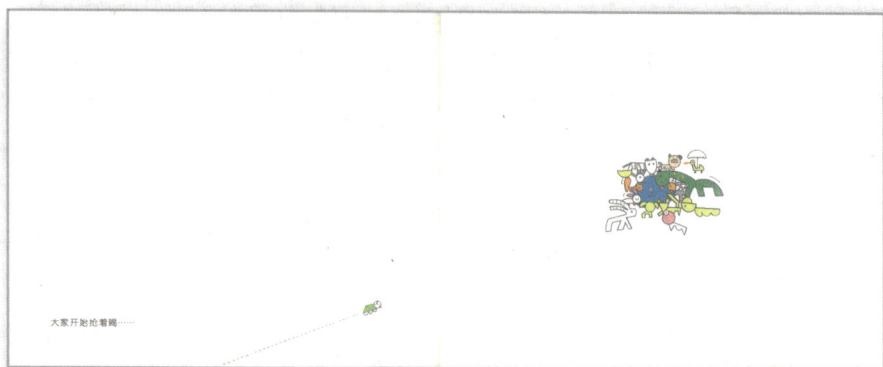

大家开始抢着喝……

图8-3-6

《世界上最美丽的村子——我的家乡》《月下看猫头鹰》《苏和的白马》《山姆和大卫去挖洞》等的留白设置也值得关注。

2. 文字的排列与设计

文字除表达意义外,其位置、造型、颜色等形式要素,实际上也融入图画书"图文合奏"的旋律之中,对叙事节奏、主题表达等发挥独特的作用。

赵晓音绘图的《小老鼠又上灯台喽》是由传统童谣衍生的故事。2—3页的文字呈现了"小老鼠,上灯台"这一古老童谣,"叽里咕噜滚下来"的文字排列形态,恰似文句表达的意义,也与该页上老鼠跌落灯台的形象相映衬(图8-3-7)。另一跨页中,小猫告诉大猫故事里有咸鱼,画面上由"喵"字组成的几只"鱼"正向淌着口水的大猫游来。画家充分利用文字的排列方式与

小老鼠,
上灯台,
偷油吃,
下不来。

叽里咕噜滚下来。

图8-3-7

造型设计来传达故事的浓郁趣味。

徐萃、姬炤华的《天啊！错啦！》中的文字排列也颇具特色。书中的兔子把一条裤衩当作了帽子，引起动物们的效仿，驴子道出这是一条裤衩的真相，兔子穿上裤衩却又难掩其翘起的尾巴，大家议论纷纷，最终兔子不顾他人的意见，坚持把裤衩当作自己的帽子。动物对话的文字以及它们的动作形态，被置于每一页的画框中，画框之外有一行简短的文字，仿佛是来自读者的声音，对动物们的行为指指点点，如"嘿，错啦！这不是帽子。""没错！就这么穿。"等等（图 8-3-8），画框内外的文字相互驳诘、彼此呼应，增强了叙事的紧张度，也增添了故事的趣味性。

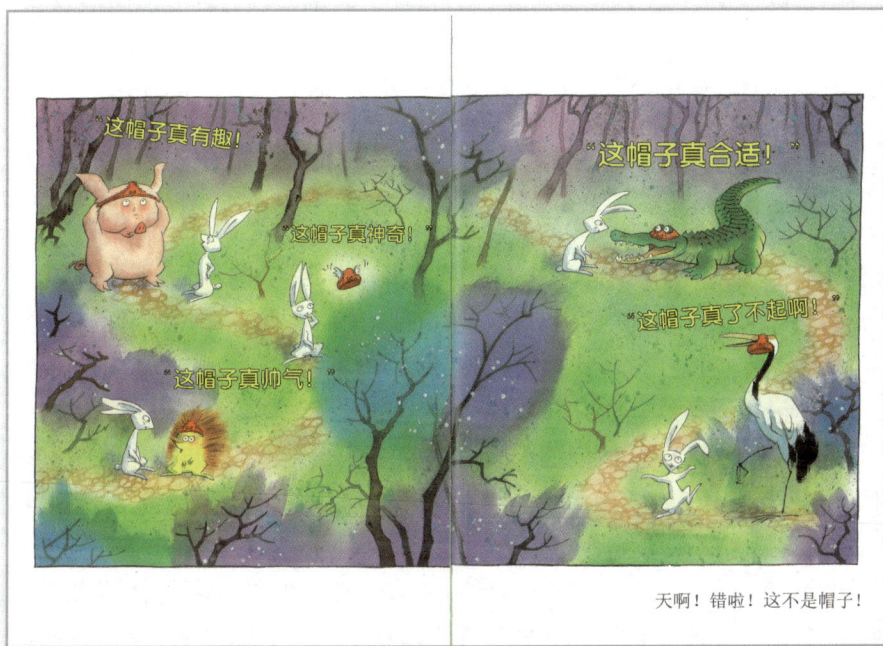

"这帽子真有趣！""这帽子真神奇！""这帽子真帅气！""这帽子真合适！""这帽子真了不起啊！"

天啊！错啦！这不是帽子！

图 8-3-8

《小房子》《南瓜汤》《千万别去当海盗》《迟到的理由》《我有一个梦》《老虎别怕》《阿诗有块大画布》《别让太阳掉下来》等，在文字排列、字形设计、字体颜色等方面也很有特色。

> **讨论**
> 结合个人阅读，谈谈图画书的艺术创意还可以在哪些方面展开。

微课 8-3-2　图画书赏析文章写作

图画书的创意显然不会仅限于以上讨论的这些内容。图画书的开本大小、开本形态、内部折页、绘图材质、绘画风格，以及在图画书中融入音乐、游戏等元素，都可以成为图画书作者展开艺术创想的天地。从表面上看，图画书的许多创意似乎都体现在绘画和设计上，实际上所有的创意都是围绕着图文关系而展开的，即便是无字书，图画也在与没有出现在页面上的无声语言发生着互动，创意的目的就是为了让图文关系获得更富意味的艺术张力，形成更加多元的意义表达方式，使图文共同叙事的效应获得最大程度的增值。

微课 8-3-3　图画书赏析文章点评

【教学实践】图画书教学例析

幼小衔接事关幼儿终身学习与可持续发展，是我国现阶段基础教育高质量发展的关键问题之一。近年来,全国学前教育宣传月主题从 2016 年"幼小协同,科学衔接"、2019 年"科学做好入学准备"发展到 2022 年"幼小衔接,我们在行动"。2021 年、2022 年连续颁布《教育部关于大力推进幼儿园与小学科学衔接的指导意见》《义务教育课程方案和课程标准(2022 年版)》,均对"幼小衔接"着重强调。图画书作为幼儿园文学活动的主要载体,是扎实推进幼小衔接的有效工具,并在幼儿园教育活动中受到越来越多的重视。下面介绍大班《蚯蚓的小学》文学活动案例。[①]

拓展学习
8-3-1

阅读苗松、杜传坤《绘本阅读中的多维对话及其实现策略》

选择文本的理由

1. 这本图画书画面生动、人物形象有趣、语言幽默,有助于激发幼儿的阅读兴趣。
2. 很多内容涉及小学生活,能够丰富幼儿的小学生活经验。
3. 图画书图文并茂、情节有趣,可缓解幼儿入学焦虑,强化幼儿入学期待。

活动设计思路　　　　　　　　　　　　　　　　　　　　　　　(设计者:俞春晓)

1. 活动准备

物质准备:教师根据图画书《蚯蚓的日记》改编的活动用课件一套,时钟钟面一个。

经验准备:幼儿对小学有了好奇心,听说过一些关于小学生活的信息。

2. 引出话题:有趣的蚯蚓小学

教师出示图画书的封面文字"蚯蚓的小学",从幼儿的生活入手展开对话,唤醒幼儿关于快要入小学的情绪情感,并用蚯蚓这一主人公引发幼儿的好奇心,为接下来的讨论做铺垫。

3. 图画书共读:蚯蚓的小学生活

教师播放课件,请幼儿观察小蚯蚓在做什么,并基于此生发出讨论主题,包括开学的物质和心理准备、什么是"课""上课""下课"、小学生活的作息要求、什么是"考试"、"我的小学"等,巧妙帮助幼儿建立起对小学生活的认识,缓解幼儿的焦虑情绪。

4. 延伸活动

延伸活动包括:组织幼儿一起参观小学,访谈小学老师和小学生,了解小学的各种学习和生活情况;与幼儿讨论交流对小学的认知经验,反思哪些是已经知道的,哪些是还想进一步了解的;与幼儿聊一聊他们心中希望的小学是怎样的,希望小学生活有什么有趣的事情。

◆ 案例分析

以图画书为载体开展大班幼儿文学活动,既要遵循图画书创作的艺术规律,也要遵循大班幼儿发展的教育规律。图画书是"图文合奏"的艺术形式,欣赏图画书需要从理解文字和观察图画两方面入手。同时,大班幼儿对幼小衔接比较陌生,但语言表达能力、逻辑思维能力发展良好。基于此,本案例明确以理解小学生活内容、能辨析他人意见并大胆发表自己的看法为目标;在教学内容方面,选取《蚯蚓的日记》这一具有趣味性且与小学生活关联度较高的经典图画书为教学载体,并根据实际教学需要将其改编为《蚯蚓的小学》;在教学方法方面,主要选用讨论法,基于图画书内容生发出讨论主题,并整合语言、社会等领域内容,丰富了大班幼儿对小学生活的认识,有效缓解了大班幼儿的入学焦虑情绪。

在活动过程中,教师主要依据关键情节和画面激发幼儿的思考。如很多小朋友发现

---

① 原载于《幼儿教育》2022 年第 4 期,转载时有改动。

图画中个别小蚯蚓在哭,教师和幼儿可以一起讨论蚯蚓为什么哭,根据幼儿的回答管窥其对小学生活的情感和认知。同时,幼儿对画面中蚯蚓弟弟吃力地用树叶载着书本的可爱形象很感兴趣,教师以此为契机组织幼儿讨论幼儿园常见的"图书"和小学阶段使用的"课本"的区别。为在讨论中充分引发幼儿思考,在提问环节,教师着力体现问题的具体性(如"晚上蚯蚓弟弟是几点睡觉的? 你从哪里看出时间的?")和开放性(如"蚯蚓弟弟在干什么? 什么叫'考试?'")。在理答环节,教师注意理答的全体性和灵活性,尽可能多地请幼儿参与话题讨论,并根据幼儿回答给予相应反馈。如在有多名小朋友表示将要入读同一所小学时,教师建议他们可以相互拥抱一下,以庆祝还可以成为同学;面对仅有一名小朋友入读某一小学时,教师则鼓励他以后会遇到新同学。这充分体现了教师的教育智慧,能站在幼儿的角度思考问题,敏感关注幼儿情绪。

幼儿园文学活动的组织形式多元,包括集体活动、区域活动,此外,游戏、戏剧等也是幼儿园文学活动的常见呈现形式。本案例选用了讨论法,虽契合了大班幼儿发展特点,但在激发幼儿游戏精神、合作精神等方面还存在缺憾。《蚯蚓的日记》具有较强的故事性,角色数量丰富,可供多名幼儿参与表演。因此,在活动实施过程中,可采用戏剧的形式引领幼儿参与其中,增进幼儿对小学活动的亲切感;也可带领幼儿玩图画书中提到的"做空心面"等游戏,丰富活动形式,提升幼儿对文学活动的兴趣。

研 习 任 务

图画书理解·赏析·应用

[任务一　文学理解]理解图画书艺术的空间性与时间性

阅读5—8本图画书,从文学和美术的视角讨论以下问题:(1)举例说明图画书是怎样通过某一瞬间的画面形象来表现角色动态的,又是如何在连续页面中表现情节进展的,两者如何实现有效的配合;(2)以某本图画书为例,讨论该书的哪些画面对情节进展发挥了重要的推动作用,这些画面的内容如果完全用文字表述应该怎么写。

[任务二　文本赏析]分析图画书多元的图文关系

(1)选择未读过的图画书,仅读其中的文字或图画,并尝试还原故事的原貌,在此基础上进行"图文共读",对照两种阅读方式之间的差距;(2)根据本章介绍的平行、互补、背离三种图文关系,找出3本典型反映这三种关系的图画书,分析其中的图文是怎样合作叙事的;(3)阅读其他探讨图文关系的书籍或文章,看看图画书还有哪些图文关系,将相关文献介绍的例子列一张表。

[任务三　教育应用]观察幼儿园各领域图画书教学活动

利用到幼儿园见、实习的机会,观察:(1)在语言领域中,教师选择了哪些图画书进行教学;(2)语言领域之外的其他领域,教师应用了哪些题材和主题的图画书,所开展的教学活动与语言领域有何区别;(3)幼儿在哪些区域活动中会接触到图画书,他们对图画书作出了怎样的反应;(4)除了有组织的教学活动外,在一日活动的哪些环节中幼儿还有机会接触到图画书,他们对图画书作出了怎样的反应。选择以上1—2个项目进行细致观察并做好记录。

◆ 第九章　幼儿戏剧 ◆

学习目标

知识目标：
1. 了解幼儿戏剧的基本概念、发展概况、类型划分等基础知识。
2. 掌握幼儿戏剧的文学与表演知识，结合剧本理解其艺术特征。

能力目标：
1. 掌握赏析幼儿戏剧剧本的基本方法，能够结合个人理解赏析剧本。
2. 了解幼儿戏剧在幼儿园教学中的应用情况，尝试参与教学实践。

素养目标：
1. 对幼儿戏剧的游戏性有较为深入的理解。
2. 能较好地处理幼儿戏剧的文学审美、舞台表演与教育功能的关系。

新课导入

学者张金梅对幼儿戏剧的特点做了如下表述：

从戏剧艺术的视角来说，身体既是戏剧创作的材料，也是戏剧创作的手段，更是戏剧创作的结果。演员既是创造者——通过扮演角色把剧本的情节表现出来，他自身又是创造的材料——借助自己的声音、动作和表情进行表现，他还是最终的戏剧作品——舞台上活生生的人物形象。演员的表演所依赖的"不是别人，而是他自己，他整个的人：他的身体、声音、内心的感情……这就是说拿他自己来创造艺术"（张庚《戏剧艺术引论》）。

当戏剧艺术剥离掉舞台上那形形色色的灯光、服装、道具、装置、音效、音乐，等等，就只有演员的身体，他（它）们在感受着，运动着，讲述着一个故事。身体是戏剧的核心元素，儿童用身体在戏剧的世界中感知、想象和表达。①

——张金梅

1. 观看几个由幼儿参演的戏剧视频，看看在舞台上幼儿以怎样的状态投入表演。
2. 结合以上提示，在学习中思考戏剧艺术应如何与幼儿的身心相融合。

---

① 张金梅.学前儿童戏剧教育［M］.南京：南京师范大学出版社，2015：11—12.

第一节　幼儿戏剧概说

一、幼儿戏剧概念及作用

幼儿戏剧是以幼儿为接受对象的综合性表演艺术,融合了文学、音乐、美术、舞蹈等多个门类的艺术成分。为戏剧表演提供的文学脚本称为剧本,剧本本身也是一种可供阅读的文学文本,剧本可以由剧作者编撰,也可根据文学作品进行改编。戏剧中的音乐成分包括为表演设计的音乐伴奏、穿插于台词中的歌曲、歌舞剧或戏曲中的唱腔等;美术成分包括舞台布景、灯光、道具等;舞蹈成分包括为剧情创编的舞蹈、为演员表演设计的舞姿等。

本章以剧本为中心讨论幼儿戏剧,注重通过对改编剧本与原作文本的比较,体现剧本的表演性要素。在关注舞台戏剧艺术特征的同时,也把幼儿园戏剧活动作为一项重要内容,探讨教育因素的介入对戏剧艺术特征的影响。

幼儿戏剧是儿童剧的一个分支,为了照顾年幼儿童的观赏需要,剧情一般较为简单,场次也不复杂。由于幼儿对幻想文学有着特殊的喜好,因而童话剧在幼儿戏剧中占有很大比例。幼儿戏剧常加入歌舞成分,用以渲染舞台氛围,推动剧情发展。幼儿戏剧也常出现歌谣体台词,以表现人物(角色)的性格特征、内心想法、相互关系等。近年来,随着图画书成为学前早期阅读的重要材料,根据图画书改编的绘本剧也成为幼儿戏剧的重要组成部分。

幼儿戏剧在学前教育中发挥着多方面的作用,作为一项综合性舞台艺术,可以给幼儿提供多维度的视听审美体验,让他们从观剧中了解社会生活,学习人际交往,获得情感熏陶,理解戏剧传达的主题思想。幼儿戏剧的人物(角色)性格、善恶是非、矛盾冲突具有鲜明、外化的特点,加上舞台表演的动态性与游戏性,十分契合幼儿的思维特点与审美趣味。除了观赏戏剧表演之外,阅读剧本也是幼儿欣赏戏剧的另一条途径,如包蕾的《小熊请客》、柯岩的《小熊拔牙》、孙毅的《小小五彩鸡》等剧本,已成为幼儿早期阅读的优质材料。在学前教育现场,幼儿戏剧常以游戏的形态介入领域活动,成为各类教学活动的重要资源。

拓展学习
9-1-1

了解幼儿戏
剧发展概况

二、幼儿戏剧的类型

从戏剧的表现形式上看,幼儿戏剧的主要类型有话剧、歌舞剧、木偶剧等。此外,还有一种戏剧是依据其内容来源来命名的,即绘本剧。

(一)话剧

幼儿话剧是以人物(角色)对话、动作为主要形式推动剧情发展的幼儿戏剧。幼儿话剧既可以表现幼儿的现实生活,也可以表现幻想类故事,本章列举的作品大多是童话剧。幼儿话剧也可辅以歌舞,营造热闹欢愉的舞台氛围。此外,不少剧作者把剧本的台词设计成节奏明快、充满动感的歌谣体语言,深受小观众的喜爱。

(二)歌舞剧

幼儿歌舞剧是以歌唱和舞蹈为演绎故事的主要形式,辅以少量台词的幼儿戏剧。自黎锦晖开创这一戏剧形式后,歌舞剧在幼儿戏剧中一直占有重要地位,载歌载舞的表演对小观众很有吸引力,也为幼儿参与歌舞表演提供了机会。典型歌舞剧中的歌舞分量远多于幼儿话剧中穿插的歌舞。

（三）木偶剧

木偶剧是由演员操纵木偶进行表演的幼儿戏剧,也称傀儡戏。表演时,演员一边操纵一边说唱,并配以音乐。根据木偶形体和操作技术,木偶剧可分为:(1)杖头木偶:木偶装有三根操纵棍,由演员举着进行表演,表演难度较大;(2)提线木偶:木偶的关节缀以细线拴在木棍上,由演员在上方提线操作木偶的动作,制作和操作难度较大;(3)布袋木偶:用布制偶具套在手指上进行表演,布袋上只画角色的五官,制作简便,操作难度不大,幼儿经过一定的训练也会表演,方便用于幼儿园教学活动。

（四）绘本剧

拓展学习
9-1-2

欣赏幼儿戏
剧演出海报

绘本剧是根据图画书(绘本)改编的幼儿戏剧。绘本剧可以由教师或专业人员创编,再组织幼儿表演,也可以由师幼共同参与创编,把幼儿对图画书的理解和演绎充分纳入剧情。绘本剧与以上介绍的三个剧种并非并列关系,是依据剧情来源而划分的戏剧类型,绘本剧可以呈现为话剧、歌舞剧、木偶剧等戏剧表演形式。随着图画书的广泛普及,将图画书的内容转化为戏剧活动,在幼儿园各领域教学中发挥着重要作用。

第二节　幼儿戏剧的艺术特征

一、戏剧结构

戏剧结构是指剧作者对剧本内容的组织和安排。通常包括对事件的处理,如分幕分场;戏剧冲突的进展设计,如开端、发展、高潮、结局;人物关系及人物行动的安排等。为了照顾年幼儿童的认知特点和观剧心理,幼儿戏剧一般采用线性结构形式,即按照时间顺序展开剧情。

"开端"是介绍剧情发生的背景,推出人物,揭示矛盾关系。"发展"是剧情的具体展开过程,通过表现各种人物(角色)关系,把矛盾一步步推向高潮。"高潮"即戏剧冲突发展到了高峰,并走向最终的解决。"结局"是剧情发展的终点。以某一《小马过河》剧本为例,该剧本分五个场景展开剧情:

第一场景:小马要帮妈妈给河对岸的驴婆婆送粮食,交代故事起因。

第二场景:小马遇到牛伯伯,询问河水深浅,确信自己可以过河。

第三场景:小马遇到小松鼠,小松鼠警告他河水很深,小马不知道该怎么办。

第四场景:小马回家问妈妈,妈妈给他讲明道理。

第五场景:小马勇敢地尝试自己过河。

第一场景是开端,交代了小马过河的缘由。第二、三、四场景是发展,在这一过程中,小马听到不同的意见,对自己能否顺利过河产生了内心矛盾,通过询问妈妈小马明白了该怎么办。第五场景安排了一个动作性很强的表演:小马跑到小河边,正想蹚水过河,小松鼠冲上去,拦住小马。小松鼠的台词是:"小马,小马,你怎么又要过河,你真的不要命了吗?"这是剧情的高潮,角色间有了肢体接触,小松鼠对小马的劝说也到了最激烈的程度。接着,小马亲自下河试探深浅,顺利过了河,全剧结束。这个短剧清晰地反映了如下戏剧结构(图9-2-1)。

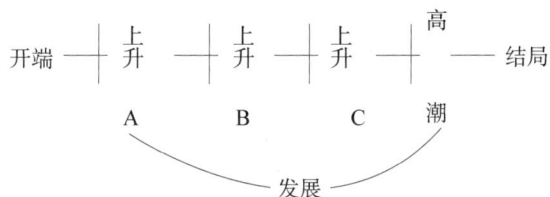

图9-2-1　戏剧结构示意图[①]

我们也可以借助中国传统文章模式"启、承、转、合"来分析戏剧结构。"启"是戏剧的开端,冲突由此开启;"承"是戏剧冲突的发展;"转"则是矛盾冲突发展到一定程度,出现了足以让剧情发展转变的关键点,促成冲突走向高潮;"合"是剧情在高潮中走向结局。当然,并不是每一部戏剧都严格按照这一程式运作,尤其是幼儿戏剧,有时各个环节的界限并没有那么明显,前面提到的《小马过河》的"转"就显得较为平和。

幼儿戏剧首先应该在开端处,把矛盾的缘由以简约且足以激发观剧热情的方式呈现出来,让小观众尽可能快地"入戏",如果开端的节奏太慢、太拖沓,小观众就容易分神,后面的剧情再精彩,演出效果也会大打折扣。《小鹿有了豹妈妈》是张继楼根据冰波童话《丁零零》改编的剧本,故事大致的情节是:鹿妈妈在小鹿脖子上挂上丁零作响的小铃铛,出门后就再也没有回来,小鹿睡前把铃铛挂在洞口,希望妈妈回来时能撞响铃铛,结果却迎来了一只花豹,因为小鹿的勇敢以及对母爱的执着追求,最后花豹成了小鹿的新妈妈。剧本的开端是这样的:

鹿　（唱）我是一只小花鹿。

　　　我爱妈妈妈爱我,

　　　饿了带我去吃草,

　　　渴了领我把山泉喝,

　　　跟着妈妈多快活。

　　我妈妈有一个小铃铛,原先挂在颈子上,一走路,就丁零零响,可好听啦! 自从有了我,妈妈怕我外出迷了路,就把铃铛挂在我的颈子上。你看,亮晃晃,你听（左右摇摆）丁零零。妈妈下午出去找东西吃,要我留在家里,说给我带一把嫩草回来。眼看天都要黑了,怎么还不回来? 一定是冬天草都枯了,很不好找。（刮风）刮风了,外面好冷,说不定还要下雪。妈妈,快回来吧! 只要你快回来,我宁肯饿一顿。

　　（唱）天黑了,刮风啦,

　　　一人在家真害怕。

　　　摇响我的小铃铛。

　　　风啊请你传句话,

　　　叫我妈妈快回家。

剧本采用小鹿自唱自说的方式,介绍自己的身世和母子关于铃铛的约定。这个故事中,妈妈出场的机会虽不多,但依然是一个重要的存在——丁零作响的铃铛是妈妈留下的,小鹿后来的种种勇敢表现也是受到母爱的招引。我们不妨对照一下童话文本的开头:

"丁零零"

　　小鹿摇一摇头,挂在她脖子上的那只小铃铛,就会发出悦耳的声音。这只小铃铛原来是挂

① 吴戈.戏剧本质新论[M].昆明:云南大学出版社,2001:95.

在妈妈脖子上的。自从妈妈生了她,就挂在她的脖子上了。小鹿特别喜欢这只小铃铛。

小鹿和妈妈住在一个很小的山洞里。小鹿很喜欢自己的家,因为,在小山洞里摇小铃铛,声音更好听,传出来的一声声回音,好像是在水里洗过似的,"丁零零,丁零零……"

有一天,妈妈对小鹿说:"我出去找点吃的东西。你还太小,在家好好儿玩,别乱跑。"

妈妈走了。

从戏剧表演的角度看,没有必要让妈妈这个角色出场,剧本把童话文本的描述性语言转化为歌谣体台词,加上小鹿配合台词念唱的动作表演,既表现了妈妈在小鹿心中的地位,简约地交代了故事背景,又让小鹿以活泼的形象亮相,烘托出热闹的舞台氛围,能很快地吸引小观众融入剧情之中。

拓展学习
9-2-1

《回声》戏剧
结构分析

二、戏剧冲突

戏剧冲突是指人物与人物、人物与环境以及人物内心,由于一系列矛盾而引发的对抗性行动和情境,是推动剧情发展的动力。由于童话剧在幼儿戏剧中占很大比例,幼儿戏剧中的人物,很多情况下是拟人化角色。

人们常用"有戏""没戏"来评价一场戏剧的表演效果,这其实就是对戏剧冲突是否合理、是否紧张有序的一种评价。幼儿戏剧中的冲突,既要达到一定的激烈程度,使剧情波澜起伏、扣人心弦,同时也要把冲突控制在一定的限度内,不宜出现过于惨烈的场面,以免给小观众造成不良的心理影响。戏剧冲突的最终化解往往带有喜剧色彩。

戏剧冲突可分为外部冲突和内部冲突。角色之间的相互争斗、闹别扭;自然或社会环境给角色行动造成的障碍,属于外部冲突。角色在思想、情感、道德上产生的内心矛盾,以及角色性格之间的冲突,属于内部冲突。

第一,角色行为之间以及角色与环境之间构成的戏剧冲突。

角色间的行为冲突是最为常见的戏剧冲突,方园的《"妙乎"回春》就体现了这一特点。该剧表现的是幻想当名医的小猫"妙乎"给动物们胡乱诊病的故事。戏剧冲突围绕着"妙乎"与上门求医的小兔、小牛、小鹅之间的矛盾展开,剧情采用幼儿文学常见的三段反复式结构。"妙乎"对三个求医者的胡乱诊断与动物角色的生物特性有关,小兔的红眼睛、小牛的反刍、小鹅头顶的红冠,被"妙乎"诊断为严重的遗传病,并给出喝红药水、开刀动手术的治疗方案。前两位求医者先是被所谓的"病"给吓着了,又因荒唐的疗法而陷入恐慌,戏剧冲突得以叠加和强化,小鹅的出现让原先的矛盾关系发生了转向,他以其人之道还治其人之身,根据小猫的胡子,诊断"妙乎"得了"未老先衰病",开出的药方是拔胡子。剧情在"妙乎"被拔胡子的哀叫中达到了高潮,以"妙乎"认错而终局。

主人公"妙乎"的名字很有意味:"妙乎"是对"妙手"的误读,提示了家庭的从医背景,也凸显了小猫不学无术又自命不凡的特点,同时"妙乎"又是猫叫的谐音,小猫以此名为荣,自带某种诙谐感。

值得肯定的是,戏剧恰当地把角色间的行为冲突控制在一定范围内,在让小观众体验到适度紧张感的同时,又不至于被过度血腥的场面吓着。剧中的小兔没有遵照"妙乎"的诊断把红药水喝下,小牛也没让"妙乎"给自己开刀,"妙乎"拔胡须的场面看似颇具声势,其实并无大碍,过程充满了游戏氛围。

有的幼儿戏剧的冲突体现为角色与环境的冲突。例如,《小马过河》中,河水拦住了小马前往磨坊的路,形成小马与环境的冲突,这也是小马与其他动物产生争执的前提。《咕咚来了》中,环境中来历不明的"咕咚"声与动物们的混乱逃亡,构成了贯穿始终的戏剧冲突。这些冲突在童话文本里就已存在,改编为剧本后,动作、台词、音效等将冲突以更为外化、可感的方式凸显出来。

　　再以丁曲的《狐狸下蛋》为例,戏剧表现了小鸭与狐狸之间斗智斗勇的故事。狐狸为了吃掉河对岸的小鸡、小鸭,谎称自己会下蛋,吸引了天真幼稚的小鸡要过桥去观看这一奇观,小鸭为了拦阻小鸡,抢先跑上桥,大喊水里也有一只会下蛋的狐狸,把狐狸引上了桥。狐狸被河中的倒影居然想学自己下蛋给气坏了,破口大骂起来,小鸭趁势将其推下河去。狐狸与环境的冲突把剧情推向了高潮,同时化解了小鸡、小鸭与狐狸之间的冲突。角色与环境的冲突往往不是单独存在,而是与角色之间的冲突相互交织,共同推动剧情发展。

　　第二,角色内心矛盾以及角色性格反差构成的戏剧冲突。

　　黎锦晖的《麻雀与小孩》以孩子内心的道德矛盾构成戏剧冲突。戏剧分为"教学""引诱""悲伤""慰问""忏悔""团圆"六个场景,表现了麻雀被男孩捉去;麻雀妈妈悲伤心焦;男孩见状后悔自己的行为,释放了小麻雀;麻雀母女得以团圆。其中的"忏悔"这一场景表现了男孩内心的矛盾冲突:

第五场 忏悔

小孩(唱)　这事做错了,越想越不应当。可怜那麻雀独自哭哭啼啼的多么悲伤！将心比心,大家是一样,假如我不见了,我的母亲怎么样？一定要发狂,整天啼哭不能起床。再想我自己,关在一间屋子里,到了那时,也是哭哭啼啼的不由你不着急！

　　现在两只麻雀,母女俩分离,叫不息,飞不息,两条性命都在我手里。再不放出来,我的良心也不依。

　　〔小孩唱完上曲,立即从左方下场,将小麻雀带出来,小麻雀跟在小孩身后低着头走着,小孩忙向老麻雀接着唱。

　　老麻雀你快来,我真对不起你。你的姑娘就在这里,请你抱回去。

　　任德耀的《马兰花》则典型地体现了人物之间的性格冲突。剧中的主人公大兰和小兰外貌十分相似,性格却有很大差异,一个懒惰贪婪,一个善良勤劳。小兰嫁给深山里的马郎,和善良的小动物们过着幸福的生活,奸诈的老猫利用大兰的妒忌心,乘小兰回娘家时设下奸计把小兰推下河,夺走了马兰花,并逼迫大兰冒充小兰。化成小鸟的小兰把一切真相告诉了马郎,在小动物们的帮助下,马郎打死了老猫,夺回了马兰花,迎回了小兰,马兰花重新开放,人们又过上幸福的生活。人性的善恶冲突成为推动剧情发展的内在动力。

三、戏剧活动中的艺术元素

(一)活动组织

　　幼儿参与戏剧活动有两种方式,一是在剧场里当观众。一般戏剧的生产过程,从剧本创作到舞台表演都由成人完成,幼儿仅是戏剧的接受者、观赏者。二是在幼儿园里参与由教师组织的戏剧活动。此类活动的传统组织形式是:由教师选取并改编剧本,组织少数幼儿排练并演出,大多数幼儿当观众。在新的学前教育理念下,幼儿对戏剧活动的参与度有了很大提高,他们和教师一起参与剧本的内容策划,在教师指导下进行排练,还会参与舞台布景、道具制作、音乐选取、灯光设计等,有的戏剧活动还会扩展至宣传推广、票务管理、座位安排等。在戏剧活动中,演员与观众的界限并非泾渭分明,不少戏剧活动安排了台上台下互动环节,观众有时还会被临时安排担任某些角色,观众在观剧过程中产生的创意性意见,也会被吸纳到新版的剧本中。依据剧情还可以衍化出形式多样的延伸活动。

　　幼儿园戏剧活动不再是单纯的戏剧创作与表演,而是为实现特定教育目标而创设的跨领域活动。戏剧活动使戏剧的综合性拓展出更为丰富的维度,不仅体现为戏剧包含了各种艺术成分,而且打破了戏剧"生产—消费(接受)"过程参与者的身份界限,将诸多与幼儿成长相关的教育元素融入其中(图9-2-2)。探讨幼儿园戏剧活动,有助于我们以更为开放的视野看待戏剧的艺术特征,理解幼儿的深度参与对戏剧整体面貌的影响。

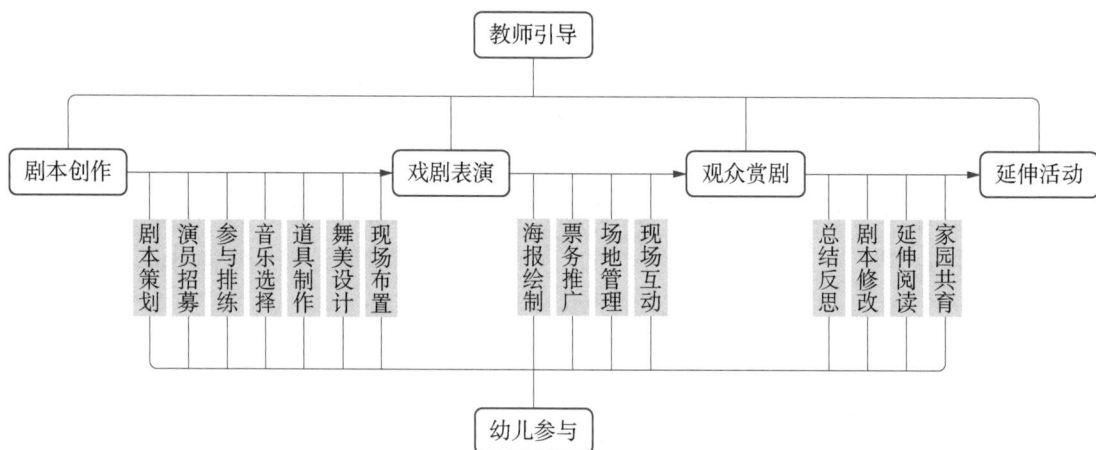

图9-2-2　戏剧活动示意图

（二）剧本创编

　　幼儿参与剧本策划是戏剧活动得以顺利开展的基础。幼儿尚不具备独立创作剧本的能力,但他们围绕剧情展开的创意想象却值得珍惜。某幼儿园组织幼儿创编童话剧《十二生肖的传说》,教师先是引导幼儿了解中国传统文化关于十二生肖的传说,为创编提供文学基础,进而让幼儿展开充分讨论,最后形成了三条剧情线索:

　　第一,"传说型"剧情。跑步比赛中,小老鼠在牛背上给牛哥哥唱歌,到了终点,小老鼠从牛背上跳下来,先冲过终点线,成了第一名。其他动物争先恐后地跑到终点,前十二名的动物被选为十二生肖。

　　第二,"以勤补拙型"剧情。十二种动物报名参加跑步比赛。小老鼠天天早起练习跑步,终于在比赛中获得了冠军。小猪虽然爱睡懒觉、体型笨重,但也通过坚持入选十二生肖。

　　第三,"善恶分明型"剧情。狮子是森林里的坏家伙,它自己不干活,总是抢小动物们辛苦劳动的果实,其他动物天天劳动,把身体锻炼得棒棒的。狮子也报名参加了跑步比赛,但它好吃懒做,越长越胖,最终在跑步比赛中跑了最后一名,没能入选十二生肖。[①]

　　这些剧情线索离最终可供表演的剧本尚有一定距离,但源自幼儿的创意构思,将推动他们以更大的自主性和积极性,投入排练、演出等后续活动中去。剧本策划本身也是一项富有创造性的文学活动,幼儿的语言表达、想象思维有机会在这一过程中获得发展。

（三）戏剧排演

　　从剧本到舞台表演是戏剧活动的重要过程,包括角色分配、演出排练、舞台布置等环节。作

---

① 参见:周瑜.四种转变,让童话剧排演走向儿童本位——以童话剧《十二生肖传说》为例[J].早期教育,2022(11).

为教育活动,应当为全体幼儿提供平等参与的机会;作为戏剧表演,对角色又有人数及能力上的要求,教师需要平衡两者之间的关系。例如,某幼儿园在为戏剧活动《巨人的花园》选择角色时,许多孩子争着要演巨人,教师出于对角色外在造型的考虑,直接指定一名个子高、身体强壮的孩子扮演该角色,结果导致大部分幼儿参与活动的积极性下降。后来,在另一次戏剧活动中,教师把角色分配设计成一个让全体幼儿参与的"我要扮演×××"活动。教师的引导语是:"我们先来选奇妙人,需要四名奇妙人,想要扮演奇妙人的小朋友请走到教室中间,根据我的口令来扮演角色。台下的小观众要认真观看,为自己喜欢的奇妙人投票哦。"[①]教师通过"试镜"造型游戏,让幼儿通过自由竞争成为演员,体现了对幼儿的尊重,改善了幼儿参与戏剧活动的体验感。

幼儿兴趣与需求的多变给教育活动带来许多不确定性,这在戏剧排练和表演中表现得尤为明显。正规的戏剧演出,演员扮演的角色是固定的,而幼儿戏剧活动却未必如此。某幼儿园在进行《花木兰》戏剧活动彩排时,有幼儿提出:"有一些角色都是老师在演,没有小朋友演。"为了回应这一问题,教师就在排练现场组织招募出演将军、大臣和木兰好友三个角色的演员。[②] 这些角色是剧中的次要人物,临时加入并不影响整体的排练效果,同时又满足了更多幼儿参与戏剧活动的要求。

(四) 表演设计

戏剧表演需要有音乐、美术等艺术元素的介入,这正好与学前教育活动综合性、跨领域的特点相契合。以某幼儿园开展的《三只小猪》戏剧活动为例:

为了营造戏剧表演氛围,教师鼓励幼儿回家收集自己喜欢并且适合于童话剧的歌曲,并将幼儿收集的十几首歌曲在班上播放,由幼儿投票选出了《小猪睡觉》和《粉刷匠》两首歌曲,在小猪睡觉和盖房子两场戏中演唱。

道具制作也是戏剧活动必不可少的内容,道具既可以通过美工活动组织幼儿制作,也可以利用现有的材料。《三只小猪》戏剧活动采用了就地取材的方式:幼儿在建构区找到木质积木和泡沫积木,分别充当剧中的木头房子和稻草房子,根据幼儿的建议,大家回家收集金属奶粉空罐用来搭建砖头房子。

喜爱游戏是幼儿的天性,他们乐意在舞台表演中融入游戏元素。受图画书《我不知道我是谁》的启发,小演员把书中的对话游戏植入《三只小猪》的角色对白中,当大灰狼敲门时,小猪与狼之间展开了连环式问答:

"你是小猫吗?"——"不是!"

"你是小狗吗?"——"不是!"

"你是不是没有眼睛?"——"不是!"

"你是不是没有耳朵?"——"不是!"

"你喜欢吃青菜吗?"——"不喜欢!"

"你喜欢吃萝卜吗?"——"不喜欢!"

"我要吃你们!"[③]

表演视频
9-2-1

《马兰花》

在幼儿园戏剧活动中,幼儿超越了单纯的观赏者身份,成为戏剧活动的全程参与者,师幼组成"创、演、观"共同体,同时拥有了编剧、导演、演员、观众等多种身份。幼儿戏剧活动具有鲜明的开放性特点,从纯艺术的角度看,可能显得不那么完美,然而,这个融合了戏剧艺术与教育活

① 参见:王婷.幼儿园戏剧主题活动中教师支持的行动研究[D].成都:成都大学,2023:50.
② 参见:朱亚杰.大班幼儿戏剧表演的实践探索[J].儿童与健康,2023(3).
③ 参见:陈亚敏.多元素融入,让童话剧表演有"声"有"色"——别样的大班童话剧《三只小猪》[J],华夏教师,2018(34).

动多元诉求的开放系统,为幼儿成长提供了广阔空间,也为学前教育的活动方式开拓出近乎无限的可能,戏剧艺术也因此获得了另一种演绎可能。

第三节　幼儿戏剧赏析导引

一、幼儿戏剧赏析路径

欣赏戏剧从根本上说是欣赏舞台上的戏剧表演,由于舞台表演需要满足诸多时空条件,观剧活动不宜随时随地进行,因而,通过剧本分析以培养戏剧欣赏能力,也是一条可行的路径。虽然戏剧演出视频可以在一定程度上替代现场观剧,但赏析剧本依然有其自身的价值,文字书写的剧本,能够让我们更为理性地梳理剧情的逻辑脉络,剖析戏剧冲突的起伏转折,把握戏剧的艺术风貌。

(一)从"台词"赏剧情

戏剧主要通过角色语言以呈现剧情,角色语言称为台词,包括对白、独白、旁白。对白是剧本中角色之间的对话,是台词的最主要形式,角色的外在行为及其相互关系,在很大程度上都是通过对白加以体现。独白是角色在舞台上独自说出的台词,是角色表达自己内心情感和体验的重要手段。旁白是角色在舞台上直接说给观众听,假设同台表演的角色听不见的台词。

台词是戏剧塑造角色形象、推动剧情发展、表达主题思想最为重要的手段。台词要符合角色的身份与个性特点,就幼儿戏剧而言,还应当注意体现年幼儿童的表达特点。以柯岩《小熊拔牙》的开场对白为例:

妈妈　妈妈要去上班,

小熊　小熊在家玩耍。

妈妈　不对,你要洗洗脸……

小熊　嗯嗯……好吧,洗一下。

妈妈　不对,你还要刷牙……

小熊　嗯嗯……好吧,刷一下。

妈妈　不对,要好好地刷。还有……

小熊　还有,还有……什么也没了。

临出门的妈妈对小熊一阵叮嘱,一方面表现了妈妈对小熊的关爱,另一方面也把小熊喜欢玩耍又疏于卫生的生活状态自然地流露出来,为后继的拔牙剧情埋下伏笔。随着妈妈交代事项的增多,小熊露出了些许的不耐烦,随后的一组对话是——妈妈:"不对,想想吧!/……不自己拿饼干?/……不自己拿……"小熊:"好啦,好啦,都知道——/不自己拿饼干,/不许抓糖球,/还不许打架……"对白的语气与小观众的日常经验相吻合,体现了母子间既亲密无间又潜藏矛盾的关系,进一步凸显了小熊的顽皮形象。

戏剧是一种行动艺术,戏剧冲突很大程度上是由角色的一系列动作来推动的,因而,台词不仅要发挥日常对话传递信息的功能,更应与角色舞台表演的动作有机结合。以沙叶新、江嘉华的《兔兄弟》中的一段对白为例：

鼠　好好好，不要吵，不要闹，既然有大又有小，我再来咬一咬。

〔老鼠又把大的一块咬了几口，咬得比另一块还小。

白　不行，不行，这块又大了！

鼠　好，我再咬，我再咬！

〔老鼠又将另一块咬了几口。

黑　不行，不行，那一块又大了！

鼠　好，我再咬，我再咬！

〔老鼠就这样轮替地咬着两块饼，最后都只剩下一点点了。

鼠　好了好了，你们瞧瞧，两块煎饼，一样大小。（对小白兔）这块给你。（对小黑兔）这块
　　给你。公道不公道？

黑　（接过饼，高兴地）公道，公道！

白　（接过饼，高兴地）真好，真好！

鼠　下次再分饼，再来把我叫。不论分什么，我都来效劳。

　　押韵的台词加上老鼠咬饼的动作，使角色对白富有动感节奏，老鼠吃相与兔子表情之间的鲜明对照，给剧情带来浓郁的喜剧色彩。

　　除了对白，独白也是塑造角色形象、推动剧情发展的重要方式。以张天翼《大灰狼》狼上场后的一段独白为例：

声　音　咕咕！（大灰狼猛地睁开眼睛，侧着脑袋用心听着）咕咕！

大灰狼　哼，又是哪个小鸟儿！我当我的肚子真的又叫起来了呢。可是我的肚子的确有点
　　　　儿泄气。我跟它说来的，我说："干吗要去跟小耗子当肚子？有什么意思？跟狼当
　　　　肚子才威风呢。"我的肚子就说："威风威风。里面空空。你要是学学小耗子偷东
　　　　西，比净做狼还好一点儿呢。"

　　这段独白一方面表现了常见的"狼性"——贪婪、凶狠；另一方面，并没有一味地强化狼性之恶，而是通过狼和自己肚子的对话，使狼的形象可爱化。肚子咕咕叫是饥饿的信号，台词没有直接表现狼想大吃一餐的强烈欲望，但从他以肚子口吻道出的抱怨，可以看出此时的饥饿状态——狼的胃连耗子的胃都比不上了。

（二）从"提示"析技法

　　舞台提示也是剧本的重要组成部分，它反映了剧作者对戏剧表演的构想，包括对剧情发生的时间、地点、场景、氛围的说明，灯光、布景、音效的要求等。尤其是关于角色形象特征、心理活动、情感变化等的提示，对戏剧表演发挥着举足轻重的作用，是导演排戏和演员表演的重要依据。

　　包蕾的《小熊请客》剧本是在他同名童话基础上改编而成的，童话文本的开头只有简短的几句话："有一只狐狸，又懒又馋，整天吃饱了睡，睡够了就去偷东西吃，谁见了他都讨厌。"接下来就是狐狸恳求小猫、小狗、小公鸡带他去小熊家做客的情景，全篇主要是由动物们的对话组成，没有环境描写。改编后的剧本分为两场戏，第一场"在树林中"有这样一段舞台说明：

〔太阳透过树丛，照射着绿油油的草地，各种颜色的小野花，开得可好看啦！树上的小鸟快活地叫着。

〔在一阵怪里怪气的音乐声中，狐狸顺着林中小路一颠一拐地走了过来。

　　这段文字对舞台布景进行了描述，提示了狐狸出场的环境、用以衬托氛围的声音、狐狸行走的样子，这对戏剧演出是很有必要的。表演需要一个"预热"过程，角色出场时的动作神态、环

境中的声音等,能很好地调适幼儿的观剧情绪。

第二场"在小熊家"也有一段关于舞台环境布置的说明:

〔在一间用石头堆起来的屋子中间放着一个木桌、四个小木凳,桌上摆着小熊给朋友们准备好的小鱼、肉骨头和小虫子。一盆开得非常好看的红花放在桌子中央。

〔小熊正在一边唱着歌一边收拾屋子。

童话文本对小熊家的描述只有一句:"小熊把屋子打扫干净,在桌子上放了三盆菜——小鱼、肉骨头、虫子。"相较而言,剧本对小熊家的环境布置做了较详细的交代,还提示了小熊做家务的状态,凸显了戏剧表演的情境性。

有的剧本的舞台提示对人物的行动作了详尽的描述,把可能在舞台上呈现的情景具体地勾画出来。例如,董妮根据巴里同名童话创编的剧本《小飞侠彼得·潘》[①],戏剧的序幕,达林先生家的几个孩子正在打闹,达林太太打发孩子们上床睡觉,达林先生一边急着打好领带去参加晚会,一边抱怨太太过于纵容孩子,要求女孩温迪要像淑女一样生活,这时,彼得·潘借着温迪的梦境出场了:

〔窗口突然出现了一片强光,接着从窗帘的中间挤进了两个脑袋,他们是彼得·潘及闪闪发光的小精灵小叮当。窗帘"哗"地洞开,两人从窗子跳落到房间里,开始翻箱倒柜地一通乱找。

〔小叮当发现温迪家的衣柜门是百叶窗式的,往上一弹,百叶就都卷起,往下一拉又全都关上,于是很高兴地重复了数次,又一头钻了进去,将门拉下,不出来了。

〔与此同时,彼得一头钻到了床下面,找到了自己的影子,不禁高兴得像小木偶一样手舞足蹈。

童话文本对彼得·潘闯进温迪房间的描述要比剧本繁复许多。戏剧中幻想角色的出场受制于舞台演出条件,不宜太过复杂,根据这一段舞台提示,彼得·潘在一个相对集中的时空里出场,进而与真实世界中的孩子展开交流。

有时剧本也会对人物对白或独白中的动作做详细的提示,以《小飞侠彼得·潘》中海盗船长虎克的一段台词为例:

虎克   为了不被烟囱卡住,我可是饿了自己好多天呢!(悄悄从烟囱钻进地下之家,他用手在睡熟的彼得脸前晃了又晃)哦!还打呼噜!睡得可真香!上次差一点儿没抓到你,我回去伤心地大哭了很久。喏!(从怀里掏出一块蛋糕)那些世界最毒的眼泪,我全小心地放在这块蛋糕里啦,一点儿都没浪费!我就等着有一天你没有妈妈的时候能顺利地吃下我的毒蛋糕。(走到洞口,对熟睡的彼得挥钩,学彼得的口气)再见!常……写……信……(爬出烟囱)

人物独白过程中的动作细节、说话语气都被详细地描述出来,从中可以体验到海盗船长面对眼前熟睡的彼得时的心境。人物台词与舞台动作提示的结合,有助于呈现整体的表演氛围。

二、幼儿戏剧赏析关键词

幼儿戏剧除了遵循一般戏剧的艺术规则之外,游戏性是其独特的艺术个性。游戏是幼儿接受教育的主要方式,也是他们生活的组成部分,戏剧是一种艺术化的游戏,幼儿不仅可以观赏,还可以参与其中。

---

① 详见《剧本》2014 年 6 期.

赏析关键词 　游戏性

（一）整个剧情直接表现游戏活动

幼儿戏剧都带有不同程度的游戏属性，有的则完全以游戏活动作为剧情主体，甚至可以称其为表演游戏。柯岩在这方面做出了积极探索，以《照镜子》为例，该剧表现一个漂亮小姑娘在"镜子"帮助下学会讲卫生的故事，具有表演游戏的典型特点。

表演视频
9-3-1

《照镜子》

戏剧安排了"镜子里"和"镜子外"两个外表一模一样的小姑娘，由她们面对面表演各种舞蹈动作，她们身边分别围坐着数位"帮腔者"负责念诵歌谣。两个人做出同频动作，是孩子喜欢玩的游戏，但生活中的此类游戏仅仅停留于身体动作的滑稽模仿，戏剧则通过"帮腔者"的台词传达出人物内心的想法。例如，镜子里的"帮腔者"唱道："咦，鼻涕拖好长，/满嘴芝麻酱，/耳朵上尽黑泥，/头发像草一样。说你是个小泥球，/一点儿也不冤枉。/哎——/就是不冤枉。"紧接着是镜子里外的两个小姑娘扭动身体，有样学样，两边"帮腔者"对唱："咦，东一扭，/咦，东边脏。/哎，西一扭，/哎，西边脏。/扭来扭去没法躲，/镜子一点儿不隐藏。"最后镜子里的"帮腔者"续唱了两句："真是哟——/镜子一点儿不隐藏。"铿锵的歌谣节奏加上夸张的模仿动作，让小观众与表演者一起进入了游戏情境。舞台表演中，可由演员对观众进行训练，然后观众和演员在肢体动作的配合下，一起念诵某一段台词。

《红灯绿灯和警察叔叔》也是一出具有游戏特点的幼儿戏剧。剧情结构虽然简单，呈现的戏剧冲突却很激烈。先是红绿灯分别介绍自己的功能，接着高傲的红灯自以为地位高，不肯闭上眼睛，与绿灯产生了矛盾，双方僵持不下，都睁开了眼睛，结果急着通过路口的大小车辆乱作一团，最后警察叔叔到场才化解了矛盾。戏剧由一名男孩、一名女孩分别扮演红绿灯，另一名男孩扮演警察，其他小朋友扮演各种车辆。戏剧把交通规则游戏化，把游戏活动艺术化，让观众演员一体化，也让教育过程娱乐化。

（二）在剧情中植入游戏成分

幼儿戏剧的主题、台词的内涵，需要通过演员外化的表演动作才能得以表现，充满动感的舞台表演常常被植入游戏成分，让小观众从游戏化的表演中体验观剧的乐趣。

孙毅的《五彩小小鸡》表现的是母鸡孵蛋过程遭遇的艰辛与危险，一只彩色蛋里的小鸡才露出两只脚就顶着蛋壳跑了，鸡妈妈为了追回这只不按规矩出生的小鸡，到处奔忙。趁鸡妈妈不在，老鼠们轮番上场偷蛋，鸡妈妈左冲右突才让五个鸡蛋都孵出了鸡宝宝，还来不及喘口气，天上的老鹰突然来袭，在这里作者植入了孩子平时喜欢玩的老鹰抓小鸡游戏：

〔红红躲在母鸡身后，黄黄躲在红红身后，蓝蓝躲在黄黄身后，白白躲在蓝蓝身后，黑黑躲在白白身后。

〔母鸡"咯咯"地张开翅膀护着小鸡，和老鹰对峙着。

〔老鹰突然扑向母鸡，母鸡便张开翅膀一面后退，一面"咯咯"地大叫着。

〔老鹰忽然也后退了，当母鸡朝前冲时，老鹰来了个急转身，向最后的黑黑扑了过去。母鸡急忙过去拦阻。老鹰还是紧追不放，母鸡和小鸡被逼得几乎跑成了个圆圈。

〔老鹰又突然转身，从另一边追最后的黑黑，母鸡领着小鸡几乎又跑成一个圆圈的时候，老鹰又突然转身反追着黑黑。母鸡又反过去拦阻老鹰时，老鹰趁黑黑还没来得及跟着鸡队伍转过来，就突然闪电似的转身扑向黑黑。黑黑吓得离开了队伍跑到观众席里，躲在一个小朋友身后，老鹰向远处飞去。

有的剧本植入的游戏成分并不是一个独立的片段，而是渗透于剧情之中。钱锄湘的《猫先生》剧情并不复杂,只有小白兔、猫先生、老鼠三个角色。剧情按"循环反复式"结构向前推进。猫先生和小白兔都在家里睡觉,一只老鼠到兔子家偷豆子,兔子醒后发现豆子少了,就到猫家中求助。兔子向猫抱怨,自己声音都没听到,豆子就被偷走了,于是,猫就借给兔子两只耳朵;兔子睡觉时,老鼠又来偷豆子,这回兔子听到了响声,可是看不见是谁偷的,再次向猫先生求助,于是得到猫借给他的两只眼睛,如此循环,猫还借给兔子一副爪子、一副牙齿,最终兔子凭借着从猫那里得来的身体"装备",咬死了来偷豆子的老鼠,把老鼠送给了正饿着肚子的猫先生。我们来看其中的一个片段:

〔小白兔借了一副脚爪,套在自己的脚上,回家去睡觉。老鼠又来偷豆吃;小白兔醒来,把老鼠捉住,但是没有牙齿咬死他,只好把他放了,自己走到猫先生家里去。

小白兔　猫先生!猫先生!我又失去了许多豆,我虽把那个小动物捉住了,但是我不能咬死他。

猫先生　那么我借一副牙齿给你,你去咬死他吧!

小白兔　谢谢你!猫先生!

　　这一故事并没有什么特别的意义,剧情彰显着游戏的乐趣。兔子求助、猫先生借"装备",仿佛就像幼儿游戏中玩具的传递一般。戏剧是以三个角色为道具表演一场带点荒诞色彩的游戏。

　　幼儿戏剧中的游戏成分并不止于这些,不时插入的歌舞表演(指非歌舞剧中的歌舞片段),歌谣体台词的运用,都在一定程度上赋予剧情以游戏性质。

(三) 观众以游戏心态参与戏剧表演

　　让观众参与到剧情之中是幼儿戏剧的一大特点,这样的设计能够给小观众带来"我在戏中"的体验,有助于他们加深对剧情的理解,也满足了他们玩游戏的心理需求。演员与观众的互动,极大地放大了观剧的乐趣。

> **讨 论**
>
> 联系第二章第二节之三
> "'无事不欢':欢愉美学"相关
> 内容,谈谈富有游戏性的戏剧
> 对幼儿成长的价值。

　　《五彩小小鸡》中,母鸡去寻找没有孵出蛋壳就跑掉的小鸡时,就把看护鸡窝里正在等待出壳小鸡的任务交给了观众,交代观众一旦出现危险,一定要叫鸡妈妈来保护自己的孩子。当老鼠上场准备偷蛋时,剧场里此起彼伏地响起了呼叫鸡妈妈的喊声。

　　在孙毅的另一部剧本《一只小黑猫》中,也设置了演员与观众的互动环节。老爷爷一上场就向小观众介绍,自己一大早抓了条大鱼,要送给幼儿园的小朋友,现在要去吃早饭了,让小观众帮他看好鱼篓,要是小猫来了就喊他。他刚走就来了偷鱼的小猫,小观众激动地大喊:"猫来了!猫来了!"接着老爷爷躺在鱼篓边睡觉,又交代观众,猫来了要叫醒他。老爷爷抓住了猫,教育小猫不要偷鱼,要学会抓老鼠:

老爷爷　好,你用心听着,老鼠啊是尖尖的嘴……

小黑猫　尖尖的嘴是小鸡呀!

老爷爷　不,还有细细的尾……

小黑猫　细细的尾是乌龟呀!

老爷爷　不,还有四条腿……

小黑猫　四条腿是小狗呀!

老爷爷　嗨,我没说完,你就乱插嘴,好没礼貌!你仔细听着:老鼠啊,是尖尖的嘴,细细的尾,小小眼睛,四条腿!

小黑猫　唉,老鼠是尖尖的嘴,细细的尾,小小眼睛,十条腿!

老爷爷　（问小朋友）小朋友,小黑猫哪句话错啦?

小朋友　老鼠是四条腿,他说十条腿了……

小黑猫无法在道理上反驳老爷爷,就在语言上故意耍赖,爷爷有点无奈,只好把问题抛给台下的小观众,这样的互动环节肯定会受到孩子们的欢迎。

《马兰花》的结局,观众与演员的互动设计取得了异乎寻常的效果。1956年参加该剧首演的演员郁富南回忆道:"最后一场,老猫不敌马郎窜至台口,马郎喊:'抓老猫!'台下随即掀起围、追、堵、截讨伐老猫的场面,多么热烈真切啊! 往往让饰演老猫和大兰的演员望而生畏,因为几乎每场演出时,猫的胡子、爪子、尾巴,大兰的发辫、花饰、腰带都给小观众'缴光'了。小观众参与了最紧张一刻的戏,这是他们感情宣泄最强烈的一刻,台上台下把全剧推向最高潮。"[1]在幼儿的精神世界里,真实的生活与虚拟的游戏并没有明显的界线,他们往往对游戏投以最为真挚的情感和行动,当大兰和老猫这两个剧中的反面角色来到观众席中,自然激起了他们尽兴的讨伐行为。在任德耀创作的剧本里,讨伐老猫是由剧中角色完成的,担任该剧首演艺术顾问的苏联专家鲍·库里涅夫,提出把表演区扩展至观众席,这一拆除舞台"第四堵墙"的艺术构思,把戏剧的游戏性提高到一个新的层次,经过几代人的演绎,成为中国儿童剧舞台表演的一个经典场面。

访谈音频
9-3-1
《马兰花》
舞台艺术

【教学实践】幼儿戏剧教学例析

幼儿园戏剧活动是一项由师幼共同参与,体现表演性与游戏性相融合的教育活动。它不仅让幼儿在参与演出的过程中体验审美愉悦与创造乐趣,还可以从各种延伸活动中获得综合能力的发展。下面以《小马过河》(作者:彭文席)戏剧活动为例加以说明。

拓展学习
9-3-1
《小马过河》
原文

选择文本的理由

1. 《小马过河》是一篇经典幼儿文学作品,情节简单,寓意丰富。
2. 童话原作的反复式叙事,便于幼儿在表演中加以呈现。
3. 戏剧冲突线索清晰,可在剧情发展过程加入若干拓展情节。

活动设计方案　　　　　　　　　　　　　　　　　　　　　(设计者:张梅)

拓展学习
9-3-2
阅读《儿童视角下的幼儿戏剧活动》,拓展幼儿戏剧教学的知识视野

一、经验准备

1. 欣赏《小马过河》的故事,并复述故事中的对话。
2. 学习律动《小鱼游》,能根据音乐做出小鱼游的动作。

二、游戏资源

1. 创设场景,准备道具

场景:用蓝色皱纹纸和小椅子拉出一个长方形,表示小河。

道具:马妈妈使用的推磨盘(可用圆形蛋糕盒制作)、面袋。

2. 选配音乐

开场音乐《小鱼游》:用于儿童剧开始部分。

---

① 黄祖培,郭小梅.《马兰花》的舞台艺术[M].北京:中国戏剧出版社,1994:180.

背景音乐《小马跑》:用于小马上场、下场。

三、游戏提示

1. 本故事的主角共有四个,但为了全体幼儿都能参与表演,教师可以适当增加小松鼠的数目,同时还可以根据本班的情况,增加一些其他角色和歌舞表演。如在表演中增加小鱼的角色,以开场歌舞表演的形式出现,并融入原故事中。

2. 本故事的对话较多,个别片段比较长。在幼儿进行对话练习时,一定要提醒幼儿眼睛看着和自己说话的对象,并尽可能做目光的交流,通过诸如点头、微笑或生气等表达内心感受和动作情绪。

3. 根据幼儿的兴趣,可以开展:(1)语言活动"爱劳动的小白马",让幼儿学念儿歌;(2)美术活动"深深浅浅的小河",引导幼儿学习画波浪线;(3)音乐活动"小马跑",引导幼儿学习基本的韵律动作,增强动作的协调性;(4)体育活动"小马运粮",发展幼儿跑的能力。[①]

◆ 案例分析

　　本案例体现了戏剧艺术的综合性特点,把文学、音乐、舞蹈等各种元素融入戏剧表演之中,为幼儿提供了多领域能力发展的机会。在活动中,教师充分关照到全体幼儿参与活动的需求,增加了戏剧角色的数量,集体歌舞表演为更多幼儿参与活动创造了条件。为了组织好这次戏剧活动,教师事先做了充分准备,幼儿的经验准备就包含文学与音乐两个领域的教育内容。场景布置、道具制作、选取音乐等环节,幼儿也可参与其中(案例尚未体现这一点,存在改进空间)。本案例设置的延伸活动体现了幼儿园教学的跨领域特征。包括从剧情中引申的语言学习,以及美术、音乐、体育活动,拓展了戏剧活动的教育效应,让幼儿在体验艺术之美的基础上获得多元发展。

研·习·任·务

幼儿戏剧理解·赏析·应用

微课
9-3-2

创造性戏剧

[任务一　文学理解]理解戏剧艺术的综合性以及与文学的关系

　　课外阅读儿童剧剧本,并观看该剧本的舞台表演视频。(1)试分析戏剧表演包含了哪些艺术要素,运用了哪些手段来展现剧情;(2)试分析剧本中哪些内容在舞台表演中得到了体现,舞台表演又对剧本作了怎样的改动,增减了什么内容;(3)如果该剧本是由文学文本改编而来,请进一步分析文学文本与剧本之间的异同。

[任务二　文本赏析]赏析幼儿戏剧的戏剧冲突表现方式

　　阅读若干幼儿戏剧剧本,选择其中一篇,(1)根据所学幼儿戏剧的相关知识,从戏剧结构入手,分析该剧本是如何展开戏剧冲突的;(2)选择该剧本中关键的台词与舞台提示,试分析其对戏剧冲突的发展、转折、走向高潮发挥了怎样的作用。

---

① 参见:张小媛.儿童剧表演[M].南京:南京师范大学出版社,2011:74—78.

［任务三 教育应用］了解幼儿戏剧在幼儿园教育活动中的应用

　　利用到幼儿园见习的机会或查阅幼儿园戏剧活动案例,(1)了解目前幼儿园开展的戏剧活动有哪些形式,写一篇短文加以介绍;(2)观察教师会在哪些领域的教育活动中运用幼儿戏剧,对幼儿的知识认知、审美体验、实践操作发挥了怎样的作用,并做好记录;(3)观察戏剧活动中幼儿的参与情况,做好记录,并根据本章所学知识作简要分析。

◆ 第十章 创意写作工坊 ◆

学习目标

知识目标：
1. 掌握本章幼儿文学各文体写作的基本知识。
2. 了解幼儿文学文体知识对写作发挥的作用。

能力目标：
1. 具备写作本章各文体文本的能力。
2. 能够通过修改习作提升写作水平。

素养目标：
1. 形成良好的写作心态，初步具备创意构思思维。
2. 初步生成为幼儿写作文学作品的内在动力。

新课导入

以下是儿童文学作家张秋生写下的创作心态：

我有一批狐朋狗友，羊朋猫友，鸡朋鸭友，象朋鹿友，狮朋虎友，鱼朋虾友，还有刺猬朋河马友，长颈鹿朋短尾狮友……我们常常凑在一起，由他们演出一幕幕的话剧，我把它记录下来，于是一篇篇的童话作品，在我笔下产生了，我把它们奉献给亲爱的小读者。

在编书写作之余，我还爱读书——读诗、读散文、读童话、读小说、读游记、读传记、读推理小说。我还爱听音乐、爱欣赏美术作品、爱集邮、爱喝茶、爱散步、爱旅游……

奇怪的是我平时只爱静，不爱动，可是一旦离开城市，到了山野农村，就立刻萌发一种想跑步、想蹦跳的冲动。我会每天早早起来，在草地上、在林间小路上撒腿长跑，这大概就是兔子的本性吧。

我觉得生活中值得爱的东西真多。[①]

——张秋生

1. 根据以上表述，思考哪些生活对作家的创作产生了积极影响。
2. 在写作过程中体验自己从生活、阅读、想象中汲取写作灵感时的心态。

---

① 张秋生.狮子座兔子的自白[M].太原:希望出版社,2004:49—59.

第一节　儿歌创意写作

一、写作心态调适：走进"顺口溜"，超越"顺口溜"

顺口溜是一种语言现象，《现代汉语词典》的释义是："民间流行的一种口头韵文，句子长短不等，纯用口语，念起来很顺口。"顺口溜的最大特点就是节律顺畅，便于记忆，易于传播，注重把实用性的内容嵌入韵律化的语言之中。

微课
10-1-1

儿歌写作
指导

当今社会除作家创作的儿歌外，我们还会接触到许多佚名儿歌，其中不少是成人基于教育孩子的现实需要编撰而成的，念起来合辙押韵、十分顺口，具有顺口溜的特点。例如：

熊猫宝宝真可爱，/黑边眼镜天天戴。

牛伯伯，/两只角，/低着头，/吃着草。

宝宝乖，/不贪玩。/天黑了，/把家还。

大公鸡，/喔喔啼，/天天叫我早早起。/早起做早操，/上学不迟到。

这些顺口溜式的儿歌可以帮助儿童认知事物，养成生活好习惯，易于流传。儿歌习作者首先可以学习顺口溜，揣摩顺口溜在语言形式上的优点，尤其是韵脚与节奏的经营，但也不能把自己的写作思维拘囿于顺口溜，认为只要选择某一事物，凑上几句字数整齐、韵脚和谐的句子就可以了，应当把提升儿歌的文学性作为写作的目标。

微课
10-1-2

儿歌写作
点评

古代童谣最初也是流传于孩童口耳之间的顺口溜，随着时间的积淀，某些顺口溜在流传过程中经由无数人的反复锤炼，在语言和意趣上不断趋于完善，经后人文字记录，成为儿童文学的一份宝贵财富，我们可以从中获得写作儿歌的思维启迪，下面以两首同名童谣为例作具体分析。

《高高山上一棵麻》（辽宁）

高高山上一棵麻，/四个蛐蛐儿往上爬，/我问蛐蛐你爬什么？/先吃果子后喝茶。

《高高山上一棵麻》（北京）

高高山上一棵麻，/两个蛐蛐往上爬；/一个蛐蛐爱喝酒，/一个蛐蛐爱喝茶；/酒也喝不了，/茶也喝不了，/支起鼓来唱山歌；/唱的好来别说好，/唱的不好别打我。

两首流传于不同地区的童谣，从吟咏对象和句式构造上看，应该有着相同的初始渊源。首句"高高山上一棵麻""麻"与后继句子的"爬""茶"构成韵脚，带来声韵上的和谐感。"高高山上"与紧随其后的小小的"一棵麻"，以及体量甚小的蛐蛐，形成大小悬殊的反差，从视觉形象上营造出一种诙谐感。

童谣以蛐蛐爬树的模样为视点，展开拟人化想象，第一首最后两句是"我"和蛐蛐的对话，蛐蛐回答说，爬上树是为了吃果子、喝茶，这就把人的日常生活移植到昆虫身上，也符合孩子喜好吃的心性。蛐蛐"喝茶"而不是更符合其自然属性的"喝水"，是为了协韵的需要。

第二首对蛐蛐的想象更为丰富多彩，且带有一定的情节曲折性，两只上树的蛐蛐，一只要喝酒，一只要喝茶，结果都落了空，只好唱起了山歌，这就把蛐蛐擅于鸣叫的生物属性自然地转化为文学审美形象。最后两句是蛐蛐对听山歌的听众说的话，显露出蛐蛐一副自鸣得意又有所掩饰，还很害怕受委屈的神情，让人联想到生活中有着类似情状的孩子。

从这两首同名童谣中，我们可以得到两点儿歌写作的启示：（1）儿歌不但要追求语言形式上的顺口流畅，更应当赋予吟咏对象以丰富的文学内涵，这种内涵未必是宏大的生活景象或高深的生活道理，它可以体现为一种隽永的趣味，这种趣味或源于对事物某一属性的奇妙联想，或是在儿歌形象中蕴含儿童心性。（2）我们无法考证这两首童谣哪一首流传在先，以及它们之间是否有传承关系，从写作的角度出发，我们不妨把后者看作是前者的升级版，它提示写作者，完成儿歌初稿后，可以对最初的构思作进一步的推敲，看看能否拓展出更多的细节性要素。

二、写作路径导引：采集·构划

（一）采集助力儿歌构思的素材

儿歌写作首先面临的问题就是——写什么。不少初学者的选择是——动物、植物、天象、季节。这几种题材在现有儿歌中占比很大，写作者多少都有所接触，业已形成对儿歌的某种直觉印象，写起来较为顺手。如果仅凭对儿歌的某种印象着手写作，往往会限于对他人作品的简单模仿，难以写出在内容和趣味上富有创意的作品。要避免出现这样的问题，作者就应当亲自从生活中汲取鲜活的素材。纷繁缤纷的大自然和千姿百态的童年世界，是儿歌创作取之不尽的源泉。

> **讨论**
>
> 　　结合本节内容及个人经历，谈谈可以从哪些方面入手收集儿歌写作素材。

张继楼的儿歌创作经历给我们提供了很好的启示，热爱大自然的他对昆虫世界情有独钟，一些成功的儿歌作品，就得益于他对昆虫的痴迷观察。据作家个人回忆，当年他参加了一个小学的夏令营，晚上学校里点亮了一盏大灯，引来了很多昆虫，望着萦绕灯光飞舞的各样虫子，创作思路被激活了。20世纪60年代，张继楼写下一系列以昆虫为题材的儿歌，出版儿歌集《夏天到了虫虫飞》（1964年），包括《飞蛾》《纺织娘》《萤火虫》《叫哥哥》《知了》等。这一系列昆虫儿歌，不可能都取材于夏令营灯光引来的虫子，以《飞蛾》为例："飞蛾飞，穿花衣，/飞到水边照镜子。/一下跌在水塘里，/爬又爬不动，/飞又飞不起，/拍着翅膀喊阿姨。"飞蛾是最容易受灯光吸引的昆虫，但儿歌展现的并不是飞蛾围绕灯光飞舞的形象，而是飞蛾在水边飞动时跌落池塘的模样。长期的观察积累加上偶然的外在景象激发，以及作家对儿歌创作的执着追求，多种因素的共同作用，成就了创作。

对幼儿生活的深入体察也是获取儿歌写作素材的重要渠道。张继楼常常从自己的儿辈、孙辈以及其他孩子身上发掘儿歌素材，他观察到孩子们上幼儿园的各种方式，写了《怎么来？》："怎么来？/抱着来。/怎么来？/背着来。/骑在爸爸肩上来。/坐在妈妈车上来。/牵着奶奶手儿来。/挺着胸膛自己—走—着—来！"这首儿歌是对幼儿生活白描式的呈现，表达了对自己步行上学孩子的赞赏，但并没对其他孩子的行为作直露的批评，把对好行为的理解和选择留给了小读者。

幼儿对周边环境总有自己的独到发现，有时会不经意说出让人意想不到的话，如果能敏锐捕捉其中蕴含的诗意，就有可能将其转化为儿歌写作的素材。某学前教育专业的学生领着一位女孩在校园里玩，女孩突然问她："姐姐，大桥怎么被高楼挡住了？"这位学生一时不知道该如何回答，这时女孩自言自语地说："明天我要拿一条绳子，骑着自行车把大桥拉出来！"受此启发，这位学生写出了儿歌《拉大桥》："上高楼看大桥，/大桥原来好小呀！/小丫丫到楼下，/拿上绳子骑小车。/小丫丫要去哪？/去把大桥拉回家，/拿给弟弟来玩耍。"这篇习作在趣味营造、韵脚设置上仍有需要改进之处，但作者能把幼儿的天真想象转化为儿歌题材，是值得肯定的。尤为可贵的是，作者并不是仅仅把女孩的话依照儿歌的语言体式进行加工，而是加入了自己的想象创造，最后两句使儿歌的意趣得到了升华。[1]

---

① 参见：周坤.儿歌创作方法的探究[J].早期教育,2015(6).

（二）构划有创意的儿歌写作思路

1. 转换儿歌的选材视角

要使儿歌的构思富有创意,转变习惯性的选材思路是值得尝试的路径。咏物儿歌是十分常见的儿歌类型,描摹动物、植物、天象、季节的特征,是最常见的写作思路,由于这一题材的儿歌数量多,容易诱导初学者产生路径依赖,沿着惯常思路描摹物象,写出来的儿歌往往缺乏新意。为此,我们不妨转变一下选材的视角,选择一些不常涉及的物象作为吟咏对象,力求激发写作的创意思维。

例如,李沐明的《门拉手》:"有个小朋友,/天天守门口,/你想进屋去,/先和他握手。"高恩道的《热水瓶》:"小小热水瓶,/像个小弟弟,/一手叉着腰,/样子挺神气。/客人来了一鞠躬,/倒水沏茶笑嘻嘻。"范永昭的《小眼镜》:"小眼镜儿,/两条腿儿,/好像一个淘气鬼儿,/骑在爷爷鼻子尖儿,/看着爷爷在写字儿。"三首儿歌都取材于日常生活的寻常物件,作者围绕物件的外在特征展开富有创意的想象,对它们的物质属性进行了个性化的拟人处理,写出了趣味盎然的诗篇。

2. 给予寻常现象以特别的解释

儿歌的创意构思并不排斥寻常的生活现象,如果作者能够对其作出有创意的想象式解释,就有可能写出一首好儿歌。这种解释可以针对吟咏对象的某种属性,也可以让吟咏对象扮演符合它们特征的角色。

例如,关登瀛的《太阳刚出山》:"太阳刚出山,/露水珍珠圆。/我去拿针线,/给它穿一串。/拿来针和线,/露珠已不见。/花儿笑着说:'太阳借去玩,/明早就送还。'"清晨的露珠并不算太新鲜的物象,作者独辟蹊径,对露水蒸发现象进行了审美意义上的解释,拟人化的太阳折射出好玩又守信的孩子形象。再如,李玲的《小企鹅》:"小企鹅,真可爱,/走起路来左右歪。/出门忘了扣扣子,/肚皮露出一大块。"这是对动物属性展开的拟人化想象,作者把企鹅的白肚皮解释成是忘了扣扣子的缘故。

3. 在反差对比中发掘内涵

把反差较大的对象相并置,在相互比照中反映各自的特点,或让它们之间发生一定的矛盾冲突,有助于营造儿歌的趣味,也容易给小读者留下深刻的印象。

例如,商殿举的《多和少》:"小星星,你别吵,/虽然多,光亮少。/大月亮,你别恼,/虽然亮,数量少。/星星眨眼月亮笑,/夸我说话讲公道。"月亮和星星是儿歌经常吟咏的对象,作者构思的创意在于,把星月的大小、多少、明暗进行比照,不但写出了知识层面的天象特征,还让儿歌带上一定的哲理性。

贺少群的《送客》在猫和狗的不同生物属性中植入教育意义:"爸送客,/握握手,/小狗跟着到门口。/摇摇尾,/点点头,/客人走前它走后。//小猫咪,/头一低,/客人要走它不理。/跳上炕,/眼一闭,/装着睡觉不下地。"狗好动,跟随主人送客;猫喜静,独自上炕睡觉,作者把两种动物的生活习性加以对照表现,在有趣的故事情境中,隐含待客之道的教育主题。

> **讨论**
>
> 联系第三章第二节之二"教育主题的审美表达"相关内容,谈谈儿歌写作应如何处理教育性与审美性的关系。

三、儿歌写作例析

[习作原稿]小妹妹穿大鞋(作者:江惠娟)

小妹妹,真好笑/自己的鞋儿她不穿/偏要穿妈妈的大拖鞋/大拖鞋,咣咣咣/妹妹好像划着一小船儿/穿着大鞋来回跑/后脚踩到前脚上/哎呀一声摔地上

儿歌作者找到了具有童趣的写作素材,小妹妹可爱、憨拙的模样也有所表现,但整首儿歌的语言表达还有不少欠缺。首先是大部分诗句不押韵,只有最后两句勉强以相同的字押上韵。其次,诗句本身也缺乏锤炼,致使前后句的衔接不够顺畅,如,"自己的鞋儿她不穿/偏要穿妈妈的大拖鞋"后一句显得拖沓,无法很好地承接上一句。再如,"妹妹好像划着一小船儿",也缺乏儿歌语言应有的力度,使儿歌的语流产生滞涩感。

[修改稿一]

小妹妹,真好笑/自己鞋儿她不要/偏要妈妈大拖鞋/大拖鞋,咣咣咣/妹妹好像划小船/穿着拖鞋来回跑/奇怪怎么没摔倒/难道是妹妹技术好

修改稿中,作者注意到了押韵的问题,第1、2、7、8句都押上了"ao"韵,使儿歌的语言面貌有了很大改善。内容上的修改也很值得肯定,尤其是最后两句,由原稿的"后脚踩到前脚上/哎呀一声摔地上"改为:"奇怪怎么没摔倒/难道是妹妹技术好"前者只是对妹妹行为的客观描绘,也符合生活常理——瞎胡闹就没好结果。后者通过一个疑问句,把儿歌的趣味性提升了不少,妹妹的胡闹居然没出事,这就违背了生活常理,于是"我"就猜测,妹妹有拥有特殊的穿鞋技术。

[修改稿二]小妹妹划小船

　　　　　小妹妹,真好笑,
　　　　　自己鞋儿偏不要,
　　　　　妈妈拖鞋脚上套。
　　　　　大拖鞋,哗哗哗,
　　　　　就像小船地上划,
　　　　　闪妈妈,躲姥姥,
　　　　　拖着船儿来回跑。
　　　　　这里叫,那边跳,
　　　　　奇怪怎么没摔倒,
　　　　　难道驾船技术好?

再次修改的力度较大,新增的诗句把妹妹穿上大拖鞋后的场景烘托得更加热闹。"闪妈妈,躲姥姥""这里叫,那边跳"使妹妹的调皮形象更加立体化。在语言的锤炼上也有进一步的改进,大拖鞋的声音由原来的"咣咣咣"改为"哗哗哗",正好与"就像小船地上划"押上了韵,全诗的韵脚更为整齐。

还有两处修改值得注意:其一,作者把题目改成《小妹妹划小船》,原题中的"穿大鞋",是一种客观性表达,修改后,把鞋子的喻体——小船,置于题目中,使诗题更显意味感,与诗歌内容形成更好的呼应。其二,修改的最后两句"奇怪怎么没摔倒/难道驾船技术好?"除了营造趣味之外,也隐含着对妹妹的善意提醒——这么闹居然还没出事,再闹下去说不准就要惹出麻烦了。"难道"引出的反问句,可以作多义理解,既有对妹妹"划船"技术的惊讶,也有对妹妹居然没有出事的奚落。

这样的儿歌在教育应用上可发挥多元的作用,既可倾向于突出儿歌的游戏性,也可对孩子的不当行为进行善意的纠偏,最后的疑问与开首的"小妹妹,真好笑"相呼应,其教育意味已很

明显,儿歌的趣味避免了教育的生硬。

[习作原稿]窝和锅(作者:李秀哩)

鸟在树上做了一个窝,/我在树下放了一个锅。/鸟怕树下的锅砸破窝,/我怕树上的窝砸破锅。/到底是我怕窝砸破锅,/还是鸟怕锅砸破窝呢?

这篇习作采用绕口令形式,让"窝"和"锅"这两个叠韵词在诗篇中反复出现,构成一种拗口的效果。作者的构思具有较好的创意性,不仅着眼于绕口字眼的排布,还创设了有一定意义的场面,让树上的鸟和树下的"我"形成一种互动关系。

[修改稿]

鸟儿树上做个窝,

我在树下放个锅。

鸟儿怕我锅砸窝,

我怕鸟儿窝砸锅。

到底是我的锅砸了鸟窝,

还是鸟窝砸了我的锅?

别怕,别怕,都别怕!

爬呀,爬呀,树上爬!

鸟儿请你进锅来做窝。

修改稿首先对头四句作了调整,由原来的九言改为更为顺口有力的七言,与后半段的杂言有所区别,让整首儿歌的节奏有了更多变化。最为关键的修改是增添了最后三句,一下子把儿歌的境界提升了许多,同时也在韵律上与前文保持了一致。"别怕,别怕,都别怕!"回应了前文"我"和鸟各自的"怕",又与后一句"爬呀,爬呀,树上爬!"在语意和节律上形成很好的对应和衔接。"都别怕!"这一短句特别有意思,它安慰了树上的鸟,仿佛也表明"我"从原先的"怕"中走了出来,即将转变一个念头。最有意思的是最后一句"鸟儿请你进锅来做窝。"此句让原本纯粹的绕口语言游戏,有了丰富的意涵,"我"的锅最终成了鸟的窝,不但消解了前文"我"和"鸟"之间怕来怕去的紧张感,还十分自然地体现了人与自然和谐相处的生态主题。

[习作原稿]淘气的小狗(作者:彭欣欣)

门前一条沟,/沟边一只狗,/妹妹想要去遛狗,/狗狗赖在沟边不肯走。

[修改稿一]

门前一条沟,/沟边一只狗,/望着对岸肉骨头,/妹妹想要去遛狗,/狗狗赖在沟边不肯走。

狗与骨头是儿歌的常客,在传统童谣里就有不少。儿歌作者为求有所创新,费了不少心思。原稿中妹妹要去遛狗,沟边的狗赖着不走,至于为何不肯走,并没有什么理由。于是,在修改稿中,作者加了一句"望着对岸肉骨头",这就为狗赖着不走找到了理由,也把儿歌纳入"狗与骨头"这一对颇有传统的关系中。

[修改稿二]

门前一条沟,/沟边一只狗,/望着对岸肉骨头,/眼里满是爱与愁,/妹妹想要去遛狗,/狗狗赖着不肯走。

第二次修改中,作者又增加了一句"眼里满是爱与愁",应该说这一修改是有创意的,它把狗对骨头的渴望,更为具象化地表现出来,"愁"字也用得十分巧妙,一则与"爱"的心情形成对应,二则让后面的不肯走带上更多矛盾的心态。问题在于这一句显得不够口语化,文面上看颇有些意思,但用口语念出来,未必让人一下子就能明白,作为一首为幼儿写作的儿歌,这一点尤为需要避免,于是有了再一次的修改。

[修改稿三]

> 门前一条沟,
>
> 沟边一白狗,
>
> 望着对岸肉骨头,
>
> 冲着黑狗就想吼,
>
> 妹妹想要去遛狗,
>
> 白狗赖着不肯走。

这一次修改效果较好。把狗改成了白狗,为的是增加黑狗这一角色,用"冲着黑狗就想吼"替换掉"眼里满是爱与愁",黑狗的出现让原先又爱又愁的心情依然保留,同时又增加了感情的烈度——不仅为吃不到骨头而发愁,而且还面临骨头被抢走的危险,当妹妹要带白狗去散步时,它不肯走的理由就更充分了。这么一改,也解决了上一稿写得太"文"的问题。还有另一种改法:"冲着黑狗大声吼",到底是"就想吼"更有意味,还是"大声吼"更有力度,这是一个可以继续讨论的话题。

写·作·任·务

儿歌写作项目及要求

[写作项目及要求一]利用到幼儿园见习的机会,观察孩子们的表现,包括:孩子在游戏中的表现;他们与老师交流时说的特别有意思的话;孩子们户外活动中对某样东西特别感兴趣……,从这些现象中发掘儿歌写作素材,参照本章讨论的写作要点,写1—2首儿歌。

[写作项目及要求二]选择若干首绕口令、连锁调、字头歌等,分析它们在韵律、节奏、意趣上的特点。选择几首同题材的作家创作儿歌,看看两者之间存在怎样的区别。结合两者的特点,借用民间传统形式,写一首儿歌。

第二节　幼儿诗创意写作

一、写作心态调适:摆脱对幼儿诗"甜腻"的刻板印象

微课
10-2-1

幼儿诗写作指导

幼儿诗的语言总带有一种亲切感,但这种亲切感如果被不恰当地放大,就容易给人留下"甜腻"的印象。我们不妨探究一下这种印象产生的原因。一种情形是,幼儿诗在"传播—接受"的过程中,有人习惯以过于"低就"的姿态传授诗歌,导致诵读诗歌的语言太过"儿化"(所谓"奶声奶气"),致使"亲切"滑向了"甜腻"。另一种情形是,一些教师或父母对幼儿诗缺乏深入了解,把一些品质不高的诗教给孩子,这些作品充斥着乏善可陈的比喻、了无新意的意象,久而久之,就让人产生了"腻味"感。以下面这首诗为例:

春天的风是剪刀,/她一来,/就剪出了万片绿叶;/春天的风是乐师,/她一来,/就吹起了金色的小喇叭;/春天的风是魔术师,/她一来,/就变出了五彩的鲜花;/春天的风是慈祥的妈妈,/她一来,/就送给我们无穷的温暖。

这首诗写得中规中矩,也写出了春天的某些特征,但诗中的比喻缺乏新意,很难给人留下深刻的印象。把春风比喻成剪出绿叶的剪刀、吹起喇叭的乐师、变成花朵的魔术师、送来温暖的妈妈,这些比喻显得太落俗套;有的句子让人捉摸不透:"春风吹起了金色的小喇叭",这个句子所描绘的是对应春天的哪一种景色?万紫千红的春天怎能仅以单调的金色来形容?太过程式化的意象组合,加上不当的描绘,很难给读者带来审美体验。这样的诗读多了,就容易产生"腻味"感。

刻板印象会让习作者陷入固化的思维状态,觉得幼儿诗写来写去,不过就是用上几种比喻,说说动植物如何可爱;说说天地季节怎样美丽;说说父母非常温柔;说说孩童十分可爱,如此而已。幼儿诗是一种抒情特征鲜明的文体,缺乏经验的写作者置身抒情语境,加之还要考虑幼儿的接受能力,"浅而甜"就成为不少人十分自然的书写选择,关键不在于"浅",而是要避免诗歌内容的"浅而无味";关键也不在于"甜",而是不能为了抒情把诗句写得"甜而发腻"。

这里还需着重讨论一下诗歌意象。在幼儿诗里,太阳公公、月亮婆婆、云朵姐姐、春姑娘、夏弟弟、秋婆婆、冬爷爷等是十分常见的意象,优秀诗作中也不乏它们的身影。如果初学者过度依赖这些意象,满足于一味地模仿,就容易使写作陷入公式化、模式化的泥淖,创意想象也就无从谈起,在写作技巧尚未成熟的情形下,很容易写出"甜腻"味的诗作。

> **讨论**
>
> 结合个人阅读经历,谈谈你是否对幼儿诗形成某种刻板印象,请举例说明。

二、写作路径导引:体察·想象·蓄情

(一) 对幼儿内外生活的细致体察

观察生活是写作的重要基础,幼儿诗写作也不例外。要了解作者观察生活的情况,除了通过作者自己留下的创作回忆外,还可以从诗歌的细节,去推测作者观察生活的可能视角。以张茹的《午睡》为例:

眼睛睡了/嘴巴睡了/胳膊睡了/腿睡了/手睡了/脚睡了/全身都睡了/只有小鼻子还在值班/呼——呼——/呼——呼——

虽然无法如实还原作者的观察现场,但从诗篇呈现的场景看,作者应该对幼儿的日常作息十分熟悉,一定仔细端详过幼儿熟睡的可爱模样,有了这一基础,诗歌的构思才可能展开。这首诗最突出的创意在于:没有直接写孩子睡着了,而是写孩子身体的每一个部分都睡着了,这体现了儿童对自己身体的认知特点。在孩子心目中,身体的每一部分都可以单独存在,可以拥有各自的感觉。通过前面诗句的铺陈,独具创意的意象——呼着气值班的小鼻子,水到渠成地出现在了诗歌的结尾处。

下面这个观察生活的例子也很能说明问题。有一次,诗人朱效文看到几个孩子在公园草坪上翻跟斗,这样的情景并不算太特别,但对于时常沉浸于诗歌创作的诗人而言,却有着不一般的意义。他写道:"我静静地望着他们,想象着他们每一次翻滚时眼前出现的不同景象。想着想着,一首小诗就在脑海中形成了轮廓。那一刻,我的眼是闭着的,风轻轻地吹拂着我。我的耳畔,响着树叶的轻唱和鸟儿的啁啾。……那种人在倒立时所产生的视觉变异,在我的诗中,化成了一个个有趣的镜头。"[1]诗人就是在这种状态下写出了《我在草地上翻跟斗》:

---

[1] 朱效文.随风飘来的风[M].太原:希望出版社,2004:57—58.

我在草地上翻跟斗/第一个跟斗/看见绿色的天空挂满高楼/第二个跟斗/看见朵朵白云在我脚下游/第三个跟斗/看见我的双手/托起了整个地球/我在草地上翻跟斗/每一个跟斗都有一个/奇妙的镜头

诗篇展现了"我"翻跟斗的三个主观镜头:天空挂满高楼;白云在脚下游动;双手托起地球。这些异于寻常的视觉体验,满足了儿童的好奇心理。诗人真实的视线所及,不过是翻跟斗的游戏情景,但敏感的诗心让他从中捕捉到了创作灵感。这里的敏感,还包括对诗歌艺术形式(结构、语言、抒情方式)的敏感,当周围环境触动了这份敏感,写诗的灵感自然来袭,一首诗就此诞生。

诗人看到草坪上孩子在翻跟斗,这是对儿童外在生活的观察,诗人从这一现象中发掘出富含诗意的童趣要素,这也是一种"观察",是对儿童内心世界的深入理解与体认,我们不妨称之为内观察,内外观察的相互碰撞、交汇,才可能写出体现儿童心性的诗作。

体察儿童的内心活动,一方面,可以对他们的言行细节加以揣摩,另一方面还可以通过回顾自己的童年经历,尤其是那些带着丰富情感体验的经历,以自我内省的方式,走进那个业已远去孩子的内心世界。

(二)从童言稚语中汲取想象灵感

写诗歌离不开观察,更离不开想象,想象发挥的作用有时可以超越观察。我们来读一读谢采筏的《海带》:

我真想见见海的女儿,/但每次都没找着,/今天总算不坏,/捞到了她的飘带。

以海带作为诗歌的吟咏对象,显得十分特别,甚至让人不解。人们视线可及的海带,不论是餐盘中的食物,还是待售的商品,或是正在晾晒的海货,都算不上什么美物,难以让人产生诗意的联想。诗人把海带描绘成海的女儿的飘带,肯定不是来源于对自然景象的亲历观察。因为,只有在清澈蔚蓝的大海中,附着于礁石上随海流飘荡的海带,其形象才有入诗的可能,而这番景象是难以观察到的。目虽不及,心却可至,对童话形象的熟稔,对童心世界的理解,让诗人超越了物理空间的限制,依凭想象直达诗歌艺术的核心。

《海带》一诗有助于我们理解想象在诗歌写作中的重要作用。对于学前教育背景的诗歌习作者,我们可以从最容易获得的童言稚语入手,去寻获构思灵感。来自童年生活的素材,虽由观察所获,却不应止于目力,化童言为童诗,更需仰赖作者的创意想象。以下两则素材采集自幼儿园及家庭生活,从中我们可以看出幼儿语言自带的诗意元素,这些元素对激活创意想象思维能够发挥积极作用。

[素材一]风很强壮

A幼儿不喜欢户外活动,于是老师对他说:"去外面活动,就会变得很强壮。"A幼儿听了老师的话就来到户外。这时老师正引导幼儿感觉风,问:"小朋友们现在有什么感觉?"有的幼儿说:"凉凉的。"有的幼儿说:"风很凉快。"A幼儿大声说:"我感觉风很强壮。"

这则素材反映了幼儿思维的独特性。教师说的强壮是指身体的强壮,在户外感受风时,A幼儿很快联想到老师说过的话,把"强壮"一词转移到风身上。老师的话是基于现实逻辑,幼儿的话则体现了诗性逻辑,他把风拟人化,把风当作和自己一样的生命存在,风的力度让他觉得,这就是老师说的"强壮"。

[素材二]飞落的小朋友

早晨,奶奶陪铭铭吃饭,说起昨天幼儿园老师带小朋友玩的飞鸟游戏:"老师带着小朋友飞呀,飞呀……"铭铭接过奶奶的话,说:"小朋友还没有飞好,就落到地上。"

奶奶想通过在幼儿园操场看到的游戏,为孩子的吃饭过程增添一点乐趣,孩子被奶奶的话带入对游戏的回忆中,也进入飞鸟游戏所营造的拟人情境。在孩子的想象中,小朋友们都是小鸟,但又没法体验真正的飞翔,于是就把模仿飞翔的游戏,想象成小鸟还没飞好,就落到了地上。儿童的想象有时会大大超越我们的预想,其间蕴含着等待开发的文学宝藏。

> **讨论**
>
> 谈谈你关注到的"童言稚语"现象,举例分析其中蕴含的诗意元素。

（三）蓄积对童诗艺术的丰富情感

诗以情为宗,作者要在诗篇中抒发情感,首先要对自己的抒写对象充满感情,童年生活、自然景色、人间万象,都是诗歌作者的赋情对象,对生活常怀情感是诗人应有的精神气质。同时,诗人还应当蓄积起对诗歌艺术的热爱之情。我们可以从一些诗人的写作经历中,看到爱诗之情所触发的诗艺创造力量。

著名诗人圣野把自己的文学回忆录命名为《诗缘》,在书中可以读到诗人沉浸于童诗世界的心路历程,早早与诗结缘的诗人把诗比作"特别亮的灯",这盏灯照亮了他长长的诗路。

有的作家是在自己教育工作岗位上,因工作需要与个人兴趣,才得以与文学结缘,走上创作之路。诗人李少白自师范学校毕业后,在家乡的小学工作,为了组织好课外活动,他为学生编写小快板、活报剧,后来开始尝试童诗创作,他怀着一种职业责任,也怀着对诗歌艺术的热忱,不断探索童诗创作之路。他学习过柯岩的叙事诗、金波的抒情诗,对任溶溶幽默的诗风也产生了很大的兴趣,还潜心琢磨过金子美玲富有隽永哲思的纯净小诗。"从'传道、授业、解惑'的师者,转化成'审美、怡情、愉悦'的作者,我走了一段不短的路程。……在这个过程中我慢慢形成自己的童诗观,就像一个做泥娃娃的孩子,开始要求做得像一点,后来想做得好看一点,再艺术一点,再个性一点。"[①]下面我们欣赏李少白创作的童诗《春天哪儿去了》:

我想把春天留住,/摘片绿叶夹进书里。//一天,一天,/书,读完了,/叶,变黄了。/咦,绿色哪儿去了?/春天哪儿去了?//叶子说:"它们同书里的故事一起,/跑到你的心里……"

把一片叶子夹入书中做书签,这是利用叶子的物质价值,诗人的想象显然没有局限于此,在他心中,那片绿叶就是夹入书中的春天。绿叶在书里夹久了会变黄,这是植物的自然属性,诗人却对此发出惊疑:"春天哪儿去了?"拟人化的叶子给出了符合诗性逻辑的答案:"它们同书里的故事一起,/跑到你的心里……"从中可隐约看出诗人作为一名师者对小读者的期盼——不但要读书中的故事,还要把书中的一切美好装进心里。

爱诗之情是诗歌写作的最大动力,这种情感自然会体现在读诗行为上,深入揣摩名篇佳作,是走向诗歌写作的必由之路。需要注意的是,为写作进行的阅读与以欣赏为目的的阅读有所不同,前者重在看出诗篇好在哪里,理解为什么会这么好;后者还需要去获得对诗歌文体和语体形式上的体验感,通俗地说,就是要让诗篇的结构形态、语流特征(即诗读起来是一种什么感觉),深深地烙在脑海里,有了这样的底子,一旦灵感来临,即可顺利成篇。对于诗歌艺术满怀热爱,是诗歌作者的应有修养。

三、幼儿诗写作例析

［习作原稿］海螺（作者:王东星）

海螺,/你一定是大海的录音机,/把大海美妙、动听的声音/录下来给我听

---

① 李少白,谢琰.我以童诗颐养天真——访谈李少白先生[J].新课程评论,2021(4).

把海螺放在耳旁会听到嗡嗡声,这是一种声学现象,它给作者带来了创意灵感。与大海有关的诗篇,通常都会描绘大海的景色——鱼儿、波涛、沙滩、远帆、渔火等。作者却独辟蹊径,没有直接描写大海,而是把情感寄予在一只小小的海螺上。物象虽小,融会其中的情感浓度却不小,作者的构想思路是:这只海螺似乎对"我"怀有一片深情,于是,把大海美妙的声音录下给我听。

〔修改稿一〕

海螺是大海的录音机/把鱼儿、虾儿、海浪的歌声/录下来,等我来听

第一次修改,作者觉得"大海的声音"显得太抽象,将其改为具体的声响——"鱼儿、虾儿、海浪的歌声",把鱼虾与海浪并置,是一个不错的创意,如果仅仅把海螺的声音想象成涛声,还不够独特,加上鱼虾的歌声,就更为形象,也更加热闹了。"海螺是大海的录音机"这一修改看似比原稿简洁,却丢失了一些诗味,原稿中的"海螺"是独立的一个诗行,更有节奏感。另外,原稿中"你一定是……"带有些许猜测的意思,让诗歌的情感表达更有趣,可惜在修改稿中被删除了。

〔修改稿二〕

海螺是录音机/把海浪的歌声/录下/等我来听

第二次修改,作者在诗句凝练上作了不少努力,诗歌的节律感得以增强,但删减了有价值的细节,留下了遗憾。

〔作者反思〕

写幼儿诗,有人会认为很简单,其实不然。每首诗、每句话、每个词,甚至每个字都要深思熟虑,仔细斟酌。以《海螺》为例,我把海螺比作录音机,录下大海美妙、动听的声音。经老师点拨,发现"美妙、动听的声音"太泛了,便改为"鱼儿、虾儿、海浪的歌声",可这样又太杂了,于是干脆改为"海浪的歌声";再者,《海螺》的最后一句"录下来,等我来听",我改成了"录下,等我来听"也减少了烦冗拖沓感。写完后会被自己的诗感动,写诗真是一个"痛并快乐着"的过程。

结合原稿和修改稿的优缺点,可以将这首幼儿诗作如下修订:

> 海螺
>
> 你一定是
>
> 大海的录音机
>
> 要不,怎么会把
>
> 鱼儿、虾儿、海浪的话音
>
> 录下
>
> 等我来听

〔习作原稿〕窗外的世界（作者:张秀丽）

我画了一个大窗子,/很大很大。//窗子外面,/画了很高很高的天。//天上面,/画了很白很白的云。/云后面/还有害羞的太阳//太阳放射出的爱,/我画不出来。

这首诗属于"铺陈—陡转"的结构,前面的诗句有很强的画面感,诗意营造也有层次。"我"画窗子,又画天空,再画白云,画到太阳时,开始出现转折。之前对窗子、天空、白云的描写都是客观的,到了太阳就开始拟人了。最后两句,作者有意让诗意产生陡转的效果,这个创意不错,可惜"放射出的爱"这一表达,显得太抽象,影响了整首诗的美感。

［习作修改稿］

我画了一个大窗子，
很大很大。

窗子外面，
画了很高很高的天。

天上面，
画了很白很白的云。

云后面，
画了很害羞的太阳。

太阳为什么这么害羞？
我画不出来了。

　　修改稿保留了原稿"铺陈"过程的优点，让最后的"陡转"不再被抽象的意象所困扰。"画了很害羞的太阳"把原稿中的"还有"改为"画了"，在"害羞的太阳"前加上"很"，这些修改是为了在句式上与前面的诗句保持一致。最大的改动体现在"太阳为什么这么害羞"上，作者在原稿中本就想在这里写一个画不出的东西，修改稿实现了这个创意，而且，把儿童的好奇心理写了出来。我们不妨还原一下诗中"我"的心思——"我"很会画画，前面的景色都画得很好，害羞的太阳也画出来了，太阳为什么会害羞？"我"很好奇，也想用画表现一下，可却被难住了。这样的"陡转"所营造出的奇妙感比原稿强许多。

微课
10-2-2

幼儿诗歌
插画创作

写 作 任 务

幼儿诗写作项目及要求

［写作项目及要求一］阅读以下两则从幼儿园中收集到的幼儿语言表达素材，参照本章讨论的写作要点，创作幼儿诗。

素材一　天牛为什么那么小

幼：老师，这是什么呀？

师：这叫天牛。

幼：天牛，天上的牛？它怎么比我们地上的牛小呀！

师：这……

素材二　云害羞了

一次科学活动，小朋友们去户外观察云，可是那天太阳很大，见不到云。老师问小朋友："为什么天空没有云？"有个小朋友说："我们大家都在看云，云一定觉得很害羞，躲起来了。"

［写作项目及要求二］一首好诗需要经过反复修改才可成型，修改可由作者个人完成，也可参考他人建议。写出初稿后，组织一次小组讨论，对习作进行相互评价，并提出修改建议。各人根据自己的反思及他人建议，对初稿进行修改。

第三节　童话创意写作

一、写作心态调适:摆脱对拟人手法的常规路径依赖

现实生活中我们也会遇见比较通人性的动物,比如,狗能帮忙看孩子,猫看主人的脸色行事,小老虎获救后露出感恩的表情,这些事会让人感到惊奇。但对于童话,读者早已形成一种心理定势,不会惊奇于拟人角色的人性化表现,例如,猫妈妈教育小猫不要贪吃;两只小狗商量一起去旅行。这提醒我们,"禽言兽语"在童话里是一种"常态",童话要吸引读者,就要在"禽言兽语"这一基准幻想条件下,写出足以引发人们奇异联想与飞扬想象的故事,创造出幻想世界的"非常态"。

以下是初学者习作的一个片段:

小猫减肥记

小猫从小在家里就是"小皇帝",要风得风,要雨得雨。猫妈妈、猫爸爸平时省吃俭用,却让小猫吃好、喝好、穿好。整天大鱼大肉不说,还从来不舍得让它做家务、干重活。为了小猫能茁壮成长,将来出人头地,猫妈妈不惜花费重金供小猫上森林里最好的学校。平时小猫学习负担重,压力大,猫妈妈就三天两头炖鲍鱼、燕窝给他吃,还买了各种各样的补品,什么"补铁补锌口服液""胡萝卜素""黄金搭档"等。如果小猫在学校里表现好,考试得了满分,猫妈妈就带它去吃"德克士",或是"豪客来",晚上复习功课时再来一份"沙县小吃"。平时家里还有各种饼干、糖果等零食,让小猫肚子饿了随时吃。小猫渴了就喝可乐、雪碧、鲜橙多,从来不喝白开水。小猫在妈妈眼里成了一块宝,捧在手里怕丢了,含在嘴里怕化了。小猫在妈妈的"呵护"之下,体重日益增加,从小猫长成了一只名副其实的大肥猫。

……

这个片段符合拟人童话的基准要求,它让小猫母子拥有了人类的生活方式,小猫吃的快餐、喝的饮料、贪嘴的零食、进食的补品,都与现实生活没有什么差别,小猫上学、考试,得满分后获奖赏,也是儿童常有的经历,故事虽然被置放在一个幻想语境里,却无法给人带来童话不可或缺的"奇异感"。倘若把小猫替换成一个孩子的名字,故事依然可以成立,小猫仅仅被披上了童话角色的外衣,他所经历的事情与现实生活并无根本性的差别,这是一个徒有幻想外在形式,却无幻想艺术内涵的典型例子。一些初学者的习作不同程度地存在这样的问题。要想在童话创作上有所收获,就要摆脱对常规构思的路径依赖,避免幻想过度"黏着"于现实。

二、写作路径导引:以"立新求异"思维进入童话世界

(一)关注被忽视的拟人对象

拟人角色在童话中占很大比例,而拟人对象往往集中于常见的动物身上,寻找新的童话拟人对象,可以为童话构思注入创意动力。除动物外,植物、无生命的事物,都可以成为童话拟人的对象,例如,安徒生的《小意达的花》《枞树》就是以植物为拟人对象。

肖定丽《路边的鞋子》的拟人对象是一只被丢弃的鞋子,以及与他对话的小树叶、小蚂蚁、大风、月牙儿。

一只小鞋子歪歪地躺在路边好几天,伤心地哭。

一片小树叶坐在妈妈的怀里,听见哭声,探出小脑袋,对小鞋子说:"小鞋子、小鞋子,瞧你的嘴咧得多难看。我的伙伴们在路边躺得再久也不会哭。"

小鞋子看了看地上的黄叶子说:"可我是小鞋子,闲不住的小鞋子,一不走路就想哭。"

"噢,可怜的小鞋子!"小树叶刚说完话,一阵风吹来,把它从大树妈妈的怀里吹落下来,飘飘荡荡地飞走了。小树叶大叫:"小鞋子,再见!"

小鞋子孤零零地躺在路边,又哭了。

……

接下来小鞋子又向蚂蚁、大风、月牙儿求助,希望能成为它们的鞋子,实现行走的愿望,可惜都没能获得帮助。最后"小鞋子躺在路边。一阵雨落下来,堵住了小鞋子的嘴巴,粘住了小鞋子的眼睛……小鞋子躺在路边不哭也不叫,它生病了。"无人搭理的小鞋子只好在风雨中等待它真正的主人帮它实现行走的梦想。

[写作思路点拨]

请设想如果将厨房中装在不同瓶子里的佐料设计为拟人角色,是否能够写出一个关于一家人口味的有趣故事;或是让窗前刚刚落下的树叶和小朋友道别后开始一段特别的旅行;还可以让妹妹的红发卡和哥哥的小飞镖同处一室,看看会发生什么让人意想不到的事……

拓展学习
10-3-1

进一步理解
非动物的童
话拟人形象

(二)建立不同类型的童话角色组合

在拟人角色外,把常人体童话角色纳入构思范围,也有助于激发童话写作的创意思维。让常人体角色与拟人体角色一同演绎故事,非但不会消解童话的幻想氛围,反而会给读者带来新颖的阅读体验,武玉桂的《猫咪演戏》就是一个很好的例子。

这篇童话讲述的是胖奶奶要出门买菜,她交代家中的三只小猫要好好看家,许诺回来给它们小鱼吃。奶奶出门后家里来了小偷,三只小猫机智勇敢,用各种巧妙的办法赶走了小偷,奶奶回到家,看到电视机开着,拖鞋扔得到处都是,餐具也挪动了地方,她不知道这些都是小猫们智斗小偷留下的"战果",还怪小猫们太淘气,她一边喂小猫鱼吃一边让它们别吵。

在这篇童话中,奶奶是常人角色,小猫们是拟人角色,小猫之间可以用"猫语"(写出来也是人的语言)对话,而奶奶与小猫之间却无法进行直接的语言沟通,但奶奶说的话,小猫们似乎又能懂。比如,奶奶出门时对小猫说:"好好看家,别淘气! 我带回小鱼给你们吃。""喵!"三只小猫一起用"猫语"回答。当小偷正在撬门时,小猫们的言行则是拟人体童话中最为常见的:

"胖奶奶怎么还不回来?"猫咪们又着急又害怕。

突然,一只猫咪说:"哎,我想出个好主意,咱们……"

猫咪们开始演戏了,一只猫咪穿上老奶奶的拖鞋,在屋子里呱嗒呱嗒走,发出很响的声音。

……

老奶奶回家后,猫咪与奶奶之间的交流又呈现另一种情形:

"哎呀,你们这些淘气包儿……"

胖奶奶一边唠叨,一边从篮子里往外取小鱼,三只猫咪全都跑过来,抢着给胖奶奶讲刚才发生的故事。可是胖奶奶也听不懂猫话,她说:"帮帮忙,别喵喵地吵好不好? 这些馋猫,等一下嘛……"

这篇童话的趣味很大程度上是由于猫咪与奶奶之间有着两套"语言系统",拟人角色与常人角色既达成了有效的情感沟通,又无法让对方完全明白自己的意思;既有拟人童话的幻想,又让这种幻想与现实生活保持某种联系,两者相互牵扯造成的误解,给童话带来了特别的趣味。

[写作思路点拨]

可以让天花板上的小老鼠和屋子的主人也形成拟人与常人的特殊关系;或是让一只疲惫的

小松鼠在给自己的小宝宝讲故事的过程中,让它与树下路过的男孩也发生非语言的交流……

（三）创设"化虚为实"的幻想情境

有的童话把非实体的现象当作实体性的存在来写,这种"化虚为实"的手法,可以为童话营造出奇异色彩,形成独特的艺术氛围。

冰波在《梨子提琴》中,勾画了一只善良的松鼠,他在森林里捡到一个大梨子,突发奇想,把它剖开做成了一把小提琴,奏出带着果香的动听音乐。松鼠用美妙的音乐挽救了被狐狸追赶的小野鸡、被狮子追赶的小兔子,还吸引了月亮、星星也来欣赏音乐。童话对音符的描绘,典型体现了"化虚为实"的表现手法。

小松鼠拉着拉着,突然,从小提琴上掉下来一粒东西,落在地上不见了。"咦,是什么东西掉下来呢?"小松鼠说:"是我不小心,让小提琴里的一个小音符掉出来了。"第二天,这儿地上长出来一棵小绿芽。动物们围着它,都说:"这准是发了芽的小音符。"瞧它弯着腰,是见了陌生人怕难为情吧? 小松鼠拉小提琴给绿芽听,听到琴声,小绿芽呼呼地直往上长,很快长成了一棵大树,大树上,结出很多很多的梨子。

这些梨子被动物们做成了各式各样的提琴,它们从此不再互相追打,在月夜里,聚在松树下开起了音乐会。音符化作梨子;梨子制成提琴;提琴奏出音乐;音乐感动动物——这样的情节设置,使童话的抒情意味更加浓郁,想象张力更为凸显。

李东华的《装满阳光的梦》是将无形的梦境当作实物来写。故事讲述一个吃梦小妖,一到晚上就背起大口袋,挨家挨户找梦吃。在作者笔下,梦是有味道的:"前些年,吃梦小妖很容易就能找到美梦,可最近不行了。一到了深夜,整个城市的窗户里都散发出浓浓的臭气——那是噩梦的味道。"梦还有着可嗅可闻、可触可碰的实体质感:

> **讨论**
>
> 联系第五章第三节之二"童话赏析关键词"相关内容,谈谈如何在写作中营造幻想情境。

吃梦小妖小心翼翼咬开一个梦,就像咬一个烫烫的、香喷喷的汤圆。虽然很小心,他还是被狠狠地硌了一下,一颗门牙飞了出去。他疼得直吹冷气,强忍住眼泪,定睛一看,什么东西明晃晃地耀眼。呸! 原来是金子! 金子对吃梦小妖是没什么用的,但他正为丢了一颗门牙生气呢,就毫不客气地把吃了一半的金子梦扔到自己的袋子里。

［写作思路点拨］

想想看,如果让小狗的一个喷嚏、小明的一个哈欠、妈妈的一声叹气成为童话角色,这些看不见摸不着的气息离开主人之后会经历怎样的传奇;还可以想想,爸爸的一个怪念头、老师的一句口头禅、奶奶心中的一个秘密是否也可以成为童话的角色……

（四）恰当处理"人性"与"物性"的关系

要使拟人童话角色的审美效应获得读者的认同,需要恰当处理拟人角色"人性"与"物性"的关系。"人性"是指童话角色被赋予的人的特性,"物性"是指童话角色本身的自然属性。以下以艾伦的《喝了一湖水的牛蛙》为例加以说明。

这篇童话讲述住在湖里的牛蛙口渴,大口地喝水,结果把一湖水喝光了,为了不让水从嘴里喷出来,它紧闭嘴巴,形同一只怪物,别的动物口干舌燥却无水可喝。动物们举办了一场联欢会,邀请牛蛙参加,大家想用各种逗笑节目让牛蛙发笑,牛蛙刚开始不为所动,最后被鳗鱼的舞蹈逗乐了,一张嘴,湖泊又涨满了水,动物们又有水喝了。

假如将童话中的牛蛙替换成其他动物,读者是否会接受呢? 下表反映的是不同的"人性"与"物性"关系对读者接受心理的影响。表中的读者意见,是根据多次现场调查结果所作的综合表述(表 10 - 3 - 1)。

表 10 - 3 - 1　拟人化动物的"人性""物性"比较

替换牛蛙的动物	替换理由	读者意见	说明
小猫、小狗、小兔	猫、狗、兔与小朋友更为亲近,容易引起孩子兴趣	太小了,让它们喝光一湖水不可信,而且猫、狗、兔好像不会喝很多水	猫、狗、兔的体量比牛蛙大,但特别能喝水并不是它们的生物习性
老虎、狮子、野狼	它们身材高大,食量大,喝水量也大,给人可以喝光一湖水的气势	这些动物给人的印象是凶猛狡猾,很多童话都这么写,让它们喝光一湖水也可以,但不如牛蛙那么可爱	童话形象的类型化特点,在很多情况下,还是有其合理之处
蚂蚁、蚯蚓、蚱蜢	让这么小的动物喝光一湖水,夸张程度更大,能产生更奇异的效果	让蚂蚁、蚯蚓、蚱蜢喝很多水,让人觉得有点怪,太夸张了,不可信	夸张应与动物固有的特性相匹配,不能仅从形体比例上考虑
水牛、河马、大象	这些动物比起牛蛙来更可能喝光一湖水	让它们喝光一湖水,比牛蛙更合理,但不太好玩。让故事中的鳗鱼逗乐它们就不太可能了	各种拟人动物之间的合理配搭也很重要

应该说让牛蛙充当这篇童话的主人公最为合适。其他动物要么不善于与水打交道(猫、狗、兔);要么身体太小食量有限,会使夸张失去合理性(蚂蚁、蚯蚓、蚱蜢);要么与读者心目中既已形成的心理认同有差异(老虎、狮子、野狼)。水牛、河马、大象虽然也可以扮演这一角色,但让它们被鳗鱼逗得哈哈一乐,其喜剧效果不如牛蛙来得强烈。

> 讨论
>
> 结合个人阅读,谈谈在"人性"与"物性"处理上有瑕疵的童话,给读者留下了怎样的印象。

[写作思路点拨]

设想一下,蜜蜂用独特的舞姿来传递信息、小猪的嗅觉十分灵敏甚至一点也不比猎狗差,动物身上这些特性是否可以作为童话角色"物性"构思的起点。再想想看,能否赋予蝴蝶翅膀的花纹以着特殊的含义,让萤火虫的闪烁表示某种心情……

二、童话写作例析

[习作原稿]快乐火车行(作者:黄珊珊)

快乐的小猪——丹尼,有着粉红色的大鼻子,粉红色的身子,粉红色的脚丫,还编织着粉红色的生活,好一只快乐的粉红小猪。今天它好愉快,周围的一切,桌子、椅子、地板还有房屋都是粉红色,明天它要去外婆家,而且是乘火车去哦!

丹尼从没见过火车,听邻居黑小猪说过火车是黑色的,长长的,像一间间的房子,在长长的铁轨上开着,听说里面有好多好多人。丹尼粉红的鼻子一张一合的,它睡着了,说不定还做着粉红色的梦呢。

第二天,爸爸带着丹尼早早来到火车站,它看见了,它看见了,在铁轨上躺着一列长长的,像房子一样的火车,它是粉红色的,"这一定就是火车,多像为我定做的呀!"爸爸也疑惑了,"今年流行粉红色吗? 连火车也赶时髦了?"

(点评:火车居然是粉红色的,这多少有点出乎意料,却正好与小猪的肤色相映衬,让读者对这趟旅程的奇异性有所期待。)

丹尼爸爸很快找到了座位,叮嘱丹尼坐好,然后自己买东西去了。丹尼嗯了一声,现在才没空理会爸爸呢,火车好好玩! 里面的人好多好多,有熊伯伯、大象叔叔、狐狸阿姨、猫弟弟、鸭姐姐……就像春节时森林里一样的热闹。熊伯伯和鸭大婶在讨论孩子上学的问题,孩子都不爱上学,贪玩,正苦恼怎么办呢;狐狸阿姨在说她的头发像波浪一样漂亮;瞧,大象伯伯和羊叔叔在谈论怎么致富发财呢。丹尼觉得自己应该去找一个朋友玩玩,听他们说这些好无聊,谁说我们小孩不爱学习?我们也天天很忙很累,上学放学,还要计划今天跟黑小猪玩什么。

(点评:丹尼火车上的经历,仅有概括式的描述,缺乏具体细节。火车车身与小猪身体颜色的巧合,让读者对粉红色的特殊作用产生了心理期待,可惜的是,这一期待落空了。火车上发生的事,虽是由拟人角色演绎,实际上只是日常生活的简单移植,缺乏奇异色彩。)

丹尼动了动身子,走到了过道上。咦,猫弟弟怎么哭了?丹尼一问才知道猫弟弟找不到妈妈了,现在该怎么办?丹尼急得粉红鼻子冒汗了。这时,正巧猪爸爸找丹尼来了,丹尼急忙向救星求救,爸爸拍了拍胸脯,"这事包给我了。"猪爸爸带着丹尼和猫弟弟找到了列车播音处,刚到门口,猫妈妈正找猫弟弟呢!猫弟弟还保证下次再也不乱跑了。

(点评:丹尼偶遇猫弟弟,本可充分展开,文中仅一笔带过,矛盾刚产生就被化解了。)

这时,猪爸爸说道:"好了。我们到站了。""怎么这么快!我那粉红色的椅子还没坐呢!"丹尼嘟着粉红色的鼻子遗憾地说。"不过,今天我可做了件好事,回来时我还坐这辆车。"看,丹尼的心情总是变得这么快。

(点评:结尾处,作者又提到列车的颜色,与开头形成呼应,但由于粉红色并没有成为推动故事进展的重要因素,这个呼应的效果较为有限。)

[总评]作者在构思上颇费了一番心力,设计出一个不错的故事框架,遗憾的是,在情节展开过程中,没有抓住重要节点演化出富有奇异色彩的故事来。在拟人手法运用上,没能实现幻想对现实的超越,拟人角色谈论的话题、遇到的事情,与真实生活没有拉开必要的距离。色彩渲染给人留下想象空间,但没有发挥关键性作用。

[习作修改稿]粉红色的旅行

快乐的小猪——丹尼,有着粉红色的大鼻子,粉红色的身子,粉红色的脚丫,还喜欢过粉红色的生活,好一只快乐的粉红小猪。丹尼对自己的生活挺满意的,周围的一切,桌子、椅子、地板,还有屋顶,都是粉红色的。

哦,对了,明天丹尼要去外婆家玩,而且是乘火车去呢。丹尼从没见过火车,听邻居黑小猪说火车是黑色的,像一间间小房子串在一起,在铁轨上跑,里面有各种各样的乘客。丹尼粉红的鼻子一张一合的,想着明天的旅行,不知不觉中睡着了,还做了一个粉红色的梦。

第二天,爸爸带着丹尼早早来到火车站,看见了,看见了,铁轨上躺着一列长长的房子,是粉红色的!"这一定就是火车,它是粉红色的,我可以叫它丹尼号火车吗?"爸爸笑了:"今年流行粉红色,连火车也赶时髦啊。"

(点评:从题目开始突出粉红色意象,为全文奠定色彩基调。)

丹尼和爸爸很快找到座位,爸爸叮嘱丹尼坐好,自己买东西去了。丹尼嗯了一声,爸爸说了什么她已经听不见了,她急着到处找火车上有没有粉红色的伙伴,可以和他一起玩。丹尼离开了座位,沿着火车长长的过道往前走。

(点评:"她急着到处找火车上有没有粉红色的伙伴"是一处重要的细节,使开头营造的粉红色氛围,在情节展开中得到了呼应。)

火车太好玩了!乘客好多啊!有熊伯伯、大象叔叔、狐狸阿姨、猫弟弟、鸭姐姐……就像春天的森林一样热闹。

熊伯伯和鸭大婶正在谈论孩子上学的事,孩子们都不爱上学,贪玩,该怎么办呢?

狐狸阿姨说,她希望能够有一头像大海波浪一样的美丽长发,可是怎么也长不出来。

大象伯伯和羊叔叔正在讨论怎样才能吃到最美味的大餐。

哎！大人们说的话，怎么这么无聊啊。谁说我们小孩不爱学习？我们天天上学、放学，忙得很；什么长头发、短头发的，粉红色的才最美；大餐吃多了，也没啥意思，不过这会儿倒是有点饿了，爸爸会买什么好吃的呢。

（点评：粉红色意象在丹尼调侃式的叙说中再次出现。丹尼突然觉得饿，为下文丹尼和爸爸一起用食物哄猫弟弟作了铺垫。）

丹尼继续往前走。咦，猫弟弟怎么哭了，丹尼一问才知道，原来猫弟弟找不到妈妈了，这可怎么办呢？丹尼的粉红鼻子都急得冒出了汗。这时，正巧爸爸找丹尼来了，"丹尼，你怎么到处乱跑，让我好找啊！"丹尼冲着爸爸手里捧着的巧克力大喊："耶！我要，我要！"

丹尼光顾着吃巧克力，把猫弟弟给忘在了一旁。"喵！喵！我要妈妈。"直到猫弟弟又哭了起来，丹尼这才想起身边还有这么个小不点，他连忙往猫弟弟嘴里塞了一块巧克力。这时火车上的广播响了："乘客们请注意，粉红小镇就要到了，请到站的乘客做好下车准备。身上长着黑色条纹的短尾巴小猫千万不要下车，你妈妈正在找你。"

猪爸爸对丹尼说："外婆家到了，我们下车吧。"转身又对小猫说："就待在这儿，别到处乱跑，妈妈会来找你的。"

（点评：丹尼遇到猫弟弟的场面有较丰富的细节描写。通过广播解决猫弟弟找妈妈的难题，情节转折较自然。）

丹尼下了车，心里还在想着这一趟粉红色的旅行——怎么这么快就结束了，火车上粉红色的椅子我还没有好好坐一坐呢！咦！我不是喜欢粉红色吗？怎么一路上老是和小黑猫呆一块儿啊！丹尼粉红色的鼻子嘟得老高。不过，巧克力的味道还是好极了，对了，巧克力也是粉红色的。

你瞧，丹尼的心情总是变得这么快。

（点评：通过不断渲染粉红色这一意象，与之前的相关描写形成呼应。叙述语气和语句的跳跃，把儿童无厘头的思维快闪表现得十分到位，营造出欢愉气息。）

[总评]经修改文稿质量有较大提升，故事的整体感得到增强，细节描写更加丰富，尤其对粉红色意象的处理，产生了不错的效果。但修改依然不够彻底，留下进一步改进的空间：（1）丹尼在火车上的经历仍显简单，尤其是与猫弟弟的相遇，应有更多奇遇性内容；（2）动物们聊天场面，除发挥营造环境氛围作用外，还可以与丹尼的活动有更多交集；（3）粉红色意象所发挥作用依然有限，这一意象可以成为情节"巧思"的关键节点；（4）在童年观念、主题意蕴、趣味风格上还未形成清晰的思路。

〰〰〰〰〰〰〰〰〰〰〰〰　写·作·任·务　〰〰〰〰〰〰〰〰〰〰〰〰

童话写作项目及要求

[写作项目及要求一]比照原稿和修改稿，理解点评与总评对文稿的评价，以该文稿提供的故事框架为基础，创作一篇童话。以下创作思路可供参考：（1）根据点评和总评提出的意见和建议进行创作；（2）仅保留主要角色和故事框架，对文稿进行全面改写；（3）加入新角色，并以鲜明的童年观念驾驭故事，形成新的主题指向；（4）保留原故事基本内容，在后续情节中构思颠覆性的结局，对原故事形成反讽效应。

[写作项目及要求二]突破对常见拟人化动物形象的刻板印象，是实现童话创作创新的重要途径。阅读高洪波的儿童诗《我喜欢你，狐狸》：

你是一只小狐狸/聪明有心计,/从乌鸦嘴里骗肉吃/多么可爱的主意!/活该,谁叫乌鸦爱唱歌,/呱呱呱自我吹嘘!/再说肉是他偷的,/你吃他吃都可以。/也许你吃了这块肉/会变得漂亮无比!/尾巴像红红的火苗/风一样掠过绿草地。/我喜欢你,狐狸,/你的狡猾是机智,/你的欺骗是有趣。/不管大人怎么说,/我,喜欢你。

这首诗对著名寓言《乌鸦和狐狸》所刻画的拟人形象,进行了颠覆性改造,体会作家对狐狸性格的重新解读,写一篇有创意的拟人童话。

第四节   幼儿生活故事创意写作

一、写作心态调适:避免"过度求实"和"任意虚构"

拓展学习
10-4-1

了解作家
写作经历

故事作者应该认真观察幼儿在各种生活场合的表现:他们会说什么样的话,他们和人交往时会露出怎样的神情,他们遇到麻烦的时候会有什么反应,他们独处时都在做些什么。这种"求实"的观察,是故事写作不可缺少的前置环节。

观察可以给作者提供写作素材,还可以激发写作灵感,同时应当意识到,故事写作是一项"虚构"文本的精神活动,它需要作者以创造想象去驾驭生活素材,赋予故事应有的结构形式、审美趣味和主题意义。初学故事写作,一方面不能受纷繁生活素材的缠累,以至于无法展开自由的想象,另一方面也应当避免缺乏合理性的任意虚构。

以张彦的《手影戏》为例,故事讲述一个孩子趁妈妈到商店买东西,借着街灯自个儿玩起了手影游戏,这时另一个男孩凑了过来,两个孩子用手影演变出各种动物,展开一场激烈的"战斗":

他双手一曲一伸,在灯光前一照,马上墙壁上映出一个黑影来:走路一顿一顿,尖嘴巴一张一合,这是一只在找鸡妈妈的小鸡崽。

突然,小鸡的对面也出现了一个手影。一对长耳朵,一个短尾巴,噗,噗,在跳过来。哎呀,不能再跳过来,再跳要压着小鸡了。可是兔子挺霸道的,还在跳过来,噗!噗!宁宁回头一看,一个陌生的男孩也在做手影。

哼,谁怕你了? 宁宁手一变,墙上出现一只猫,喵,喵,向兔子扑去。

那个男孩吓了一跳,连忙将兔化成了狗。汪汪汪,狗咬猫。

呜哇,呜哇,猫变成了大熊。

啊呜,啊呜,老虎要吃熊。

比老虎狠的还有什么? 宁宁想不起来,也不会扮,他差点儿要哭了。

嗯,干吗要跟人吵架? 还是跟他和好吧,宁宁马上扮起一只鸽子来:尖尖的嘴,长长的翅膀,扑棱棱,鸽子飞起来了。

那个男孩愣了一阵,也扮了一只鸽子。

现在,看,两只鸽子偎依在一起了。

妈妈出来了,她看见宁宁与一个陌生孩子玩得正欢,两个人还挺亲热呢。

这个场面热闹、有趣,两个孩子变幻出的动物手影,对儿童读者有足够的吸引力。如果我们把这个场面还原为真实的生活情景,以完全"求实"的眼光加以探视,可以从中找出若干"不真实"的细节来,但这种"不真实"似乎并不会影响我们对这个有趣故事的喜爱,这到底是怎么回事呢? 以下对其中包含的生活逻辑和故事逻辑作具体分析:

［生活逻辑分析］

在现实生活中,妈妈不应该把孩子一个人留在夜晚的街头,自己到商店买东西;街灯不可能只有一处,在多个方向灯光的照耀下,很难玩手影游戏;手影游戏需要较高的技巧,两个陌生的孩子都是高手,又恰好在街头相遇,这种事很难出现;两人刚刚还在激战,闹出了点不愉快,不可能一下子就和好了。

［故事逻辑分析］

如果妈妈带着孩子进商店,那就不会有后面的故事了;如果不在大街上玩手影,两个陌生孩子的手影大战就没戏了;故事中人物的本领往往要比生活中的普通人高出许多,否则读者观看生活就可以,没必要去读故事了;按生活常理,两人的和解需要一个过程,但故事的重点不在这里,如果这个过程写得太具体,会喧宾夺主,削弱手影游戏的趣味性。

综上,依据生活常理,故事确有不够"真实"之处,似乎有违背生活逻辑之嫌,但故事还有属于自己的艺术逻辑,文本世界允许与真实世界保持一定距离,故事之所以是故事,而不是生活本身,就在于作家有权对原生态生活作适度的虚构化处理。故事人物的言行没有给我们留下"胡说八道"的印象,是因为它遵循了基本的真实性原则,故事展现的情节,是对生活可能性的一种演绎,经过艺术加工提炼的生活现象,具备了一定的传奇性,正是受这种传奇性的吸引,人们才愿意走进故事世界。

二、写作路径导引:寻求故事构思的多元可能

(一) 调整故事的叙事视角

从成人的视角观察幼儿生活,这是收集写作素材的基本视角,有些写作初学者,会把这种观察视角等同于文本的叙事视角,总是以客观的视角,来叙述孩子在生活中的种种表现。这当然并没有什么错,也可以写出优秀的作品,但单一的叙事视角也会限制我们的创造力,换一种视角,就多了一条通向故事世界的通途。以李姗姗的《袜子上的洞洞》为例:

我曾经仔细观察过右脚的大脚趾,除了有一点翘,实在没有什么不同。那为什么它老是把我的袜子咬了一个洞呢?

我的左脚很乖,它从来不咬袜子。

所以我特别喜欢左脚。我给它穿得比右脚漂亮。

玩滑梯的时候总是有很多规矩,我们要乖乖地排队、把鞋脱掉,我们不能想怎么玩就怎么玩,不能头朝下倒着滑,也不能在滑梯上逗留太久。我把鞋脱掉的时候,他们笑着拍起了手:丘奥德穿错袜子啦!

这个故事片段以孩子的主观视角展开叙事,孩子以自己的独特逻辑,解释了为什么要给两只脚穿不同的袜子,这一解释无疑充满了童稚趣味。我们通常会认为,只要使用了第一人称,自然就是主观视角,这种说法自然不错,但第一人称对故事整体艺术氛围的影响,在不同的故事里还是有很大区别的。《袜子上的洞洞》中的"我",不仅仅是一个故事讲述人,也不仅仅是故事中的一个角色,"我"的奇特想法几乎驾驭了一切,各种生活细节几乎都溶化在"我"的想法里,整个故事就是一个孩子打量生活时的意识流动,主观色彩十分浓郁。

下面我们试着还原一下作者可能的构想思路,为故事写作提供一些启发。

［写作思路点拨一］

作者可能观察到孩子在玩滑梯时,两只脚穿着不一样的袜子,触动了写作灵感,但仅凭这一

点还不足以构成一个完整的故事。如果从帮助儿童养成好习惯的立场出发,很可能会把这个素材演绎成一个批评性主题的故事。作者基于对儿童天性的理解,给故事主人公创设出让两只脚穿不同袜子的"合理"理由,继而让故事中的"我"把这个理由以孩子的语气说出来。

［写作思路点拨二］

作者可能想到孩子的袜子容易磨破。如果是两只袜子都磨出了洞,那只能说明孩子顽皮好动,是很平常的生活现象;如果一只袜子有破洞,另一只袜子完好,这就有了点画面感。怎么让这一画面感演化为一个充满拙趣意味的故事呢?作者让"我"对磨破袜子的右脚产生不满,对左脚产生偏爱,为了表达这种偏爱,"我"就让左脚穿上更漂亮的袜子。

(二) 探究"幼儿—成人"新型关系

成人是生活的主导者,常常占据着"权威"地位,有的作者会把这种"权威"照搬到故事中,在这样的故事里,大人总是高高在上,孩子总是生活在他们的威压里。如果我们改换一下思路,让成人和孩子处于平等的地位展开互动,或许能够寻获更好的构思创意。郑春华《大头儿子和小头爸爸》中的爸爸,是一个富有童心的父亲,作家通过一对父子演绎出许多有趣的故事,父亲天然的"权威"在童心的反衬下焕发出浓郁的趣味。在张微《笔筒上开满牵牛花》中,我们可以看到成人"权威"地位逆转带来的审美效应。

住在一栋楼里的两家人闹起了矛盾,楼上的肖奶奶因为浇花把乐乐妈妈的裙子弄脏了,于是,两家人互不来往,乐乐也失去了去肖奶奶家玩的机会。春天里的一丛牵牛花为化解两家人的矛盾带来了契机。

春天来了,花儿可不管这些。肖奶奶窗台上一丛牵牛花长得很茂盛,每天都伸出新藤向四面爬,爬一段还开几朵花。

一根花藤爬进乐乐家窗台了。窗台里是爸爸的小书房,爸爸不在家,妈妈很少进去,也不许乐乐进去。乐乐看见花藤尖尖在春风中抖呀抖呀的,好像在向他招手,又好像在寻找落脚的地方。乐乐想帮它的忙,趁妈妈不注意,就溜进书房,把窗户开了条小缝,帮花藤爬上窗台。过几天他又帮花藤爬进窗缝,爬上爸爸的写字台,绕到爸爸的笔筒上。

一根花藤变成两根、三根、四根……都绕在爸爸笔筒上,一面爬一面开花。

爸爸回来了,和妈妈说着话走进书房,看见笔筒上开满了鲜花,高兴得打开窗去喊:"肖奶奶! 快来看! 你家的牵牛花开到我家的笔筒上来了。"

……

> **讨论**
>
> 联系第六章第三节之二"幼儿生活故事赏析关键词"相关内容,谈谈如何在写作中构建"幼儿/成人"关系。

孩子之间闹矛盾,要么是他们自己找机会重归于好,要么是在大人引导下化解矛盾。按照常理,大人应该比孩子更懂事,更知道该怎样解决纠纷,但在这个故事中,恰恰是孩子发挥了主导作用。大人们忙于工作、家务,无暇顾及春天里牵牛花的生长情况,更不会在意一根花藤伸到自家窗户这等小事,孩子却凭着对环境的敏感,抓住了这个"天赐良机"成为了主角,逆转了大人处理人际关系的"权威"地位。

［写作思路点拨］

大人们有自己的事情要忙,孩子们总会凭着一股机灵劲,发现被大人忽视的生活间隙,很多有趣的故事就发生在这样的间隙里。孩子背着大人偷偷做的事,常常给人带来讶异和惊喜,有时会让大人在浑然不知中进入他们设置的"圈套",产生意想不到的结果。写作者可以通过观察或回忆,去发现童年生活中被成人眼光忽略的间隙,从中找到突破性的故事构思路径。

（三）在"写实"中渗透"幻想"元素

幼儿生活故事是一种写实性文体，但依然可以引入某些幻想元素，使故事变得更加灵动。

写实故事中的幻想，常常是儿童天马行空式想象所勾画的图景。这种幻想应当被限制在有限的尺度内，越界的幻想会使故事滑向童话。以李想的《奶奶的新孙女》为例：

故事讲述了一个女孩要离开奶奶家，和爸爸妈妈到外婆家过周末，她怕奶奶一个人寂寞，于是想出了让娃娃陪伴奶奶的主意，这样的故事框架并没有多少新意，也不显得特别有趣。故事的趣味来自女孩与玩具们之间的"对话"：

琪琪抱起娃娃，说："娃娃，我到外婆家过星期天。你替我陪奶奶，好吗？"

"不行呀！"娃娃摇摇头，"奶奶喜欢她的孙女，却不喜欢她孙女的娃娃。"

琪琪又抱起布狗熊，说："布狗熊，我到外婆家过星期天。你替我陪奶奶，好吗？"

"不行呀！"布狗熊苦着脸说，"奶奶喜欢她的孙女，却不喜欢她孙女的布狗熊。"

这可怎么办呀，琪琪没有主意了。

……

女孩和玩具对话，有点童话的味道，但这只是运用了拟人修辞，而不是塑造完整的拟人童话形象。玩具说的话，实际上是女孩舍不得离开奶奶而发出的无声心语。试想一下，如果缺了这样的描写，女孩对奶奶的情感是不是就打了折扣。玩具是女孩的心爱之物，让玩具陪伴奶奶，表达了对奶奶的爱，女孩又借着玩具的"意见"，把自己原先的主意给否定了，祖孙深情在幻想修辞的加持下得到了升华。

［写作思路点拨］

拟人是有程度差别的，童话中的拟人是要构拟一个完全的幻想世界，写实故事里的拟人，幻想尺度要小得多。恰到好处的幻想成分，可以增强故事的情感色彩，使叙事更显亲切、活泼，对年幼儿童尤具吸引力。恰当把控写实故事的幻想尺度，是一种写作技法，更是一种写作智慧。作为技法，需要反复练习渐次掌握；作为智慧，需要不断反思逐步领会。

拓展学习
10-4-2

进一步理解如何在幼儿生活故事写作中渗透"幻想"元素

三、幼儿生活故事写作例析

［习作原稿］可可和她的帽子（作者：蔡梦晗）

明天是可可的生日，她的生日愿望就是想换一顶新的帽子，因为这顶红帽子已经跟她好久好久了。于是，她就对妈妈说："妈妈，我想换一顶新的帽子。""为什么？"妈妈问。"因为它已经跟了我好久好久了。""是不是它旧了，你就想把它换掉？""你们认识了那么久了，应该算是老朋友了。就这样把它换掉吗？""不是的。""那为什么还要换掉它呢？""是因为……因为……"这时可可已经说不出话来。可可独自一人躲在房间里生闷气。她想了一个办法：我要是把它弄丢了，这样妈妈就一定会给我买新帽子。

（点评：可可想要一顶新帽子做生日礼物，妈妈的态度显得太生硬，对后继情节发展也无特殊作用。叙述语言与人物对话基本相同，显得累赘。密集的对话分段呈现为宜。）

第二天，她戴着她的那顶红帽子出门了。当她戴着那顶红帽子来到小河边准备把它丢掉时，她想了想："不行，它和我待了好几年了，是我的老朋友了，我不能把它丢下去。这样它会湿了，妈妈说过浑身湿湿的，会着凉会生病。我不能让我的老朋友生病。"可可摇摇头走了。

（点评：担心帽子被河水泡湿了会得感冒，帽子在孩子情感的作用下，仿佛获得了生命。这样的描写值得肯定，语言表述还需锤炼。）

走着走着，她来到了一个菜市场。她看到一个瘦瘦的小男孩坐在那边，他浑身脏脏的，身上穿着薄薄的衣服，天气太冷，他冻得缩成一团。"也许他需要这顶帽子。"可可想。"不行，他浑身脏脏的会弄脏我的老朋友。"可可摇摇头走开了。

（点评：因担心弄脏帽子而拒绝对男孩施以援手，这会让可可背负道德责任，在儿童故事中应避免，况且这段内容也非情节发展所必需。）

"到底要把它送到哪里去呢？"

"到底哪个好心人会收留它呢？"

"它离开我会不会伤心呢？"

"算了等我给它找到一个好归宿再说吧！"

可可边走边想，突然，一阵狂风把可可的帽子吹走了，"啊……我的帽子，我的帽子！"可可看到帽子被风吹走了，于是就跳起来想抓住她的帽子，可是风把帽子吹得高高的，她怎么跳也抓不到她的帽子。帽子被风吹走了，终于了结了可可的一桩心事。现在她很伤心，毕竟那帽子跟了她好几年，就像妈妈说的那样，那么久了，也算是老朋友了。"再见，老朋友！"可可对着被风吹走的帽子大喊。

（点评：风把帽子吹跑，瞬间化解了可可面对的难题，这时可可跳起想抓住帽子，对着帽子喊再见，内心矛盾表现得不错。）

可可迈着沉重的步子回家了。"可可，你的帽子哪儿去了？"妈妈问。

"我不小心把它弄丢了，我，我……"可可哭了起来。她觉得她不应该这样对待她的老朋友。

"好了，好了，不哭，不哭，明天是你的生日。我们明天再去买一顶吧。"妈妈一边摸着她的头一边安慰她。"它会不会掉进河里、它会不会弄脏、它会不会掉在马路上被车子压着……"可可越想越伤心，越哭越伤心。

（点评：妈妈对帽子态度的转变，需要有一个过渡。）

妈妈带着可可来到大百货公司买帽子，试了很多顶帽子，可可都不满意。可可想要一顶和原来一模一样的帽子，可是逛遍了整个商场都没有买到。

可可伤心地回家了。

时间一天一天过去了，可可还是好想好想那顶红帽子。突然有一天，她的小狗阿布从外面叼来一个圆圆的黑乎乎的脏东西。"这是什么东西啊？"可可凑近一看，大声叫了起来："妈妈，快来看帽子找到了，帽子找到了。"

可可戴上洗干净的帽子，在镜子前照啊照，她笑了笑说："它没变，还是那么温暖，那么好看，还是那么红。"

（点评：让小狗完成一个失而复得的故事结局，有一定特色，但偶然性太强，真实性有所不足。）

[总评]故事表现了女孩换帽子的波折过程与内心矛盾，力求写出人物的细腻质感，故事情节的情感色彩较为浓郁，整体构思具有一定特点。不足之处在于：作者在表现人物情感变化的过程中，对促成变化的内在逻辑把握得不够精准，人物的前后言行无法形成很好的呼应。妈妈是故事的次要人物，如何让这一人物在情节转折中发挥恰到好处的作用，也是需要考虑的问题。故事尚有较大的改进空间。

[习作修改稿]可可的小红帽

可可想换一顶新帽子，她戴的红帽子有点旧了，小朋友们戴的都是新帽子，她每天都在心里想着那顶新帽子，她就这么想着，想着，想了很久，都没有跟妈妈讲。妈妈是个喜欢旧东西的人，常常说："衣服穿久了，就像老朋友一样，舍不得离开它们。"

（点评：经过修改，故事开头显得简洁，可可换新帽也有了合理的理由。修改稿没有让母女俩直接讨论换帽子的事，并且交代了妈妈喜欢旧物的习惯，避免了原稿的生硬感。）

第二天,可可戴着那顶红帽子出了门。她来到小河边,摘下红帽子,想把它送给小河,可想了想,又收住了手。"不行,小红帽戴在我头上好几年了,是我的老朋友了,河水会把它弄湿的,妈妈说过,浑身湿漉漉的,就会着凉生病,我可不能让我的老朋友生病发烧。"可可这么想着,眼圈有点发红。

(点评:把"丢进小河"改为"送给小河"。让叙述带上些许拟人的味道,情感色彩更为浓厚,值得肯定。)

可可摇摇头走了。走着走着,可可看到路边有一只小狗正在寒风里啃着一块肉骨头。可可想,小狗一定很冷,就把这顶帽子送给它吧,她蹲下身子,正想把帽子戴在小狗头上,却被小狗身上的臭臊味熏得连打了几个大喷嚏。"噢!这么脏的小狗,我可不想让我的帽子臭烘烘的,谁闻了都会躲得老远老远,它就再也找不到朋友了。"可可嘀咕着,闪开了小狗。

(点评:把脏脏的男孩改成臭烘烘的小狗,是个很不错的修改。想把帽子送给小狗,表现了可可的爱心;害怕帽子被熏臭,表达了对帽子的不舍。)

到底要把帽子送给谁呢?

哪个好心人会收留我的帽子呢?

帽子离开了我,会不会伤心呢?

可可边走边想,突然,一阵大风把帽子吹飞了。

"啊……我的帽子,我的帽子!"可可跳起来想抓住她的帽子,可是风把帽子吹得高高的,她跳得再高也抓不到她的帽子了。

帽子被风吹跑了,终于可以买新帽子了,可可却开心不起来。

一位老朋友,就这样消失了……

"再见!老朋友!"可可对着远处大喊了一声。

(点评:此处改动不大,在表达、分段、标点上作了调整,比原稿更为精练。)

可可低着头往家走,一进家门,妈妈就问:"可可,你的帽子呢?"

"我,我,不小心把它弄丢了……"可可支吾着,眼眶有点湿。

"丢了,太可惜!帽子戴久了,就跟老朋友一样。"妈妈摸摸可可的头。

"你的生日快到了,正好买顶新帽子做生日礼物。"妈妈很快又露出了笑容。

(点评:与原稿相比,妈妈的态度温和了许多,言行也显得合理。)

星期天,妈妈带着可可到百货公司买帽子。可可挑的还是一顶红帽子,样子和原来的还有点像。可可戴上新帽子,拉着妈妈向公园走去,她想和自己新的小红帽拍一张生日纪念照。

冬天的公园有些空荡,泛黄的草坪上一位画家正在作画,可可想看看是什么美景把画家吸引住了,她也想把这么美的景色拍进照片里。

(点评:修改稿对购买新帽的过程作了简化处理,集中笔墨表现得到新帽之后的情景。可可希望和新帽子合影,为了拍到最美的景色,前去看画家作画。为后继情节作的铺垫十分自然,可谓"巧思"。)

可可拉着妈妈走到画家的身后。画布上,一片灰蓝的天空映衬着几棵梧桐树,枝丫上将落未落的枯叶在寒风里微微颤抖着,一幅风景画快画完了。过了一会儿,画家取了点红颜色,在一棵树的枝丫上添上了一顶小红帽,转过身对可可说:"小姑娘,我本来已经画完了,总觉得画面有点单调,你头上的小红帽给了我灵感,让我的画鲜亮了起来,谢谢你。"

(点评:此处构思颇为精彩,不论是叙述语言还是画家说的话,都富有诗意。画家添上的小红帽,不仅让他画的画鲜亮了起来。也让整个故事鲜亮了起来。)

可可看看画中的小红帽,又抬头向远处望去,有一顶小红帽好像就挂在高高的树丫上。可可摸摸头上的小红帽,对画家说:"谢谢你,让我的老朋友找到了家。"

　　妈妈和画家疑惑地看着可可,不知道她在说什么,只有可可自己知道。

　　(点评:昔日的老朋友在画家的画布上找到了安身的新家,可可又在自己的想象里再次遇见了老朋友。孩子对帽子的不舍之情得到了升华,更换帽子带来的情感困扰得到了疏解。)

　　[总评]题目的修改值得肯定,新题目凸显了帽子的颜色,与结尾处的点睛之笔形成了呼应。"小红帽"是家喻户晓的童话意象,虽与本篇故事没有意义上的关联,但这一经典意象本身就有可能让读者对故事的精彩产生心理期待。修改稿让妈妈退居更为次要的地位,可可情感变化这条故事主线更显清晰。故事后半部分修改较多,相较于原稿中小狗寻回帽子的情节,看画家作画的场景,更具可信度,也更富情感色彩。这样的修改无疑是成功的。

<hr>

写作任务

幼儿生活故事写作项目及要求

[写作项目及要求一] 对照原稿和修改稿,理解点评与总评对文本优缺点的分析,创作一篇幼儿生活故事,以下思路可供参考。(1)根据原稿点评与总评提出的意见,对原稿作深度修改;(2)以本篇故事的框架为基础,提出新的构思创意进行创作;(3)修改稿对原稿后半部分作了较大改动,可推翻这一改动,根据自己对儿童精神世界的理解,重写这一部分。

[写作项目及要求二] 根据你对幼儿故事艺术特征的理解,以及从习作修改范例中得到的启发,写一则反映当下幼儿生活的故事。(1)在情节、场面、细节的勾画上体现当下童年生活的特点;(2)故事内容有足以吸引幼儿读者的趣味要素;(3)自然地流露故事的主题指向,避免出现生硬的教训式主题。

第五节　幼儿戏剧创意写作

一、写作心态调适:走出一般故事的构思定势

微课
10-5-1

幼儿戏剧
写作指导

　　戏剧与故事(童话)一样,都属于叙事文学,都包含情节、人物(角色)、场面、细节等叙事要素,这些共性使剧本写作常受到一般故事模式的影响,有的剧作者仅仅是把某些表演要素移植到故事架构之中,例如,把故事中的对话作台词化处理;把故事的叙述语言改为舞台表演提示;在情节发展中加入音乐、歌谣等。这在表面上满足了剧本的基本要求,但以此作为舞台表演蓝本,则不易取得好的演出效果。

　　写作剧本有两种方式,一是由剧作者独立构思剧情;二是根据现有作品进行改编,这里主要讨论剧本改编。把文学文本改编为剧本,应当对整体情节作出符合舞台表演的调整,以凸显剧情的可观性、可感性。以《小蝌蚪找妈妈》的剧本改编为例:

　　故事原作的情节线索是:青蛙妈妈产卵——小蝌蚪出生——蝌蚪看见鸭妈妈带着孩子,想

自己的妈妈——问鸭子妈妈在哪里(鸭子描绘:大眼睛、大嘴巴)——误将金鱼当妈妈(金鱼描绘:四条腿)——误将乌龟当妈妈(乌龟描绘:白肚皮)——误将白鹅当妈妈(白鹅描绘:穿绿衣服,唱起歌来"咯咯咯")——小蝌蚪终于找到妈妈。

改编后的剧本(编者:张潮)打破了原作的情节架构,开篇就让蝌蚪上场。舞台提示:"由人扮演的四朵荷花随音乐翩翩起舞。""二道幕侧,'妈妈'的呼喊声由远至近,三只小蝌蚪身着黑灰色的紧身服在欢快的乐曲声中迂回游动在荷花间。"几只蝌蚪的对话显示,他们找妈妈已经好几天了,感觉很累。蝌蚪依快板节奏念出台词:"身子黑,眼睛大,一个圆圆的大脑瓜,还有一条长尾巴。"这样的处理,把原作中占很大篇幅的内容——小蝌蚪与几只动物相遇,从他们那里得知妈妈的特征,集中表现于简约的歌谣体台词中。同时也省去了青蛙产卵、蝌蚪出生等故事背景的交代。让蝌蚪诉说找不到妈妈的苦恼,使剧情从开端处就带上浓郁的情感色彩。

更具创意的构思在于,剧本增加了可以强化戏剧冲突的角色——鲤鱼母子。蝌蚪在找妈妈途中遇见小鲤鱼,误将鲤鱼当成了妈妈:

蝌蚪甲	圆圆的大脑瓜、一条长尾巴。姐妹们,妈妈找到了。
蝌蚪乙丙	在哪儿?
蝌蚪甲	瞧!(手指鲤鱼妈妈)
三蝌蚪	(急切地迎上前去)妈妈,妈妈!
小鲤鱼	(冲上前,用手拨开蝌蚪丙)不是你们的妈妈!
三蝌蚪	就是我们的妈妈

……

小蝌蚪和小鲤鱼的争吵增添了戏剧冲突的张力。随后由鲤鱼妈妈出面化解矛盾,并道出蝌蚪妈妈另一特点——长着四条腿,推进剧情向前发展。后续剧情也对原文作了较大调整,原文是小蝌蚪寻找四条腿的妈妈,剧本则是小蝌蚪长出了腿,他们为此欢欣鼓舞,因为有了腿就能更快找到妈妈。这一设计为找妈妈的艰辛过程增添了一段欢快时光,具有调整剧情节奏的作用。接着小蝌蚪又误将乌龟当作了妈妈:

乌龟	(连忙摆手)孩子们,别着急,听我慢慢说(缓缓地)你们的妈妈头顶上长着两只大眼睛,前腿短来后腿长,披着一件绿衣裳,而我呢,眼睛小,头尖尖,身子夹在硬壳间。
三蝌蚪	那,您是谁啊?
乌龟	哈哈 乌龟!
三蝌蚪	啊!我们又找错了。
蝌蚪甲	妈妈,您在哪儿啊?
蝌蚪乙	妈妈,我们真想你啊!
蝌蚪丙	我们要到哪里去找妈妈啊?(以手拭眼)呜……
乌龟	(为蝌蚪丙揩眼泪)孩子们!别哭,别哭,光哭是找不到妈妈的。哭鼻子可不是好孩子噢!(逗三蝌蚪笑,三蝌蚪破涕为笑)这就对了,你们的妈妈啊……(手指荷塘画圈)就在这荷塘里。

在小蝌蚪找到妈妈前,让乌龟作为最后一个被误会的对象,这一设计也值得肯定。乌龟把青蛙的各种特征重述一遍,可强化小观众对蝌蚪妈妈形象的认知。小蝌蚪屡经挫折,此时情绪低落,乌龟以老者的身份安慰蝌蚪,并指明寻找妈妈的具体方位,疏解了小蝌蚪的焦虑,

讨论

从"可表演性"角度出发,你认为还可以对《小蝌蚪找妈妈》进行怎样的改编。

微课
10-5-2

幼儿戏剧
写作点评

也让同情小蝌蚪的小观众获得情绪抚慰。

二、写作路径导引：建构以"表演"为中心的写作思维

（一）以语言行动推动戏剧冲突进展

台词是戏剧的核心，推动剧情发展与表现人物性格是台词的两大功能。在推动剧情上，"这种语言的动作性非常强，不但能推动当前的剧情向前进展，并且推动今后一系列的剧情进展，而为最后结果做好了充分准备。这种语言是真正戏剧性的语言。"在表现人物性格上"这种语言总是在剧本的大小高潮（危机）中出现的，和大小高潮结合在一起的。一个人总是在最危急的时候，显露出他性格的本质，展示出他最深藏的思想和强烈的感情。"[1]这些针对一般戏剧的观点，在幼儿戏剧中未必体现得那么充分，但以台词推动剧情发展、表现人物（角色）性格与内心活动，则是戏剧艺术的共性。

戏剧中的语言和动作难以区隔，语言也是人物的一种行动，"人物语言特别是双方的交流要能引起剧中人的反应，并最终形成行动，甚至改变人与人之间的关系。一句话，戏剧语言要有行动张力。"[2]

张秋生的童话短剧《狼哥、狐哥、兔弟》，通过角色的"语言行动"推动了戏剧冲突的发展，表现了角色的性格特点与内心活动。

〔幕启：兔子提着篮子，和狼、狐狸分别从台两边上。

兔　　今天天气好，我去采蘑菇。

狼　　（粗暴地）兔崽子，上哪儿去呀？

兔　　你是狼崽子吗？这样称呼人多不礼貌！

狐　　你敢叫他狼崽子？狗胆包天！

兔　　我是兔子，不是狗。

狼　　兔子，兔子，你是个没有头发的"秃子"吗？（伸手，摸兔的头）你以后一定是个"秃子"！

兔　　（推开狼的手）给人起绰号，太不文明，也太欺侮人！

狼　　你是个不起眼儿的东西，欺侮你又怎样？

狐　　（拉拉狼，指指远处）瞧，狮子来了。（狮子慢慢走上）

狼、狐　（朝远处鞠躬）狮子大爷，您好！

狼　　狮子大爷，您吃饭了吗？

狐　　狮子大爷，您请慢走！

狼、狐　（望着狮子走远，两人鞠躬）狮子大爷，再见！

兔　　真不害臊，狮子比你们才大几天，就一个劲儿地喊大爷！我知道了——你们两个是马屁精！

狼　　什么？

兔　　（拍手）马屁精，马屁精，可笑又可怜的马屁精！

狼、狐　不许你这样叫，真难听！

兔　　你们叫我"兔崽子"、叫我"秃子"就不难听了吗？

狼　　（抓头）这个……

---

① 顾仲彝.编剧理论与技巧[M].北京：中国戏剧出版社，1981：364—368.
② 周安华.戏剧艺术概论[M].北京：高等教育出版社，2014：179.

……

狼和狐狸的言行里充满了对兔子的不屑,打招呼时的粗暴态度、伸手摸兔子头的动作、把兔子戏称为"秃子",一系列动作化的台词把狼和狐狸恃强凌弱的特点彰显无遗,剧中的兔子并非传统的弱者形象,每一句带着挑衅意味的话,都被他以轻蔑的口吻顶了回去。当狮子上场,狼和狐狸又露出一副卑躬屈膝的模样,有了这一过渡,他们被兔子贬斥为"马屁精"就显得十分自然,剧情的反转也就顺理成章了。

在《小熊拔牙》中,小兔给小熊拔牙的一段台词,也很典型地体现了动作化台词对剧情的推动作用:

兔医生　你先别哎哟,别直着嗓子叫。嘴巴张开来,让我瞧一瞧。唉,你的牙齿真不好。唔,这一颗要补一补,唔,这一颗嘛,要拔掉。你坐好,哎,我够不着,你怎么长得这么高? 搬个板凳当梯子,爬上去给你打麻药。哎,你坐好,别害怕,钳子夹牢才能拔,……拔呀、拔,拔不动它,你这颗牙齿怎么这么大?

仅凭剧本的文字,我们仿佛就能看到舞台上小兔给小熊拔牙的一举一动,小熊此时虽未开口,但心情的紧张与口腔的疼痛也令人感同身受。兔子医生的职业身份、形象特征也能通过这段台词得以自然呈现。

（二）避免陷入剧本写作的常见误区

1. 为戏剧设置一个舞台外的讲述者

小说、故事、童话等叙事文体的想象自由度要比剧本高很多,在这些文体中,作者可以进行全知视角的叙述,可以从第三者的视角交代故事背景,还可以让描写笔触直抵人物的内心世界。剧本写作则要尽可能通过演员的表演(对白、动作等)去表现这一切,而不是依赖叙述者的讲述。

有的习作者尚未从一般故事的写作思维中走出来,习惯于安排一个舞台之外的剧情讲述者,形成"大段画外音＋角色对白"的架构,演员的表演仿佛被幕后的讲述者所操纵,尤其当画外音较长时,舞台表演就会显得沉闷、僵硬。以某一《皇帝的新装》剧本为例:

〔国王手持手杖,带着两个大臣上,大臣提着国王长长的衣裙。

画外音　在很久很久以前,有一个古老的王国,王宫里住着一个胖胖的国王,他最喜欢做的事,就是每天都能穿上新衣服,为了这件事,王宫里的大臣们可忙坏了,他们天天到街上张贴布告,向全国征集最漂亮的衣服,唉! 世界上哪有那么多的漂亮的新衣服啊,据说全国的裁缝都逃到国外去了,他们最怕被国王召见。你瞧,国王来了。昨晚他让仆人们翻遍整个王宫,才找到这一身衣服,他要让全体大臣看一看,这身衣服到底漂亮不漂亮。

〔国王腆着大肚子,慢慢地走向镜子,露着不悦的神情。

剧本通过这段画外音介绍故事背景,由于画外音较长,台上的演员只能进行无声的表演,舞台气氛显得沉闷,不妨做如下修改:

大臣甲　陛下,您昨晚睡得好吗?

国　王　哪里睡得着! 你们一点都不让我省心。让你们找个有本事的裁缝,这点小事都办不好。

大臣乙　回禀陛下,我们已经张贴了布告,只是……(一时语塞)

国　王　(脸色不悦,盯着大臣)只是什么?

大臣甲　只是……我们听说裁缝们都跑到国外去了。

国　王　什么？这么大的国家，就找不到一个能做出世界上最漂亮衣服的裁缝？都是你们
　　　　　办事不力，别找借口了！裁缝跑了，就到国外去找。

二大臣　（齐声）是，陛下！我们一定照办。

大臣甲　陛下，您今天的这身衣服就很漂亮啊！

国　王　（手杖在大臣前晃了晃，抖了一下衣袖）这身衣服，还是昨晚全宫上下翻箱倒柜了
　　　　　一夜，才找出来的。上星期的流行款式，太旧了。唉！
　　　　　（对着镜子打起了哈欠）

修改后的剧本，演员表演替代了画外音叙述，通过演员的台词、动作、表情，观众了解了故事背景，对接下来的剧情产生了期待。需要说明的是，画外音也是戏剧表演的手段之一，必要时加入少量画外音，可以起到烘托氛围、提示剧情转折的作用，但不宜用大段的画外音叙述剧情。

2. 剧情展开出现过多的场景切换

剧情需要在相对集中的场景中展开，这是剧本写作的通行规则，幼儿戏剧的剧情一般都不太复杂，场景转换更不宜太过频繁，一般可通过演员的上场、下场，或是演员在舞台不同区域的调动等，来实现场景切换，以某一《龟兔赛跑》剧本为例：

一开场，一群动物在大树下商量举办一场别开生面的龟兔赛跑，动物们齐声叫好。大伙儿分头行动，老牛到乌龟家邀请乌龟，小猴到兔子家邀请兔子，兔子爽快答应了，乌龟却不肯参赛。老牛和兔子前来向虎大王汇报情况……

一篇童话可以这么写，要是剧本这么写，就存在场景切换过于频繁的问题：

场景一：一群动物在树下商量赛事。

场景二：老牛去乌龟家邀请乌龟（途中行走、邀请过程的对话。）

场景三：小猴去兔子家邀请兔子（途中行走、邀请过程的对话。）

场景四：老牛、小猴到老虎处汇报情况。

一开场就切换了四个场景，这对观众的专注力是一种挑战。尤其是幼儿观众，他们这时正处于入戏的情绪调节中，过于跳跃的场景变化，让他们不易抓住剧情的主干，对后续的观剧形成一种干扰。况且，场景二和场景三是平行关系，如何在舞台上切换，也不易处理。不妨做如下整合：

森林里，老虎家中，老虎正斜靠在树上。老牛进来对老虎说："大王，昨天大伙儿商量的龟兔赛跑的事，我听您的吩咐，去了乌龟家，可那老龟一听说要和兔子赛跑，头摇得跟拨浪鼓似的，一口就回绝了。我还想劝他几句，他把头往龟壳里一缩，再也不理我了。"正说着，兔子也来了……

这样的剧情设计，把原来的四个场景归结到一个场景中，省去了老牛、兔子在途中等无关紧要的场景，通过角色语言把邀请过程表现出来。

3. 在设置环境时没有考虑舞台条件

剧情总是在一定的环境中展开，剧情简单的幼儿戏剧一般会设置一个固定的舞台布景，例如，一棵大树下，几个树墩，旁边一座小房子；幼儿园的一间教室，一张桌子，几张椅子，墙上挂几幅孩子的画；某个动物的家，餐桌上摆放着锅碗瓢盆。这些布景为剧情展开提供了基本环境条件。还有一些动态的环境条件，如刮风下雨、河水解冻、沙土飞扬等，如果条件允许，可以通过大型数字化舞台背景加以呈现。剧作者更需要考虑的是，如何以非技术手段来设置环境，让剧本适应更多的演出条件。

例如,某剧本有这样一个场景:小兔第一次上山采蘑菇,途中遇到狂风暴雨,小兔克服重重困难,冒雨把蘑菇带回家中。在幼儿园演出时,有的教师用黑色塑料布制成乌云,让几个孩子拉着"乌云"满舞台跑,这样的表演可能会很受欢迎,那些没有机会出演主角的孩子,会以很大的热情投入到"乌云"的表演中,台下观众也会被带入兴奋状态。问题在于,这一场景可能会干扰观众对主体剧情的接受,一场戏下来,小观众印象最深的或许就是那一片满台飞舞的乌云。不妨对这一场景作如下设计:

兔妈妈正在家中锅台上忙碌着(此处加入雷雨音效),她放下手中的活,不时望一望窗外,自言自语道:"哎,这么大的暴风雨,我的小宝贝第一次上山采蘑菇,就让她遇上了。"说着打开门想探个究竟,被一阵大风挡了回来(身子作向后倾斜状)。兔妈妈急得在屋子里坐立不安,随着一阵雷鸣声响,小兔子跌跌撞撞跑进家门……(通过两只兔子的对话、表情、动作,表现小兔在外遭遇暴风雨的情形。)

这样的设计,规避了在舞台上直接表现暴风雨的困难,也强化了台词表现剧情的功能。兔妈妈的一系列语言、动作,既交代了剧情发生的环境,又体现了亲子情感关系。妈妈充满焦虑感的等待,要比当面的嘘寒问暖更为感人。

三、幼儿戏剧写作例析

习作原稿剧情简介:

小兔、小猫、小狗和小公鸡去菜园参加劳动,小公鸡慢吞吞地落在队伍后边,小兔喊了好几声他才跟上来,兔子奚落小公鸡不长耳朵。小狗凑上前说小公鸡头上确实没有耳朵,其他动物也随声附和。小公鸡为自己没有长耳朵感到难过,他离开伙伴,要去造一双最漂亮的耳朵。他想模仿驴大哥给自己造耳朵,驴大哥被贸然凑上前大声说话的小公鸡吓了一跳,大声叫了起来,小公鸡被驴大哥的叫声吓跑了,跑着跑着,一头撞到鸭妈妈怀里,鸭妈妈得知原委后,告诉小公鸡,其实,鸡和鸭一样,头上都长着小巧的耳朵。小公鸡听后高兴地找伙伴们去了。[①]

剧本围绕着小公鸡没长耳朵这一节点来构造戏剧冲突。"没长耳朵"可以有两种理解,其一是对不专心、易走神的形象性比喻;其二是指没有实体耳朵的存在。习作中的剧情很快从前者转到了后者,戏剧冲突展示得不够充分。基于此,修改稿作了较大调整,增强了"没长耳朵"这一节点的冲突张力:

小　　兔　　小公鸡,快走呀。(见没动静)你听见了没有,小公鸡,快跟上!你没长耳朵吗?

小公鸡　　(慢吞吞地从左出)谁没长耳朵? 路边的花朵真美丽,凭啥不能看几眼。

小　　兔　　你就是没长耳朵,上回去河边玩,小猫叫了好几声,你就是没理他。

小公鸡　　(冲着小兔)那我专心捉小虫,不许你说我没长耳朵。

小　　猫　　喵——喵,我的声音多好听,叫你几声没动静,我看你真的没有长耳朵。

小　　狗　　(凑到小公鸡头边,又摸摸小猫、小兔的耳朵)咦,小公鸡,你真的没长耳朵呢!

猫狗兔　　(摸着自己的耳朵,齐声)哎呀,小公鸡真的没长耳朵!

小　　猫　　(看看小鸡,再看看小兔和小狗)你瞧,我们都有耳朵,你没有耳朵,多难看呀!

小公鸡　　(摸了摸头,疑惑地)耳朵? 我的耳朵呢?

　　　　　　(气鼓鼓地,快板)

　　　　　　我的头上桂冠红,

---

① 该剧本由王仪方、林影、林淑丽、林秀钦根据同名童话改编.

我的眼睛亮晶晶，

我的嘴巴尖又长，

谁敢说我不漂亮？

（再摸摸头）就是少了两只耳朵嘛！

小　猫　（同情地）小公鸡，你哪儿都漂亮，少了耳朵该咋办？

小　兔　（揪着自己的耳朵）要不我把耳朵借给你。

狗、兔　我也可以借给你。

小公鸡　（激动地拍翅）不！不！我要自己造耳朵。

猫狗兔　（惊讶地，齐声）自己造？

小公鸡　对，自己造！造出世界上最长最美的耳朵，再来和你们一起玩。再见！（转身，下）

猫狗兔　（疑惑地，望着鸡的背影）小公鸡！

小　兔　要是造不来耳朵，我们还会借给你！

　　这段剧情把小公鸡"没有长耳朵"从一句奚落语演变为一个引发误会的事件，角色之间的互动、争执给戏剧增添了不少趣味。几只动物的表现实际上是年幼儿童懵懂心性的折射，他们自己也搞不清"没有耳朵"是指小公鸡没心思、不专心，还是说小公鸡头上真的不长耳朵。

　　剧情的最后，鸭妈妈告诉小公鸡关于耳朵的知识，习作原稿中的剧情缺乏必要的起伏，让人觉得"没戏"。这一场景经过修改，呈现出全新的面貌：

鸭妈妈　（扶住鸡）哎呀，小公鸡，什么事把你吓着了？

小公鸡　（喘着粗气）鸭妈妈，是这么回事，我要照驴大哥的耳朵做两只最漂亮的耳朵，可驴大哥不让，还要咬我，叫得可凶了呢！

鸭妈妈　你为啥要做耳朵？

小公鸡　我没有耳朵呀。小花猫、小白兔、小狗他们都有长长的耳朵，就我没有。

鸭妈妈　（笑着用翅膀拍着鸡）小公鸡，你没耳朵吗？（指着远处）你听。

　　〔远处传来公鸡的叫声，喔——喔——喔。

小公鸡　这是我爸爸的声音，他在打鸣呢！

鸭妈妈　（指着远处）你再听。

　　〔远处传来母鸡下蛋后的叫声，咯咯——咯咯——咯咯。

小公鸡　这是我妈妈的声音，她又下了一个蛋。

鸭妈妈　小公鸡，你要是没长耳朵，怎么能听见爸爸、妈妈的声音呢？

小公鸡　（又惊又喜，摸头）我有耳朵？在哪儿？

鸭妈妈　（指着自己）你瞧，在我眼睛的后边，有一撮稍稍凸起来的毛，毛的背后就藏着我的耳朵。你们鸡和我们鸭一样，也有这么一对耳朵。

小公鸡　（唱）

我的耳朵小又巧，

虫儿钻不进，

雨水淋不着。

（白）多好的耳朵啊，还要驴哥的耳朵有啥用。

我要找小猫、小狗和小兔，告诉他们我有世界上最美丽、最特别的耳朵。鸭妈妈，再见！

鸭妈妈　再见，小公鸡！

　　鸭妈妈没有简单述说关于鸡鸭耳朵的知识，而是引导小公鸡意识到自己能够用耳朵听到声音，其中隐含了知识认知的方法。小公鸡听到自己爸爸、妈妈的叫声，也让剧情带上了一定的传奇性与喜剧感,符合小观众的观剧趣味。小公鸡为自己有一对与伙伴们不一样的耳朵而高兴,表现了孩子成长中的自我认同。

───────────── 写 作 任 务 ─────────────

幼儿戏剧创编项目及要求

[创编项目及要求一]

著名作家汪曾祺曾回忆起在幼儿园玩过的表演游戏《小羊儿乖乖》:

狼　　　羊儿乖乖,把门儿开开,快点儿开开,我要进来。

小羊　　不开不开不能开,母亲不回来,谁也不能开。

狼　　　小兔子乖乖,把门儿开开,快点儿开开,我要进来。

小兔　　不开不开不能开,母亲不回来,谁也不能开。

狼　　　小螃蟹乖乖,把门儿开开,快点儿开开,我要进来。

螃蟹　　就开就开我就开──(开门)

狼　　　啊呜!(把小螃蟹吃了)

羊、兔　可怜小螃蟹,从此不回来。

在这一表演游戏中,角色个性鲜明(狼的凶残、羊和小兔的机警、小螃蟹的无知),动作丰富(敲门、开门、吃螃蟹),语言富有节奏(反复念唱"××乖乖,把门儿开开……"),包含了各种戏剧元素。(1)试根据幼儿戏剧的艺术特点,将这一表演游戏扩展为一个完整的剧本;(2)到幼儿园观察幼儿游戏活动,试分析其中的戏剧元素,思考是否适合将其改编为剧本,并说明理由。

[创编项目及要求二]

选择一篇童话故事,将其改编为幼儿戏剧。(1)根据幼儿戏剧相关文体知识,分析所选文本中的戏剧元素,谈谈选择该文本进行改编的理由;(2)注意体现剧本的可表演性与游戏性;(3)在台词中注重体现角色的个性特征;(4)适当运用歌舞、歌谣等形式。

第十一章 幼儿文学的教育应用

学习目标

知识目标：
1. 从教育实践的角度，了解幼儿文学与学前教育的关系。
2. 掌握幼儿园文学活动的基本原理和方法。

能力目标：
1. 能够初步设计幼儿园文学活动方案。
2. 初步学会依照设计方案组织幼儿园文学活动。

素养目标：
1. 在教学实践中，选择优质文本进行文学活动设计。
2. 在教学实践中，恰当融合文学审美与教育功能。

新课导入

一位学前教育研究者记录了这样一个案例：

安妮（3岁7个月）在家中和在托儿所听了许多遍这个故事（《一个黑黑黑黑的故事》）以后，自己写了本书。她把四张纸用订书钉订在一起，在每张纸上画了一个椭圆形。她把书拿给教师，教师在书上逐页写下安妮的话：

封面　黑色的书

作者　安妮

第一页　黑房子

第二页　黑老鼠

第三页　黑猫

封底　结束

这个幼儿自己写书的例子说明，被某个故事和想法深深吸引住的幼儿，当他们的已有观念与新的概念相匹配时，这些概念是如何获得进一步扩展的。幼儿需要的是素材和信息，成人需要的是认真倾听幼儿的心声以扩展和支持幼儿的努力和兴趣。……他们需要有与热爱故事和文学的人们一起分享故事和读书的经验。书和故事在任何有效的早期教育课程中都占有首要位置，能为幼儿提供和补充持久的经验。[①]

——卡西·纳特布朗

1. 利用到幼儿园见、实习的机会，观察幼儿是如何进行阅读的。
2. 在学习中思考早期阅读对幼儿哪些方面的发展发挥了积极作用。

[①] ［英］卡西·纳特布朗. 读懂幼儿的思维：幼儿的学习及幼儿教育的作用［M］. 刘焱，译. 北京：北京师范大学出版社，2010：113—114.

第一节　幼儿文学与学前教育

一、学前教育管理文件中的幼儿文学

21 世纪以来,国家颁布了多项学前教育管理文件,2001 年的《幼儿园教育指导纲要(试行)》(简称《纲要》)、2012 年的《3—6 岁儿童学习与发展指南》(简称《指南》)、2016 年的《幼儿园工作规程》(简称《规程》)、2022 年的《幼儿园保育教育质量评估指南》(简称《评估指南》),对幼儿文学在学前教育中的重要性以及具体应用作出了规定,这些文件是幼儿园开展教学实践和理论研究的重要依据。实际上,在我国近代体制化学前教育萌芽之际,文学对幼童成长的价值就开始受到关注,在百年演进中,不同时代的学前教育管理文件都留下了关于幼儿文学的相关表述(详见二维码)。

首先,学前教育对幼儿文学的重视程度呈逐步上升趋势。从最初的零星表述,到 2018 年国家最高级别文件《中共中央 国务院关于学前教育深化改革规范发展的若干意见》把绘本作为改善办园条件的一项要求,提出"国家制定幼儿园玩教具和图书配备指南,广泛征集遴选符合幼儿身心特点的优质游戏活动资源和体现中华优秀传统文化、现代生活特色的绘本",再到 2021 年教育部组织专家遴选推荐图画书;从早期较为简约的规定,到 21 世纪以来详细表述幼儿文学的教育目标及建议;从仅关注文本内容,到 2022 年的《评估指南》及 2023 年的《幼儿园督导评估办法》具体规定了人均图画书数量与每班复本数,从中可以看出学前文学教育进步的时代轨迹。

其次,对幼儿文学的价值定位愈发全面、合理。1951 年的《幼儿园暂行教学纲要(草案)》强调借助幼儿文学对幼儿进行思想政治和道德教育,从 1981 年的《幼儿园教育纲要(试行草案)》开始,相关文件关注到幼儿文学在幼儿语言和认知发展上的价值,出现了"学习复述""记住""会朗诵""讲述"等提法,规定了幼儿对文学作品的掌握程度,强调借助幼儿文学促进幼儿认知发展,但尚未从审美的角度对幼儿文学的相关教育目标提出要求。2001 年的《纲要》使用了"喜欢听故事""感受""兴趣""体验"等表述,加强了对幼儿接受文学教育情感体验方面的要求;2012 年的《指南》更加关注幼儿的阅读兴趣,并在教育建议中明确提出"引导幼儿感受文学作品的美",《纲要》将幼儿文学置于"语言"领域中,对幼儿文学价值的定位是以促进幼儿语言发展为主,兼顾幼儿文学的审美性。

再次,对幼儿文学接受方式的规定,经历了从以"听赏"为主到重视"视听结合"的过程。1904 年的《奏定蒙养院章程及家庭教育法章程》仅提及把"歌谣"作为学前教育的内容,1950 年至 2000 年间的文件中涉及"歌谣""儿歌""故事"等体裁,在教育要求中则提出"喜欢听""会朗诵"等。由此可见,在相当长一个历史时期内,教育管理者都把通过有声语言的"听赏",作为幼儿接受文学的主要方式,这样的政策共识主要是基于幼儿不具备系统识字能力这一事实。2001 年的《纲要》首次提出要培养幼儿的"前阅读"和"前书写"能力,此后的各项文件对早期阅读的相关表述不断趋于系统和完善,从阅读情境、阅读兴趣、阅读能力等多个角度提出了教育建议,更加重视阅读材料的适宜性与科学性。

二、幼儿园课程与幼儿文学

根据课程的呈现形式,幼儿园课程可分为显性课程和隐性课程,显性课程是明确列入幼儿

拓展学习
11-1-1

了解各时期学前教育管理文件对幼儿文学的表述

微课
11-1-1

幼儿文学与学前教育

园教育计划中、有完整课程组织计划和实施方案的课程,是幼儿园的正式课程,而隐性课程一般不会明确列入教学计划,是隐蔽的、潜在的、非计划的课程。

幼儿文学作品除了在显性课程中得到广泛应用外,也常被应用于隐性课程。例如,幼儿文学可应用于物质环境创设,以实现环境育人,有的幼儿园就编创体现地方文化的儿歌用于环境创设。再如,在一日生活的过渡环节,如入园、离园、入座、离座、站立等,教师常运用儿歌、童谣当作行动指令,帮助幼儿理解幼儿园的常规要求。下面是一位教师讲述的教育案例:

在幼儿园一日生活常规中,有一个常用的、成串的指令——"小便、洗手、喝水",我们的本意是想让孩子先去小便,然后洗手,最后去喝水。但有时候,由于小便的幼儿特别多,有的孩子不想排队,就会先去洗手,然后小便。接着,有些幼儿认为自己先前已经洗过手,便会在小便后省略洗手的步骤,直接拿杯子喝水;还有的孩子在洗完手等餐食的间隙,喜欢摸摸这儿、碰碰那儿。

> **讨论**
>
> 　　结合个人观察,谈谈幼儿文学还可以运用在幼儿园一日生活的哪些环节。

老师们认为这些行为都是特别不卫生的,经常叮嘱孩子,但有孩子总是记不住,因为在他们看来,我洗过手了,小手看起来也很干净呢! 后来,老师们就给孩子们讲了《根本就不脏嘛》这本图画书,听过这个故事后,孩子们表现得都很不错,能够在洗手这方面有所注意,这比我单纯说教的效果好很多。(山东省工业和信息化厅第一幼儿园　刘艳萌老师口述)

从中可见,由于幼儿年龄较小,生活经验和认知水平有限,对常规指令只知其然,不知其所以然,幼儿文学以喜闻乐见的方式,帮助幼儿理解常规背后的生活原理,引导幼儿在理解的基础上认真执行。

幼儿文学在显性课程中的应用,主要表现为各领域活动从幼儿文学中汲取资源,借以实现教学目标。健康、语言、社会、科学和艺术五大领域都与幼儿文学相关联,其中语言领域的关联最为密切。《指南》指出:"幼儿时期是语言发展的关键时期,语言的发展贯穿幼儿学习的各个领域,也对其他各领域的发展具有推动作用。"以下首先讨论语言领域中幼儿文学的应用,继而延伸至其他领域。

(一) 幼儿园语言领域与幼儿文学

1. 语言领域中幼儿文学的应用价值

第一,扩展词汇,学习语法,提高幼儿语言应用能力。幼儿文学作为契合幼儿心智特点的语言艺术,富含审美意味的语言表达,为幼儿提供了在愉悦氛围中学习语言的良好机会,能够帮助幼儿建立词汇与概念内涵之间的对应关系。

以周翔的图画书《一园青菜成了精》为例,书中的童谣包含丰富的词汇,不仅有各种蔬菜的名称,还有描绘蔬菜色彩、形态的形容词,如"绿葱葱""倒栽葱""战兢兢",以及妙趣横生的拟声词,如"呼啦呼啦""轰隆隆"。生动的韵语表达,让幼儿带着对语言节律的身心愉悦体验,进入图文共同构筑的文学世界,在感受文学美好的同时,自然地积累了词汇。

传统童谣中的颠倒歌也具有很好的语言教育功能,颠倒歌通过"另类"的词汇组合,表达与事实相反的现象,让幼儿对歌谣中的词汇保持紧张感与敏感性,强化他们对词汇的理解与掌握。例如:

吃牛奶,喝面包,/夹着火车上皮包。/东西街,南北走,/出门看见人咬狗。/拿起狗来打砖头,/又怕砖头咬我手。

黄云生认为,颠倒歌"常常巧妙地运用相反相成的辩证法原则,引导儿童从悖逆事理的现象中去辨别是非真伪,从而在表面的荒诞中揭示出事物的本质。"①颠三倒四的表达实则是在语言和思维上引导幼儿给歌谣"找茬",让他们从文本与现实的反差中体验语言游戏的乐趣,同时,积极地去理解和掌握真实情景与词汇的正确搭配。

第二,幼儿还可以从幼儿文学中学习语法结构。有研究认为:"无论是口头语言还是书面语言,都具有丰富的句法结构,幼儿理解并学会使用复杂的句法结构是幼儿语言发展的关键问题之一。"②幼儿可以通过听赏、阅读幼儿文学作品以及围绕作品展开讨论、交流,掌握成熟、复杂的句法结构,提高语言能力。

提供优质听赏文本,提高幼儿倾听与交流能力。倾听是幼儿重要的语言学习途径,也是幼儿进行语言交流的关键一环。纯文本读物离开"讲述—倾听"这一接受方式,幼儿就难以理解其内容。当代幼儿文学佳作往往以浅近的口语传达丰富的意涵,这样的文本经由成人口头讲述,有助于幼儿在倾听中感受母语的美感,为其终生语言发展奠定良好基础。亲子、师幼之间围绕文学文本展开的言语交流,对幼儿的思维能力和语言表达能力也会产生积极的影响。

需要注意的是,随着图画书的广泛普及,有的家长和教师认为,在幼儿可以读图的情况下,倾听就显得没有那么重要。事实上,幼儿对于图画书的"阅读"依然是"视"和"听"的结合,因为大部分图画书的叙事不仅依靠图画,还依靠文本,图画和文字相互协作才能完整地传达故事内容。因此,幼儿"阅读"图画书,离不开成人的讲述与幼儿的倾听、读图,在视觉和听觉的共同参与下,幼儿才能掌握图画书的内容,理解内蕴意义。

第三,激发对文字符号的兴趣,促进早期读写能力发展。早期读写并不是教给幼儿具体的读写技能,如组织以系统识字为目标的教学活动,进行大量的背诵训练等,而是让幼儿"在真实的生活情境中为了真实的生活目的而与书面语言进行互动、主动寻求或建构意义的过程"③,

> **讨论**
>
> 访谈幼儿园教师并查阅相关文献,谈谈你对幼儿识字的看法。

也就是说,幼儿的早期读写能力是在获取信息、人际交往的语言实践中自然习得的,当然,在这一过程中成人恰当的陪伴、引导、帮助,以及环境支持也是必不可少的。

在幼儿园中,教师要为幼儿提供真实而有意义的环境,这些环境包括"具有丰富书面语言的物质环境""和谐自然的人际交往环境"和"直接指导读写的学习环境"。④ 幼儿文学就是建构上述环境的重要材料。首先,幼儿文学能够为幼儿早期读写提供"具有丰富书面语言的物质环境",文学以文字符号反映生活,幼儿在与文本互动过程中,借助成人的帮助,逐步了解文字符号的表情达意功能,并在阅读情境中掌握书面符号的意义。其次,幼儿早期读写能力的发展离不开良好的人际沟通环境,幼儿文学可以建构师幼之间"和谐自然的人际交往环境",教师可以围绕文学作品向幼儿提问,鼓励幼儿对文学作品进行推测,和幼儿共同讨论作品中接触到的新词汇等,这一过程既是语言学习的过程,也是师幼良性人际关系的建构过程。最后,幼儿文学作品还可以作为教师"直接指导读写"的桥梁,教师读书给幼儿听,本身就是一种很好的阅读示范,有助于幼儿感受书面文字和口头语言的对应关系。教师还可以鼓励幼儿用自己能够理解的书面符号表征阅读体验或阅读内容,并且讲给老师、同伴听,这些早期读写经验将对后续的读写能力发展发挥良好的促进作用。

① 黄云生.儿童文学概论[M].上海:上海文艺出版社,2001:55—56.
② 周兢,余珍有.幼儿园语言教育[M].北京:人民教育出版社,2004:171.
③ 周兢.早期阅读发展与教育研究[M].北京:教育科学出版社,200:53.
④ 周兢.早期阅读发展与教育研究[M].北京:教育科学出版社,2007:54—56.

2. 语言领域中幼儿文学的应用策略

根据《指南》,幼儿语言领域发展具有以下两个维度(表 11 - 1 - 1)。

表 11 - 1 - 1   幼儿语言发展维度

发展维度	发 展 目 标
倾听与表达	目标 1 认真听并能听懂常用语言
	目标 2 愿意讲话并能清楚地表达
	目标 3 具有文明的语言习惯
阅读与书写准备	目标 1 喜欢听故事,看图书
	目标 2 具有初步的阅读理解能力
	目标 3 具有书面表达的愿望和初步技能

根据《纲要》,幼儿语言领域发展的目标为:"乐意与人交谈,讲话礼貌;注意倾听对方讲话,能理解日常用语;能清楚地说出自己想说的事;喜欢听故事、看图书;能听懂和会说普通话。"从中可见,幼儿语言发展的目标定位有三点共性,即"倾听""阅读"和"表达",其中,"倾听"与"阅读"属于语言输入,幼儿文学作品是主要材料,"表达"属于语言输出,以教学活动中的"讨论""表演""涂涂画画"为主要表征方式。

综合考虑幼儿语言发展的各个能力要素,幼儿文学在语言领域中的应用大致包括了"听""读""说""演""画"五个要点,前两点属于文学的接受,后三点是接受基础上的表达。

(1)"听"——了解文本,发展有效倾听能力

现代社会日常交往中,通过听觉传递的信息占很高的比例,虽然听觉是正常幼儿与生俱来的功能,但是以学习为目的的有效倾听却需要后天培养。幼儿文学为幼儿提供了大量优质倾听材料,教师可以为幼儿朗读作品,让幼儿在倾听中了解故事内容,发展倾听理解能力。

教师在选择供幼儿"听赏"的幼儿文学作品时,不仅要关注作品的教育价值,更要关注作品的审美意蕴,让幼儿在审美体验中获得各方面发展。朗读作品前,可邀请幼儿观察封面信息并猜测故事内容,朗读到情节关键点时,可向幼儿提问:"你认为接下来会发生什么?"并展开简短的讨论,这有利于幼儿在倾听中调动有意注意以获取信息并展开思考。需要注意的是,活动过程的提问不宜过多、过频繁,不要让幼儿因回答问题而无法专注倾听故事,影响他们对文学文本整体性的审美体验。根据活动需要,教师也可以适当借助数字媒体为幼儿播放故事、诗歌,但这种方式不应过度应用,师幼之间的信息互动与情感交流是数字媒体所无法取代的。

(2)"读"——掌握信息,提高阅读兴趣

"读"也是幼儿获取文学作品内容信息的重要途径,幼儿主要通过阅读图画获取信息,阅读形式包括集体阅读、师幼共读、亲子共读、同伴共读、独自阅读。

如果阅读材料为图画书,在幼儿人数较多的情况下,可以利用投影、播放电子图画书的方式组织阅读活动;如幼儿人数较少,则可采用小范围师幼共读的形式,让幼儿围坐在教师周围,教师一边展示画面一边讲述,确保幼儿在倾听中获得图画书的画面信息。集体阅读中,教师的主要作用是引导幼儿理解阅读材料,通过师幼互动帮助幼儿掌握正确的阅读方法;小范围的师幼共读或亲子共读,教师或父母应更多关注与幼儿建立亲密的情感关系,通过亲身示范、适时提供帮助,让幼儿产生对阅读的心理认同,感受阅读的乐趣。同伴共读是大部分幼儿喜欢的阅读方式,他们可与同伴围绕幼儿文学作品展开讨论、游戏,源自伙伴的激励、帮助,乃至反驳、争执,都可能加深他们对作品的理解。教师在这一过程中可保持适度的关注,在必要时也可参与

其中,发挥帮助理解、协调矛盾等作用。独自阅读并非完全放手让幼儿自己阅读,教师需要对幼儿的阅读水平作出评估,一是具备一定的读图能力,二是对文本的文字内容已经有了大致的了解,在此条件下的独自阅读有助于幼儿自主地感受文学作品,促进文学理解力和阅读专注力的提高。

需要说明的是,在幼儿对文学的接受过程中,"听"和"读"并非截然分开的两个部分。幼儿"听"的对象可以是教师对纯文本文学的讲述、朗读,也可以是亲子、师幼共读中长辈、教师的讲读,幼儿的"读"除了对图画信息的"看"之外,总离不开"听"的参与。

（3）"说"——交流内容,提高表达能力

《纲要》指出:"语言能力是在运用的过程中发展起来的。""说"在幼儿语言运用中扮演着主要角色。这里的"说"并非机械的语言训练,不是教师教一句幼儿学一句,而是创设具体的情境,让幼儿能够自然地进行表达。教师可以围绕幼儿文学作品展开谈话、讨论、辩论等活动,依据文学作品创设谈话主题,为幼儿的言说提供话题,帮助他们依照一定的逻辑聚焦话题表达看法。

幼儿文学作品含有多种语言表达方式,为幼儿提供了提升表达能力的机会,比如,《月亮姑娘做衣裳》这则民间故事,讲述了月亮姑娘因身材总发生变化而无法为自己做成一件衣服,以此表现月亮的盈亏现象。其中的比喻句使故事增色不少,如"好像小姑娘的眉毛""好像弯弯的镰刀""弯弯的像只小船"。某幼儿园课程指导用书以该故事为材料设计语言教学活动,提出的活动目标是:"学习故事中描写月亮变化的语句,初步了解故事中比喻手法的运用",活动建议是:"引导幼儿运用比喻手法描述生活中的人和物,加深对比喻手法的认识",在这一活动中,幼儿有机会获得文学化的语言表达机会。① 由此可见,优质的幼儿文学可以为幼儿的"说"提供示范,教师可以与幼儿共同欣赏并引导幼儿尝试模仿、改编其中的优美句式表达,提升幼儿表达的审美水平。

（4）"演"——体验情节,提高理解能力

"演"可以是经过事先排练的正式表演,也可以是随机进行的片段式即兴表演,以幼儿文学作品为脚本的戏剧表演,是提升幼儿语言表达能力和文本理解能力的重要途径,戏剧表演需要幼儿理解故事的情节、主题,熟练掌握台词语言,并与扮演其他角色的伙伴建立良好的合作关系,相关内容见第九章"幼儿戏剧"。这里主要介绍即兴表演,以赖马的图画书《我变成一只喷火龙了》为例,该书讲述了古怪国的阿古力由于非常爱生气,引来了专门吸"生气血"的蚊子波泰,由此意外获得了"喷火"技能——只要一张口就会喷火。在阅读中,不少孩子特别喜欢将阿古力喷火的跨页展开,放在嘴边假装自己就是喷火龙;有的孩子还会分别扮演波泰和阿古力,模仿书中的情景展开较量。这些表演是伴随阅读活动随机发生的,幼儿的语言表达因有了动作、表情的加持,更显生动,也更富趣味。围绕图画书的"表演"让幼儿能全身心地体验故事情节,在此基础上形成的故事理解更具深入性与持久性。

（5）"画"——表征理解,提升前书写兴趣

"画"是指幼儿用图画或符号表征自己的内心世界。《纲要》指出:"利用图书、绘画和其他多种方式,引发幼儿对书籍、阅读和书写的兴趣,培养前阅读和前书写技能。"《指南》在幼儿语言发展目标的第三点提出幼儿要"具有书面表达的愿望和初步技能",2022 年颁布的《评估指南》指出:"重视幼儿通过绘画、讲述等方式对自己经历过的游戏、阅读图画书、观察等活动进行表达表征"。可见绘画是幼儿表征的重要途径之一,也是培养幼儿前书写兴趣和能力的重要方式。

"前书写"是指"学龄前儿童以笔墨纸张以及其他书写替代物为工具,通过画图和涂写,运用

---

① 方明.山东省幼儿园课程指导　教师用书（大班·上）[M].济南:明天出版社,2023:47.

图画、图形、文字及其符号,表达信息、传递信息,与周围的同伴和成人分享、交流其思想、情感和经验的游戏和学习活动。"[1]一方面,教师可以引导幼儿结合自己听到、看到的故事进行书面表征,帮助幼儿理解故事;另一方面,教师可以请幼儿用绘画表达自己的阅读感受或续编故事,这有助于幼儿在写写画画中体验文字符号的功能,提升对书面符号的兴趣。以图画书《跑跑镇》为例(亚东/文,麦克小奎/图),书中介绍了一个神奇的跑跑镇:镇上的居民都喜欢快跑,时常在快跑中撞在一起,于是,小猫和小鹰撞在一起成为猫头鹰;苹果和红宝石撞在一起成为石榴;荷叶和拐杖撞在一起成为雨伞……教师可以引导幼儿思考:哪些物体碰撞后可以变成一样新东西呢? 鼓励幼儿把自己的想法画出来,并讲给同伴、老师听,还可以将幼儿的讲述录音,上传相关平台,生成二维码贴在幼儿画作的空白处,组成作品集或成长档案。"读""画""讲"相结合的活动,可以让幼儿在审美氛围中亲近书面符号,感受书写的独特功能。

(二) 幼儿园其他领域与幼儿文学

幼儿文学除了在语言领域发挥重要作用外,还可在健康、社会、科学、艺术领域,以及跨领域教育活动中扮演独特的角色,一则,幼儿文学内容本身就具备跨领域的特征,一篇作品中往往包含着认知、审美、娱乐、品行养成等多方面元素,各个领域都可从中汲取资源,以实现本领域的教育目标。二则,幼儿文学的形象化表达、拟人化情境,与幼儿的思维特征与精神气质有着天然的契合性,有助于各领域教育活动取得良好效果。

1. 其他领域中幼儿文学的应用价值

(1) 文本的多元认知指向,可助力幼儿各领域能力的发展。

通过幼儿文学作品的内容,幼儿可以学习自然与社会知识,了解人际关系,建立自己与世界的多元关系,从文学主题中汲取养分,建构自己的道德认知、规则意识,还可以学习认知方法。以杨志成的图画书《七只瞎老鼠》为例:七只颜色不同的瞎老鼠在池塘边遇到一个"怪物",为了弄清怪物的身份,每一天都有一只老鼠前去"观察",每只老鼠都对"怪物"作了不同的描述,这让老鼠们感到困惑,直到最后,白老鼠在"怪物"的身上完整地跑了一遍,才发现这个所谓的"怪物"其实就是一头大象。这本图画书的内容包括颜色变化、数字分合、时间排序,画面还展示了剪纸艺术,涉及艺术、社会、数学、哲学等多个领域,从中幼儿还可以学习从多角度认知事物的方法。

(2) 文学的形象性特征,有助于各领域教育活动取得实效。

根据皮亚杰的认知发展理论,幼儿思维发展可以分为四个阶段,其中两到六七岁处于前运算阶段,"这时儿童开始以符号作为中介来描述外部世界。儿童认识的发展仍有对感知运动经验的依赖性,但大部分是依赖表象的心理活动"。[2] 也就是说,该阶段幼儿的思维具有具体形象性特点,他们需要依靠具体事物的表象以及对具体形象的联想进行思维。幼儿文学的表现形式具有直观、形象的特点,其中最具代表性的是图画书,图画书以图文结合的方式,让幼儿在尚未系统识字的情况下,通过视听直观地接受文学文本的内容。

> **讨论**
>
> 结合《纲要》《指南》的相关表述,谈谈你对幼儿园各领域应用幼儿文学的看法。

以鲁斯曼·安娜的图画书《肚子里有个火车站》为例,该书将人的消化系统比作火车站,采用拟人手法表现小精灵们勤恳地分解、转运食物的过程。当人狼吞虎咽时,小精灵们的工作变得异常艰巨;大块的食物可能会砸晕小精灵;雪糕等冷食会让他们瑟瑟发抖;过于繁重的工

① 王纬虹,申毅,庞青.幼儿前书写活动的研究与实践[J].学前教育研究,2004(5).
② [瑞士]让·皮亚杰.发生认识论原理[M].王宪钿,译.北京:商务印书馆,2017:6.

作会引发他们的抗议。通过图文结合的叙述,让幼儿直观地了解人体的消化功能,形象地解释了狼吞虎咽、暴饮暴食的危害,让幼儿通过文学审美理解健康饮食的重要性。该书可以作为健康领域运用幼儿文学资源的一个范例。

2. 其他领域中幼儿文学的应用策略

（1）以幼儿文学为资源创设教育情境

各领域教学可以借助幼儿文学的故事性创设活动情境,帮助幼儿以积极的态度投入教育活动。如在探索颜色变化的艺术活动中,教师可以通过颜料调配、现场作画等进行演示,如果还能把表现这一内容的图画书纳入活动,借助图画书的故事情境增加活动的趣味,教学效果会得到很大提升。例如,教师可以借助爱娃·海勒的图画书《颜色的战争》开展颜色探索活动。书中的每一种颜色都代表某种性格特征,比如红色脾气急躁、白色谦虚害羞、蓝色沉稳大度、橙色锋芒毕露……当他们碰在一起,便发生了色彩大战,有时某种颜色消失不见,有时产生了新的色彩,教师可以此为素材,创设"颜色们要开始新的争斗啦!"的活动情境,引导幼儿在游戏情境中探索颜色混合的奥秘。再以《乌鸦喝水》为例,乌鸦通过往瓶子里丢石子以提升水位的方式喝到了水,教师可以此创设问题情境,开展"乌鸦喝水"的系列探究实验,如引导幼儿探索往瓶子里投入不同大小的石子,会产生怎样的结果? 瓶子里水位的高低对乌鸦喝水有怎样的影响? 还有哪些方式可以帮助乌鸦喝到水? 类似的活动都可用故事作引子,创设科学探索的游戏情境,这比直接讲述科学道理或径直开展科学实验对幼儿更有吸引力,也会使学习活动更具持续性。

（2）作为其他领域课程生成的知识资源库

根据课程形成的方式,幼儿园课程可分为预设课程和生成课程。预设课程是教师根据幼儿发展规律和需要,在课程实施前制定好课程计划,包括预设活动目标、内容和方法。教师可以根据活动目标和幼儿的年龄特征,选择合适的文学作品用以呈现相关领域知识,达成教学目标。如,教师在开展中草药方面的课程时,可以选择徐建明和孙文创作的《噢! 中草药》这类图书,以直观有趣的形式向幼儿传递有关中草药的科学知识。在以"保护牙齿"为主题的健康教育活动中,教师可以选择鲁斯曼·安娜的《牙齿大街的新鲜事》、五味太郎的《白骨小哥》等图画书作为教学资源。

近年来,随着对幼儿兴趣、需要的重视,学前教育越来越关注生成课程的组织与实施,且在关注阅读与课程生成的大背景下,"教师充分利用图画书资源,在与儿童的互动中生成新的课程内容,就成为一种必然趋势"。[①] 生成课程虽然没有预先设计好的活动方案,但也不是让幼儿无目的地随便活动,它是"在师生互动过程中,通过教育者对儿童的需要和感兴趣的事物的价值判断不断调整活动,以促进儿童更加有效学习的课程发展过程,是一个动态的师生共同学习、共同建构世界的过程",在生成课程中,课程的内容"既要考虑幼儿的兴趣和需要,又要培养社会所需要的人"。[②] 幼儿文学在生成课程中发挥着独特作用。如江苏常州市红溪实验幼儿园中班幼儿和教师便通过阅读生成了"你好,小鸟"的主题活动:

起初,幼儿们在户外寻找春天的时候,听到小鸟在叽叽喳喳地唱歌,他们通过讨论,确定了幼儿们最感兴趣的三个方向——"小鸟吃什么?""鸟的家是什么样的?""小鸟怎么照顾自己的宝宝?"接着,教师们基于幼儿上述认知需求,精心筛选了一批关于鸟的图画书供幼儿阅读,幼儿通过阅读了解到更多有关鸟的知识,也提出了更多问题,滚雪球一般自然而然地生成了一个

① 周兢.图画书资源与幼儿园课程的生成发展[J].幼儿教育,2022(16).
② 吴荔红.幼儿园预设课程和生成课程的关系及其处理[J].教育评论,2003(4).

又一个课程活动……①

周兢对这一生成课程的效果作了如下总结:"集群式的图画书阅读可以促进幼儿在主题活动中的探索,并且让图画书的价值得到提升。教师们也意识到,这是让图画书回归儿童、回归儿童生活的非常有效的方式。"

(3) 有机整合各领域教育活动

《评估指南》提出,幼儿园的活动组织应当"关注幼儿学习与发展的整体性,注重健康、语言、社会、科学、艺术等各领域有机整合",幼儿文学凭借其内容的丰富性,可以在一定程度上发挥有机整合各领域教育的作用,建构主题活动网络,引导幼儿开展有意义的学习。

以图画书《一根绳子》(曹文轩/文,郁蓉/画)为例,该书从原始人结绳记事、织网捕鱼,到唐代的绳子杂耍,再到现代人用绳子抖空竹,为幼儿展示了从古至今绳子的作用。教师可以借助这本图画书,启发幼儿围绕"绳子"的话题展开讨论和探索,从多领域整合课程。教师可根据幼儿的需求提供活动支持,如引导幼儿探索如何编绳,还可以启发幼儿探索绳子在更多领域中的应用可能,如引导幼儿以绳作画、学习测量与比较、开展绳子主题运动会等,这样一条绵延不断的绳子连接着过去、现在和未来,连接着书中的人物和书外的小读者,也可以串联起幼儿园课程的五大领域,有助于教师将原有的活动加以延伸、扩展,促进各领域知识的有机整合。

再比如蒋应武的儿歌《小熊过桥》:

小竹桥,摇摇摇,有个小熊来过桥。

走不稳,站不牢,走到桥上心乱跳。

头上乌鸦哇哇叫,桥下流水哗哗笑,

"妈妈,妈妈,你来呀!快把小熊抱过桥!"

河里鲤鱼跳出水,对着小熊大声叫:

"小熊,小熊,不要怕,眼睛向着前面瞧!"

一二三,向前跑,小熊过桥回头笑,鲤鱼乐得尾巴摇。

教师可以围绕这首儿歌引导幼儿开发、探索各领域的活动,如:开展以"小熊过桥"为主题的平衡游戏,促进幼儿运动能力发展;围绕这首儿歌开展戏剧活动,帮助幼儿感受角色特征,促进其社会性发展;还可以在播放儿歌前出示相关挂图展开谈话活动,促进幼儿语言发展。总之,幼儿文学作品可以作为活动的起点,促进各领域有机整合,寓教育于生活和游戏的审美情境之中。

第二节　幼儿园文学活动教学设计

"教学设计"一词有广义和狭义之分,前者指整个教学过程,后者指教学过程中的一个主要子过程。② 本节讨论的"教学设计"指狭义的教学设计,即根据教育对象和教育要求,教师将教

---

① 转引自周兢.图画书资源与幼儿园课程的生成发展[J].幼儿教育,2022(16).(文字有改动)
② 裴新宁.面向学习者的教学设计[M].北京:教育科学出版社,2005:83.

学诸要素有序安排,形成教学方案的过程。基于此,我们将幼儿园文学活动教学设计定义为:教师根据本班幼儿的发展规律和兴趣经验,围绕幼儿文学作品对文学活动过程进行的预先设计,以及对活动结果进行反思的一系列教学计划的过程。

幼儿园文学活动教学设计可从以下四个方面展开。

拓展学习
11-2-1

了解教学设计的主要学术观点

一、幼儿园文学活动教学目标设计

教学目标是教学活动的出发点和归宿,教学目标设计是否科学合理,会影响教学活动的内容选择、环节设计和效果评价。因此,要设计指向明确、覆盖广泛,并兼顾作品内容和幼儿发展双重诉求的教学目标。

第一,教学目标要指向明确。指向明确的教学目标可以指引教师选择合理的活动内容,确定各环节活动形式,并有的放矢地进行活动效果评价。为实现这一点,幼儿教师要做到阅读优先、欣赏优先、理解优先。在活动实施之前,教师可预先阅读文学作品并形成对作品的合理独特理解,挖掘符合幼儿学习水平的切入点,以保证教学目标清晰准确。在现实中,部分教师存在对文本理解不透彻,致使教学目标定位过于宽泛的问题。如,有教师将教学目标定位为"观察图画书,理解语言,增强阅读兴趣",该目标包含三个子目标,且与文本本身内容无特定关联,故而难以对其进行有针对性的评价。

第二,教学目标要覆盖广泛。对于学前领域来说,布鲁姆的课程目标分类学是目前教学目标设计的主要依据。该理论将教学目标分为认知、情感和动作技能三个维度,分别指向幼儿三方面的发展。然而,在教育实践中,知识本位课程观依旧根深蒂固,以致部分教师存在重认知和技能、轻情感,以及重知识轻应用等问题。即在开展文学活动时,教师过分关注幼儿对作品的记忆程度,轻视幼儿的情感认同和实践迁移,导致幼儿对文学作品的理解浅浮于表。因此,有必要围绕幼儿文学作品设计全面的目标。

第三,教学目标要契合作品内容和幼儿发展的双重要求。作品内容和幼儿发展是幼儿文学活动教学设计的两个抓手,存在相互牵制的关系。如果目标设定仅契合作品内容,则可能会出现难度高于或低于幼儿发展水平的问题,难以吸引幼儿对活动内容的兴趣;如果目标设定仅契合幼儿发展,则可能会出现教学目标与作品内容不相匹配,幼儿难以领会作品的趣味性和深刻性的问题。以幼儿诗为例,小班幼儿适合篇幅短小、语言简练的作品,教学目标偏重内容理解和美感萌发;中大班幼儿则可接触篇幅稍长、语言富有逻辑的作品,教学目标除理解内容和激发美感外,还要训练幼儿仿编、创编等语言表达能力。

二、幼儿园文学活动教学内容设计

文学作品选择是教学设计的前提基础,在一定程度上决定着文学活动的质量高低。教师是幼儿园教育活动的主导,很大程度上影响着文学作品的选择结果。然而,当前幼儿园教师文学素养参差不齐,加之儿童读物出版数量庞大,这对幼儿文学作品的选择提出了挑战。无论选择何种文学作品,儿童的发展需要始终是首要依据。

第一,文学作品的选择应契合幼儿的潜在发展需求。维果茨基基于皮亚杰的认知发展阶段理论,提出了"最近发展区"的概念,认为儿童的发展水平有两种:实际发展水平和潜在发展水平,前者指个体独立解决问题的能力,后者指在成人的指导下解决问题的能力,二者之间的差异就是最近发展区。在日常教学实践中,教育者一方面要基于幼儿实际经验储备、年龄特征和兴趣所在,为幼儿选择适切主题和难度的文学作品。另一方面,要积极为幼儿发展搭建"脚手架"，调动幼儿发展潜能。如某班小朋友在散步时，发现了草丛中的毛毛虫，并产生了强烈的兴趣。于是，教师给孩子们选择了图画书《好饿的毛毛虫》，并围绕该作品设计了系列课程，包括毛毛虫的生命历程、毛毛虫喜欢吃的食物等。在这个案例中，幼儿的实际发展水平是已经认识毛毛虫，教师基于此，引导幼儿发现毛毛虫可以变成蝴蝶、毛毛虫爱吃水果蔬菜等现象，成功拓展了幼儿的经验范畴，推动幼儿认知水平向更高层级进阶。

第二，文学作品的选择应契合幼儿的差异化发展需求。幼儿发展的差异性既表现在不同年龄、不同地域、不同气质类型幼儿间存在群体差异，也表现为同一群体中的幼儿之间存在个体差异。差异性的存在使得幼儿对文本的偏好不尽相同。在群体差异方面，以年龄为例，根据《指南》以及相关研究，小班幼儿经验较为有限，喜欢跟读韵律感强的故事。因此，该时期可为其选择与衣食住行相关的生活类阅读材料，以及儿歌等。中班幼儿认知范围进一步扩展，语言表达能力增强，对文学作品的故事情节愈发感兴趣。因此，该时期可为其选择科学类、社会类阅读材料，如与动植物、自然现象有关的文本，以满足幼儿探索外界的热情。大班幼儿语言表达能力、抽象思维能力有了很大发展，该时期可为其选择情节相对复杂以及具有思维训练功能的文学作品，并有意识地引导幼儿进行文字阅读，为幼小衔接做准备。同一群体中的不同个体也会存在差异，教师要尊重幼儿的个性差异，为幼儿提供多重风格的图画书，同时，为幼儿提供自主阅读的时间和空间，鼓励幼儿选择感兴趣的图画书开展自主阅读。当然，这个过程离不开教师对图画书的提前把关和筛查。

第三，文学作品选择应契合幼儿的多元发展需求。多元发展指幼儿身体、心理、道德、艺术等多方面的综合、和谐发展。有鉴于此，一方面，作品主题要多元。多元化的主题可以满足幼儿应对多重生存境遇的需要，更好地适应社会生活。从日常生活到宇宙万物，从健康教育到哲学审思，各类主题均可以让幼儿接触。另一方面，体裁要多元。儿歌、幼儿诗、童话、散文、故事等多种体裁各有所长，既能够从不同角度呈现同一主题，也可以让幼儿了解语言的丰富面貌。如同样是良好行为习惯主题，可采用儿歌《讲卫生拍手歌》，以节奏化的语言、游戏化的形式直白地传达卫生知识，也可以采用幼儿诗《小猪奴尼》，以幽默的语言委婉地让幼儿感知不讲卫生的后果。

三、幼儿园文学活动教学环节设计

幼儿园文学活动的各教学环节是层层递进的，周兢将其分为四个层次：第一层次是"学习文学作品"，教师在了解文学作品难易程度和幼儿发展水平的基础上，通过讲述，并采取图片、录像、幻灯片等直观手段帮助幼儿理解；第二层次是"理解作品"，即采用提问或讨论的方法引导幼儿理解和思考作品；第三层次是"迁移作品经验"，即教师组织与文学作品相关的活动，如游戏、角色扮演，促进幼儿直接经验和间接经验相结合；第四层次是"创造性想象和语言表述"，即幼儿对作品加以创编和想象并用语言表达自己的认知。[①] 参考该划分方式，结合教育实践经验，我们将幼儿园文学活动教学环节划分为初步阅读幼儿文学作品、理解幼儿文学作品、幼儿文学作品经验迁移和幼儿文学作品创意表达。师幼互动渗透于各个环节中，推动教学活动的顺畅展开。

（一）初步阅读幼儿文学作品

阅读幼儿文学作品是文学活动得以顺利推进的重要环节。在幼儿园中，文学作品的阅读方

---

① 周兢.幼儿园语言教育指导活动[M].北京：人民教育出版社，2008：61—64.

式多种多样，从阅读主体来说，可分为集体阅读、自主阅读等；从阅读媒介来说，可分为纸质书阅读和多媒体辅助阅读等。无论何种阅读形式均有共通之处。

第一，在阅读时间方面，教师既可利用专门时间，也可利用碎片时间。专门时间可以是区域活动时间、集体教学活动时间等，该时段的阅读具有较高的目的性，是教师引领下的高结构化活动。碎片时间包括午睡前后、用餐前后等，该时段的阅读具有较强的自主性，是幼儿自主选择的低结构化活动。

第二，在阅读方式方面，教师要注意让幼儿完整感知故事，包括完整给幼儿讲述故事，以及给幼儿听赏长篇文学作品。在传统文学活动中，有的教师习惯采取"夹叙夹议"的互动方式，每读完一段故事，就会提问幼儿："故事里讲了什么？""主人公做了什么？""你猜猜后面会发生什么？"故事讲述中的过多提问，将流畅愉悦的文学阅读分割为支离破碎的语言学习，消解了故事的完整性，也会打断幼儿的思路，破坏幼儿的阅读兴趣。

第三，在阅读氛围方面，教师要充分调动幼儿的感官。幼儿园文学阅读是具有浓郁主观色彩的审美活动，教师要注重营造阅读氛围，借助语调、表情、肢体语言等传递人物情感和情节进展，并辅以音乐、图片等，深化幼儿的情感体验，使幼儿充分感知作品内容。如在欣赏《春天的色彩》时，教师可以首先播放"滴答滴答"的春雨声，并配乐朗诵，在屏幕上呈现与散文内容相匹配的场景：小熊伸个懒腰，绿油油的小草冲小熊摇头晃脑，红红的草莓冲小熊露出甜甜的笑脸，毛茸茸的小白兔蹦蹦跳跳地与小熊一起玩耍。一幅幅生动的动态场景配上音乐、朗诵，可以传达出诗歌的整体意境，并给予幼儿充分的视听享受。

（二）理解幼儿文学作品

阅读不仅是信息接受的过程，更是调动自身生命体验与所接受信息进行对话的过程，个体的生活经验会影响对文本的理解。尤其对于幼儿来说，他们的生活经验有限，教师需要预先通过语言对话、实物道具、图片展示等导入手段唤醒幼儿已有的生活经验，增加幼儿的经验储备，进而消除幼儿对文学作品的陌生感，帮助幼儿更好地理解文学作品。

身体体验也是幼儿理解文学作品的重要路径。图画书是幼儿的主要读物，有的图画书会借助布艺、剪纸等多种材料来丰富叙事方式，幼儿需要综合使用视觉、听觉、嗅觉、味觉、触觉等多重感觉，通过眼睛观察、小手触摸，甚至嘴巴"品尝"等方式，理解图画书所传达的意义，并知晓书籍的翻阅方式，逐步养成良好的阅读习惯。对于纯文字作品来说，幼儿可能因一时无法理解文字内容而丧

> 讨论
> 联系第二章第一节"形成幼儿文学的审美鉴赏力"相关内容，谈谈如何在活动设计中理解文学作品。

失阅读兴趣，教师在朗读过程中，可借助音调的变化，让幼儿通过听觉感知人物性格特点的差异和故事情节的跌宕；可借助图片展示，让幼儿通过视觉感知文学作品提及的相关事物，理解陌生字词的意义。

（三）幼儿文学作品经验迁移

迁移指一种学习对另一种学习的影响，不仅存在于某种经验内部，而且存在于不同经验之间。幼儿文学体裁多样、主题广泛，其中蕴含的知识内容、故事情节等可迁移到其他活动组织形式，深化幼儿园各活动间的内在关联，为幼儿园开展整合课程提供支持，强化幼儿经验的连续性。其中，游戏和戏剧是常见的幼儿文学作品经验迁移形式。

第一，文学作品经验迁移到游戏。游戏是幼儿的天性，也是幼儿喜爱的活动方式之一。将文学作品迁移到游戏，可将静态的文本转化为动态的身体活动，为幼儿理解故事情节、人物情

感提供契机,巩固并拓展从文学作品中习得的经验。以图画书《七只瞎老鼠》为例,该作品讲述了七只瞎老鼠从不同角度触摸大象,以至于对大象的认识不尽相同,告诉读者应学会多角度认识事物。故事结束后,教师可带领幼儿一起玩"神奇的口袋"游戏,请幼儿凭触摸猜猜口袋中的物件,巩固幼儿对认识事物方法的印象。又如《小蓝和小黄》,该作品讲述了蓝色和黄色融合后的奇妙变化。阅读结束后,教师可组织幼儿玩"颜色魔法瓶"游戏,请幼儿自行调配颜色,让幼儿实验还有哪些颜色混合后会产生新的颜色,拓展幼儿对颜色混合的经验。

> **讨论**
>
> 联系第九章第二节之三"戏剧活动中的艺术元素"相关知识,谈谈戏剧表演还可以在文学活动中发挥哪些作用。

第二,文学作品经验迁移到戏剧表演。戏剧表演从象征游戏发展而来,具有假想成分。较之游戏,戏剧表演在情景设定和道具模拟方面更为逼真,幼儿在戏剧中扮演不同的角色,可以设身处地地理解作品中角色的情感和思想。同时,戏剧表演为幼儿多元智能发展提供了空间,如幼儿进行台词演绎可以促进语言智能发展;接触背景音乐可以促进音乐智能发展;集体排练则可以促进人际关系智能的发展。将文学作品迁移到戏剧表演需要经历系列转化过程。具体包括:一是将文学作品转化为戏剧脚本。戏剧的表演形式多样,有音乐剧、哑剧、手偶剧等,教师可根据本班幼儿的发展水平和文学作品的情节特点,选择适合的戏剧形式。如《三只小猪》《老鼠嫁女》《小蝌蚪找妈妈》等作品角色较多,情节丰富,适合改成话剧;《鳄鱼怕怕,牙医怕怕》《逃家小兔》等作品角色较少,情节简单,适合改成双人手偶剧。二是教师从主导者转化为支持者。教师要从朗读者转变为道具材料提供者,充分发挥脚手架作用,为幼儿开展戏剧表演提供材料支持。同时,积极参与到戏剧情境中,与幼儿共同演绎文学作品。

（四）幼儿文学作品创意表达

阅读是由阅读实践和表达过程两部分构成的复合性精神活动。当幼儿阅读时,他们的喜怒哀乐会伴随故事走向发生变化,并因情感共鸣产生强烈的表达欲望。成人可以通过幼儿的表达,管窥其精神世界,并基于儿童视角调整自身教育理念。教师应当积极引导幼儿在阅读基础上进行创意表达,发表对文学作品的个性化认识。创意表达的方式多种多样,从表达方式来说,可分为口头表达和书面表达等。从表达内容来说,可分为仿编、续编和创编等。

教师如何引导幼儿进行创意表达呢? 首先,整合学习资源,使幼儿萌生表达欲望。认知发展理论指出,幼儿的身体感知是认知发展的主要手段,因此,催生幼儿创意表达欲望的前提是刺激幼儿感官。这离不开活动材料和学习环境的支持,良好的活动材料和适宜的学习环境能够加深幼儿对文学作品的理解,刺激幼儿精准理解和自由表达。如果缺乏这样的前提条件,创意表达则会被异化为学习任务。因此,教师需要整合多方面的学习资源,如综合利用废旧材料、多媒体视听资源等,营造文学作品指向的环境氛围,使幼儿能身临其境;向幼儿展示创意作品,与幼儿讨论作品的创意之处,激发幼儿的创造思维等。

其次,关注作品的语言风格,提高幼儿创意表达能力。创意表达的基础是语言,包括幼儿词语使用是否新颖、句式选择和修辞手法运用是否适切。儿歌是幼儿最早接触的文体,韵律和谐,富有童趣。教师可以此为基础进行语言训练。如有教师基于儿歌《我是一只……》,引导幼儿仿编句子。原文是:"我是一只小猫喵喵喵,我是一只小鸡叽叽叽,我是一只小鸭嘎嘎嘎……"幼儿结合自身生活经验,仿编出了"我是一只小鸟喳喳喳""我是一只青蛙呱呱呱""我是一只老鼠吱吱吱"等句子,这个过程可以激发幼儿回顾已有经验,提高创意表达能力。

最后,发展幼儿思维能力,拓展创意表达思路。思维能力是创意表达的重要支撑,包括直觉思维、形象思维、逻辑思维、辩证思维和创造思维等。为保证幼儿思维能力得到充分发挥,教师要设置适当的提问加以引导。以图画书《动物绝对不应该穿衣服》为例,该书讲述了动物穿衣引发的种种笑料,如豪猪会将衣服刺破、绵羊穿衣服会很热、一头猪会把衣服搞得脏兮兮……教师可以顺势引导幼儿思考:还有哪些动物不能穿衣服?动物怎么样穿衣服才比较合适?通过提问和讨论,发展幼儿的高阶思维能力。

(五) 幼儿园文学教学活动中的师幼互动

优秀的教学设计方案宛若一出精彩的剧本,作为方案设计者的教师身兼剧作家、导演、演员等多重角色,既需要具备较高的文学素养,也需要具备熟练的师幼互动技能。师幼互动的本质是师幼双方通过语言或非语言的方式(如符号、姿态、表情等)交换信息或行为的过程,主要包括提问、理答和讨论等形式,贯穿于文学活动各个环节。

教学视频
11-2-1

文学活动中
的师幼互动

1. 提问

提问即教师向幼儿提出问题引发幼儿思考的行为。在文学活动中,教师提问的常见误区是偏重引导幼儿从认知和道德的角度理解作品,在读完作品后,提问孩子"讲了一件什么事?""说明了什么道理?""要向谁学习?"等,这类提问较为功利,忽视幼儿情感体验和审美体验。好的提问思路应该秉承有效性、具体性、开放性和建设性的原则:有效性指提问的问题需要经过教师的概括,如"你们想听故事吗?"和"你们想听我讲一个关于……的故事吗?"前者属于无效提问。具体性指问题要指向明确,如"你们喜欢这个故事/这本书吗?"和"你喜欢这个故事/这本书的哪个地方?"前者中的"你们"不够具体,忽视了幼儿的个性表达,且容易引发幼儿的从众心理。开放性指问题要赋予幼儿自由表达的机会,如"你在画面中看到了几只蚂蚁?"和"你在画面上看到了什么?",显然,后者更为开放。建设性指所提问的问题要与幼儿生活相联系,如"你有没有遇到过和书里相同的情节?""如果生活中发生了与故事相似的情况,你将会怎么做?""你想跟书中的哪个人做朋友?为什么?"总之,提问要从作品和读者两方面推进,先针对作品进行提问,再针对读者开展提问。

2. 理答

教师理答可分为语言性和非语言性两类,语言性理答包括:诊断性理答,即对幼儿的回答进行正误判断;激励性理答,即对幼儿的正确回答进行表扬和鼓励;发展性理答,即当幼儿回答不完整、不正确时,再次组织问题进行理答;目标性理答,即幼儿的回答不能准确或完整地指向目标时,直接给出或总结答案。非语言性理答包括有反应理答和无反应理答,前者指教师对幼儿回答作出非语言回应,包括动作理答(如摸头、鼓掌、点头、竖大拇指及其他手势)、神情理答(如赞赏的眼神、会心的微笑、疑惑的神情等),后者指教师对幼儿回答保持沉默或不作任何反应(如幼儿说与教学活动无关的事情致使教师故意不回应、幼儿回答超出教师预期致使教师应对不及等)。[①]

在现实中,教师理答存在偏重诊断性理答、滥用激励性理答等问题。如有的教师在理答时经常对幼儿说"你真棒",这种为表扬而表扬的理答是无效的,应把表扬落实到幼儿的具体表现上,从幼儿的真实回答中发现亮点。

有效理答具有如下特点:一是延时性,教师要有意识地耐心等待幼儿回答,尤其是面向小班幼儿以及语言表达能力较弱的幼儿时,教师需适当延长候答时间;二是全体性,教师要面向全体幼儿并考虑不同幼儿的参与状况,除关注积极举手的幼儿外,也要关注不举手幼儿的参与积

---

① 项阳.让课堂充满灵气——智慧理答入门[M].合肥:安徽大学出版社,2012:11.

极性;三是灵活性,当幼儿回答正确时,除口头表扬外,还可引导幼儿说明答案得来的过程。当幼儿回答错误时,教师可采用探问、追问、重新提问等方式启发幼儿生成正确答案,切忌直接代答。如在图画书《啪啦啪啦,碰》活动中,多名幼儿将教师出示的图片"芋头"回答为"坚果",在此情况下,教师仅持续运用简单重复式理答:"哦,(你认为)是坚果吗? 其他小朋友来说。"并最终直接告知正确答案:"这是芋头,有褐色的皮和白的或紫色的果实。"该理答方式未发挥教师的支架作用,也使幼儿缺少主动探索的乐趣。教师可以采用追问式理答:"哦,你说是坚果,那我们想想坚果的外表是什么样子的呢?"引导幼儿说出坚果与芋头的差异,为幼儿探究式学习提供机会。

3. 讨论

讨论指教师从幼儿共同的活动出发提炼话题,组织幼儿对该话题表达个人意见。讨论鼓励幼儿说出不同的看法并挑战彼此的想法,能够推动阅读理解走向多元、深入,培养幼儿的独立思维能力、语言表达能力、集体参与意识等。当前幼儿园文学活动中的讨论存在课堂讨论随意、讨论氛围不够活跃、教师有效指导缺位等问题。

如何保证讨论中的良好师幼互动呢? 第一,教师通过提问提炼讨论主题。常用的提问问题有:你喜欢这本书的哪些地方? 有没有不喜欢的地方呢? 什么地方还不太明白? 教师可将幼儿的反馈信息记录下来,找出被提及最多的话题,进而提出讨论主题。第二,教师提问要从简单的事实性问题过渡到解释性问题,最后到评价性问题。如在语言活动《家》中,教师可先带领幼儿回忆:儿歌中都讲了谁的家? 它们的家在哪里? 然后带领幼儿思考:蓝蓝的天空还可以是谁的家? 第三,注重建立讨论的内部规则。讨论的重点要放在发展幼儿语言表达能力、倾听能力和思考能力上,而非一味要求举手、坐好等外在表现,讨论时间的长短可根据幼儿反应及时调整。

四、幼儿园文学活动教学评价设计

教学评价能够直接反映幼儿的学习效果,有助于教师掌握并调整幼儿的学习过程,激发幼儿的学习兴趣。

开展幼儿园文学活动教学评价应注重如下几点:第一,评价要贯穿文学活动始终,对教学目标、教学内容、教学环节等方面进行全面评价。具体来说,一是教学目标是否达成。教学目标是开展活动评价的直接抓手,其达成度直接反映活动效果的优劣。开展教学评价时,要一一比对预先设定的教学目标,分析达成情况,并就未达成的目标探讨其成因和对策。二是教学内容是否契合幼儿发展需要、是否生动有趣。幼儿的注意力发展尚不成熟,有意注意时间较短,难以长时间将注意力集中在单一教学活动中。教学评价要特别关注教学内容及文本选择是否贴近幼儿生活经验,是否具备趣味性。三是教学环节是否完整适切。一个完整的教学活动一般包括初步阅读作品、理解作品、文学作品经验迁移和文学作品创意表达这四个环节。当然,这四个环节并非固化不变,教师可根据文学作品的特点和幼儿的发展水平,对环节顺序予以调整和增删。评价时要关注活动环节安排是否合理,各环节顺序是否适切。

第二,评价要关注活动设计是否做到预设与生成相结合。预设和生成是幼儿文学教学活动得以创造性开展的必不可少的因素。一方面,教师需要预先对文学活动过程进行基本环节设计,以保证教学活动能够顺利展开。另一方面,教师应在活动中密切关注幼儿表现出的超出预期的兴趣变化,发掘文学文本促发幼儿多领域能力发展的可能,进而对原有的活动设计作合理的延伸,或融合其他的文本与环境资源,生成新的活动设计。

第三,评价要关注活动设计是否体现文学性和教育性的统一。幼儿园文学活动是文学和教育学的交叉产物,因此,一方面,教学活动设计要始终以文学作品的艺术规律为核心。这意味着,文学活动教学设计各环节均离不开文学性考量。例如,在教学内容择取上,教师即便

讨论

你是否观察到教师在教学评价中兼顾了活动的文学性和教育性,请举例分析。

将认知发展而非文学素养作为首要目标,也不能随便挑选涉及相关知识的幼儿文学作品,而应当选择同类作品中艺术价值较高者。又如,在教学效果的评价上,幼儿的文学素养评价是关键指标之一,包括幼儿是否有兴趣聆听和阅读文学作品,能否理解文学作品的内容,能否运用语言、绘画、动作等多元形式表现对作品的理解等。另一方面,教学活动设计要以教育规律为基础。文学活动设计虽然关注个体的文学体验,但最终还是要以教育活动的形式加以呈现,本质上是对教育者与受教育者互动的预设。故而在评价时,要关注教师是否遵循幼儿的身心特点和兴趣经验,能否通过周密的教学设计引领幼儿获得发展。

第三节　幼儿园文学活动的组织实施

文学活动是幼儿园教育活动的重要组成部分,在文学活动中,幼儿在教师引导下对文学文本提供的信息进行识别、加工,形成对文学内涵的认知、感悟和理解。幼儿"阅读"文学的过程与成人有着很大的差别,幼儿园文学活动的组织实施应当建立在幼儿读者独特性的基础上。从阅读主体看,幼儿较之于成人,自主阅读能力相对不足,在书面语言的认知与理解、信息加工与应用上,尚有很大成长空间;从阅读材料看,幼儿所接触的文学多为图文复合型作品,有别于学龄儿童或成人阅读的纯文字材料;从阅读形式看,包括了师幼共读和幼儿自主阅读。文学活动的组织形式主要有集体教学、区域活动、家庭亲子活动、随机活动等。

幼儿园开展的文学活动是在特定的物质环境和精神环境中展开的,下面首先介绍文学活动的环境创设,进而讨论文学活动组织实施的具体环节。

一、文学活动的环境创设

文学阅读作为增进幼儿多样化情绪体验、提升认知与语言发展水平的重要活动,需要良好的环境支持。温馨舒适、科学合理的阅读环境是阅读活动的物质基础,有助于幼儿获得愉悦的阅读精神体验。

（一）物质环境创设

1. 阅读区角的环境创设

幼儿园教室内阅读区角的物质环境创设,应当关注其空间布局、工具设施、辅助材料及图书资源投放。

第一,了解教室各区域布局状况,做好阅读区角的合理规划。其一,满足幼儿阅读所需的采

光条件。尽可能选择自然光线充足的区域,同时保障屋顶灯、台灯等补充光源的充足。其二,拥有相对独立的空间。为了让幼儿获得安静的阅读环境,培养阅读专注力,阅读区角应尽量避开嘈杂区域,如教室入户门、过道走廊、盥洗室等,与建构区、表演区保持适当距离。阅读区角尽可能设置在美工区、益智区等较安静的区角附近,或教室内相对封闭的角落,能容纳 4—5 名幼儿或 1 名成人和 2—3 名幼儿同时阅读。

第二,科学摆放设施,确保阅读区角的安全性与舒适性。其一,根据区角的空间大小选择合适的图书摆放设施。书柜、书架、挂袋的高度参照幼儿的站姿身高(小班和托班 60 厘米以下、中班 60—80 厘米、大班 60—100 厘米),坐垫旁还可摆放书筐。其二,区角内应投放适量安全性高的家居设施,如舒适柔软的地垫、造型多样的靠垫、边缘光滑且边角有包裹的桌椅等,有助于幼儿获得舒适安全的视觉、触觉体验,发挥积极的心理暗示作用,引导幼儿爱上阅读。

第三,适时投放辅助材料,满足幼儿多样化的阅读需求。为了养成幼儿良好的阅读习惯,区角中应投放规则提示、自制教具等辅助材料。如在墙上张贴师幼共同制作的阅读规则提示图,引导幼儿爱护区角里的图书,阅读时保持安静。区角入口处可张贴提醒图,标识阅读区最合适的入区人数,帮助幼儿形成规则意识。还可以根据幼儿的兴趣爱好与年龄特点,按主题或教学计划张贴并适时更替图画书海报、推荐指南等。为帮助幼儿理解图画书,还可以投放故事盒子、阅读记录卡、阅读分享图等。

第四,投放丰富的图书资源并适时更新。阅读材料是吸引幼儿进入阅读区角的关键。在图书的"质"上,要确保区角内的图书满足幼儿发展及相关教学活动的需要。可投放情节生动、图文信息丰富、形式多样的图画书,注重图画书的图像品质与童趣美感,适应幼儿多元的认知特点和心理需求。各类图书可以根据权威机构推荐书目由园所集中采购,也可以邀请幼儿将自己喜爱的图书带到幼儿园与他人分享,班级自制图画书也是一种有价值的阅读材料来源。教育部《幼儿园保育教育质量评估指南》(2022)规定,应当保障幼儿园配备的图画书人均数量不少于10 册,每班复本量不超过 5 册,并根据需要及时调整更新。

教师还应把握好图画书与非图画书读物的投放数量,做好阅读材料的分类摆放与及时更新。投放的阅读材料,除典型的图画书外,还可投放:适合幼儿阅读的期刊,如《幼儿画报》《东方娃娃》等;图文并茂的百科读物,如《幼儿认知小百科》《我们的中国立体书》《儿童趣味百科》等,也可以把适合讲述、带有插图的文学类文字书纳入其中。此外,区角内的图书应根据不同年龄阶段幼儿的阅读量适时更新。教师还应及时关注图书利用情况,和幼儿一起整理、修补图书。

2. 集体阅读活动的环境创设

集体阅读活动环境设置并无固定模式。可以采用传统的矩阵式座位排列(图 11-3-1),在这样的环境中,教师处于中心地位,有利于引导幼儿专注于活动并形成良好的活动秩序,但教师活动空间受限,容易忽略后方及旁侧的幼儿,也不利于幼儿的互动合作。

座位排列不仅具有物质空间上的意义,更体现着不同的教育观念,教师可以根据教学需要作出多样化选择。例如,圆桌式座位排列(图 11-3-2),即把幼儿分为数个小圆桌就座,这种座位排列有利于开展讨论式、合作式教学活动,提高幼儿的参与感,增加非语言交流机会,也方便教师走动,观照全体幼儿的需求。

教师需要根据不同的活动目标与阅读主题,对活动空间和设施作出合理安排。在一般讲述活动中,教师可以通过展示图文、朗读故事等,引导幼儿进行信息理解与加工,师幼互动方式较为简单,依然可以采用矩阵式座位排列,教师可适当利用多媒体屏幕、大开本图画书及其他示范教具,吸引幼儿的注意力,保障每位幼儿与教师及图文信息有充分的互动机会。

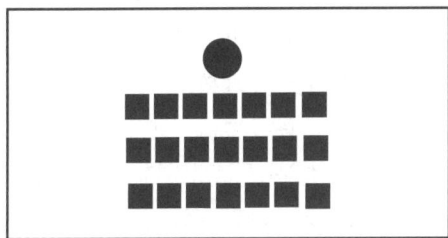

图 11 - 3 - 1　矩阵式

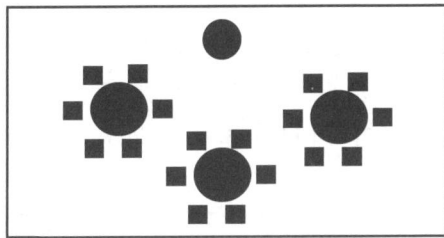

图 11 - 3 - 2　圆桌式

　　创意阅读活动对空间设置提出了更高要求。周兢提出的创意阅读包含两方面含义:"一方面,幼儿的阅读材料内容本身是新颖的、富有创意的,要能激发幼儿阅读兴趣并维持阅读动力;另一方面幼儿阅读过程需要充满创意,教育者在阅读活动中要发挥自身创造性,设置多样化的阅读方式,有意识地引导幼儿进行想象和创造,使阅读活动过程具有创造意义。"[1]基于此,阅读活动的空间创设可采用 U 形(图 11 - 3 - 3)或 T 形(图 11 - 3 - 4)座位布局,这种布局能够提高活动的交互性,为创意阅读提供充足的展示空间,方便幼儿展示自己的创编、绘画、手工制作、角色扮演的成果;也方便教师开展讲读示范,与幼儿展开充分交流,观照每一位幼儿的差异性需求。教师可以提供合适数量与题材的图画书让幼儿翻看、触摸,还可提供用于涂鸦、拼贴的材料,以及工具卡、记录表等。

图 11 - 3 - 3　U 形式

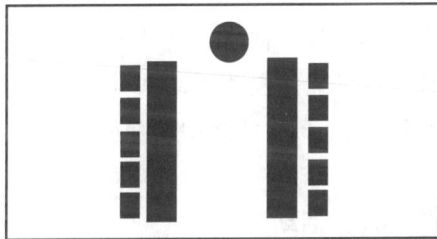

图 11 - 3 - 4　T 形式

　　具体而言,在日常阅读活动中,可采用圆桌式座位排列,方便幼儿进行小组合作的表征与创作,教师也能够在走动中近距离、全方位地与幼儿进行交流;在创编表演活动中,可采用 T 形式座位排列,为幼儿展演提供空间的同时,也便于教师与其他幼儿从旁支持、观赏;在师幼合作阅读活动中,教师可利用 U 形式座位排列,与全体幼儿保持大致的等距离,避免忽视"空间位置边缘性"幼儿,幼儿也可以利用中间充足的空间进行操作演示。总之,教学空间的创新布局需根据教学目标与活动方式灵活变动调整。

(二)　精神环境创设

　　"'幼儿园是幼儿生活的场所'意味着幼儿园应当为幼儿身心发展提供适当的环境,在这里,环境不仅包括不变的物质要素,更包括了教师、幼儿共同形成的精神氛围。"[2]现实中,教师往往更注重物质材料、基础设施的投放布置,在精神环境创设上,存在关注度不足、创设难度大、难以量化评价等问题。

　　精神环境多指幼儿园的人际关系与内部形成的心理气氛,关系到教师与幼儿之间多样化的互动关系。为促进早期阅读活动的开展,应当营造相互尊重、理解信任、友爱和谐的阅读氛围。

---

[1] 周兢.早期阅读发展与教育研究[M].北京:教育科学出版社,2007:5.
[2] 方卫平.幼儿文学教程(第二版)[M].北京:高等教育出版社,2023:254.

> **讨论**
>
> 　　结合个人观察并查阅文献，谈谈幼儿园文学活动的精神环境创设还可以体现在哪些方面。

首先，早期阅读离不开教师的支持引导与幼儿的求知探索，教师应当积极调试个人角色，对幼儿的阅读行为，既要予以及时回应，也要做到适时放手，让幼儿在安全舒适的环境中乐于阅读、敢于书写涂画。其次，幼儿园要积极倡导阅读的重要价值并形成爱读书、读好书的浓厚氛围，让幼儿园管理人员与一线教师一同参与各类阅读教学、教研活动，以自身的阅读认同感和亲阅读行为，带动幼儿积极参与早期阅读活动。在这一过程中，应当肯定幼儿前阅读和前书写的行为表现，循序渐进地指导幼儿进行个性化表达，支持幼儿间的合作交流，引导幼儿实现阅读经验的分享与迁移，让幼儿切实感受独自阅读的自由快乐、同伴共读的亲密愉悦、师幼共读的进步成长。最后，精神环境创设中也应观照阅读规则与秩序的形成，让幼儿自觉养成安静阅读、爱护图书等习惯。

　　阅读精神环境创设的关键是塑造良好的人际关系，进而达成和谐的心理氛围，让幼儿在自由平等氛围中爱上阅读，在教师引导支持下学会阅读，在主体与多样图文材料交互中养成良好阅读习惯，通过师师、师幼、幼幼关系的建构，逐渐形成热爱阅读、学会阅读、自觉阅读的阅读文化。

二、文学活动的组织实施

微课
11-3-1

幼儿园文学
活动《找梦》

　　文学阅读作为一种培养幼儿良好阅读习惯、科学阅读方法、正确阅读态度的教育活动，可采用多种组织形式。包括师幼共同参与的集体阅读活动、以幼儿自主参与为主的区角阅读活动，以及贯穿于一日生活之中的随机阅读活动。

（一）集体阅读活动

微课
11-3-2

幼儿园文学
活动反思

　　集体阅读活动指教师有目的、有计划、有组织地面向幼儿，在同一时空内围绕阅读材料开展的活动，具有预设性、系统性、引领性的特点。教师活动前预先进行活动方案设计，活动中达成完整的活动流程，活动后进行知识能力的延伸与活动反思。幼儿在教师、阅读材料的双重支持下，实现"口头语言与书面语言的连接、语言水平与认知水平的连接、阅读材料与生活经验的连接。"[①]集体阅读活动一般包括准备、导入、展开、延伸、反思五个环节。

1. 准备环节

　　在组织集体阅读活动前，教师应当全面了解幼儿的阅读状况，包括对相关主题内容、材料等是否感兴趣，是否具备进入阅读活动所需的知识积累与生活经验。例如，大班幼儿具备了在大树下乘凉的经验，对大树遮挡风沙、鸟儿在树上筑巢等自然景观有所了解，基于此，可以开展共读散文诗《树真好》的活动。活动包括：基于前期经验达成对树的赞美与爱护的教育目标；通过图片、音频等引导幼儿理解散文诗的语言美与意境美，鼓励幼儿进行散文诗仿编，进一步引导幼儿将作品与生活实际相结合，了解树与人类的密切关系，实现对树木作用的再探究。[②]

2. 导入环节

　　集体阅读活动开始时，教师应当通过各种手段，创设合适情境，引发幼儿对新知识的探求愿

---

① 周兢.早期阅读发展与教育研究［M］.北京:教育科学出版社,2007:8.
② 方明.山东省幼儿园课程指导教师用书·大班(上)［M］.济南:明天出版社,2023:99.

望。常见的导入方法有：

第一，温故导入，强调幼儿与已有知识、经验的联结。例如，在阅读图画书《风到哪里去了》（夏洛特·左罗托夫/文，斯蒂芬诺·维塔/图）时，教师可以从孩子生活经验出发，提问："你们喜欢风吗？风是什么样子的呢，风又会到哪里去呢？"这样的导入简洁明了，从幼儿感知引申至对大自然变化的探求。

第二，悬念导入，通过设置悬念激发幼儿的好奇心。例如，开展图画书《礼物》（刘玉峰，薛雯兮/文图）阅读活动时，教师提问："咦，题目是《礼物》，这是谁送的礼物啊？礼物又会是送给谁的呢？我们一起打开看看究竟礼物是什么呀？"教师的提问可引出幼儿对探究"什么"的回答。

第三，情景导入，通过语言描述、图片、数字媒体创设情境，让幼儿身临其境地体验乐趣。如阅读《一园青菜成了精》时，教师通过多媒体展示各种菜园图片，引发幼儿兴趣，并与幼儿进行语言沟通："今天我们来到的这个菜园子可有点不一样，它有什么不一样呢？老师悄悄告诉你们，这个菜园中的青菜都有了生命，他们之间叽叽喳喳好不热闹，让我们一起看看他们之间到底发生了什么吧！"

第四，活动导入，通过做游戏、猜谜语、唱歌谣等，吸引幼儿注意力，使其自然融入故事情境。如念唱"小白兔白又白"童谣，帮助幼儿顺利进入与兔子有关的主题阅读活动中。

在导入环节，教师应根据教学目标、阅读内容，选择合适的导入方法，为后续活动作好铺垫。导入应为阅读活动服务，切忌为导入而导入。

3. 展开环节

活动的展开主要是指师幼围绕阅读材料进行交流和讨论。在这一环节，教师不仅要对阅读材料进行讲读和欣赏，更要引导幼儿对材料主题内涵、价值意义进行探究。

第一，循循善诱，引导阅读活动走向深入。教师形象化的启发提问、师幼多样化的交流，可以引发幼儿对阅读材料的积极思考，是确保阅读活动走向深入的关键。比如，通过描述性、思考性、判断性、假设性的提问与回应，理解主题内容；通过朗诵、表演、音视频的支持，把握故事情节与人物角色特征；通过师幼共同思考作品内隐的科学知识、数学元素等，学习相关知识。如阅读图画书《谁的袜子》（孙俊/文图），幼儿更多关注故事的最终结果，即谁是袜子的主人，袜子有没有被还回去。教师可以引导幼儿关注这一别出心裁的漫画式图画书的内容呈现，与幼儿共同解答哪些动物有三根脚趾；哪些动物有八只脚；哪些动物没有脚；哪些动物晚上不睡觉等问题。还可以了解漫画分格镜头中不同动物的脸谱形象与脚趾特点，甚至可以延伸至对"筒子楼"历史的追溯，与幼儿共同完成一场"寻找袜子主人"的助人活动。

第二，交流互动，实现多领域能力整合发展。阅读活动应超越幼儿经验层面的表象认知，围绕阅读材料展开相互讲述、分组讨论等，提升幼儿语言、认知、情感、社会性等的协调发展。保障幼儿有机会对阅读材料反复阅读与综合把握，避免线性化、简单化、因一次性阅读导致的认知片面化倾向。例如，在开展《老鼠娶新娘》（张玲玲/文，刘宗慧/图）阅读活动时，教师应避免简单的讲述和提问，引导幼儿通过这个民间故事以及穿插其间的童谣，了解中国传统迎娶习俗，探索利用剪纸或绘画表现迎娶活动，进而围绕"老鼠虽小，也有别人比不上的本事"展开讨论，引申出关于优点与不足、扬长补短、合作共享等问题的深入思考。

4. 延伸环节

延伸活动是在阅读充分展开后，把活动拓展至更为广阔时空的环节，可以帮助幼儿从阅读走向生活。延伸活动应与阅读活动主题保持关联，是对阅读材料的进一步理解与加工，在设计上有很大的创意空间。

延伸环节应关注不同教育目标的达成。第一,消弭幼儿的认知盲区。当幼儿无法理解图文内涵或创作背景时,教师可恰当利用拓展性材料,如视频资料等,帮助幼儿深入了解知识。第二,引导幼儿探究材料的留白处。当图画书出现开放式结尾时,教师可以和幼儿共同探讨如何为作品续上一个有创意的结尾。第三,关注幼儿的能力发展。在阅读活动后半程,设计表演、续编、创编等活动,或在阅读活动结束后,组织游戏活动、家园共育等。这些活动的核心是围绕阅读材料发展幼儿的多领域能力。

阅读延伸是为让幼儿进一步理解阅读材料内容,巩固已有知识经验,创造性表达个人观点的重要活动环节。以大班《蜘蛛买鞋》阅读活动为例,针对儿歌内容:"蜘蛛先生要买鞋,/八只脚穿四双鞋,/一双凉鞋一块钱,/一双雨鞋两块钱,/一双布鞋三块钱,/一双皮鞋四块钱,/总共花了十块钱。"可设计形式多样的延伸活动。例如,引导幼儿选择生活中常见的小猫、螃蟹、蚂蚁、蜈蚣等动物,进行儿歌仿编;提供头饰或手偶引导幼儿扮演蜘蛛角色,再现买鞋的情景。阅读活动结束后的延伸环节也可采用多种形式。例如,表演区表演、科学区探究记录、益智区模仿创造、美工区绘画剪贴等;或是在进餐、盥洗、午休中联系阅读内容;条件允许时,可开展与阅读主题相关的社区活动、家园共育等。

5. 反思环节

在集体阅读活动结束后,应对活动进行反思,提出有针对性的改进策略。有的教师对阅读活动的反思不够重视,只是模板化、碎片化地记录师幼互动情况或活动流程,没有提出有价值的评价分析和改进策略。

反思内容包括:教学环节安排是否合理;教学方法运用是否得当;教学过程出现了哪些精彩片段,存在什么疏忽与纰漏;师幼互动体现了怎样的童年观、教育观。尤其应当对没有事先纳入教学设计的突发状况,如幼儿对故事内容或主题的质疑,进行回顾与总结,反思现场处理是否妥当合理。此外,对幼儿学习状态的回顾也是反思的重要内容,幼儿的兴趣所在、活动中的奇思妙想、理解作品时的疑惑与困难,都可以成为反思的切入点。

(二)区角阅读活动

区角阅读活动为幼儿提供了自主探索阅读的机会,幼儿可以根据阅读喜好与当下阅读意愿选择阅读材料,以更自然放松的状态投入到阅读中去,较之于集体阅读活动,更具自主性、探索性与开放性。在区角阅读活动中,教师需从调整、进入、展开、拓展、回顾五个方面提供支持与引导。

1. 调整:贴合主题的布置

在区角阅读活动中,教师需要为幼儿投放丰富的阅读材料与操作性辅助材料(参见本节环境创设部分)。活动前,教师需要根据幼儿的认知水平、教育主题目标、区角实际条件,做好区角的安排布置。考虑近期教育主题、园所教育特色、现阶段教学目标等,张贴推荐书目的介绍图谱或温馨提示,引导幼儿进入阅读区后积极主动地阅读。例如,春节来临之际,教师可适时更新区角的推荐阅读材料,投放《团圆》《过年啦》《北方的春节》《小年兽》《好忙的除夕》《饺子和汤圆》等图画书,布置春节挂图、春节习俗记录卡等。

2. 进入:开放有序的氛围

为确保幼儿能够自愿选择、自主阅读,活动前可通过师幼交流与协商,就区角阅读的内容和规则达成共识,为活动的顺利开展营造良好氛围。在内容上,让幼儿感知到活动的开放性与探索性。幼儿可以自主选择已有资源进行阅读;可以与同伴、教师交流自己的想法;可以创造性地进行表达或表演。在规则上,让幼儿认识到区角阅读规则对自身和同伴的意义,引导幼儿理解有序取放图书、保持图书整洁、轻声交流、不随意喧闹,可以使自己和他人都从中受益。

3. 展开：恰当的陪伴与介入

教师应用心观察区角内的情况,从幼儿的动作、神情中评估幼儿的阅读状态。可通过聆听幼儿的自我问答、与同伴的交流,以及适度的师幼问答,了解幼儿的阅读理解程度,评价从中反映的幼儿认知发展水平。

教师针对性的陪伴式引导,是提升区角阅读活动质量的重要保证。教师可以通过自身行为,为幼儿提供示范与暗示。例如,教师拿一本书坐在幼儿旁边一起阅读,教师阅读的专注状态、翻书频率等,都可能对幼儿产生潜在的引导作用。当发现幼儿遇到阅读困难或忽视阅读材料的重要信息时,教师可以参与到幼儿的阅读中,适度发表自己对图书内容的看法,或提出一些启发性问题,帮助幼儿顺利完成阅读。以图画书《那只深蓝色的鸟是我爸爸》(魏捷/文,何耘之/图)为例,幼儿可能会更多关注图画描绘的形象,指着画面发表看法:"这里为什么有一只鸟像人呢?""这有好多好多鸟,我来数数。"教师可适时以询问式、建议式、鼓励式言语与幼儿交流:"咦,这里的鸟好像有一个是大人模样呢?""我们一起看看为什么他也要做一只鸟呢? 他反反复复爬树是因为什么呢?""他与鸟儿一起一直飞,又是有什么原因呢?"这些交流可以引导幼儿深入理解图画书内容,体会图画书表达的父爱主题。

如果阅读区角出现了较严重的秩序混乱,如出现抢书、破坏图书或设施、大声讨论甚至争执等行为时,教师可以进行干预,提出建议:"书籍需要大家共同爱护,不要争抢破坏。"给予提示:"阅读需要安静思考,请大家关上小嘴巴,不要打扰周围小朋友。"

4. 拓展：有效多元的互动

与集体阅读活动相比,区角阅读活动的拓展环节,教师应有所"消隐",让幼儿自主完成对阅读材料的多元探索,获得更丰富的情绪体验,教师只需根据幼儿的实际反应适时给予支持。例如,教师与个别阅读困难的幼儿进行互动时,可以进行简单的发问,"这幅画面是什么意思呢?"引导幼儿关注图画书的封面、环衬、扉页、封底等;

> **讨论**
>
> 结合个人观察,谈谈教师在区角文学活动中,应该怎样与幼儿互动。

"你在思考什么呢?"引导幼儿积极发表个人想法;或引导幼儿触摸图书、翻页回顾、对照前后内容等,让幼儿理解图文呈现的意义。

很多图画书的材质设计、页面数量、翻页方式、故事呈现手法颇具创意,区角阅读的拓展为幼儿提供了更多机会,让他们通过触摸、翻转等动作,在丰富的肢体触觉中获得对图画书的个性化理解与积极的情感体验。例如,立体书《嫦娥探月》(王倩,宁远明,马莉,李雷雷/文,王晓旭/图),幼儿独自阅读时,可以通过翻页、折页、弹跳等方式,触动书中的 70 余组互动机关,借此了解航天工程与航天文化。在区角的拓展环节中,类似的材料能够给幼儿带来更加充分的感知和体验,激发他们对事物组合变化的丰富联想。

5. 回顾：客观真实的评价

区角阅读活动结束后,教师应邀请幼儿回顾活动过程,并对幼儿的表现作出恰当评价,使幼儿更好地理解活动价值,总结活动经验,为后继活动奠定基础。教师可以鼓励幼儿围绕阅读材料选择、自主阅读体验、同伴交往氛围、辅助材料应用等展开评价回顾,让幼儿在回顾中加深对图文材料的认识并积累阅读经验,让其他幼儿在聆听中,把他人经验转化为自己的经验,将有创意的想法应用于后续的延伸活动中。以下几种评价方式可灵活加以运用。

采访法。教师在区角阅读活动结束后,扮演记者对幼儿进行采访。例如,教师手持话筒提问:"今天大家阅读氛围都很好,不少小朋友都找到了喜欢的书,坐在小椅子上认真阅读,哪位小朋友愿意与大家分享今天读到的故事呢?""还有哪位小朋友也读过这本书呢,你有什么发现呢?""你在阅读后有什么感觉呢,在书中你想到了什么?"

作品展览法。教师可在阅读区旁制作一个小展示台,陈列幼儿在阅读活动中创作的各类"作品",邀请幼儿互相点评,让幼儿猜一猜创作的形象原型、表征的故事意义,感知他人的阅读体验。

视频回忆法。教师在观察区角阅读时,选择有价值的片段录制视频,活动结束后,邀请幼儿观看视频,引导幼儿发现并讨论良好的阅读表现与不当的阅读行为,在反思中提升对阅读意义的认识。

(三) 随机阅读活动

随机阅读是在教师预设的阅读活动之外,在一日生活教育中,根据随机出现的教育情境而开展的阅读活动。随机阅读具有动态性、生成性、偶发性的特点,教师应当敏锐捕捉偶然出现的阅读机会,及时发现可供幼儿阅读的材料,把握幼儿阅读的契机,引导幼儿进行阅读。

1. 准备：物质与精神双重准备

为创造更多随机阅读机会,教师需要长期坚持发掘日常区域内可资利用的条件。可以在游戏区投放现成的或与幼儿共同制作的材料,如图文并茂的游戏图示标识、游戏流程示意图、游戏规则图等;在走廊等公共区域张贴各类安全标识或温馨提示,让幼儿有机会接触且能够频繁关注到有助于提升其阅读能力的材料。

教师还要充分认识各类材料的内涵与价值,在与幼儿互动时,适时利用现有材料进行提问引导,并依据幼儿需要给予解释说明,必要时提供深入探究的支持。同时,要关注幼儿的知识经验与探究热情,促成幼儿已有经验与随机阅读机会的链接,触发师幼之间、同伴之间的良性互动。

2. 探究：教师引导与幼儿发现相结合

教师要树立"时时有教育,处处有教育"的观念,在组织外出活动时,利用社会环境因素适时开展随机阅读。例如,引导幼儿关注各类交通标志,了解"人行横道"等标志的功能、作用。在幼儿园中,教师应积极回应幼儿对环境的各种"发现":例如,师幼共同探索南飞雁群的"人"或"一"字队列。师幼一同发现可以代表不同数字的象形材料,如0像皮球、像鸡蛋;1像铅笔、像蜡烛;2像鸭子、像天鹅,由此引申出对更多数字形象的认知。教师在维护幼儿活跃的好奇心和想象力的同时,也应对环境中的图文信息作出符合幼儿理解能力的解释,介绍其含义、作用、意义等。随着随机阅读活动的推进,幼儿会逐渐意识到,除了"上课"外,生活中到处都存在学习探究的机会。

幼儿也会根据自己的兴趣关注环境中的阅读信息。如益智区的游戏说明、操作提示;美工区的工具使用图文标识等,通过自我探索或求助提问,发展阅读能力。

3. 迁移：内容巩固与实践应用相适应

教师要在日常教育中帮助幼儿将随机阅读中获得的知识加以迁移运用。引导幼儿对随机获得的各类图文信息、标识符号做进一步的加工,巩固对其含义的认知,鼓励他们在各个领域的活动中运用这些知识解决实际问题。例如,在户外种植区,教师与幼儿可以对某一植物生长状态进行观察记录,引导幼儿通过多种表征方式形成记录表;在此过程中教师要抓住教育契机,引导幼儿在学会记录的基础上变换记录对象,自主进行记录,进一步巩固幼儿前书写能力。例如,对小班的孩子,教师应尽量让他们运用生活中学到的图像标识,涂画出种植的作物类型、记录各阶段长势形态等,中、大班的孩子可以在图像和数字的基础上加上少量的文字,实现对作物种植方法与频次的观察记录,幼儿如果书写文字有困难,教师可以适时提供帮助。

此外,在日常教学中教师可以引导幼儿拓展阅读的空间范围,积极鼓励幼儿观察不同场景的符号标识。例如,交通安全标识、消防标识、衣物上洗涤方法的说明标签、食品包装袋上的烹饪程序图等。以食品包装的图文信息为例,可以引导幼儿通过"读图"了解食品类型、口

> **讨论**
>
> 结合个人观察并查阅文献,谈谈教师还可以抓住哪些时机开展阅读活动。

味、加工方法等信息,使之与幼儿日常饮食经验相联系。有的食品包装上会有循环使用标识,可向幼儿解释标识的环保含义,借此机会引导他们利用包装材料开展各种手工制作。

◇◇◇◇◇◇◇◇◇◇◇◇◇◇◇◇◇◇◇◇◇◇ **研·习·任·务** ◇◇◇◇◇◇◇◇◇◇◇◇◇◇◇◇◇◇◇◇◇◇

幼儿文学教育实践

[任务一]初步从事幼儿园文学活动的教学设计

从以下项目中选择1—2项尝试实践:(1)观察幼儿园选择了哪些文学作品作为活动材料,并辨别材料的品质;(2)观察文学活动中,师幼之间是如何展开互动的;(3)观察文学活动中教师是如何处理幼儿突发性提问的;(4)观察教师是如何组织文学活动中讨论环节的,看看教师在其中发挥了什么作用。以上项目应在观察基础上做好记录,并对观察到的现象进行反思。(5)设计一份符合《纲要》《指南》精神的文学活动方案。

[任务二]初步从事幼儿园文学活动的组织实施

从以下项目中选择1—2项尝试实践:(1)观察幼儿园文学活动的环境创设情况;(2)观察教师是如何在集体活动中开展文学阅读的;(3)观察幼儿在区角中进行阅读的情况,看看幼儿对阅读材料作出了怎样的反应;(4)观察幼儿园是如何利用各种环境元素开展随机性阅读活动的,看看教师如何利用各种随机出现的机会。以上项目应在观察基础上做好记录,并对观察到的现象进行反思。

◆　附　录　◆

　　儿童文学奖是对作家、作品艺术成就的一种肯定,本书附录提供 6 个有影响力的中外儿童文学奖项历年获奖名录,通过了解这些获奖信息,有助于我们了解儿童文学的发展历史,提升鉴别优秀儿童文学资源的能力。

附录 1:国际安徒生奖名录

附录 2:凯迪克奖名录

附录 3:全国优秀儿童文学奖名录

附录 4:陈伯吹国际儿童文学奖名录

附录 5:丰子恺儿童图画书奖名录

附录 6:金波幼儿文学奖名录

◆ 参考文献 ◆

[1] 方卫平.儿童文学教程(第二版)[M].上海:复旦大学出版社,2023.
[2] 朱自强.儿童文学概论[M].上海:华东师范大学出版社,2021.
[3] 吴翔宇.儿童文学原理[M].杭州:浙江大学出版社,2023.
[4] 李学斌.儿童文学应用教程(第二版)[M].北京:中国人民大学出版社,2023.
[5] 杜传坤,郑伟.绘本赏析与阅读指导[M].上海:复旦大学出版社,2022.
[6] 张美妮,巢扬.幼儿文学概论[M].重庆:重庆出版社,1996.
[7] 韦苇.点亮心灯:儿童文学精典伴读(第三版)[M].上海:复旦大学出版社,2019.
[8] [加]佩里·诺德曼,梅维丝·雷默.儿童文学的乐趣(第三版)[M].陈中美,译.上海:少年儿童出版社,2008.
[9] 曹文轩.曹文轩论儿童文学[M].北京:海豚出版社,2014.
[10] 杜传坤.20世纪中国幼儿文学史论[M].北京:北京大学出版社,2020.
[11] 刘绪源.美与幼童——从婴幼儿看审美发生[M].南京:江苏凤凰少年儿童出版社,2017.
[12] 钱理群,金波.我与童年的对谈[M].青岛:青岛出版社,2023.
[13] 刘晓东.发现伟大儿童:从童年哲学到儿童主义[M].北京:生活·读书·新知三联书店,2021.
[14] 周兢.汉语儿童早期阅读与读写活动的教育指导[M].上海:华东师范大学出版社,2023.
[15] 朱家雄.幼儿识字与早期阅读[M].上海:复旦大学出版社,2023.
[16] 彭迎春.幼儿园语言教育的实践探索[M].北京:人民教育出版社,2023.
[17] 郑荔.学前儿童修辞特征语言研究[M].北京:高等教育出版社,2010.
[18] 张梦倩.中国传统童谣研究——在教育世界的边缘[M].太原:山西教育出版社,2012.
[19] 金波.金波论儿童诗[M].北京:海豚出版社,2014.
[20] 柯岩.五叶集[M].南宁:接力出版社,2014.
[21] [意]贾尼·罗大里.幻想的文法[M].向菲,译.北京:中国少年儿童出版社,2014.
[22] 吴其南.中国童话发展史[M].上海:少年儿童出版社,2007.
[23] 严晓驰.童话空间研究[M].北京:作家出版社,2022.
[24] [加]佩里·诺德曼.说说图画:儿童图画书的叙事艺术[M].陈中美,译.贵阳:贵州人民出版社,2018.
[25] [美]丹尼斯·I.马图卡.图画书宝典[M].王志庚,译.北京:北京联合出版公司,2017.
[26] 朱自强.绘本为什么这么好?[M].广州:新世纪出版社,2021.
[27] 彭懿.世界图画书阅读与经典(修订版)[M].南宁:接力出版社,2023.
[28] 李涵.中国儿童戏剧史[M].北京:中国戏剧出版社,2003.
[29] [英]凯瑟琳·扎切斯特.戏剧游戏·儿童戏剧游戏[M].周子璇,译.上海:上海文化出版社,2019.
[30] [英]安德鲁·梅尔罗斯.为儿童写作[M].卢文婷,译.南京:南京大学出版,2023.
[31] 许道军.故事工坊(修订版)[M].北京:中国人民大学出版社,2022.

图书在版编目(CIP)数据

幼儿文学教程:理解·赏析·写作·应用/郑伟,杜传坤主编.—上海:复旦大学出版社,
2024.5
ISBN 978-7-309-17362-8

Ⅰ.①幼… Ⅱ.①郑… ②杜… Ⅲ.①儿童文学理论-教材 Ⅳ.①I058

中国国家版本馆 CIP 数据核字(2024)第 066859 号

幼儿文学教程:理解·赏析·写作·应用
郑 伟 杜传坤 主编
责任编辑/谢少卿
版式设计/右序设计

复旦大学出版社有限公司出版发行
上海市国权路 579 号 邮编:200433
网址:fupnet@ fudanpress.com http://www.fudanpress.com
门市零售:86-21-65102580 团体订购:86-21-65104505
出版部电话:86-21-65642845
上海丽佳制版印刷有限公司

开本 890 毫米×1240 毫米 1/16 印张 13.75 字数 370 千字
2024 年 5 月第 1 版第 1 次印刷

ISBN 978-7-309-17362-8/I·1400
定价:49.00 元